KEY·可以文化

马库斯·马尔特 | 作品

男孩

Marcus Malte

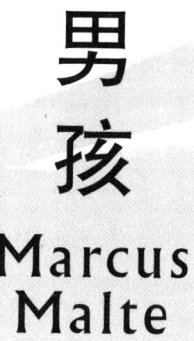

［法］
马库斯·马尔特

——

著

黄雅琴

——

译

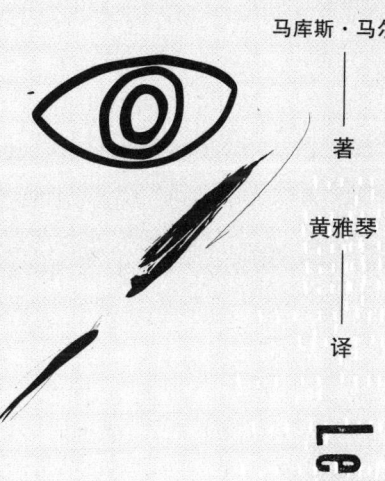

Le garçon

浙江文艺出版社
Zhejiang Literature & Art Publishing House

献给等待黄金的弗雷德里克

即使无形、无质都有名，他却没有。至少没白纸黑字写下来，登记簿上没有，官方文件上没有。教区本堂神父绞尽脑汁也想不起来。他真实的名字。他最初的姓氏。并不是说他从未拥有过名。此后的历史长河中，有个女人会是他的姐妹、他的爱人、他的母亲，那个女人会把自己的姓馈赠给他，再附上她最钟爱的那位著名音乐家的名。他还有个战争的名字，这是军队赐予他的，连同刽子手的制服。于是，爱情和仇恨以各自的方式为他命名。然而，一切荡然无存了。在经历过那个女人，经历过那场战争，经历过人世一切，经历了由战争和女人参与构建的垂垂暮矣的世界，那些替代的名字注定烟消云散。谁会知道呢？

假如有人愿意相信，那是他来过、留下的唯一痕迹。

1908

天还没亮，旷野远方出现了奇怪的身影，两个脑袋，八条肢体，一半似乎僵直。那身影比暗夜更浓稠，在茫茫黑幕之后渐渐化为透明。要眯缝起眼睛才能注意到。能够相信眼前所见吗？人们不禁有了疑问。有了怀疑。这个时间点，众人还在沉睡，在城里，在村里，在别处。此处，没有人烟，空无一物。假如明月当空，那照亮的也仅仅是一片密林，原始、荒凉。未经开垦的土地。是谁来到这里？那是什么东西？一无所知。人们越发打起精神来探究那个奇怪阴影，试图将其归为某个已知物种。找不到合适的。属于哪个种类？是人是鬼？人们满腹狐疑。目不转睛。他在往前挪动，佝偻着背，脊柱因为隆起的大包而变形弯曲，步履蹒跚、机械规整。人们在猜测，那步伐踏出了绝望和执着。似乎是一只巨龟靠后脚支撑起来。或是一只身如壮熊的奇异甲虫。人们莫名紧张起来。驱散了念头。又卷土重来。脑中过了一遍常见的动物，未果，只得放弃那是巨兽的猜测。真真切切的巨兽。传说和神话浮上心头。人们又开始罗列异兽，那些原始的、古老的、想象的、奇幻的。人们从那最久远的恐惧，那最深层的惶恐中汲取灵感。

打了个冷战。

当人们的思绪乱如麻团、焦虑不安之际，佝偻的身影仍亦步亦趋地走在一条从没有开辟的路上。

靠近了。眼尖的已看得分明。立马把那个整体一分为二。那是两个独立的躯体。一个背着另一个。一个叠加在另一个上面，像是在操场上面打闹摔跤的两人——就算有过比赛，一旦结束，对手无论胜负统统跑得没影，无从得知。

因此，那是两个人。

是人是鬼的疑云已经解开，奇怪的是，人们并没有轻松下来。呼吸反而变得局促。事与愿违。

那是两个人，但他们是谁？

姓甚名谁？

干什么的？

从哪里来？

问题接踵而至。

被骑着的那人是个十四岁男孩的身量。瘦削、顽强。凸起的肋骨、肌肉、肌腱，瘦得皮包骨头。掩盖在松松垮垮的布片之下，就像是稻草人身上的破衣烂衫。他赤脚前行，脚底裹了层树皮。那是木栓槠。海藻一般的长发披散在肩头和前额。他大汗淋漓，闪闪发光，像是刚刚从初始之海探出头来。汗水弄得眼睑咸咸的，又顺着泪痕滴落。偶尔有一滴凝结在上唇细软的胡子上。乌黑的双眼，那种黑色甚于年岁的沉淀，却闪烁着最初光芒的印记。

那是个孩子。

压在腰上的并非骑士，那可怜的身形属于一个女人。一个女人身上仅存的。一把圣骨。褴褛的衣衫下面露出一截胳膊，一截腿，那血肉似要挣脱开破布，就像从破旧洋娃娃体内钻出的稻草。她其实没多少分量，但现在死沉死沉的。男孩每跨出一步都会晃动一下。女人的头颅倚在男孩肩胛骨之间。双眼紧闭。面色蜡黄，皮肤皱瘪得像是从树上掉落下来的野苹果。看上去足足有六十岁。她还三十不到呢。

那是母亲。

男孩时不时停下脚步。抬起下巴。铆足了劲用鼻子吸气、呼气，空气在嘶嘶作响。甚至还能听到他的心跳声，但那是错觉。过了几秒钟，他站在那里，一动不动、全神贯注，浑然不觉大腿因为一阵阵痉挛在抖动。双膝在颤抖，但没有弯曲。上身因为负重压得低低的。他瞥了眼茫茫夜色。他在探路，寻找半明半暗的环境中他唯一能辨别出的地标。这条路，他只走过一次，够了。他记得那些细节。灌木丛的大小，树干的弯曲度，岩石的轮廓：大部分人分辨不出，他能抓住细节，而且记住，细枝末节都不会放过。在他脑回路的某些角落堆积了成百上千的椴树叶子，差别只在叶脉纹路上。还有成百上千的梧桐树叶子，成百上千的橡树叶子。脑海的兜里装满了小石头，除了在南方烈日照耀下折射出的光线有微妙的差别，再无不同之处。男孩有这个天赋。在满天星斗的夜空下，他能准确指出某颗突然缺席的星星。这或许就是他唯一的财富。

背上的女人一动不动。她被固定在山羊皮和绳子做成的皮兜中。她清楚这事马上会发生，于是费了心思做了这件粗糙的手工制品。女人的四肢从皮兜两边探出来，垂在男孩身体两侧。重新上路前，他拉起勒在胸前的带子，缓和一下压力。皮带嵌入血肉，勒出一道淡紫色的痕迹，类似新鲜的刀伤。时间会抹去伤痕。现在，男孩重新找到了地标，辨别出了标志，他要再次上路了。看着两个人越走越远，又一次消散在黑暗中，黑暗将他们吞噬殆尽，人们不禁忧心忡忡。前路在何方？终点在哪里？说到底，人们并不在意答案，却开始期盼两人会来到他们面前。

男孩背着母亲。

大海，她告诉他。大海。大海。反反复复几次。她抓住他的手臂，直视他的眼睛，这么干是为了确定他听明白了。这费心的举动没有必要：他立马就明白了。可有时候，他会恶作剧似的迟迟不肯点头确认，他喜欢那种感觉，她的手握住他，她的目光注视着他。这样的举动很难得。

　　他们蹲在沙滩上，她指向面前那茫茫大海。那天，天空和海水是一色的灰，要到很远很远，要到地平线，天和水才会分开。男孩保持着警觉。他见过了水洼和水塘，但大海，从没有。水洼和水塘是可以跨过的。水洼和水塘是死水，而面向大海，他感受到了一种无穷的活力，那澎湃的力量就蕴含在水面之下，随时会喷薄而出。他从海水低沉、持续的怒吼声中觉察到了危险。刺鼻、滞重的海水味充斥了肺部，灌入心脏。更不消说，泛白的泡沫在沙滩上留下了痕迹。

　　母亲长久地眺望大海。眼球中闪现出男孩不懂的火光。他希望能升腾起同样的光芒，或至少用手中的海螺采集来一些，为母亲挡住寒风，挡住一切。那簇新的光亮令他吃惊。她在那里看到了什么，点燃了她的灵魂？

男孩从未听说过船只、旅行，还有大陆。

或许是在两个月前。大海，女人最后一次重复这个名词，然后站起身来，这一次，他急忙表态他听得明明白白，那是为了让她欣慰，让她高兴。他要守护那丛火光。可一旦转过身去，火光就消失了，像是被吹灭了。母亲眼中挥之不去的愁幕又落了下来。那是他的过错吗？还有什么可以做的？没人回答他的问题，因为他无法用言语组织起问题。

他们返回家中。

那天是她领着他回家。迈开步子。她十分虚弱了。疾病占据了肉体。一呼一吸之间伴随着细碎的声音，咳嗽有时会撕心裂肺，把内脏都呕出来。双脚还站得住，还能走路。一个人。慢慢地。昨日还需要一路小跑才能追上她的脚步，而今却要克制住步子才不会踩到她的脚后跟。他隔着四五步的距离，心存敬畏地守护着母亲。细细端详，发现母亲缩小了。这只是感官印象。几个星期之后，母亲的身躯日渐枯萎，干瘪、皱缩，腰身的的确确变细了。疾病的恶果，一如既往。她的身上豁然开了一个窟窿，生命一点一滴地从窟窿中流走。

她还能走路。她在往前走。对于方向，没有半点犹疑。于她而言，路线似乎没有秘密可言。她是否常走这条路？有些早晨，男孩独自醒来。母亲没在床上，没在屋里，也不在菜园里。他在小屋周围寻找，一片相当开阔的土地，他稔熟于心，那是他的乐园，他的狩猎场，他的整个世界。还是找不到。男孩回到家中，一屁股坐在门槛上，余下的时光只用来等待。驻守。守候。从未有过的孤独。大海，大海：那是她要去的地方？她离开了，没有事先告诉他。男孩不相信母亲会永远离开。他会等下去。大多数时候，要等天黑以后她才回来。再细微的脚步声，男孩也听得见，接着，他辨别出了月光勾勒出的轮廓。他没有离开哨岗。母亲不做任何解释。她打男孩身前经过，走进小屋，没有言语，没有爱抚，只是投来一个简单的、没有含义的眼神，身上散发出腐殖土和汗水、硝石和灰烬的气味，在那些夜晚夹杂着，是的，千真万确，陌生的气味，更遥远、更馥郁的霉味，男孩闻到了，猜不出源头。

大海，她告诉他。

他走了四个小时。母亲在背上，追逐她最后的意愿。他算不清走过了多少米，多少公里。口渴了。当他想起羊皮袋时，已经太晚，没法折回家去拿了。空气滞重，他一直以为暴雨即将倾盆而下。两道细长的闪电划破天空，仅此而已。云朵撕扯成了丝丝缕缕。雨终究没落下。已经有几个星期没下过雨了，不可能在车辙或者岩石凹槽中找到积水来解渴。一滴水也不剩。男孩只得靠自身的体液活下去：时不时舔下嘴唇周围，他不愿浪费那咸滋滋的汗水，这是他的肉体在高温和运动下产生的。

女人也口渴吗？她没提要求。再也提不了了。她烧得滚烫。血液在灼烧。骨头在灼烧，直入骨髓。内脏像是烟熏肉一样变得硬邦邦的。高烧把她耗尽，犹如一具干尸。她再也挤不出一滴液体了。嘴上糊了一层风干的唾液，封住了双唇。她不再喘息。不再咳嗽。不再吐痰。男孩以为她睡着了。她失去了意识。沉睡和死亡之间的细微差别在于那气若游丝的鼻息。男孩的后颈感受到了那股气息。微弱得如同掉落的尘埃。

他正在穿过一片龟裂的土地，地上长着猪毛菜和盐角草。厚实的滨藜地毯一般散落在各处，一脚踏进去就没过了。很远很远的地方孤零零地矗立着一株五针松。他又走上三刻钟，突然停下脚步。鼻子迎风，就像警戒的雄鹿。他从混合的气息中闻到了碘的味道。心跳加速。再次上路。

很快，他就听到了。他越走越近，耳畔传来低沉的怒吼。当他见到时，它已经占据了视野，洋洋洒洒地漫开，无边无际，直到已知世界的尽头。它的肌肤在波动，在起伏，在某几处挺得高高的。没有月亮的夜空下，那是如墨的黑，却散发出难以解释的亮光。

男孩这次不再畏惧。他感到欢欣鼓舞，还有如释重负。他站在沙丘上，深吸一口气，把手伸向地平线。为了展示或者为了给予。

大海。

背上的女人没有抬头。没有睁眼。一如既往地沉默。

心满意足的男孩没有觉察到身后背上的她已然断了呼吸。就在几分钟，或者几步路之前。女人的心脏停止了跳动。它不再跳动。

母亲死了，就这么简单。

此时此刻，她和他，到达了不同的彼岸。

男孩还不知道。

他像骆驼一样弯下一条腿，小心翼翼地坐下，解开缠在腰上的皮带，再绕过脑袋松开勒在胸口的皮带。束缚一旦解除，背上的人就摇摇晃晃地向后倒去。男孩吃了一惊。转过身子。有那么一刻，他四肢趴在地上，探究地看向那了无生气的躯体。女人的脸上只能辨别出浅色的斑块。那是一张古老的羊皮纸，写满了生存的苦难和艰辛。那是写给读得懂的人的。今夜相比之前的每一夜，她显得更加微不足道。漂浮在破布条中。如果不是皮肤上的瘢痕，会误以为她是男孩的女儿。或许她已经开始嬗变。

男孩伸手触碰女人的肩膀。指尖试探地用了点力。接着，他扶住下巴尖，微微摇动。母亲没有醒过来。男孩缩回手。

他一动不动地看着她。欢乐远去了。有些东西盘踞在腹部。嗡嗡声震颤了耳膜，渐渐掩盖住海浪声。眼前的景象是他无法理解的。他见过死鸟。死蜥蜴。死田鼠。大量的死虫。他折断过小鸡和兔子的脖子，碾碎过蛤蟆和毒蛇。它们躺在他脚下，不再动弹，男孩真真切切地意识到，它们不会再爬起来。可眼前的情况没有可比性。以前，耳朵和内脏没有反应。他有过很多次的机会去观察死去动物的嬗变。那些肢解的尸体、晒干的尸体，最常见的是被啃得七零八落的尸体，数之不尽的秃鹫、狐狸、乌鸦、蚂蚁、苍蝇、蛆虫都来分少得可怜却必不可少的一餐。大地会是最终的归宿。

那是他的过错？

男孩的目光扫过周围空地。玫瑰的尖刺在风中摇曳。接着，他抬头仰望天空。没有星辰。没有天体。什么都没有。他突然张大嘴巴，想要接住雨水，但那是空气，他需要的空气，他贪婪地吸入空气，差点背过气。与此同时，痉挛令他抽搐，体内深处升腾而起的打嗝和干呕把胸腔震得生疼。

危机没持续多久。当呼吸恢复正常，男孩温柔地扶起冷冰冰的躯体，让她坐住。他一手扶住女人的后背，脑袋禁不住在脖子上面左摇右晃。男孩在大腿上擦干净另一只手上的沙子，他伸手探向女人的脸。手指抚过眼睑（纤薄的皮肤犹如一张绢纸，细腻、脆弱得如同蝴蝶的翅膀），小心翼翼地翻开。他凑上去想要看清。没有光亮。没有火光。什么都没有。男孩缩回手指，眼睑再度合上。

他还能做些什么呢？

他犹豫着。踌躇不定。目光又一次穿过晦暗，眺望内陆，也就是来的方向，然后望向另一边，望向波澜壮阔的水原，在那不得见的海岸边涌起了海浪。那里就是世界的尽头吧。两边都空空如也，没有人会向他伸出援手或给出建议。这不是他期盼的。老实说，他压根没这个念头。

过了会儿，他坐到女人身后，用身体做支撑抵住她的背。她靠在他身上，脸朝向地平线。承诺兑现了。

男孩把双膝靠在胸前，双臂抱住膝盖。皮肤上的汗水渐渐吹干了，既然感受不到寒冷，那就行了。脉搏在缓慢跳动。视线模糊了。须知在其短暂的一生中，他还从未听到过"母亲"这个单词。也没有听到过"妈妈"。他的耳畔没有唱起过儿歌或摇篮曲，这些歌谣或许会包含"母亲"或"妈妈"这些字眼，会向他揭示这些词的确切含义，至少其隐秘的本质。

从未有过。

男孩无法客观评判他刚刚失去的一切。但他仍旧感到缺憾，那种缺憾深入到生命最渺小的原子。

亮光唤醒了男孩，他趴在地上，满嘴的沙子。他陷入了沉沉的梦境。阳光将他从中拔出，那倾泻而下的光炽烈、浓稠。还未睁开双眼，他就支起胳膊，抬起脑袋。扭动了下面部肌肉。嘴里的沙子嘎吱作响。他坐起身，擦干净嘴唇，接着是下巴、鼻子、结了一层盐花的两颊。他抹去了一夜之间长出的盐花胡子。用牙齿刮干净舌头，再呸地一口吐出来。

天边的云散去了。太阳染白了蓝天，但离高悬正空还有一半的路要走。金雨把海面啄食得斑斑点点：那不计其数的光斑在骄阳之下化作了一片萤火或是鬼火。真美。男孩努力半睁开眼睛，眼前的仙境落入了眼中。此情此景令他欣喜若狂。他喜欢闪耀的东西。他用手搭起遮檐，护住双眼。尸体软绵绵地靠大腿上，他不愿触碰。

假如有人看见这一人一尸，会以为他们经历了暴风雨遭遇了海难吧？只有一人活了下来。

早上的大海是宁静的。海水慵懒地搁浅在离男孩二十步开外的地方。然而，那不是大海。

　　算是池塘吧。整个欧洲最大的池塘，有二十公里长，也有相当的宽，但那还是个池塘，困于一地，相较于大洋，不足挂齿。一个壮观的鱼缸。贝尔湖①。经由卡隆特运河这根脐带和地中海连为一体。

　　女人却忽略了这个细节。过去，她坐在岸边，以为面对的是无边无际。大海：她生前总是这么称呼它。或许她在心里行驶在了真正的、浩瀚的大海上。上了那艘船，就无意返航。它将开启所有的可能，将我们送往从未涉足之地，我们可以在那里开始，重新开始，擦去写烂的故事，重新书写想要的故事。于是，那团奇迹的微光再次燃起，点燃了她的眼睛和灵魂。

　　可那不是大海。只是样品，替代品，迷你版的复制品。有梦想就有可能。无论女人怀揣了怎样的梦想，都不及想象中的边界。她走了，带着她的幻想。从头至尾活在欺骗中。有什么关系呢，我们的想象通常比现实来得重要。

　　男孩起身。亮光仍在眼前明灭不定。他走到海水泡沫的边缘。停下。任由海浪舔湿双脚，冻得一个激灵，他本以为那会是温温热热的。脚趾蜷缩起来，在松软的沙滩上抠出了洞。那种感觉令人惬意。他又向前走去，身后的脚印已然抹去。他往水里走去。等水深没到了膝盖，再次停下，一动不动地站上一会儿。接着，他往脸上洒了点水，弄湿了头发。水落在肩上，落入颈中。这清冽纯净的水近在咫尺，又无边无垠，然后，他感到口渴了。

　　他细细端详了会儿摊开的掌心。那熠熠生辉的水在汩汩流淌。用舌头舔了下。咸咸的。他弯腰够到水面，像是从饮水槽中灌下

_____
① 法国地中海沿岸的一个潟湖，位于马赛西北约二十五公里处。

一口水，浸润了嘴唇。他鼓起了双颊，接着又一股脑地喷出来。苦涩留在了嘴里，渗入上颚。

　　他转身往岸边走去，看见一对海鸥在查验母亲的尸体。这些腐肉专家。它们伸长了脖子踱来踱去，神情肃穆，眼神冷酷，冷不丁地朝那堆破布一口啄下去。男孩跑起来，挥动双手，在空中胡乱扑腾，咧开的嘴巴发出类似动怒的蛇鸣或者猫叫的声音。

　　鸟儿眼看男孩越走越近，选择了逃离。它们先是张开翅膀，迈起小碎步，就像加尔默罗会的老修女怒气冲冲地提起自己的圣衣。还不行。在男孩的驱赶下，它们只能飞走了。可男孩仍久久地凝视在蓝天下振翅高飞的海鸥，接着成了两只鸟，最后是模糊不清的两个点。他一直矗立在那里，双臂探向天空，弯曲的手指如同利爪，想要紧紧攥住苍穹。

　　如果他知道上帝，或许会祈求上帝惩罚海鸥。

　　接着，他回到母亲身边，驮起尸体，再次上路。

当他走进小屋时，夜幕已经落下。恍惚以为进屋的是个老头。那是男孩的先祖吧。每一步，每一个动作都很吃力。他摸黑来到母亲床前，想要坐下，可力气已经耗尽，他选择了重重倒下。背负的重量把他弄得人仰马翻。男孩用了漫长的时间才解开背带，它已经割破了胸口，鲜血淌了下来。

　　他用被子盖住逝者，重新站好。双腿止不住颤抖，他紧绷住大腿想要止住抖动。过了一会儿，放弃尝试，走出小屋。

　　他穿过所谓的院子。踩着碎步往前走，脚踝像是被人绑住了，可能是不得已为之，也可能是出于谨慎，精疲力竭的他万一倒在地上，大地会立马在其脚下裂开，将其吞噬。在喝到水之前，他不愿倒下。回家路上，他无数次地想要离开既定路线去寻找水源，但念头被克制住了，他害怕在完成使命之前迷了路。他嚼烂了植物的茎秆，吮吸出汁水，把牙龈都染绿了。他在穿越的好像是个院子，但其实是片荒漠，绿洲就在尽头。

　　水盆和凹凸不平的白铁皮水壶并排放在那里。水盆空空如也。男孩双手举起水壶，壶嘴凑向嘴唇。他伸直了脖子，他不是在喝水，而是吞咽。第一口差点让他背过气。水从鼻孔里冒出来。随之咳嗽起来。唯有干咳声回荡在夜里。那回音在远处和他一唱一和，有人会误以为听见了一连串沉闷的爆炸声，并回以枪声。

他理顺了气。重新举起水壶，不疾不徐喝起来。一口，再来一口，又是一口。终于解了口渴，打出一个响嗝。

过了会儿，有人看见他趴在鸡窝里。翻找着什么。被吵醒的家禽"咕哒咕哒"此起彼伏地啼叫起来。男孩毫不在意。他伸长胳膊，在透光的大鸡笼的最深处摸来摸去，指尖碰到了薄薄的稻草床，那上面偶尔会夹杂着一根红棕色的鸡毛或者柔如丝绸的羽绒，如有需要，他会粗暴地把母鸡赶到一边，无视它们惊恐或者愤怒的鸣叫。他知道母鸡喜欢在哪里下蛋，它们误以为那些隐蔽的地方能保住自己的心血。

几步远的地方有个兔笼，但隆冬之后笼子就空了。

他收回手。掏出两枚鸡蛋，蹲坐在院子中央，把它们放到鼻子底下嗅起来。他把其中一枚放在脚边，另一枚举到脸上。扬起脑袋，张大嘴巴。敲开蛋壳，用拇指掰开。黏稠的液体落在舌头上，滑入喉咙。待最后一滴蛋液流尽，他舔干净了蛋壳，随手扔掉。接着，他捡起第二枚鸡蛋，同样的动作重复了一遍。

他抬起手腕，擦干净流到下巴上的口水。津津有味地吮干净十指。他还要再去喝水，但这次就喝了三口。接着，回到小屋，挺着鼓鼓的肚皮，就像是装满水的羊皮袋，每走出一步，都能听到液体晃荡的声音。

男孩一直没合眼。黑暗中，他躺在草褥上。那波光粼粼的水面一直在眼中闪耀。或者是其他东西，那是什么呢？

海浪声把他送入了梦乡。那宁静而规律的呼吸化为了他的呼吸。

他知道地球上生活着其他人，但不知道到底有多少人。假如有人告诉他就在那一年，人口数量达到了十七亿四千万，他也不会明白那是什么意思。假如有人告诉他这世界上男人和女人的数量多过十二月天空中的飞鸟，他会哈哈大笑——那笑声如此洪亮，可鲜少发生，可怜的孩子。

未来将有惊喜等待着他。

他呢，直到那天，一共见过五个人。五个人类样本，他亲眼见证了他们的存在。母亲不包括在内。其中三人为偷猎者，忙于布置陷阱和打活结。第四个人是奇怪的路人，身披带风帽的斗篷，孤零零走在路上，形似僧侣。或许是朝圣者吧。也有可能是迷失在自己十字路上的苦修者。男孩只是远远地瞥见他们，依稀辨别出了轮廓。只有第五个人也就是最后一人，曾距离男孩不到三十步远。那是个流动小贩，肯定也是迷了路才会流落至此。在看清那人之前，他们已经因为货物发出的丁零当啷声发现了他。流动小贩走到他们面前。在小屋外站定，大吼两声"喂""喂"，以此表明存在。男孩听到吼声瑟瑟发抖，那是他生平第一次听到男人的声音。母亲带着他躲上了桑树，离地有三米那么高，他们透过叶丛密切留意货郎的举动。那人身背柳条筐，里面似乎装了他全部身家，有布匹，有花边，还有其他的女红用品，有齐全的五金制品，有些书、日历和图片，从虔敬的宗教画到下流的春宫图一应俱全，最后还有一些必需品以及最没用的东西。男孩扭过脖子，用目光在这堆杂货中搜寻，那些货物令他着迷，尽管大多数东西的用途，他并不知晓。母亲藏匿在树枝上，犹如一只山雕密切注意着闯入者的一举一动。手中的短木棍平时用来打死兔子和游蛇。

货郎在院中逗留了片刻。蓬松、下垂的唇髭装点在消瘦的脸上。汗水在脖颈周围留下一圈宽大的深色痕迹，如同枷锁的印痕。他慢悠悠地左顾右盼，小心翼翼，或许内心深处还有点恼火，他的到来竟然不像先知那样令人期待。母亲握紧了木棍，她看见那人朝小屋门口走去。他在门口站定，又大吼一声，眼见没人答应，斗胆把头探入屋内，室内的阴暗随即"砍下"了他的首级。男孩和母亲在树上只能看见背上的货筐。之后，货郎退回到阳光下。转了两圈，四下查看一番。没人。这座神出鬼没的小村庄里只有他一人。他的目光迟迟停留在鸡棚上。又扫过菜园。今天莫非走了好运？他可能在心里计较了一番。黑色的指甲刮过双颊，重新"长"出来的胡子在擦擦作响。我们不知道那人是因为秉性实诚还是出于某种迷信的考量，他最终没拿一物就继续赶路了。货郎再次上路，背着满满一筐货物，周围响起悠远的吆喝声。当男孩和母亲再也看不见那人，耳畔仍能听见远处传来的货物的声音，就像落单的母羊脖子上拴着的铃铛。他们没有离开藏匿的地方，直到四下万籁俱寂。然后，男孩跳下枝头，跑进院子，俯身用指尖一个接一个地拂过货郎留下的脚印，他能感受到脚印的存在。之后，他站在院子里，使劲嗅闻空气，直到那未知的气息消散殆尽。

货郎再也没有出现。他没有，其他人也没有。自那以后，男孩再也没有接触过文明。当人们不再背着全部家当四处闲逛时，他们在干吗呢？他不知道。他也不知道剩下的世界，这是双向的：这世上只有母亲知道他的存在，而母亲去世了。

　　他用了一上午来搭建柴堆。那是母亲叮嘱他要做的事。他折断树枝。他净挑选周围又低又细的枝条，吊挂在上面，直到树枝因为不堪重负断落。他又扛又拖，把枝条堆成一个巨大的基座。然后在上面铺上一层小木条，那是他从周围捡来的，他还抱来了成捆的柴火。这一切做来不疾不徐。无精打采。四肢因为前几天的运动还在酸疼，内心沉甸甸的。那是痛彻心扉。和昨天一样难过。时时刻刻。

　　他时不时地停下手中的活计，返回屋里。要用几秒钟才能适应屋内的黑暗，他不由自主地想到，母亲会醒过来，又或者她只是消失不见了。这种想法太过强烈。它在男孩浑然不知的状态下形成，升起，膨胀，像个气泡一样浮出男孩意识的表面，瞬即破裂：那小小的躯体一直蜷缩在床上，保持着他放下去时的样子。

奢望有多疯狂，失望就有多大。在那些时刻，男孩感受到了无尽的孤独和一无所有。他喉头一紧，眼皮沉甸甸的。他跑到室外，阳光穿过泪水，就像穿过彩绘玻璃，变得朦胧、柔和。

他往柴堆上面又铺了一层柔软的草垫，一捧一捧地撒上树叶、小树枝和松针。他搜罗来了周围所有干燥的燃烧物。等柴堆摞到及膝的高度，他觉得大功告成了。

他去喝了水。清水流过双手和脸庞。接着，他再次返回屋里，坐到草褥上，大腿紧贴胸口，似乎感到了寒意。他的确很冷，但没心思拿东西盖一下。他就这样一动不动地坐在那里过了好几分钟。唯一的动静来自苍蝇。死亡的气息压过了其他气味。

他在这个地方从出生活到现在。那是他的家。他的庇护所。他的王国，从此之后，他是唯一的主宰者和唯一的臣民。看一看这里：一穷二白。

干燥的石头屋顶下面垂了一根狐狸尾巴，它先前应该是柔柔软软的，可现在因为沾染了油污落了灰变得灰扑扑、硬邦邦。壁橱里面放了两副连指手套、两双便鞋、一副兔皮手笼，还有顶做工粗糙的女帽。那是用未知的皮毛碎片拼接而成的无边直筒帽，末代沙皇的最后侍从那发育迟缓的孩子可能会喜欢这款帽子。被子和毯子是用六块山羊皮缝合而成，那是母亲和儿子拥有过的财物。善良的动物。他们会把山羊圈养上几个月，有时会是一年。男孩最喜欢躺在地上，咬住母山羊的奶头，畅饮温热的奶汁。当母亲下定决心的那刻，她抄起一块扁平的大石头，使出九牛二虎之力砸向牲口的脑袋。接着，割断喉咙就变得容易多了。一丝一毫都不会浪费。他们吃掉了山羊的心和肝，鲜肉能让两人美美地吃上一个星期。他们把剩下的肉风干。男孩给母亲做帮手。他有权留下两只角，可以用它们在泥地上画太阳。还有花儿，鸟儿。母亲告诉他要烧掉骨头和下水，否则会招来猛兽。那也是她告诉儿子在其死后需要做的事。

除了他还有谁呢？

男孩起身。抱住女人，如同抱起昏睡的未婚妻，将她拖出屋子。穿过院子。平放在树枝和树叶铺就的床上。木头因为重负在咔嚓作响。

此刻的他，泪已流干，目光清明。他擦亮了火柴，双手不再颤抖。两根火柴足以点燃柴堆。他使劲吹动火苗。最初的火舌蹿了起来，他伸手穿过烟雾，抚摸母亲的额头。他知道那是最后一次了。他在灰烬中搜寻，看见了山羊骨头的遗骸：正是这些遗骸教会了他何为"尘归尘，土归土"。除了简短的按手礼，他想不出其他告别方式。他不会诵读其他的颂词或者祷词。当热度太高时，他缩回了手。

那是个美丽的火堆。燃烧到最旺的那刻，火焰蹿到了小屋两倍的高度。刺鼻的气味呛到了喉咙。男孩躲到桑树阴凉处。听见火舌蚕食下，木柴发出噼噼啪啪的声音。还有呼啸声和爆裂声。他看见滚滚浓烟渐渐上升，散开，变淡，幻化成大量的薄云，在蓝天中飘荡，最后消失得无影无踪，宛如蜻蜓点水般的吻。男孩目送浓烟远去。关于灵魂，他压根没有概念，但内心深处有什么东西开启了，令他疑惑，令他无力。

临近黄昏，火势减弱到了壁炉旺火的程度。遥远的西边亮起了另一团火光，那是落日的余晖在和院中的火焰交相辉映。此时，她开口说话了——伴随着柴火低沉的鼾声，男孩恍惚听到了母亲的嗓音。这种情况发生过几次：只是他没料到母亲会突然开口，从双唇间吐露出一些话语。那是一串规律的音节，单调的絮叨，可对于男孩而言，该有多珍贵啊。他抛下一切跑去倾听。那些话语脱口而出，没有声音，只有含义。母亲没在看他。也不是对他说话。今晚不是，先前的夜晚也不是。她或许是在自言自语。或许是对着故去的父母、兄弟、姐妹、闺蜜、知己说话，两人的对话能超越时间和空间的维度一直进行下去。我们完全可以想象得到，身边会存在一些不容怀疑的生灵。她不像是在等待对话者的回答。

或许只是为了听到一个声音。

男孩希望母亲能说上一整晚，但今天和昨天一样，声流在一个句子转弯处悄然终止了，沉寂撞向耳膜，就像一记锣响，只有声波长久地在空中振动。

夜色过早地落下，只余一层厚实的灰烬，投射到宇宙中，成了天上的银河。最后几缕青烟散尽，天空重又变得澄澈，群星璀璨。所有的星星都到齐了，但我们无法保证有一颗新星会像有些童话故事里信誓旦旦确保的那样加入其中。

地上，所有的声音都湮灭了。男孩离开藏身的地方，跑去菜园找耙子，那铁爪让他想起了猛禽的利爪。他回到灰烬面前。慢条斯理、专心致志地在院子中央摊平温热的骨灰，盖上一层泥土，用耙子耙平，直到土地表面完全整平。结束了手头的工作，他直起身，站在苍穹之下，手握耙子，审视劳动成果。

那是她叮嘱男孩要做的事。

但她没有告诉男孩接下来要做的事。

每个人总有一天会把童年抛在身后。童年一去不复返。只有垂暮老人或者神志糊涂的人偶尔有幸再次体验童年。其他人在离开人世之际，能带走哪些弥足珍贵的东西呢？

葬礼举行六天后，男孩连夜离开了。他并没有事先做出决定，顺其自然。那是显而易见的事实，一种需要。

前一天下过雨。终于。那短暂的暴雨足以将院子变成一摊厚实的烂泥地，经过这次突如其来的松土，泥土、灰烬和碳化的血肉或许会永永远远融合在一起。那似乎是这场雨应尽的义务，雨旋即戛然而止。北风吹净了天空，太阳再次掌权，这两种自然元素不用二十四小时就能收干土地，夯实地表。而地下埋藏着往昔的遗骸。记忆如同矿藏在此重新生发。男孩可以行走在这片全新的土地上，它没有一丝一毫的印记，除了男孩在当时当刻留下的。

他放走了母鸡，然后上路了。

无论走到哪里，眼中所见都是新鲜事儿。他在赶路。一轮金色的圆月照亮了他的脚步。洒下的白光柔和了阴影，化解了内心的恐惧。他随机选择了一路向北。在前方指引他的北极星和地平线形成了 45° 的夹角：在人世巨大的漩涡中，它是唯一亘古不变的标记，那亮光照彻了漫漫黑夜，落入了我们的眼，它其实来自四百年前，那时候，哥伦布的帆船还没扬帆起航，新大陆还不知道上帝。

他从黄昏走到拂晓，选择在一天最暖和的时候睡觉。起初，男孩保持着这样的节奏。之后，圆月转为弦月，光线变弱。他的胆子倒愈来愈大。出发第四天，他不到中午就醒了过来，继续赶路。

他走出了自己的领地。前往未知的土地探险，既是猎手，又是猎物。他警觉地往前走。因为搞不清楚敌手到底是什么而愈发惊恐。他不知道该害怕什么。每一次声响，每一处寂静，都立马被判定为潜在的威胁。还有视野中捕捉到的每个动静。事实上，男孩信赖的是本能而非判断。本能指引他方向，告诉他停下脚步，隐藏起来，伺机等待或者拔腿逃跑。下一个小树丛的暗影中或许蛰伏着某个生物，会一口把他吞下。

至于食物，不会从天上掉下来。男孩要去寻找，捡拾，采摘。他认得大多数种类的浆果，可现在季节不对。他认得植物和根茎。他拔起臭嚏根草和款冬，剥去外皮，嚼食嫩叶。繁缕的茎秆。牛蒡的块根。他从做工粗糙的拎包中翻出鸡冠花叶子来填饱肚子，拎包垂在胯部，里面装满了乱七八糟的东西，羊皮袋、火柴、八厘米长的蜡烛、绳结、刀刃有缺口的小刀、洋葱、一把蚕豆，还有从菜园荒地里挖出来的鹰嘴豆。那是他所有的口粮。

当好运向他露出微笑时，他像个虔诚的信徒一样跪倒在牛肝菌、鸡油菌的祭坛前。他采下枯木上的黑木耳。早熟的桑葚和覆盆子染红了他的嘴唇和牙齿。

　　在一小片长了荆豆的土地上，他发现了一只奇怪的棕色小鸟，大小和山鹑相当。他渐渐靠近，离鸟儿只有三步不到的距离了，它却蹦蹦跳跳地逃开，笨重的翅膀毫无美感地扑扇着，并没有飞得多远。男孩在低洼处找到了鸟巢，里面空空如也。他在洞口设好陷阱，趴在刺柏后面等上大半天，鸟儿再也没有回来。他想到了遗弃在院子里的母鸡。该死。

　　他吃掉了蚕豆。

　　他吃掉了洋葱。

　　他在小溪中浸湿了鹰嘴豆，想要把外壳弄软。他一颗接着一颗吮吸豆子，像是吃糖一样让豆子在舌头上化掉。

　　饥饿如影随形，无以为继，饥饿在其体内滋长，令他日益衰弱。

　　他的命运或许将终结在一汪死水的小池塘中。某个晚上，他跌入水中。看见水面折射出夜空的粉色和橘色。那是块破碎的镜子，像是被炮弹打成了筛子，一群青蛙在不断地机械性地跳入水中，它们聚集在某处，不知道在庆贺什么。足足有百来只或者更多。扑通。扑通。扑通。扑通。但愿上帝会降福给这场热闹的游园会。男孩只能靠它来果腹了。他先是徒手去捉，然后脱下破破烂烂的内衣，充作网兜来捕捞。他花了很长时间，当最后一次把湿漉漉的布片从水里捞出来时，池塘里面一只青蛙也不剩了。

　　精疲力竭的男孩倒在地上。气喘吁吁。夜色四合。池塘波澜不惊，那黑色浓稠得像是铺了一层石油，只有一颗星星能将其点亮。寂静的幕布再次徐徐落下。

　　草丛里面尽是他扔在地上去了头的青蛙，比树蛙大不了多少，他像建筑师那样用青蛙的血肉和筋腱垒起一个奇奇怪怪、摇摇欲坠的坟冢。有几只还在垂死挣扎。有些砍了头之后还跳出一米多远，慢慢拖动身躯，上演一幕幕恐怖诡异的哑剧，或者因为剧烈的痉挛而突然抖动，横七竖八地跳出来，在空中完成奇特的动作，没有一点平衡感或协调性，这些青蛙可能是得了共济失调症，或是遵从了全新的物理定律、离经叛道的规则和等式，这些念头出自醉酒或者谵妄的智者，抑或残酷的小丑。

男孩站起来。点燃火堆。就着火光一只接着一只剥去青蛙皮，直到凌晨一点。接着，他找来最长一根树枝串起青蛙。烧烤的间隙，他跑去池塘边洗干净黏乎乎的手指。烤肉的香味令他垂涎欲滴。

他吃起青蛙。狼吞虎咽。嗑干净脊背的骨头，然后吐进纯净明亮的火焰中。剩下没吃完的，他用湿衣服包裹起来，塞进挎包。然后，他蜷起双腿，在篝火边躺下，肚子因为吃得太饱有点难受，但这是美妙的难受，他合上眼睛，天刚露白时睡着了。

他用迷迭香做调料吃了青蛙肉。

他撒上风轮菜籽吃了青蛙肉。

他抹上鼠尾草叶子吃了青蛙肉。

他把最后一点骨头存放在火柴盒里，作为护身符。

夏至那天，他踏入了开满岩蔷薇的山谷。那一刻，他放下戒备，满心赞叹。世界的美是如此壮丽，而他如此渺小，他永远不可能装下这种美。他展开双臂，宛如打开翅膀，穿过灌木的河流，任由灌木的绒毛轻轻拂过，他掠过那些粉色、紫色的花瓣，既是问好，又是告别，因为这些转瞬即逝的花儿在晨曦绽放，在夜晚来临时死去，它们的统治就在单一的轮回中完结。是否是因为这个原因，男孩在穿过花海时，除了最初的欣喜，还夹杂了伤感，然后是真真切切的忧愁？那是收获了忧伤的花粉。他来到对岸，视野豁然开朗。他宁愿再也不走回头路。或许是想到了母亲眼中燃起的火光。美丽和谐调无法天长地久，也无法带走，它们稍纵即逝，可留给我们的记忆挥之不去，刻骨铭心的失去会让那留存的空白愈发触目惊心。

七月始于一场龙卷风。雨,无休无止地下了四天四夜。第一天,男孩没有找到避雨的地方,落汤鸡似的涉水而行。每一步路都需要从红色的烂泥中拔出双脚。傍晚,他看见一处寸草不生的灰色山丘,于是躲进半山腰的洞穴里。其实是块岩石上的凹洞。仅够他蜷缩进去。但能够避雨,头上还有一片石灰石的挑棚。他就在那里躲了三天三夜,龟缩于石墙之间,被雨牢所困。假如有人看见他,会理所当然地以为那是废弃动物园最后幸存的动物,抑或遗忘在挪亚方舟上的古老物种。

然而,这里没人看见他。

暴雨过后,夏天突然而至。骄阳似火。笃耨香璀璨夺目,虎刺梅枝繁叶茂,茜草和铁线莲竞相绽放,乔木和灌木上的果实和浆果熟透了。阳光最为炽烈的时候,男孩一手搭在额头上充作帽檐,一手持黄杨木木棍像是盲杖一样在身前探路,这是为了提防游蛇。他远远地避开正规的小道。避开他人踩出来的道路。他似乎成了这些地方的开拓者。或许有过先辈,但已经死去,他们背井离乡时日已久,关于他们存在过的记忆荡然无存。他行走在荒芜的田野间。光秃秃的高地。荒凉的山脊。木栓槠和野草莓树组成的浓密森林。漫山遍野的菝葜和常春藤。从一片松林走到一片密林。从荒原走到森林。他在探索。他在丈量。他开辟出羊肠小道,仅够貂或者麝鼠穿行。他是动物中的动物。远行的间隙,只需要休息、食物和水。

男孩走在路上,乐呵呵地用脚底驱赶出小小的蚱蜢,像是拥有了一队调皮的、小人国的随从。他走进薰衣草田,乘上了蓝蝴蝶织就的飞毯。从不会错过朝蚁穴撒尿的机会,只为欣赏惊慌的工蚁蜂拥而出。那是自得其乐。

他几乎赤条条的，皮肤晒成了古铜色。

他吃过无花果。

他吃过李子。

他吃过醋栗。

他吃过杏仁。

皓月当空的一晚，他摸进黄鼠狼的洞窟，从它的存粮里面掏出一只小兔子。

他吃掉了那只兔子。

三天后，他接连用索套捕住两只成年的兔子，终于有了鲜肉可以享用。每只兔子不到两磅重，可他每次都高兴坏了。男孩攥住兔子耳朵，像是炫耀战利品一样把它摇来晃去——野兔的眼珠骨碌碌转动，后腿凭空乱蹬，安静得出奇。

他吃了一只。又一只。

火柴用完了。现在必须搜罗些火绒或者火柴代用品。他用刀刃摩擦火石，指望着能产生火花。不懈努力下，奇迹出现了。

他设下陷阱，捉到一只野兔，硕大的兔子一个劲地扑腾，他只能一棍下去把它打晕，将其逮住。

他吃了兔子。留下皮毛，晚上，他把皮毛垫在脸颊下，在嘴唇的轻抚下，昏昏入睡。

天刚破晓，知了就开始欢唱，这歌声潜入了他的梦里。

一天早晨，他沿着小溪行进，没过多久，小溪变成了河流，男孩走下河床，正午时分，他被水流裹挟着跌入了巨大岩石裂开的豁口。他行走在经过上百亿年的水流冲刷打磨过的鹅卵石上。河水清澈、刺骨，先是没过脚踝，然后到腿肚，再是及胸，岩壁有时变得很窄，男孩快要接不上气了，他继续前进，张大了嘴，挎包举过头顶，不让它弄湿。假如他此时抬头往上看，会看见洞顶上的一道蓝色裂缝：那是仅能见到的蓝天，那是暗影施舍给阳光的方寸之地。

他继续深入峡谷，大概走了三四公里。通道时而变窄，洁白的绝壁胜似白雪，时而又变宽，形成了层层叠叠的平台，上面长有黄杨木、接骨木和常春藤。他跨过一个崩塌的山口，从巨石间滑落。那些巨石似乎是在混沌时代从遥远的星系直接坠落在此的。

下午三点，他在小河湾的灰色沙滩上小憩。这里曾是沧海。而今，仅存的河流形成了一个近乎圆润的潟湖，有一米深，六七米宽。走过一小片沙滩，接着就是扁平的鹅卵石地，斜坡缓缓向上，连接起植被茂盛的峭壁，再往上六十米，陡然变成了险峻的石壁，如同一道寸草不生的城墙。

黑暗很快来临。在峭壁阴影的笼罩下，河水泛出了深绿色的冰冷光泽。男孩躺在最后一团阳光中。皮肤和长裤渐渐干透了。他扬起脸。金色的光斑挂在睫毛上。接着，他闭上眼，有人会问，他是否会永远留在这里。

他在那里逗留了一周。

在河里游泳。站在岩石上跳入水中，或者仰躺在水面上。他喜欢飞溅起的一串串泥浆，喜欢间歇泉，喜欢砸向空中的水珠，因着时间和天色不同闪耀出蜜色或者剔透的光泽。他喜欢水珠在水面裂开的声音。

他躺在沙滩上，暖和得昏昏欲睡。

经过一早上的耐心等待和努力，他捕到一条半胳膊长的鳟鱼。他把大鱼抛到岸上，搁浅的鱼发出拍打着湿衣服的声音。离了水的鱼渐渐没了呼吸。男孩目不转睛地看着垂死挣扎的鱼，直到没了气息。

他吃掉了鳟鱼。

他在上游稍远的地方筑起一道堤坝。

他捡起鹅卵石和石头，把它们运到上游，一块一块地调整，小心翼翼。这或许是项严肃的事业。他可能真的想要阻截河流。月亮升起时，他还在工作。感受不到四肢了。堤坝高过了他的胯部，而河水仍能流过，激荡的河水几乎没有稍做停留。

今天完成的工作，第二天又推倒，一块石头接着一块，一块鹅卵石接着一块，小心翼翼。

夜晚来临时，常常能看见他蹲在岩石凹陷形成的一小盆死水前。他探究地看着水中月光，看了很久很久。他会目不转睛地看下去，直到水中分裂出另一个人，一个完美的陌生人：是敌是友无关紧要，但愿有另一个人。但愿有两个人。

峡谷顶端剪裁出一长条夜空，只能露出支离破碎的星宿。大熊座、狮子座、小犬座、天鸽座、天鹅座、海豚座，那些星座轮番走过，男孩见证了那残酷无情的时间流逝，然后睡着了。

最后一天，他在离地十二米高的峭壁褶皱里发现了一个岩洞入口，茂盛的常春藤把洞口遮得严严实实。阳光很难照射进这处避难所。男孩用掉了探险旅途中仅剩的蜡烛头。前厅岩壁上有壁画，他用食指描摹了一遍：一把弓、一个螺旋形、意义不明的标记，或许还有神明的画像、出自宇宙起源论的各种神祇、人形动物，那样子和男孩从水中窥见的倒影不无相似之处。

他爬上一条有点滑坡的小道，进入阴森森的卧室，四百万年前的人类长眠于此。善于掘地的野兽先他一步到过这里。地上已经有了洞，经历过细致的破坏。遗骨从地里冒出了头。他用了一个小时清理出三段椎骨、一块胫骨、一块髌骨、两块股骨、一块跟骨、十二根指骨、半块颌骨以及十八粒牙齿，他像是摆弄棋盘上的棋子一样，仔细地把它们排成几排。他还从石灰岩地中挖出了瓦罐碎片。金灿灿的燧石标枪头。六颗用半透明的文石打磨而成的长方形珠子。两颗用黑色页岩打磨成的圆柱形珠子。一个穿了洞的鹰爪。一些角贝。

这些都是祭品，石器时代的遗物，陶器、珠宝、大量装饰在亲人逝者身上的坠饰。还有落在床头的泪——只是泪水不会结成化石。

男孩就着烛光挖地。用手指、用指甲挖，这个可怜的"考古学家"双膝着地，面前是穹顶放大的阴影。谁又知道他不会是在寻找自己的根呢？他自己的祖先。谁又知道他挖掘出来的第二段骸骨莫不是属于某位遥远的祖辈？谁又知道他不是血脉中的一环呢，这股血脉从开天辟地流传至今，还会继续繁衍。家族、血统，从父亲的祖辈到儿子的后嗣，出自同一粒种子。谁又知道埋在这里的逝者不是他的祖先呢？

肯定是。必然是。

他最后发现了一枚用象牙制成的骰子，距今不到两千五百年。

蜡烛快要燃尽了。男孩只得退出卧室，否则，黑暗必然像墓室的门板那样将他困住。他保留了标枪头和几枚角贝。他保留了几枚珠子，吐上唾沫再摩挲干净。他还带走了鹰爪和骰子，这些战利品连同青蛙骨头保存在了火柴盒里。

接着，他回到第一个洞窟，伴随着最后跃动的火光，在岩石上刻下一条鱼。那鳟鱼的图案融入了其他岩刻画中。这是他的见证，他的贡献。

那一年，奥匈帝国吞并了波黑。

那一年，刚果宣布独立，它原本是比利时国王利奥波德二世的私有地产，后来君主将其馈赠给国家，变成了比利时殖民地。

巴黎，国王的卡米洛①散发了《法国行动》初刊号，这份报纸主张排犹主义、反对新教、反对共济会、反对共产主义、反对民主制、反对议会制，由夏尔－马丽－佛提乌·莫拉斯创办，这位耳背的普罗旺斯作家鼓吹国家主义。

三十年后，夏尔·莫拉斯以二十票对十二票的优势入选法兰西学术院。

那一年，地铁4号线通车，连接起克利尼昂库尔门和夏特莱，爱德华－路易－约瑟夫·昂潘男爵联合勒克勒佐的施耐德家族趁此机会成立了巴黎都会铁路公司，承接工程和运营。

"榫子""跟屁虫""花天酒地"这三个傻乎乎的骗子组合出现在《大象》杂志上，有了漫画《臭皮匠》。

① 卡米洛是亚瑟王传说中的王国，是亚瑟王最爱的家园。"国王的卡米洛"是指1908年至1936年间在法国出现的激进保王党组织。

那一年，法国足球总会拒绝同英国足球总会同时参会，只因后者批准了职业足球比赛。

数万名妇女走上伦敦街头，响应妇女参政运动，要求投票权，二十年后终于如愿以偿。

那一年，拿破仑一世的侄孙子，美国司法部长查尔斯－约瑟夫·波拿巴成立调查局（BOI），也就是之后联邦调查局（FBI）的雏形，共有十几名调查员。

法国塞纳－瓦兹省下辖的维尼厄、德拉韦伊和新城圣乔治三镇，采沙场工人举行罢工，持续百日，工人阵营有六人牺牲，还有数百人被宪兵和龙骑兵的马刀和子弹所伤，内政部长兼总理，激进的社会党人，人称"老虎"的乔治·克列孟梭不仅派兵镇压，还立即逮捕、关押了法国总工会所有主要领导人。

乔治·克列孟梭后在 1918 年以全票票数入选法兰西学术院。

那一年，通用汽车公司在密歇根州的底特律成立，成为全球最大汽车生产商。

那一年，福特汽车公司在密歇根州的底特律开始生产 T 型车，开辟了大众汽车消费市场，这个长寿系列在此后数十年间，在各大陆共卖出一千五百万辆。

三十年后，T 型车的设计者亨利·福特被授予大十字德意志雄鹰勋章，用以表彰他对第三帝国的精神和资金支持，希特勒在《我的奋斗》中把福特列为最欣赏的人之一。

那一年，国际基甸会首次在宾馆房间摆放《圣经》。

那一年，法国药店出售印度大麻的香烟，它具有抗痉挛、平喘的作用，治疗呼吸道疾病十分有效。

在瑞士的卢塞恩，工作保障国际会议禁止十四岁以下儿童上夜班。

名为"溥仪"的三岁男孩登基为中国皇帝。

杰克·约翰森在拳击台上打倒了汤米·伯恩斯，成为首位黑人世界重量级拳王，警察在第十四回合中断了比赛，不让摄像机记录下黑人打败白人的致命一击。

威尔伯·莱特驾驶他的"飞行器"打破两项世界纪录，历时两小时二十分钟二十三秒飞行了一百八十公里，实现了最远距离和最长时间飞行。

法兰西学术院院士开会商议，试图为全新的飞行器找到一个名称，他们提出了：aéroplane，aéro，philair，auto-planeuse，aérion。工程师克莱芒·阿戴尔为 avion① 据理力争。

那一年，有个大火球在西伯利亚中部的通古斯发生爆炸，冲击波造成的威力比之后的广岛原子弹都厉害百倍，方圆二十多公里的森林尽数摧毁，千万株树木被连根拔起或者推倒，整群的驯鹿被杀死，可现场没有留下任何的冲击痕迹，甚至没有一星半点的残骸。是小行星？彗星？还是其他？天外来物之谜至今未解。此时此刻，我们依然一头雾水。

---

① 现代法语中的"飞机"就是 avion。

他在一个大风天见识到了马匹和车轮。

先是感受到脚下大地在震颤，中断了他前进的脚步。他站在橄榄树稀稀拉拉的树荫下面。草木皆兵。干燥、寒冷的大风扫过树叶，在其耳边呼啸，湮灭了其他声音。可是，男孩突然觉得远方传来了隆隆的滚动声，他本能地抬眼望天，枝杈之间只有蓝色，蓝色，无边无际，毫无瑕疵。他收回视线，喧闹愈发剧烈，大地从震颤变为抖动，男孩的胸膛剧烈起伏，又收紧，心跳加速又骤停，在尘土飞扬的金色光晕中，凭空出现了一个他有生以来见到的最奇特的生物。

于他人而言，那只是平平无奇的马车，两匹马拉着双座四轮轿式马车一路狂奔，可落在男孩天真的眼里，那景象既怪诞可怕，又神奇壮观，此后很长时间，它滋养了男孩的美梦和噩梦。就算是撞见飞翔的马车或者龙，他都不会感到更加意外了。

马车距离他只有三十步了。最靠近他的那匹马扭过头，大风和疾奔掀起了它额前长长的垂鬃，露出了眼睛。动物向他投来忧郁一瞥，男孩宛如被闪电击中。这两匹都是卡马尔格种马，生长在沼泽地里的它们天性自由不羁。那是最古老的品种之一，据说诞生自海水的泡沫，所以它才是一袭银白色。

那只是电光火石间，但那雷鸣、那海沫、那闪电，男孩再也不会忘记。

马车不见了。只余风和他。他动弹不得。沉浸在惊诧和赞叹中。最后，温热的尿液顺着大腿淌下来，把他拉回了现实。

他抛下树干，走出树荫，奔向马车车轮留下的两道细细的车辙。他怡然自得地查看一番，又望向地平线，眼中所见前所未有。他耸起鼻子，嗅一嗅空气，可大风做完了清洁工作，驱散了尘土和马匹的气息。他抱着满腔热情，一门心思投入到寻找马车的旅程中。

另一个时代就在刚才开启了。诚然，会有车轮，会有马匹，这种神奇的动物，可男孩最大的发现关于自己。因为，在那天，在那刻，在那处——只有上帝知道原因——男孩突然意识到他属于某种特定的物种，而他还不知道该如何定义它，那是人类。

他是人。

他得到了启示。或者说，他突然确认了某种直觉，之前一直浑浑噩噩，模模糊糊，微弱得无法令他醍醐灌顶。那片晦暗分崩离析，阳光涌了进来。

从此以后，他想要看见。他想要知道。他想要体验。他不再远远地躲起来，起先这是母亲的决定，理由只有她知道，之后是直觉在指引他。从此以后，他要走上不同于爬行动物或四脚动物的道路。他想要和同类交往。从那天开始，他不再拒绝同类的陪伴，甚至会寻求他们的陪伴，这个习惯不曾改变，直至暮年，到那时候，他将重新审视他人和自己，然后认为明智之举是远离人世，再次拥抱孤独，孤独这唯一的事实和真相是人类最终的依靠。

可以立马告诉大家的是：他再也没见过那辆马车，还有那对银白色的马。

之后数周，他绕过了村庄。小村子。农庄。他在一步步靠近。他游离于民居的边缘，找到一处树丛或常常是一棵枝繁叶茂的树，像水手一样蹲坐在桅杆上，他可以从树里看见别人，但没人看得见他。为自己服务的密探。他的伪装本领和变色龙旗鼓相当。他在哨岗上观察、监听。搜集。研究。太多的新鲜事物，太多的东西，太多的生物，太多的姿态，太多的声音，所有让他吃惊、雀跃的发现，所有让他困惑、令他陷入了不知所措深渊的发现。他目睹的那些仪式在他看来是多么的怪异。可别人明白，他却不懂：凡事都有意义。

他在观察和模仿。傍晚，当人们回到家中，他开始专心致志地重复别人的动作，一遍遍模仿，一遍遍上演见到的场景。他在自己的露天剧场排练。他是抽烟斗的胖子：柔软的嘴唇歪向一边，嘴里嚼着灯芯草，想象能吐出完美的烟圈，他挺起肚皮四处闲逛，头上的燕子撕裂了天空，对他视而不见。他是祖辈，他是被安顿在椴树下的祖父，被人遗忘的他坐在长凳上晃动身子，陷入了沉思。他倚着一根想象出来的拐杖站起来，拖动因为风湿病而不灵便的身躯直到看不见的家门口。一次。两次。十次。他一遍遍地开始。收集来的图像在脑中过了一遍。回忆起那些样板。他要让它们活过来。活灵活现地扮演它们。模仿。翻动嘴唇，露出牙齿，耸起眉毛，皱起眉头，狡猾地眯缝眼睛，又立马惊讶地瞪大眼睛。他是单腿蹦跳的小女孩，是为她加油鼓劲的小妹妹，发出水晶般的剔透笑声，笑声飞向夕阳，穿透了蟋蟀的虫鸣。凡是能找到的都放进嘴里嚼一嚼。他吐出苦涩的汁液，压下反胃的感觉。他揉碎了干枯的橡树叶，抓起一小撮，当作鼻烟塞进鼻孔。猛的打个喷嚏，要把鼻窦清除干净。脑袋里面嗡嗡直响，他立马画起十字，一个，两个，连续画了十个，用完左手用右手，生怕搞错了，那或许是在他的认知中最无法接受的习俗之一。为什么要画十字？有什么含义？他绞尽脑汁也不得其法。不过，他不会排斥，会继续练习下去。因为人们就是如此生活的。

别人明白，他却不懂。

他偶尔会在晚上进村。借助漆黑的天色尽量靠近民居。他潜入小巷、院子，绕过房屋。他需要触感。他抚摸房子的石头。贴上脸颊。贴上耳朵，仿佛能听见屋里人的声音，能捕获他们的呼吸、脉搏，能和他们合二为一。如果没法钻入他们的心，那就钻入他们的躯壳。很快。很快，或许吧。

然而，他并不能做到神出鬼没。牲畜棚里的动物感知到了他的存在。发出了窸窸窣窣的响声。蹄子神经质地刮擦地面。突然响起狗叫声，他周身的血液冷下来。有人打开了百叶窗，叫道："怎么回事？谁在那里？"他着急地乱跺脚，接着飞身窜了出去，赤脚奔向黑夜深处。

在这个名叫"白石村"的地方，他有大把的时间，然而，当他瞥见洞开的窗户射出猎枪的火光，立刻逃走了，那紧随其后的巨响搅乱了所有星球的秩序，男孩的耳畔传来了铅质蜜蜂奇怪的嗡嗡声。

好人是不会在深更半夜跑出来的，只有三类祸害：小偷、幽灵或者善于乔装打扮的魔鬼。

从那时起，流传开了各种关于他的传说。谣言四起，传遍整个地区。在夏夜出没的妖魔鬼怪中，那代代相传的狼人故事最让人胆战心惊。有人赌咒发誓看见这个不祥之物在到处闲逛。有人表示，他浑身上下长满了毛，粗腰、利爪，黄色的眼睛燃烧着地狱的火焰，红色的眼睛如同炽热的木头。人们害怕圆月。女人在祈祷，把自己交托给救世主。丈夫自然是不信的，但保持沉默，他们抿紧嘴巴，准备好铅弹，把卡宾枪挂在床头。人们选择在罐子里疏解膀胱，这样就不用穿过露天的院子。人们在夜色中躺下，严阵以待。揣摩着一星半点的声响。掂量着一片死寂。人们预感到了他的存在。他来了。他靠近了。他在那里。天哪！上帝啊！圣母玛利亚！狗也感知到了他的存在。它们似乎都疯了。蜷缩在屋子最隐蔽的角落里瑟瑟发抖，或反其道而行之，怒气冲冲地露出牙齿，一个劲地往前冲，差点被脖子上的绳子给勒死。那死命地狂吠的狗，令人心生同情。

人们说起牺牲。说起去森林里搜捕。

男孩当然不知道他造成的困扰。在他一无所知的情况下一个个传奇故事编织了起来。命运完成了讽刺的轮回，他竭尽全力想要回归同类，而后者却拒绝承认他是人类的一员。

男孩的脚步将他带往南方。八月中旬，他距离起点的直线距离不到十公里。三天前，他在废弃的窑炉里面定居下来。四周的旷野上长有灌木丛。窑炉很久没人用了，但结构完好。是个砖石建筑。庇佑它的并非圣母马利亚，而是拦在门口的壁虎，它一动不动地趴在那里，宛如门梁上的浮雕。黑色和金色的小蝎子蛰伏在板石间，等待夜晚到来。

男孩也在这里睡觉。探险归来就钻进窑炉。从睡梦中醒来时，已是下午六点。浑身上下出了一层汗。他喝了水。把羊皮袋放回挎包，关上，背起包带，直起身子，钻出窑炉。

可刚爬出去，就发现一杆猎枪的枪管抵在脑门上。两个黑洞洞的枪口如同贪婪的双眼，近在咫尺——他立刻浑身发冷。

端枪瞄准的男人和他处在同一高度。男人的胡子三天没刮了，头发闪耀着黄铜色，也有可能是晚霞晕染了一头红发。腰间的皮带上挂着一只死兔子，张开的眼睛呆滞无神。兔子耳朵流出的血干透了，弄脏了毛皮。

男孩不敢动弹。他看向猎枪，看向死兔子，记起了深夜响起的恐怖枪声，那次差点要了他的命。他看向男人。男人也看着他。那双盯住男孩的眼珠更近似黑色，而非蓝色。

"他是谁啊?"小女孩问。

"管好你自己。"她母亲说。

"走开,走开。"她父亲说。

"像是个流浪汉。"欧仁说。

"不是个好兆头呢。"欧仁妮唱起了反调。

"流烂汉 ① 是什么?"小女孩问。

"没什么。"她父亲回答。

"鼠疫和霍乱。"欧仁妮继续唱反调。

"有马戏团路过?"

"没人知道。"

"男孩还是女孩?"老态龙钟的布莱兹问道,"我这里看不清。"

"抱歉还有事情瞒着你啊。你有多久没见过女人了,布莱兹?至少还记得女人的构造吧?"

"给我闭嘴,欧仁。"欧仁妮低声说。

---

① 此处是因为小女孩听不懂别人说的单词,把"流浪汉"听成了"流烂汉"。

"那他呢，他说了什么？"拿破仑问。

"没有。"小女孩的父亲回答。

"你问了？"

"没有。"

"他可能听不懂我们的语言。"玛丽－埃梅柔声柔气地提议。

"外国人，你是说？"

"什么地方都可能。"小女孩的母亲回答，"上个月，我们还在城里看到来自殖民地的船呢。"

"黑人，你是说？"

"所有血统都看得出来。"

"被入侵啦。"

"第八灾，"欧仁妮低声说，"遮满地面，甚至看不见地……"①

"你听得懂法语吗？"欧仁拉起嗓门问道。

"……又吃地上一切的菜蔬和树上的果子……"②

"你干吗大吼大叫的？"拿破仑说，"他不是聋子。"

"我们又不知道，万一呢。"

"他真的吃光了所有的果子？"小女孩问。

"我觉得，你的大嗓门会吓坏他的。"玛丽－埃梅柔声柔气地提醒。

"我敢肯定，他是逃出来的。"皮埃尔说。

"逃出来？"

"儿子说得没错。"欧仁表示，"他这么一说，我也觉得那人长

---

① 出自《圣经·旧约·出埃及记》10: 5，第八灾指蝗灾。
② 出自《圣经·旧约·出埃及记》10: 15。

着逃犯的脸。"

"逃犯?"

"从哪里逃出来的?"小女孩的父亲问。

"我,我怎么知道?监狱。苦役。管他呢。或者是疯人院,为什么不呢?"

"他不像疯子。"

"他看上去慌里慌张的。"

"会是加佐那样的吗?"老太奥诺丽娜问。

"我们可不要俩。"

"他,他没流口水。"小女孩的母亲说,"就这样。"

"你在哪里找到他的,吕西安?"拿破仑问。

"波莱尔的窑炉。他在里面睡觉。"

"睡觉?在窑炉里面?"

"是啊。我趁他醒过来时逮住了他。"

"那你呢,"欧仁问,"你去那里干吗?"

"我吗?我高兴去哪里就去哪里,不行吗?"

"行,行。问问而已。"

"我在伏击小动物。你瞧。"

"哎哟,你逮到它了啊,这个小婊子。"

"欧仁。"欧仁妮抗议道。

"什么小动物?"老头布莱兹问,"他在说啥小动物?我什么都看不见。"

"一只野兔。"老太奥诺丽娜说,"可漂亮呢。"

"你该去买副眼镜,布莱兹。用不了多久,你就啥都看不见,连闲事都没法管了。"

"既然他是在窑炉里睡觉，那他应该没有家。"玛丽－埃梅还是柔声柔气地出主意，"他可能是个可怜的孤儿，被轰出家门，或迷了路。"

"我们要把它吃了吗？"小女孩问。

"吃什么？"母亲问，"你在胡说八道什么啊？"

"野兔啊，我们要吃它吗？"小女孩问。

这是个小村庄。有四个农庄，四个家庭，总共十三口人，其中十一个人此刻正围成一个半圆，面面相觑看着他。缺席的是一个叫作约瑟夫的人，还有他的儿子路易－保罗，就是大家口中的加佐。

用枪抵着，把他带到这里的男人的的确确拥有一头红发，撇开光线因素。狐狸一样的男人。他喷出浓重的口气，熏晕了男孩。两人到达后，选了建筑物之间的一小片空地暂作停留。那是类似小广场的地方。刚刚过了七点。男人没招呼来任何人，他喜欢就这么待着，猎枪夹在腋下，一脸狡猾、满足的神色，像是等着一名摄影师来记录下他的丰功伟绩。就这样过了漫长的两三分钟，房门一扇接着一扇打开了，人们鱼贯走出屋子。他们先是远远观望男孩，然后聚集到广场中央，隔着五六步的距离，又过了漫长的一分钟，小女孩率先发问："他是谁?"

众人于是七嘴八舌地说开了。

油腻腻的头发贴在额头上，男孩透过它看向他们。目光追随着发言者来来回回。他在倾听。单词，他听不懂。他把注意力集中在音色和语调上。听出了狐疑、敌意、同情、冷漠。有些人是在用嘴巴说话，有些人则是用心，他能够分辨。可能有些奇怪，但他并不害怕。

狐狸男人在男孩离开窑炉时就没收了他的挎包。并在路上检查了包里的东西。然后把挎包背在肩上。现在，他把它举向天空，暴露在众目睽睽之下，就好像他剥下了最可恶的敌人的头皮。可众人并没有报以欢呼。男人把挎包递给妻子，后者打开包，检索一番，又递给下一位邻居，如此往复。男孩眼看他的财物在众人之间传来递去。每个人都在翻找。小刀、羊皮袋、火柴盒、火石。柔声柔气的女人拒绝碰触。她眨巴着长睫毛。一举一动似在空中拂过。蝴蝶一样的女人。她用目光制止了兄弟拿破仑，后者叹了口气，弯腰把挎包递给下一个人，并没有打开。小女孩一把夺过。一股脑儿地倒空，东西散了一地，她蹲下来从中挑选出火柴盒，举到耳朵边摇一摇。然后，她打开火柴盒，手腕一翻。落出了珠子。鹰爪。贝角。象牙骰子。所有死人的祭品。所有人围在边上，看着那些东西落下来。

"这是什么？"老太奥诺丽娜问。

她皱起又长又尖的鼻子，鼻子下面竖起了四根白毛。鼩鼱一样的女人。

"看一看。"欧仁说。

他弯腰，翻出珠子，把它们放在掌心，像是在检查种子是否成熟了。然后耸耸肩。

"不值钱的玩意。"他说，"我觉得吧，都不值一枚钉子。"

"一枚钉子值多少钱？"老头布莱兹问。

"你的眼珠子。"欧仁开起了玩笑。

珠子从拳头的缝隙间落下，然后他搓搓手，要把脏东西弄干净。所有人对这份宝藏没了兴趣。除了小女孩。除了母亲怀里的弟弟维克多，十一个月大的婴儿。他扭动身子，咿咿呀呀，想要挣脱母亲。于是，她把婴儿放到地上，后者四肢并用，爬向姐姐。蠕虫一样的孩子。

"好啦，"欧仁说，"看样子，我们也没啥能做的。"

"最好通知一下宪兵。"皮埃尔说。

"圣母马利亚啊。"欧仁妮咕哝道。

"宪兵？为什么是宪兵？"老太奥诺丽娜问，"除非能证明他干了坏事。"

"他躲在波莱尔的窑炉里面。"皮埃尔说。

"这算犯罪？"

"他藏在那里。既然他是藏在那里，就是为了不想让人找到。"

"又是逃犯那套。"小女孩的母亲说。

"你就等着瞧吧。希望你之后不要怨天怨地。"

"男孩是自由人。"玛丽－埃梅说，"不该由我们来决定他的命运。"

"的确如此。"拿破仑说。"让他说说话。"

"好吧，该你说了，说啊。"欧仁说，"他安静得像个哑巴。"

"他可能是在找活干吧。"老太奥诺丽娜说。

"找活干？"

"他瘦不拉儿的，不过似乎蛮结实的。"

"所以呢？"

"我们总是需要帮手。"

"出了力就要填满嘴，"小女孩的父亲说，"我没钱。"

"他嘴里是什么？"老头布莱兹问。

"嗯？"

"那个小家伙，他把什么东西塞进嘴里？我在这儿看不清。"

"上帝啊，他的脸红得像猴屁股。"欧仁说。

"维克多？"母亲反应过来。

"别说脏话，欧仁。"欧仁妮提醒。

蠕虫孩子确确实实变了色。他双腿分开坐在地上，上身前倾，像是在做奇怪的体操。张开的嘴巴发出了支气管患者的喘息声。母亲拎起孩子，抬高脑袋，手指抠进喉咙，然后塞进第二根，尽量往喉咙深处抠。

"该死，你到底在干吗？"

她在责骂女孩。

"我什么都没干。"女孩嘟嘟囔囔，"不是我，他自己待着呢。"

"给我闭嘴。"母亲说。

她拔出手指。因为唾液闪着光。她举起孩子，头朝下，像是抖面粉袋似的晃动儿子。

"吐出来。给我吐出来。该死。"

那是一个有棱有角的女人。像是用角铁裁切出来的。高耸的肩膀又平又宽。比她丈夫的肩膀更高更宽。螳螂一样的女人。

"拍他的背，"欧仁说，"要让他吐出来。"

"我什么都没做。"女孩再次重申。

"给我闭嘴。"母亲说了遍同样的话，"你待会就知道到底做了没做。我会来收拾你的，就这样，等着瞧。"

母亲夹住婴儿，开始用力拍打肩胛骨之间的区域，女孩把脸皱成一团，做了个难看的鬼脸，不禁让人想起动怒的年老官员，眼缝随即渗出了泪水，还有鼻涕流作一团。

她叫布兰榭。今年八岁。很少能见到比她更丑的孩子。不成比例的大眼睛，像是两极两两相对。至少有三层下巴，以及两栖类动物的瘦弱大腿和鼓胀肚子。蛤蟆一样的孩子。

她和婴儿是小村庄中仅有的两个的孩子——加佐不算在内：他是个大人了。布兰榭和弟弟维克多代表未来。可现在，一大半的未来噎住了。

"拍啊，"欧仁说，"用力，别怕。"

"她会把孩子拍坏的，是哦。"老太奥诺丽娜说。

"我说了啥，"皮埃尔表示，"他来了还不到一小时，噩运就跟着来了。"

"鼠疫和霍乱。"欧仁妮在嘀咕。

"用力点。"欧仁说。

母亲继续拍打孩子的背部，这只小乳猪不停挣扎，好像人类要宰了他，短短的双腿在空中乱蹬，粉嘟嘟的肉团胖得挤出了褶皱。

男孩在观察眼前的场景。他想起母亲用木棍打死山羊。他寻思着他们是否也要杀了蠕虫孩子，是否要把他碎尸万段，吃了他的肝脏。他从未受过这样的冲击。螳螂女人的每一次击打都引起他腹部深处的一阵收缩。

孩子冷不丁打了嗝。嘴里喷出一团白糊糊、黏嗒嗒的东西，那是黏液和凝乳块。拉坦诺文化时期的象牙骰子浸泡在里面。距今已有两千五百年的历史。

"好了。"母亲说。

她又拍了一下，吐不出别的东西。孩子抽抽搭搭。还在咳嗽。

接着，他吞下一大口空气又迅速呼出，大呼小叫中掺杂了愤怒、惊恐和如释重负。哭声很快盖过了姐姐的。

"喇叭通啦。"欧仁说。

他大笑起来，皮肤染成了玫红色，因为甲状腺肿胀而松弛的皮肤微微颤动。火鸡一样的男人。

众人舒了口气。母亲把婴儿倒过来，后者下巴上还留有一丝口水。她一手夹住儿子，俯下身子，拉开另一只圆规一样的手臂，劈开空气，一巴掌打在蹲坐的女孩脸上，把她打倒在地。

男孩听见巴掌声闭起了眼睛。当他再次睁眼时，看见女孩有气无力地躺在地上，撩起的连衣裙露出苍白的肌肤：他以为女孩死了。他感到自己的脸颊也有点刺痛和火辣辣的灼烧感。

"是你不对。"母亲说，"谁让你把东西都翻出来的？现在给我收拾好，麻利点，别逼我再给你来一下。"

于是，那具死尸在男孩眼前站了起来，开始干活。泪水模糊了视线。鼻涕水流了出来，她没想过要去擦。女孩捡起男孩寒碜的家当，塞进挎包。他注意着一举一动，因此看见她藏下了一颗半透明的文石珠子，那只是一滴日光，还有一颗黑色的页岩珠子，仿佛吸收了黑暗的源泉。女孩攥住两颗珠子，悄悄塞进连衣裙褶皱间的口袋，这一连串的动作并不耽搁她一秒钟的哭泣。然后，她合上挎包。

她落下了拉坦诺文化时期的人们打磨的骰子——当时的人们在掷出骰子时可曾料到，在历经了两千五百年的漫长岁月之后，它的命运会终结在蠕虫孩子呕出的一摊黏液中？

她还遗漏了青蛙骨头，它们散落在尘土中，永远不会被人找到了。

人世间有什么珍贵的东西？

有什么神圣之物？

别人明白，他却不懂。

男孩的两颊现在火辣辣地疼，灼烧感更强烈了。

"约瑟夫回来了。"老太奥诺丽娜说。

所有人齐刷刷回过头。目光投向太阳的方向，摇摇欲坠的它将要落到建筑物后面，它当然会继续落下去，这样才能照亮印度和美洲以及地球其他地方，在场的任何人都从未征服过那些大陆，也没有去过，今后也不会发生。

　　男孩也在看。他看见的是两个垂直的阴影，那投射在地上的笨手笨脚的倒影在为两人开路。叫作约瑟夫的男人每一步都走得很稳。人高马大。生硬冷漠。浓密、顺滑的白发犹如天鹅的羽毛。右手握着一把短镰刀。挂在腰间的布头腰包和男孩的挎包一样破破烂烂。里面装了草本植物，没有几个人知道它们的用途。更是少有人知道可以从中提取精粹，并加以调配。叫作加佐的那人跟在后面，踩着即兴发挥的独特舞步，就连他本人也无法预料下一步。那是集优雅与混乱于一体的芭蕾。加佐和父亲一样高大。英俊帅气。那是独属于年轻神明和被诅咒诗人的。他在微笑。嘴角绽放出两个小窝。他一手举在身前，和地面平行，手背上停了只堪比金银制品的漂亮昆虫，像是用琥珀和祖母绿镶嵌而成，锯齿状的上颚宛如那些名副其实的帝国时代的皇冠。昆虫死透了，就像中国的第一位皇帝，了无生气的它宛如佩戴在嫔妃胸口的胸针。不过，加佐是想不到这些的。他目不转睛地盯着昆虫，巴望着它动弹一下，走上两步，把他的皮肤弄得痒痒的。他时不时地用指甲轻轻拨弄它，像是亲昵的伙伴又带着不耐烦，因为加佐从出生那刻起就摆脱了时间的定律。他咿咿呀呀的。他一脸的幸福。

人群不动声色地分开了。半圈人在中间裂开个口子，约瑟夫在缺口前面站定。人影分毫不差地隔开了他的双脚和男孩的双脚。鸦雀无声。婴儿停止了哭叫，女孩也不再哼哼唧唧。众人猛然意识到，事情进展至此只是一次排演，配角们在一出喜剧中承担了过于重要的角色。此时，他们演不下去了。法官已然登场。或许他就是司法本身。

男孩盯住矗立在他眼前的身影，高大挺拔得像是一座图腾。男人刚现身，但他似乎一直在现场，在他的位子上，在天与地之间。橡树一样的男人。他的树根探入地下深处，他的树干开枝散叶。他看着四季轮转。看着世纪更迭。他的枝杈既为鸟儿遮风挡雨，又为寻死的人提供了绞刑架。

加佐加入人群中。在完成了一连串的舞步之后站定，两脚明明踩在地上却似乎悬浮在空中，像是踩在钢丝上面保持着微妙的平衡。他的目光在众人之间游移，扫过那些熟悉的脸，最后落在男孩身上。他忽然咧嘴笑起来，露出一口牙齿，连带着漏风的缺口。加佐有了动作，他轻轻晃动四肢，浑然忘记了他的小伙伴，那只昆虫从臂上滑落，掉落到一文不值的墓地里，那里已经有了青蛙骨头、命运骰子，还有中国皇帝的历朝历代。在加佐的眼里，根本没有界限：他毫不犹豫地跨过了半圆，踏入他眼里的林中空地或许是冰山一角，谁知道呢？

男孩看见他迈开步子靠近，身子一僵。他想要往后退，而加佐已然到了他面前，双膝一跪，抱住男孩，脸颊抵上他的胸膛，用力，用力，用力。男孩抬起手。他不敢动弹。皮肤上传来了巨人的气息。他还感觉到了口水，类似忠犬的嘴角流出的长长的唾液，亮晶晶的如同受洗者额头上的圣油。那是爱的表达，最纯粹、最完整的爱，男孩也感受到了。他必须铭记。

这是一个美好的夏夜。加佐闭上眼睛。除了他的咿咿呀呀，极度的宁静笼罩住小村、周围的农田、山丘、葡萄园、橄榄林。一切似乎都定下了，判决下达。

他在这个社群里面还要待上将近十个月。这就是整个世界。如果他有心发现，或至少想要好好理解一下他在社群里面所处的地位、扮演的角色，那他会清楚地认识到，这样的地位和角色恰似农场的初级雇工。而 valet 这个单词可以解释为"雇工"，也可以解释为"仆人"，后者才是重点吧？三十年后，在亚马孙热带雨林边界上的某个地方，一位明智通透的印第安老人对他说了如下一番话："您的种族（在此语境中，他是指所有人类，除去自己部落周围的几个部落），您的种族只有两类人，主人和仆人，大量的仆人和一小撮的主人，不计其数的仆人，"他强调道，"最终服务于一个主人，每个仆人都发自肺腑地以为会成为主人，然而，每个主人其实也是另一个位高于他的主人的仆人。您的神明同样如此，他们的作用就是不容他人置疑那高高在上的强权的意图，和善良、仁慈没有一点关系，只有恶意和凶残，只要睁开眼睛就会明白，只要看一看施加在您身上的一切，您所忍受的，您所接纳的，只要看一看您的所作所为，您的经历，这不是明摆着的事实？您的神明也是仆人，同其他人一样，不折不扣，假如有人细细算过，那这世界上只有成千上万的，成千上万的仆人，对应唯一的主人。这位至高无上的主人，或许残忍，或许荒唐，人们可能以为不会被自己的残忍和疯狂左右，但他归根结底是自己的仆人。可是，该如何解脱呢？"印第安老人问。"为了重获自由，您的种族会怎么做呢？"他问男孩。"杀死主人不会让你们变成自由人。消灭主人并不能消灭你们这些仆人。为什么？因为马上会有人取而代之，一个接着一个，一个接着一个。生生不息。轮回不止，仆人会源源不断出现。因为铸就仆人的，并非主人，铸就仆人的，是他想要成为主人的欲望。仅此而已。杀死主人没用，需要杀死的，是当被连根拔起的人的欲望。野心、渴望、需求，要斩断这些。这是唯一的方法。可是，在我看来，"他总结道，"您的种族无法做到，甚至没有这样的想法。"这就是多年以后，一位明智通透的印第安老人对他说的那通话。这是一番经验之谈，那位印第安老人曾经出于好奇，为了追随英国人种学家的团队，告别了亲爱的森林、参天的棕榈树、金灿灿的罗望子果，他们将他带到伦敦、剑桥、爱丁堡、欧洲和美国的大城市，还有那些不太知名的城市。他有幸见到了我们最伟大的首领、最伟大的巫师，还有不太重要的首领、不太有名的巫师；他有幸见识到了各种各样的骗子、穷人、病人以及他只能归为野蛮人的人。在外游历不到一年，他就足以理解我们文明的构成和运作机制，能就此侃侃而谈。不经意间流露出的情绪，在我们看来，出于他耿直的个性，流于在蔑视、厌恶和同情之间。男孩之后会全神贯注倾听的那番演讲，其实他也无力思考，老人是用难以理解的土著方言说的。难道是这个原因，印第安老人在慷慨陈词之后，又突然收起睿智的神情，转而哈哈大笑？就好像把男孩戏弄了一番。就好像这一切只是个玩笑，一个闹剧，是在人生这出庞大的悲喜剧和荒诞剧中再加一个笑话。老人夸张的笑声惊扰了躲藏在林冠上的大鹦鹉，而挂在脖子上的那个柚子大小的人头也跟着晃动起来。

不过，我们还未抵达那时那刻。

男孩用镰刀收割。他在拍打。他使用长柄叉、锄头、连枷、磨刀石，总之所有仆人应该掌握的工具。学习的方法如出一辙：观察、模仿。他有毅力，有胆量。任何苦差事都吓不倒他，他从不会半途而废，好几个晚上，假如别人没叫他休息，他会在星光照耀下一直干下去，直到星野垂落。

他没有时间可以浪费。不可能再躺在田野的尽头仰望星空，看云朵静谧、舒缓地变幻。他不再追逐金龟子。不再描画太阳。他瞧不起那羽毛雨，那绚丽的小型风暴，一阵风吹过蒲公英的脑袋，点燃了毛茸茸的烟火。男孩不再玩耍。鸡毛蒜皮的小事和无聊琐事：那是留给傻子加佐和蠕虫孩子维克多的。他要翻地。要开垦和耕田。他要让自己变得有用。他如饥似渴地学习，渴望得到认可的想法进一步放大了他的求知欲。并不是因为他想这么做，他是这样的人，他只是向往成为他们中的一员。

除了决心和热忱，除了听话，他还有个无法忽视的优点，不要薪水。他不是可以雇佣的。也不是可以出卖的。他是奉献。

他们，分享了他的劳动。

他先是住在约瑟夫的干草房顶楼。下面是牲口棚，养着两头牛以及一头看不出岁数、秃了毛的骡子。约瑟夫曾有一匹重近一吨的佩尔什马，可马死了，后继者再也没有达到同等的重量。他还有过一千六百头绵羊和八个牧羊人、十二头牧羊犬，其中一头边境牧羊犬的祖先是直接从苏格兰带回来的——在这片地区迄今只见过这么一头。当羊群穿过平原转到山里放牧，方圆数十里都能听到动静，预示着夏天开始了或者夏天结束了。那是他的辉煌时刻。约瑟夫-安托万-费利西安·佩尔行走在自己的领地上，身穿狐狸皮大氅，头戴博尔萨利诺牌帽子，上面插了一根泛蓝的松鸡羽毛。没人会嘲笑约瑟夫的奇装异服，因为田鼠没心情哈哈大笑，鹰爪正死死地钳住它。那时候，一切都属于约瑟夫先生：整个小村庄、房子、田地、每块石头、每棵树木、每粒麦子、每滴雨水或者淌下的汗水。对于在此繁衍生息的另外三个家族而言，他并不是农奴主，假如他不是，那他的父亲当过。

但一切都存在着不稳定因素，而这不稳定因素就是爱情。谁会相信呢?

1862 年，约瑟夫追随法国远征军前往墨西哥，五年后，他回到故土，没有荣誉头衔，没有负伤，却带回一个新娘，她有着小鹿一样的眼睛，美洲豹一样的身形。他那年二十六岁，她二十岁。来自墨西哥的瓦哈卡州，血管里流淌着萨波特克人①的血液。除了小村庄里的人，当地人把她叫作印第安姑娘，垂涎她异域的美貌以及魔力，他们以为她能施展魔法，也因此畏惧她。或许真的有道理。她冷不丁现身，没人注意到她或者听到她靠近的声响。上一刻还不在那里，但下一刻就出现在众人面前，站在农田中央或者两排葡萄树之间。人们吓了一跳，第一反应是伸手摘下帽子。以示敬意。或者效忠。她也没戴帽子，瀑布般的乌黑长发编成两根长长的类似皮鞭的麻花辫，她也会把长发挽成厚实、优雅的发髻，按照季节或者心情别上一朵矢车菊、无叶花、半日花、草甸碎米荠，绚烂缤纷的花儿在她的映衬下愈发的美丽。老头布莱兹相信他曾亲眼见到印第安姑娘在某个和煦的春日夜晚，身披月光的轻纱，在河水中嬉戏。只是老头布莱兹尽管那时还年轻，已经高度近视，没人相信他看见的。那番景象无论是真是假，已经烙在布莱兹病变的视网膜上还有心底一角，入了他最燥热的春梦，成了困扰他的美妙折磨。

这个女人就是约瑟夫的挚爱。上帝知道他有多爱她。他不知道还能如何爱得更多。只有约瑟夫懂得她的语言。是她教授的。她还教会了约瑟夫她儿时的歌谣。她传授给了约瑟夫一些词汇，

---

① 墨西哥原住民之一，主要分布在瓦哈卡州及其周围地区。在前哥伦布时期，萨波特克文明是中美洲高度发达的文明之一。

能用来召唤雨神和光神。Cocijo①。Coquihani②。只要是她说的，他愿意百分百相信。他眼中的天空不再一样。约瑟夫爱妻子甚于一切，并且惊讶于妻子每天回报他同等的爱。他还能给她什么？他还拥有哪些财富？土地、农庄、牲畜、长工：一切都属于她。收成和庄稼。葡萄园里的葡萄树。一切。但微乎其微。一无是处。他将整个王国献于她的脚下，但他觉得那只是寒酸的奉献。没有哪个帝国配得上她，的确如此。

　　两人的爱情延续了二十年，没有消减。大家以为会爱到海枯石烂。之后，印第安姑娘死于分娩，她允诺会给丈夫一个儿子，尽管丈夫不再期待。她已经四十岁，而他则四十六岁。无济于事。上帝、祈祷、奥诺丽娜的经验、医生的科学都不管用，约瑟夫把妻子从床上抱起来，骑上佩尔什马，连夜狂奔进城找医生。孩子有的救，母亲不行了。经过二十八个小时的折磨之后，她望向约瑟夫，用尽最后的气力扯出脆弱的微笑，缓缓地眨巴睫毛，然后撒手人寰。

　　萨波特克人是云的民族：她回到了云中。

　　约瑟夫大吼大叫。约瑟夫号啕大哭。约瑟夫想要杀了医生。想要杀掉孩子，这个浑身发紫的丑八怪从挚爱的腹中出来，抽干了她所有生机，像是肿瘤将其吞噬。约瑟夫想要自杀。

　　天刚破晓，他抱起挚爱仍旧温热的尸体。人们看见他把妻子抱在胸前出了门，一如新婚那晚。没人敢去拦住他。

　　一周之后，他回来了。孑然一身。没人知道他去了哪里，做

---

① 萨波特克文明中的雨神。
② 萨波特克文明中闪电神。

了什么。他可能埋葬了妻子——每个人都这么以为——他一直守口如瓶，没有说出墓地位置。乍看一眼，所有人都明白回来的那人已不是从前的约瑟夫。

他不在的那段时间，奥诺丽娜负责照看新生儿。她以为他活不了，下一个月圆之日到来前就会死去。她找到一个用来装柴火的旧柳条篮，把它改造成摇篮。孩子挺住了。奶妈是一头矮山羊，附近没有处于哺乳期的女性。奥诺丽娜煮沸了羊奶，用手帕蘸湿，再耐心地挤入婴儿的嘴巴。她想起了半个世纪前她曾带回一只奄奄一息的乌鸫。她照料它，喂养它，救了它的命，之后，鸟儿飞走了。有将近一年的时间，她每天早上和晚上都会趴在窗户前，期盼着乌鸫会回来探望她，可它没有。五十年过去了，每当她看见翱翔在空中的乌鸫，心跳还是会漏跳一拍。

约瑟夫回来之后，长时间地站立在摇篮前面凝视孩子。他的儿子。他没开口。奥诺丽娜在家门口见到他，起先是松了口气，可渐渐地，伴随着时间沉默、缓慢地流逝，她开始希望他会独自离开，正如他独自归来。孩子没有睡着。那双眼睛如同两颗小小的紫水晶珠子，鼓溜溜盯住头上的男人。他的父亲。他没有哭。他很少哭。他已经会咿咿呀呀发出声音。约瑟夫最终抓起篮子，想要带走孩子，奥诺丽娜感觉屋子里有对翅膀扑扇而过。她瘫坐在椅子里。我叫他路易-保尔，她在约瑟夫跨过门槛前用仅存的力气嗫嚅道。她不肯定约瑟夫听见了。

妻子去世后，约瑟夫-安托万-费利西安·佩尔散尽家财。他烧掉了狐狸皮大氅。卖掉了羊群。他为自己和儿子保留了一处农庄还有一公顷土地。剩下的，馈赠给其他家庭。每个家庭突然拥有了遮风避雨的房子，可以耕种的农田。有文件可以证明，有公证书可以证实，农民粗糙的手指握住这些文书，眼中流露出狐疑。他们中的大部分人不识字。约瑟夫需要说服他们。白纸黑字写着呢。他们自由了。先前的雇工现在拥有了和前任雇主同等的财富，甚至更多。再也没有约瑟夫先生了。约瑟夫老爷成了约瑟夫修士或者类似的角色。小村庄的居民用了好长时间才适应了他们的新身份。尽管如此，他们永远不会把约瑟夫视为同类。有些情感根深蒂固，他们永远欠了约瑟夫的人情。他们害怕一切的馈赠会在一夕之间收回。或许在此层面上，约瑟夫高他们一等：他失去了心之所爱，再没有什么可以失去的。也再没有什么可以被收走的。

于是，橡树男人和云朵女人生下了溪水孩子，后者又变成了河流孩子，以及洪流孩子。同样的，狐狸男人和螳螂女人生下了蛤蟆孩子和蠕虫孩子。真是怪事一桩。这是男孩最难以理解的概念之一：亲属和后裔。兄弟姊妹。血脉联系。对于没有类似概念或者懵懂无知的人而言，很难理清头绪。

他还没想过自己的起源。他还不知道自己是从母亲的肚子里面钻出来的。（正如那些黑暗的童话故事，她在月光下独自分娩，但不是用牙齿而是用一把小刀切断了脐带，而这把刀刃有缺口的小刀就在他的挎包里。）他在这里。他一直在这里。在他之前，世界并不存在。他没有被母亲哺乳的记忆，假如有人告诉他，他就会皱起鼻子，厌恶地朝地上啐一口。母亲，儿子，啥意思啊？他和那个女人联结在了一起，就因为他是女人的骨血，或仅仅是因为女人是他唯一接触过的人？因为他们一起挨冻挨饿，一起透过小屋大门沉默地看着雨滴落进方寸灰色之中。因为他们共享了几乎所剩无几的财物。万一有只母狼或者母熊将他收留在洞穴内，他是否也会怀有同样的情感？

男孩没有认真思考过是谁生下了他，因为他不知道生命的诞生需要两个人。他还不懂繁殖。他见过两只兔子叠在一起，见过公鸡趴在母鸡身上，可如何能在这短促的癫痫般的抽搐行为和诞生奇迹之间建立起因果关系呢？他没有父亲，无从得知。

在小村庄这个社会里面，他在观察个体和形成的小集团。有些人同桌吃饭，同一屋檐下睡觉。他不属于任何群体。他像零工一样，根据手头的工作，从这家换到另一家。约瑟夫没有吩咐，但另外三家达成了默契，平均瓜分了男孩的使用权。他的时间，他的双手。某天，他为雅尼科家的荒地清理石子，后一天他为西弗尔家耕地，再之后为托奈利家收割。享用了男孩劳动的家庭要负责他的口粮。第七天是安息日。人们为了感恩主，或至少为了尊重他的休息。这又是男孩无法理解的事：周日在他眼中毫无意义。和周一或者周四完全一样。他知道日出日落，阳光黑暗，春夏秋冬，当第一次出现霜冻或者树枝的浆液再次流动时，他的内心深处会有恸动，可是，他无法理解所有的一切都经过权衡、估算、合理化，所有的现象都经过宏观或者微观的演算，他无法想象那些智者会解剖时间，将其分割、细化成极小的单位，赋予其名字或数字，用时钟和日历的形式进行呈现。这样的划分有什么意义？为了更好地统治吗？

同样的，他们眼中所见的上帝的造物，或者自然的造物，偶然的产物，都能分解成数学公式。谁需要知道呢？魔术师不会揭开自己的花招。看啊，我的男孩，太阳不是太阳，云朵不是云朵，彩虹不是彩虹。那都是化学组成。不要笑，这并不可笑。你呼吸的空气是化学组成。你也是化学组成。某些躲藏在遥远星系的黑洞也无法逃离方程式。它们最终也会经历的。上古的宇宙起源说将在未来被完完整整地记录在历书的纸页间。

他如何领会这些呢？

别人明白，他却不懂。

只有加佐能够摆脱约定俗成的一切。他可能也没有获得百分百的自由，而是身处更大的牢笼。无论是周日还是其他日子，他都会去找男孩。对于男孩的眷恋不会变弱。这种盲目的情感没有边际，不求期待，甚至不需要回报。那是馈赠。洪流孩子拥有人类的体魄和其他物种的灵魂。或许是爱尔菲[①]的。或者西尔芙[②]的。他如影随形地跟着男孩，不是循规蹈矩的刻板影子，而是没有拴上绳子的幼犬，团团围住主人，嗅一嗅每种气味，探索每条小路，好奇满满地发现新世界，然后跑回来，兴冲冲地叫上男孩，同他分享探索成果：花朵、昆虫（或死或活）、皮毛和甲壳、豆荚、果壳、石子。某天，他将一条游蛇卷在手腕上，男孩误以为是毒蛇，一把扔在地上，用木棍把它砸得稀巴烂。

起初，加佐如影随形的存在惹恼了男孩。他感到不自在，隐隐约约的不安。加佐再怎么说比他高了三个头，谁知道他会做出什么反应呢？可是，他渐渐习惯了，特别是他觉察到两人之中占主导地位的并非是众人以为的那个。

有一天，他避开了加佐的目光，爬上梧桐树高高的枝丫。居高临下看着加佐团团转地找他，慌里慌张、不知所措、傻里傻气，惊恐的他瞪大了双眼，那双眼睛平日只会射出纤尘不染的笑意。他看着加佐从一头跑到另一头，勃然大怒，去了又回，

---

① 一种耳朵尖长而漂亮美丽的类人形传说生物，源自北欧的古老传说。

② 一种西方传统传说中的神秘生物，气元素精灵，出自中世纪欧洲炼金术师帕拉塞尔斯的著作。

像是一个人在跳四对舞，只是舞步乱了。玻璃罩中乱飞的苍蝇。洪流孩子撞上了岩石。咿咿呀呀的低语转为凄凉的尖叫。男孩一动不动，没有表示，他带着点欣喜任由这出悲剧发生，他旁观了一切，而且这 幕就是为他上演的。有细绳将两人连接在了一起，尽管看不见，他真真切切感觉得到，而且是他在操控。最后，他从躲藏的地方一跃而下，现出身形，欣然接受洪流孩子热情的爱抚，他清澈的眼中又找回了喜悦和感激，男孩也受到了感染。

有一天男孩想要解决下生理需求，不希望有人看着他，他指手画脚地想要赶走加佐。办不到。于是抓起一块大石头。先是威胁，然后扔了出去。他精通这个小把戏，能击中离他十米远的枝头上的麻雀，即使飞在空中的鸟，也有三分之一的胜算。石头打中了傻子的胸膛，随即落在脚边，他低头端详了会儿，就好像那是从天上落下的陨石。之后，他忘得一干二净，再次向男孩走去。后者要连投五次才能止住傻子前进的脚步。男孩松了口气，终于见不到人高马大的加佐，后者就像个稻草人独自杵在农田里。他等着，转动脖子看向四周，仿佛不认识这片土地，他似乎在问自己是降落在了哪个星球上。

第二天，男孩又用石头扔了加佐，这次没有理由。就是为了看看。他瞄准了脑袋。眉弓绽开了一道口子。加佐踉踉跄跄，但还是站住了。男孩走近他，既不害怕也不懊恼。血流了下来，一条小溪流过了脸颊。他伸出两根指头慢慢滑过，于是皮肤上多了两道暗红色的斜线，假如印第安姑娘还在人世，她或许能够解读这个标记。男孩端详了片刻他的指头，然后送入嘴中，血比水浓。

在那时候，洪流孩子仍是所有居民中最能理解男孩的人。两人的天性最为接近。他常常靠着树干坐下，吃块面包和奶酪，任由大个子躺在边上，脑袋搁上他的大腿，流下口水。

男孩来到村庄大约两个月之后，生了场让他灵魂出窍的病。肉体拒绝动弹。每一次起身的努力会把他打入更深处。牙齿在打架。汗水一波波涌出来将其淹没，湿透了床单。他昏昏沉沉躺着，四肢无力，灵魂却脱离了肉体。飘啊飘。飘过了记忆中没去过的地方，假如记忆能认出这些地方的话。

　　他跨过了一条河流，一条他无法估算的时间之河。白天和黑夜交织在一起。昏暗是统治者。唯有一道明灭的亮光远远地照进他的眼皮：或许是灯塔，或许是船工的灯笼，船工站在冥河的渡船上等待着他。但这不是他能决定的，他呻吟着顺流而下。好几次，在他快要沉下去的时候，有只手把他捞出水面，那只手抓住他，把他带回空中，让他喝下一杯东西，苦涩的饮料流入喉咙。

　　最后，他来到河岸边，一切变了样。他眨巴眼睛，睁开了。入眼的是个黑人巫师，脸上戴着乌木黑和朱砂红绘成的恐怖面具。视线渐渐清晰了，巫师摇身一变成了昆虫，在他鼻子底下的床单上爬来爬去。稀松平常的画面。一切尽在眼前：昆虫、床单、鸭绒被、他躺着的窄床。暗影悄无声息打在四壁上，就像无风时候的棕榈树。气味。

灵与肉开始合体。他转过头。床头柜上点着一根又长又细的蜡烛，下面摆放着一堆小玩意：一块石英石、一根生锈的长钉、一个蝉壳、四片浅红色的花瓣、鹌鹑蛋蛋壳、一截金色缎带。不是祭坛，胜似祭坛。稍远的地方，房间中央端放着一块厚达五十厘米、直径一米的橡木砧板。六根又粗又短的蜡烛立在各自流下的蜡中。火光温暖了小巧的铁质三脚架上的小圆锅，锅里在熬着褪了色的叶子。容器蒸腾而起的雾气比香料更加细腻。男孩的目光追随着雾气。透过滤光片他注意到一张女人的脸，瞪着乌黑的眼珠回敬他。男孩打了个哆嗦。攥住床单。他闭了会儿眼睛，复又睁开。女人还在那里。她很漂亮。一丝浅笑拉长了嘴角。两根麻花辫垂在肩头，额头佩戴了一圈花饰。手上握着一根用麦秆制成的权杖。

要再过上几秒钟，男孩才能确认她不是活人。那是用羊毛织就的皮肤、头发和眼睛。那是一块挂毯，用两根绳子吊在房梁上。一幅画像。男孩端详良久。他在猜测，他觉察到这个人非同一般，只是他从没见过女王也没遇上神明，在他有限的词汇量中找不到贴合的词汇来定义她。他很高兴她在那里。她的存在对他有好处。能让他心绪宁静。突然，那张脸变形了，他现在见到的是母亲。真真切切的母亲。当她的目光落在男孩身上。当她的手——更少发生——按在男孩的肩头或臂上。他能感到，他在那刻真的能感受到母亲的手指碰触他的皮肤，于是喉咙一紧，眼泪夺眶而出。

泪水止也止不住。男孩明白的。这是他最先知道的真相，也是最先得到的教诲。母亲的形象倏忽消失了：眼睛、手、手指，一切。只有画像还在那里。男孩的泪水顺着太阳穴淌下来，在耳廊里形成了一汪小小的盐水湖。

有面墙上开了一扇窗，比城墙上的枪眼大不了多少。屋外天已放亮。秋天的惨白亮光穿过紧闭的百叶窗留下一道道条纹。重新点燃了他的生机。他突然十分渴望天空。清风拂过肌肤，大地被踩在脚下。他想要饮下雨水，饮下阳光。他想要奔跑，像雨燕那样飞翔。

接着，他听到门把手转动的声音。门板微微开启，瘦长的身影钻进屋内。加佐。他来到床边。穿了件白衬衣，纽扣兴许是个睡着的瞎子或者爱开玩笑的人帮他扣的。他站在男孩床头，弯腰，伸长了脖子。这身打扮让他看起来像是在巡视的精神病院护士，也像是逃脱了看管的精神病人。他看见男孩醒了，灿烂的笑容照亮了整张脸。他跳了两小步，介于炮蹦子和山羊跳之间，一路小跑走开了。一分钟之后，他回来了。在他面前挥动紧握的拳头。他跪在床脚，手臂落在床单上，冲着男孩伸出拳头。指头摊开，打开的手掌宛如晨曦绽放的花冠，掌心有两根小小的绒毛。加佐凑近嘴巴，轻轻吹上一口气：绒毛在微风下轻轻抖动，有点弄乱了。这世上从未有过如此美妙的事物。这是个纯粹的真理。

男孩看看羽毛。又看向完美的杰作——洪流孩子的脸庞，以及眼中热切的火光。他铭记住了这一切——加佐的样貌、火光、此时此刻——时不时地，在时间长河的转角它就会毫无预兆地浮现出来。

父亲约瑟夫也走进屋里。他在砧板边上停住，默默端详男孩。接着，他走到小窗前，打开窗子，推开百叶窗，再关上窗子。一阵气流涌进屋内，烛光摇曳，挂毯也在轻轻晃动，犹如悬挂在客栈三角楣上的招牌。亮光对于男孩而言太过刺眼。他紧闭起双眼。

当双眼再度睁开时，橡树男人来到了床边，身边的儿子仍旧跪在地上。约瑟夫伟岸的身形衬得天花板越发低矮，亮闪闪的白发有如头顶上永远不会融化的积雪。他默默地看了男孩一会儿。嗓音从高处飘下来。

"亡灵节。"[①] 他说。

他抬起下巴。

"今天是亡灵节。你可以记住这个日子，把它当作你重生的日子。"

他就说了这些。

加佐起身。小心翼翼地从掌心夹起羽毛，一根又一根摆放在床头柜上，和其他祭品混在一起。

① 此处原文为西班牙语。

整整一周时间，他待在屋里，乖觉地臣服于约瑟夫的权威之下。服用他配置的药物。约瑟夫从广口瓶里取出原料，或跑到山里采药。柳树、车前草、龙胆草、黑接骨木。男孩吞下药水、煎剂、酊剂。他嚼下生草根，还留存着连根带起的泥土芳香。他忍受得住涂抹在胸口的滚烫药膏，连眼睛都不带眨下。他睡得很多、很沉、很安稳。因为有人一直守护着他，玉米女神①。就是她，那个偶像，挂毯上的君主。约瑟夫把她叫作"玉米女神"。她的目光就是避风港，男孩可以在那里得到休憩。从来都没人给过他这么多的关注。

　　第八天早上，约瑟夫吹灭所有蜡烛。那就意味着一切都结束了。也意味着一切开始了。加佐抱进来一堆衣服，放在鸭绒被上。那是他十二岁时穿过的衣服。一整套：衬裤、汗衫、衬衫、裤子、羊毛套衫、羊毛袜子，还有绵羊皮外套。加佐大大咧咧地扬起每件衣服，就像魔术师从高筒帽里拉出一连串的丝巾。他消失了一

---

① 原文为西班牙语。

会儿，再次出现时，咿咿呀呀得更加激动，手中举着一双厚实的高帮皮鞋在互相击打，活脱脱像是传奇故事中的长笛手①，只是乐器换成了一对铙钹，所到之处跟着的不是一列老鼠，而是马戏团铜管乐队。

男孩从床上坐起来。探究地看向农民的一堆衣服，这是他能想到的最奢华的衣服。接着，他瞪大眼睛望向橡树男人，那眼神既希望能听懂男人的话，又担心会搞错。

约瑟夫点点头。

"穿上衣服。"他说。

十分钟后，焕然一新的男孩跨出房门，走进日光下的角斗场。一位田园王子。一个盛装模特。他亦步亦趋往前走。双腿僵直。那似乎不是他的腿，而是踩了高跷，或者别人的腿。双腿并不属于他。支撑着他的上身，他低头看向它们，一条又一条，每迈出一步都感到惊奇。沉甸甸的鞋子比他的脚大了两三码。

男孩在广场中央停下，累得气喘吁吁。嘴巴和鼻子喷出白雾。他走得踉踉跄跄，像是喝醉了酒。那是欣喜和努力。新鲜的空气令他晕陶陶，晨光惨淡、吝啬。但那种醉意自有其妙处。为了再添一份头晕目眩，他抬头望向东方，透过晨雾依稀能看见一轮巨大的淡黄色圆盘，他闭上双眼，鼻孔张开，深吸一口气，似乎想要一下子吸入周围所有的空气以及地平线。

加佐不再自顾自打转，照着他依葫芦画瓢。

约瑟夫站在门洞口注意着两人的举动。嘴角露出笑容，不禁令人想起玉米女神的微笑。

---

① 源自德国民间故事《彩衣吹笛人》：有个名叫哈默尔恩的德国村庄鼠满为患。某天来了个外地人自称捕鼠能手，他吹起笛子，鼠群闻声随行至河里淹死。

男孩不再回干草房睡觉。他住进了屋檐下。那间低矮、阴暗的房间以前可能是猪圈，现在成了他的卧室。他在餐桌边也得到了一个位置。晚上，他和主人一同用餐。他坐在加佐对面，一左一右陪伴主位上的约瑟夫。通常进餐的时候只有餐具碰撞的声音以及吞咽声。约瑟夫极少说话。当他想要表达想法时，会用毫无变化的严肃语调讲些道德故事，双眼看向前方并不存在的某物。它在别处，存在于另一个时空中。男孩在倾听。他还是常常听不明白男人的话语，但朴实的音调却能直击他的心灵。声音潜入他的内心，占据了心房，滋养了它，这颗心变得充实、强大，男孩不得不深吸一口气来扩张胸膛。是不是只有这股声音能对他产生效果？这种节奏？这种频率？他有过类似的感受：暮色时分，他偶尔会撞见母亲自言自语。之后，他还会从双簧管的独特曲调中认出它来。那是什么？那到底是什么？没人知道。必须承认，谜团永远不会解开。无法破译，无法描述。面对一首歌曲、一段故事、一阕诗词的美丽时，那无从而来的情绪攥住了我们的心。

吃完饭后，他帮忙收拾餐桌。

他们早早睡下。

玉米女神并非只是守夜人。印第安女人在离开人世之前已经将屋子置于周全的保护之下。多纳西公主①统治着主屋，她的肖像挂毯正对着壁炉挂在墙上。壁炉上面摆放了粗糙的大咬鹃雕塑。和面缸上是美洲豹雕像。碗橱上有个浣熊雕塑。南马德雷山脉的圣兽。房间各处能找到十几块手绘鹅卵石，上面画有小小的棱皮龟，可能是充作护身符，面包柜的栏杆和炉灶的管道上挂有橡树

---

① 传说故事中，多纳西公主是萨波特克国王科西霍埃萨的女儿，多纳西这个名字的意思是"伟大的灵魂"。时至今日，瓦哈卡地区仍会纪念这位公主。

果子和兔牙的项链。约瑟夫的床头，那本是夫妻双人床，孤独女神头戴三重黄金冠冕，额绕珍珠挂饰，那张温柔的脸光彩照人。（信仰会离我们远去，约瑟夫说，孤独挥之不去。）路易－保罗的房间内，读经台上摆放着一本十分精美的轧花革书籍，那是在幸福的往昔委托当地最好的手艺人制作的。待产的九个月中，印第安女人除了和大家一样为新生儿编织衣服，她还用心地在空白页面上绘满图案、线条、符号，这本书她有意留给后代。她在临盆前一晚终于大功告成，接着香消玉殒。没有人，甚至连约瑟夫都无从破解书上的内容。许是讲述了生与死，斗争和婚姻，征服，胜利，战败，背叛，奇迹：这些都是我们所知的英雄经历的故事，其中有凡人也有神明。但也有可能不是。加佐继承了这本书，他连自己名字的首字母都不认得，但我们时不时地会见到他翻动纸页，沉醉其中，就好像这种复杂的语言只为他而生，只有他看得懂，那隐秘的法则统治着世界的过去、现在和未来。

冬季来临。

圣诞节那晚，男孩极其荣幸地参与了一场活灵活现的耶稣诞生记。雅尼科家的欧仁妮主导了这场活动。欧仁妮·雅尼科压根不喜欢同类，她只爱上帝，这似乎并无矛盾之处，而且这种观点流传甚广，远超我们的想象。

毒蛇女人生了三个孩子。前面两个是女儿，她们着急忙慌地长大，然后嫁给城里男孩，又迅速进城安顿下来。欧仁妮·雅尼科对最后一胎寄予了厚望。终于，她生了个男婴。最初几个月，甚至是最初几年中，她许许多多次看见自己的孩子行走在水上。在梦境中，在臆想中。她明知犯了傲慢这种原罪，但忍不住会去想，自己腹中的胎儿在茫茫人海中被选为了新的使者。上帝神圣的继任者。如果儿子是上帝的选民，那她作为母亲，同样也会是上帝的选民。在那欢欣雀跃的圣诞夜，她要重拾童贞，欧仁妮坚信丈夫欧仁和怀孕这件事没有任何关系，是无所不能的上帝的恩宠令她受孕。

欧仁妮初次提出再现耶稣诞生场景时，邻居都表现得不情不愿。她坚持所有人都要参与进来。每个居民都是演员——同时也是幸运的观众，能够亲眼见证圣子降生的美妙时刻。她的信仰和狂热的确能让她脱口说出这些话来说服众人。又或者村里的娱乐消遣太过乏善可陈，大家不愿少了这个乐子。所有人都同意加入这场游戏中。

于是，最初五年中，母亲怀抱着赤条条的皮埃尔·雅尼科，那是圣子耶稣。五年过后，眼前的小伙足足有二十五千克重，四肢都横在了摇篮外面，那就需要极大的想象力才能把他当作新生儿。到了第六年，就在三博士来朝的关键时刻，摇篮不堪基督的重负，塌了。欧仁妮差点没抱住。她先是感到奇耻大辱，可另一种恶毒的情绪迅速袭来：憎恨。她一直不愿承认，然而此时此刻，目睹着草篮子里面的孩子，那结实的四肢在空中挥舞，她用尽全身的气力憎恨这个孩子。她终于接受了事实：那的的确确是丈夫的儿子。

时光荏苒，随着小村人口缓慢增长，需要分配新的角色，但这项传统保留了下来，没人提出质疑。

今晚，所有人又一次准备迎接救世主的到来。室外漆黑一片。众人聚集在西弗尔的谷仓里。灯笼和油灯摆放在欧仁妮指定的关键位置。而今，她或许不再是圣母，但仍是伟大的女祭司，整个仪式当之无愧的主导者。她负责分派角色。把念独白的工作留给自己。她和众人稍稍保持一段距离，僵直的身躯如同一根大蜡烛。她在叙述故事。吟唱赞美诗或者唱歌。

一如往常，所有人都听任欧仁妮的差遣，除了约瑟夫，妻子死后他就婉拒了邻居的邀请。不过，约瑟夫也派出了代表：他家的牛和骡子。牛仍扮演牛，骡子扮演驴，两者无疑是整部演出当中最为忠实的还原。

男孩参与了前前后后的准备工作。他得到了一顶滑稽的红色帽子，那是他唯一的戏服。鉴于这是他首次参演，说他掌握了眼前这事的精髓，那或许并不准确，但男孩知道自己的戏份。简洁、明了。分派给他的角色原先是留给加佐的：拉维①。耶稣诞生既充满神秘感又有田园牧歌的意境，因此融合了普罗旺斯和犹地亚②的风情，圣经人物和当地的典型形象自然都会出现。毒蛇女人利用下午时间为男孩彩排。他所要做的就是接到信号后，走到摇篮前面，高举双臂，露出灿烂的笑容，耶稣的降生令他欣喜若狂。他明白。

至于加佐，人们把砂轮交托给他。实践证明，只有这个办法才能保证他不会踏入圣母马利亚的领地。他就是磨刀工。交给他的工具和废旧刀片一年只用这一次，加佐高兴坏了，他能随心所欲地磨刀了。

午夜临近。万籁俱寂。不消说，众人的心跳越来越快，越来越激动。因为，我们来到了圣地。

"很久很久以前……"欧仁妮开始了。

可她一开口，加佐就磨起了刀片。车轴嘎吱作响，金属抵在粗糙的石头上发出刺耳的声音。你可以把它想象成加利利干涸的山丘中出没的巨型蟋蟀发生的虫鸣。

"很久很久以前，"欧仁妮拔高嗓门重新开始，"马利亚生活在

---

① 普罗旺斯地区在布置圣诞马槽时，除了圣经人物，还会添加一些当地民间故事中的人物形象。其中之一就是名叫"拉维"的男孩。他的穿着很简单，头戴一顶帽子，几乎没受过教育，有点头脑简单，但非常善良。

② 古代以色列地的南部山区，也就是现在的约旦西岸。

小城拿撒勒。"

玛丽－埃梅迈出充作后台的马厩分栏，现在是她接过童贞之女的角色。她眨巴睫毛，踏着小碎步。

"马利亚待在家里，"欧仁妮说道，"天使突然现身了。"

皮埃尔走出阴影。先前的耶稣跌下神坛后，被打发扮演简单的信使。他身穿用床单裁成的祭披，露出破旧的皮鞋。那条路似乎漫长又崎岖，永远走不到头。

皮埃尔清了清嗓子，朝着干草吐了口痰，说：

"你好，马利亚，上帝赐福于你。我是加百列，上帝让我给你带个消息。"

他不再说话，尽在嘀咕抱怨，加佐的磨刀声盖过了他的声音。

玛丽－埃梅在皮埃尔脚边跪下。

"你被选中了，"皮埃尔说，"你将诞下上帝之子。"

"听不见。"老布莱兹在幕后抱怨起来。

边上的吕西安晃动下巴。

"你还不知道这故事？"

"马利亚不明白，"欧仁妮说道，"她告诉天使她压根不认识这人。天使为了证明自己所言非虚，向她宣布了一个天大的好消息：马利亚的表姐以利沙伯尽管一把年纪也怀上了儿子。"

轮到老太奥诺丽娜挺着大肚子出场了，每迈出一步，裙子下面塞满干草的气球就跟着晃动一下。她喜欢这个角色，唤醒了那些早已沉寂的情感。

"我满心欢喜。"玛丽－埃梅张开双臂说道。

驴子摇起尾巴。

加佐开始磨第二把刀片，老太奥诺丽娜退场去生下施洗者约翰。

男孩不愿落下任何情节。他来来回回地看向演员，听他们的独白。一等信号发出就上场。

约瑟夫来了。那个木匠。这次是玛丽-埃梅的胞兄拿破仑来扮演。只见他面带愁容，演技浮夸地一边摩挲山羊胡子，一边转圈。

"约瑟夫忧心忡忡，"欧仁妮说，"马利亚和他还没住在同一屋檐下，而她已经怀孕了，这令他颇为尴尬。可是，天使宽慰他说这是上帝之子。接着又加了一句：你可以为孩子命名。"

"你会叫他耶稣。"皮埃尔说。

"耶稣。"欧仁妮重复了一遍。

"他将拯救人民脱离所有的罪恶，"皮埃尔说，"他的统治永无止境。"

"他的统治千秋万代。"欧仁妮重复。

拿破仑把手按在心口。

"约瑟夫满心欢喜，"欧仁妮说道，"他娶了马利亚，悉心照料妻子和肚中孩子。"

兄妹俩越靠越近，相拥在一起，周围的人面面相觑。因为很早之前就有传言说两人之间并非简单的兄妹情。就他们家到了晚上不知道要发生多少好事呢。和马利亚好过的可不止一人，而是两人，至于拿破仑呢，他要等到天使的出现才找到生活的方向。

皮埃尔拖拖拉拉退到谷仓深处。他的角色的身份还要一降再降：下一幕中，他要脱下天使的长袍，披上毛皮，扮演朴实的牧羊人。

"夫妻俩，"欧仁妮说，"立马上路赶往伯利恒。当他们进城后，没人给他们提供住所，两人只能暂住在岩洞内。"

她说话的时候微微摆动手势，大概是为了向夫妻俩指出那寒酸的容身之处。

信号来了。男孩如此解读欧仁妮的手势。他头戴红帽子，二话不说，摇摇晃晃上场了，他意识到所有人都齐刷刷把脑袋转向他。在那一刻，他似乎成了主角。所有的目光投注在他的双肩上。尽管有压力，他依然勇敢地走到了指定位置，牛和驴之间。接着，他仰起脑袋，双手奋力伸向天空，露出灿烂的笑容，下方的摇篮空空如也。

接着，空气中弥漫开懊丧的静默，金属质感的虫鸣愈发嘹亮。

"发生了什么事？"老头布莱兹问道。

没人回答他。

约瑟夫和马利亚目瞪口呆地看向拉维。又面面相觑。然后，看向欧仁妮，后者正怨毒地怒视男孩。为什么？她自问道。她为上帝做了一切，上帝却加诸她这样的试练？为什么？

她闭上眼睛，深呼吸。

就这样吧。

"马丽亚临盆的时候到了。"她继续说下去。

玛丽-埃梅听闻此话哆嗦了下，她垂眼看向肚子，有那么一瞬间真的以为自己羊水破了。接着，她回过神来，松了口气，走向幽暗的角落，加布里埃尔在那里等着她呢，但这个她不是大天使①，而是维克多的母亲，她正抱着自己的蠕虫孩子。

新一代的弥赛亚就是维克多。

玛丽－埃梅接过婴儿。他正在吮吸麦芽糖，人们特意塞了块糖让他保持安静。他吃得到处都是。耶稣的嘴巴、下巴、双手都糊上了一层亮晶晶、黏糊糊的口水。

马利亚把婴儿放入摇篮。

"上帝降生了，"欧仁妮说，双手紧握，"哈利路亚！"

"哈利路亚！"众人齐声赞美。

终于，所有人都能名正言顺地和拉维一同欢欣雀跃了。

"轮到我们了？"老头布莱兹问。

"还没呢，"吕西安说，"先是牧羊人。"

牧羊人在那里。皮埃尔，先前的神之子，刚才的大天使，而今可怜的牧羊人，和女孩布兰榭站在一块儿。两人都手握一根满是疙瘩的长木棍。

"牧羊人，"欧仁妮说下去，"急急忙忙赶往伯利恒，想要找到约瑟夫、马利亚和降生在马槽中的孩子。"

他们走啊走，前路漫漫，两人累得精疲力竭。终于到达了，两人挨个俯身看向摇篮，女孩压根看不见耶稣，只有婴儿嘴里的麦芽糖。她贪婪地盯着那块糖，馋得直流口水。

男孩的双手仍探向天空。他不敢动弹，因为没人告诉过他这个姿势要维持多久。

加佐开始磨第三把刀片。

"之后，"欧仁妮说，"来自东方的三博士在星宿的指引下赶到

---

① 《圣经》中有位天使叫加百列，也就是皮埃尔扮演的角色。加百列和加布里埃尔其实是同一个外文名。

犹地亚。"

　　吕西安用手肘顶了下老头布莱兹，该他们上场了，欧仁跟在后面，这三人在谷仓里面走来走去，像是一伙渎神的贝督因人。布莱兹扮演的梅尔基奥比希律王还要年长，那块淡紫色的头巾弄得他脑袋痒痒的。吕西安用褐色染料抹黑了脸，因为他扮演的是黑人巴尔退则，可几缕红发却从头巾下面钻了出来，与其说是非洲国王，倒更像是通烟囱的工人。至于欧仁，他就是一身欧仁的打扮，可能是因为他扮演了嘉士伯，基督教的典籍中再没提过这个刻薄人。

　　"三博士认出了君王。"欧仁妮说，"他们献上礼物黄金、没药和乳香。"

　　欧仁率先开演，他拜服在地，献上礼物，又把手伸进上帝之子的脖颈褶皱中给他挠痒痒，那里面满是糖水。接着，他嗖地消失了，因为他还要换上一套新戏服，还有个量身定制的角色要演。吕西安填上欧仁留下的空位。轮到老头布莱兹了，糟糕的视力又一次害得他出丑：他撞上摇篮，差点把它给掀翻。这么一折腾，麦芽糖从婴儿手中滑落，掉在了干草地上。女孩今天走运了，她扔下牧羊棍，扑向糖果，连带着干草一把塞进嘴里。耶稣眼见这个场面，愣住了。接着，小脸一皱，神圣的怒火在大喊大叫中爆发了。

　　"然后，"欧仁妮继续说下去，"各国人民奔走相告，为了庆祝上帝的降生。"

　　四处奔走的其实是身穿阿尔勒服装的加布里埃尔，儿子的哭声引起了她的注意。老太奥诺丽娜扮成洗衣妇在奔走。欧仁扮成鼓手在奔走，他一边敲鼓一边用三孔笛吹奏起欢快的音符，不过，比起机车的刹车声，这乐声也好听不到哪里去。

"哈利路亚！"欧仁妮欢呼，"哈利路亚！"

圣子哇哇大哭地探出摇篮。尽管没有夺回财物，他成功地抓住了姐姐的头发，使劲拉扯，女孩吐掉嘴里的糖块，终于可以大喊大叫了。

"所有的地方、所有的人都沉浸在喜悦和幸福之中。哦，欢欣鼓舞。哦，普天同庆。哈利路亚！"

"哈利路亚！"除了在喊叫和哭泣的人，剩下的都齐声欢呼。

穿着阿尔勒服装的伯利恒女人趁此机会窜到摇篮边上。她看了会儿揪住姐姐头发的儿子，一巴掌拍向女儿后颈。

"哈利路亚！"

女孩哭得愈发凄惨了。麦芽糖掉在了梅尔基奥的脚边，眼神不好的老头脚底一挪，把糖块踩得粉碎。

"哈利路亚！"

耶稣哭得声嘶力竭。小脸涨得通红，宛如以色列出产的红石榴。

"荣耀归与神，荣耀归与神。"欧仁妮唱起来，"荣耀归与神，平安归与他所喜悦的人。"

血液倒流回男孩一直高举的双手。抽筋了。欢欣的笑容渐渐变成了龇牙咧嘴。

"荣耀归与神，荣耀归与神。"欧仁妮唱道。

驴子在叫。

欧仁边敲鼓边吹笛。

加佐磨起了第四把刀片，犹地亚的蟋蟀鸣叫绵延不绝。

突然，在演出进行到最高潮时，一阵恶臭飘出了圣子耶稣的摇篮：盛怒的他弄脏了自己的襁褓。

男孩皱皱鼻子，圆满完成了鬼脸。现在可以相信，他终于在这群人中为自己赢得了一席之地，因为此时此刻，他和周遭的人别无二致。

何为珍贵？

何为神圣？

他们明白。

1909—1910

午后两点，蛇钻出巢穴，在地上游走，末梢的鳞片闪烁着地狱之火。游蛇和毒蛇并没有太大的差别。它们在田野上、荆棘地中还有石头上留下弯弯曲曲、转瞬即逝的痕迹——有些能走上十五里路，最后力竭而死（分叉的舌头僵直了，没有眼皮的眼珠玻璃化），大多数从未回到起点。

地平线那里并没有火灾。

午后四点，各处的地里又钻出些新东西。细如手指、黑如石油的小溪其实是整个蚂蚁部落，它们倾巢出动，带上虫卵，汇聚成绵绵不绝的队列。

紧随其后的是爬虫。鼠妇、蝼蛄、螳螂、蜈蚣、球螋。那些夜间出没的邪恶的穴居动物第一次见到了阳光。

然后，我们直接跳到第八灾。一波一波的蝗虫，欧仁妮·雅尼科看了颇感亲切，乌压压地扫过山丘、牧场，都来不及啃噬果实、植物或任何食物。

五点，蜜蜂离开蜂巢，成百上千只大胡蜂组成浮动的云朵，一时遮蔽住天空一角，然后，大大小小的鸟群和蜜蜂汇合，旋即超越它们。鸟群飞得很低，发出锐利的啼鸣。

之后轮到家鼠、田鼠、小鼠和鼩鼱。

村里的狗都没了。去年，吕西安·西弗尔把自家最后一条狗当作兔子给误杀了，晚上七点，隐约能听见村落周围的狗合奏上一曲交响乐。村里仍旧热闹非凡，母鸡和大白鹅不到片刻挤满了饲养棚。

雅尼科家的两头猪打了起来，当欧仁在儿子皮埃尔的帮助下终于将它们分开时，一头猪的耳朵被撕下来一半了。

约瑟夫那头安静的老骡子也在畜棚中躁动不安，它打起响鼻，外凸的眼珠咕噜噜转个不停。

目力所及之处并没有明火或者烟雾。

很多人事后会说那些都是征兆。但那时候，动物的举动似乎没有古怪，天气也是。沉闷。过早来临的酷热还有狂风暴雨。八月的天气出现在了五月。进入六月，情况愈发恶劣。老人说起很久没见过这番光景，上一次还要追溯到1853年，那年的春天热得吓人，过早熟透的无花果像石榴一样在树上裂开了。

男孩无话可说。

九点了。天依然亮堂。一道明亮的天空延伸至山丘。空气澄明。男孩站在院子中。焦虑地看向周围本应动弹的一切，但事实上一切都静止了。凝固。悬停。他细心倾听，鸦雀无声。狗、猪、母鸡都不出声了。只有加佐的生活在继续。加佐就像是黄昏时分被冻住的巨无霸昆虫，现在窸窸窣窣行动起来。

男孩变样了。没有长高很多，但更壮了。身板厚实。没过几个星期，温度节节攀升，他一件一件脱去别人送给他的宝贵衣服。默默地送还绵羊皮外套、羊毛套衫、汗衫和袜子。现在身上就穿了件衬衫和天鹅绒裤子，那双厚重的高帮鞋就直接套在脚上。赤裸的双脚浸泡在皮革和汗水中，但他断然拒绝和皮鞋分开。他的脚就差一码了。

玛丽－埃梅在复活节时剪掉了男孩的头发。后颈和耳朵周围的皮肤有些苍白，太阳还来不及晒黑。男孩现在看上去有个人样了。

加佐的伎俩令他恼火。他想让他闭嘴。他按捺不住想要揍他，咬他。或许约瑟夫不在时，他就这么干了。约瑟夫会坐在凉棚下面，印第安女人以前喜欢坐在那里分拣草药和植物。男孩有时探究地看向男人，想要得到回答。可是，约瑟夫的目光如同深不见底的水井。

晚饭后，他们走出屋子去透口气。屋外照样闷热。男孩在出汗。有些东西压在胸口，压得他透不过气。尽管什么都看不见什么都听不到，他在努力感知。鼻翼翕动。没有异味。

然而，一切准备就绪。他知道，但他不明白那是什么。

来了。

近了。

到了。

先是地壳深处传来沉闷的隆隆声，声音越传越近，越来越响，它一路劈开岩石、硅石、云母、石英，然后伴随着可怕的怒吼，地表裂开了，释放出巨响。

雷声相比之下只算是打了个闷嗝。那是数千响雷声。十万匹骏马脚踩铁蹄疾步狂奔。

大地狂喜。

男孩捂住耳朵。他失了平衡，趴在地上。大地在颤抖，他的身躯也跟着颤抖。还有四肢、下颌。牙齿直打架。他抬起头，最先映入眼中的是加佐，他直挺挺地站在那里，高举双臂，脑袋后仰，如同鬼魂附体的见习巫师，这位受到神启的年轻布道者正在赞颂上天来完成预言仪式。加佐伴随着大地痉挛的节奏轻盈跳动，就好像他早已知晓这种舞蹈，他一直在排练。是母亲印第安女人告诉了他秘密？抑或是大地母亲本人？加佐的双眼闪烁着感激和惊叹。

椴树的叶子和花儿在其身后落了一地。百年古树岿然不动，但只要手里有根麦秆、稻草、任何微不足道的东西，就能撼动它。

树干长时间地颤抖。树皮皴裂。枝干断裂。更远的地方，男孩看见小麦在晃动，整块小麦地像是被掸了灰的粗糙的擦脚垫。麦穗互相撞击，发出的声响既不似风声也不似镰刀挥动的声音。

他闭上眼睛。躺在地上。颤动经由腹部扩散至骨头。周围的墙体都在摇动，龟裂，五千克重的石头像是树桩一样裸露出来，木头裂开了，玻璃碎掉了，屋内的冷餐台摇晃，倒下，碗橱里的餐具碎了一地。男孩在死前想到了玉米女神。他合上眼皮，眼睑上投放出女神美丽的脸庞，温柔、从容、仁慈的微笑。

但他没死。

过去了。

要过上一会儿他才意识到这点，因为肉体还在抖动。那只是后遗症：巨震后的反应，恐慌和震惊之后的应激。同样的，脑壳下面闹哄哄的也只是回音而已。耳膜嗡嗡作响。耳鸣不断。之后，一切停止了。

薄灰浮动在空气中。尘埃落定之际，第一颗星星出现在了空中。那边，椴树仅存的几片树叶还在扑簌簌落下。男孩站起来。两腿在打战。那种寂静是发动猛攻之后战场上的死寂，然后苍蝇肆虐。加佐一直站着，他不再跳舞。细小的絮团静静地落在他身上、睫毛上、脸颊上、嘴巴里：他那天使的脸庞蒙上了世纪末日的粉尘。男孩转向凉棚，暗影中显现出约瑟夫的身躯。如果说有什么东西或什么人没动过，那就是他。橡树男人。他的精神在别处，心也在别处，很久之前，他的精神和心就随着爱妻——云朵女人——去了天上，而他的根基还在这里，羁绊住他，那根基扎得很深很深，只能依靠地震连根拔起。

约瑟夫向男孩投去一眼。至少是两人在人世最后一次的交流。

喊声突然打破了平静，男孩打了个哆嗦。他认出了吕西安·西弗尔的声音。他在等待。在戒备。不再有喊声。他穿过院子去看个明白。

所过之处，房门渐次打开，其他人走了出来。寥寥可数的小村居民。他们小心翼翼地探出简陋的住所，亦步亦趋，缩着脑袋，就像是保持警觉的老母鸡，他们骨碌碌地转动圆溜溜的眼珠，忧心忡忡地望向可能会塌下来的天空，继而低头查看可能会裂开的大地。老太奥诺丽娜赤着脚，身上还套着睡衣。欧仁手握一把折叠式剃须刀。左脸还留着白色肥皂沫，右脸胡子刮干净了，却鲜血淋漓。脸颊上的刀伤渗出的血滴滴答答，流到了露在汗衫外的胸毛上。他似乎还没搞清状况。儿子皮埃尔跟在后面。拿破仑一手牵着玛丽-埃梅，先行一步，为大家探路。玻璃碎掉的煤油灯在另一只手中晃晃悠悠，他即将投身到更幽暗的黑暗中。无须商量，众人一同走向西弗尔家的谷仓，那是仅剩之物。

是残垣断瓦。一堆废墟前面直挺挺地站着三个人影，如同三尊化石，黄昏逆光的照射下黑黢黢的。吕西安靠在铁铲上。妻子加布里埃尔抱住小维克多。还有欧仁妮。

众人聚集到了一起。赶来的人站在边上，目光在废墟间游移。这次轮到他们发现女孩布兰榭的尸体了，她被压在了断梁和板材下面，那是仅剩之物。

断成了两截。上身和双腿。这可不是变戏法，屋顶坠落的铁皮把女孩拦腰切断。五脏六腑撒了一地。肚肠、内脏、黏黏糊糊、散发臭味的体液。屋架的一大块木头砸烂了脑壳。一颗眼珠子受到冲击滚出了眼窝。就靠一根神经或者纤维组织吊着。女孩的手指微微张开，能看见一枚蛋壳完好无损的鸡蛋。

玛丽－埃梅别过头去，把脸埋进兄长的胸膛。整个人直打战。拿破仑拼尽力气稳住提灯的手臂，火光摇曳。他不能让火光灭了。不能，因为，在他看来，他们是进入了黑暗世纪，而且将永远无法走出黑暗。

吕西安哭了。在眼眶边打转的泪水慢慢落下，像是溢满的喷水池。他没有忍住泪水。也没有擦去眼泪。而妻子的眼睛却是干的。加布里埃尔·西弗尔直勾勾地盯住废墟。她的视线始终没有离开那里。那是她的女儿。她的孩子。她告诉自己，一遍又一遍地重复，已然无济于事。她琢磨着该如何为女孩收尸，不至于弄得一塌糊涂。她想到，那条裙子算是报废了，再也没法弄干净了。

欧仁妮嘴唇翕动，但说不出话来。祈祷。总是祈祷。耶稣耶稣耶稣，以及圣父和圣母马利亚。仁慈而又善良的上帝啊。念珠、连祷文。就在这里，大家还一道庆祝了圣诞节。昨天的谷仓还是摇篮，今天成了坟墓。并非如此。恰恰相反。你还记得吧：马太不是说过？"忽然，地大震动，因为有主的使者从天上下来，把石头滚开，坐在上面……"[1]欧仁妮突然记起了使徒的话，这个显而易见的事实令她茅塞顿开。这是征兆。这是证明。如果需要证据，这就是。耶稣在人间！他就在这里，在众人之间！欧仁妮一阵狂喜，双膝跪地。这种无法承受的喜悦在其余幸存者的眼中却成了悲痛。

"怎么回事？"老头布莱兹问。

---

[1] 出自《圣经·马太福音》28: 2。

他刚出现。头发蓬乱，衣冠不整。他眯缝起眼睛，目光扫过瓦砾，双手提住裤子，裤子背带耷拉在后背上。

"怎么回事？"他重复了一遍。

皮埃尔突然转身。

"是他！"

男孩吓了一跳。他看见皮埃尔伸直了胳膊，手指指向他。犹如淬了毒药的箭头，而他就是众矢之的。其他人也转头看向他，除了欧仁妮，圣光照耀下，她对一切视而不见。

"是他，"皮埃尔说，"我早就告诉你们了。我早就说过，他会带来不幸。"

那个声音骗不了人：男孩听出了愤怒，那种古老的、原始的、代代相传的怨恨。他嗅到了危险的气息。那是义愤填膺和血气方刚的声音。

"他的错。全都是，全都是他的错。你们可不要告诉我，没提醒过你们。"

指向男孩额头的手在颤抖。男孩目不转睛地看向那根手指，人往后退了一步。皮埃尔逼近一步。

"是他！"

一个节节后退，一个步步紧逼，除了上演这最基本的舞步之外，没有任何动作。众人围成一圈，一如他到来的那天。同样的陪审员，同样的各怀心思，只是此刻暗流涌动。人各有异，人心不同。但人心是什么？男孩心中又升腾起恐惧。脉搏越跳越快。他的目光避开指责的手指，环视众人。狐狸男人、螳螂女人、火鸡男人、狍子男人、蝴蝶女人、鼹鼠男人、蠕虫孩子、鼬鼱女人、毒蛇女人、山羊男人、内脏流了一地的蛤蟆女孩。缺了约瑟夫和他的儿子路易-保罗，众人口中的加佐。今晚他们不会出现了。没人会替他说情。判决已然下达。

"是他！"

男孩不再退缩。他忽然转身，撒腿跑掉了。

他跑了。

"见鬼去吧！"

他跑啊。

跑啊。

径直跑入黑夜。

黑暗将其吞噬，老太奥诺丽娜或许出于内疚或怜悯，开口想要喊住他。可怎么办呢？她都不知道男孩的名字。

他再也没有回来。

此后两天发生了五次余震，每次都弱过上一次，但促使男孩逃得更远。他不明白自己犯下了什么错误。他是干了什么事还是因为没干什么事才会激怒人类和大地。他走了，连带着不安和负罪感。日夜兼程，没有半刻休息，力气突然用尽之际，他像是断了线的木偶瘫软在地，在原地休息。路人见到他微张的嘴巴和迟钝的样子，误以为是个在醒酒的醉鬼。但令其头昏脑涨的是疲惫，是心中流露出的悲伤。

他靠坐在树桩上睡觉。

醒来已是四个小时之后，正对上母鹿的目光。修长的四肢定定站住，端详的眼神像是慈母在看爱子。男孩大气不敢喘。那种目光令他百感交集。他喉头一紧，泪水落了下来。男孩倒吸一口气，这声响惊动了母鹿，毛都立了起来。它逃走了。蹦蹦跳跳着倏忽而过，就好像从来没有出现过。洞开的蕨草在微微晃动。男孩止住了泪水，脸上留下了一道脏兮兮的痕迹。他站起来，重新上路。

又是寂寞的路，未开垦的田野，四处漂泊，露天而宿，形影相吊，艰难困苦。他又过上了吃不饱、自己打猎的日子。

他穿过两个省。他跨过桥梁河流。他路过村镇，沿着边界从未进去——他在等待时间发挥作用，让内心的恐惧平复下来。他一直向前，世界尽头似乎就在下一座山丘、下一座高山后面，似乎地平线就是那道绝壁，分隔开了天上和人间。

有时他会溜进花园和果园。等到天色暗下来伺机行动，心脏狂跳，额头蒙了一层冷汗和雾气，动作麻利地采摘食物。他现在懂了，这么做是不对的。地球并不属于所有人。小村庄的生活教会了他这点。地球既不属于所有人也不属于个人。果实同样如此。这是多么荒诞的事实啊。没有地球，只有土地。（多少幻想就此灰飞烟灭？多少还未说出口的承诺就此放弃？）男孩现在明白了，他无法再用"一无所知"作为借口。

某天晚上，两头高大的看门犬追了他一路，幸好身手敏捷。他爬上核桃树，狗在树下狂叫，唾沫星子乱飞，爪子挠破了树皮。杂种狗。退化了的看门狗。大约过了一小时，两条狗喊哑了喉咙，终于打道回府，从虚无中来，又回到虚无中去。

圣约翰节那天，有人看见他随意地蹲坐在峭石上，如同收起双翼的雄鹰。他在那个位置能看见平原上熊熊燃烧的篝火。那天晚上有晚会。众人聚集在一起。敲响鼓儿，烧旺篝火，围成一圈，载歌载舞。而隔着远远的距离，男孩看到的只是一群扑火的飞蛾。火光无法照在他身上，但火光的热量却在他体内升腾而起，温暖了他。当篝火在黎明燃尽之际，男孩眼中仍是闪着光辉。

夏天热得像个烤炉。那是从拂晓到黄昏之间的正午。草丛烤成了枯黄。矿物烧得滚烫，蒸腾的光晕幻化出蜃景。男孩在寻找树荫。灌木丛下方潮湿的栖身之所于他而言如同教堂赐予的清凉。他经常沿河床而行，鞋子提在手中。河水已经干涸，如果水能到脚踝的高度，那就是奇迹了。

还有个奇迹，当他行走在蜿蜒曲折的河道中，遇上了喀尔巴阡山的食人魔。

他坐在水中一块平整的大石头上。赤身裸体宛如新生儿。端坐石上戏水。男孩无法肯定那是否是个人形生物，因为他从未见过类似的——今后也不会再见到。

他脑袋奇大。后脑勺有如一个浑圆的半球体，光洁得像是海豹皮在太阳照射下闪闪发光，异常隆起的前额如陡坡一泻而下，又到眉弓戛然而止，留出一段峭壁来安放眼窝。巨大的下巴也格外突出。在额头和下颚的双重挤压下，你能在缝隙里找到一个状如梨子的鼻子以及一张尤为细巧的嘴巴。

这就是他的样貌——只能用草率来形容。

当他发现男孩时，并没有露出惊讶的神色。他咧开嘴巴，灿烂一笑，柔化了粗犷的五官。他举起能挽月的手臂打了个招呼。

男孩没有作答。他在观察。

那人又玩了会儿水。接着，他把水洒到身上，用力揉搓，漱口、吐水，最后，站了起来。

他并未如想象中高大。最多一米八。胸膛几乎占据了整个身量。水牛的胸膛。弯曲的双腿。他回到岸边，扯下挂在灌木上的白布。那是一件简简单单的长袍，为脑袋和双臂各开了一个洞。那人套上衣服。布料一路下滑到膝盖。穿戴妥当，他转过身，双手叉腰。那架势不禁让人想到正准备面对听众慷慨激昂的护民官。不过他只有男孩一个听众。

"卫生。"他说。

话语在空气中震荡。

"卫生。人们常常忘了这事。"

他声如洪钟，和他的体型十分相配。不用拔高嗓门，声音就自然而然地传到了男孩耳边。

"你没注意到人们都臭烘烘的？我们国家尤其如此。我知道我在说啥，我可去过不少地方。谈不上周游世界，也快了。我要本着良心说：在臭不可闻方面，法国人遥遥领先。"

他摇头晃脑，似乎这个事实令他痛心疾首。接着，他用食指点了点巨大的鼻子。

"我不知道原因，但我就是对这事特别敏感。"

他又笑了。

男孩纹丝不动，双脚被水固定住了。

"一个星期洗一次，"那人说，"这是我们国家的平均数。我在哪里读到过，的确如此，唉。可悲的事实。通常是在周日洗澡，做弥撒前。搞卫生的大日子：先洗干净屁股，再去洗干净灵魂。污垢没了，原罪没了。有了木桶和圣水缸，从里到外干干净净。我宽恕你的罪。哈哈！"

他短促地大笑两声，惊扰了在其头顶盘旋的蜻蜓。

"所有人都这样。"他说，"有钱人和其他人一样，别信他们的。光鲜亮丽的华服，但要看看那下面。要我说，有钱人最糟糕。不可饶恕。奢华的固定浴缸——我见过中国瓷的，见过卡拉尔大理石的，堪称小型的苏丹王宫——那他们干了什么呢？啥都没干。这些英俊的先生乐呵呵地更换假衣领和衬衫袖口，维护好光鲜的形象，仅此而已。这就是他们要换洗的衣物。可耻。在我看来，他们根本不需要礼拜天。他们有信仰吗？上帝要捏着鼻子过完剩余的一周？"

问题得不到回答。尽管那人似乎可以就这个话题再长篇大论好几个小时，他还是闭嘴了。他把手搭在额头上，充作帽檐，细细打量男孩。就好像那是个特例。两者之中，谁才是奇人呢？

"我无意坚持，"他说，"不过，我想告诉你的是，既然你双脚已经湿了，何不趁此机会把全身都洗一洗。管他今天是星期几呢。在我看来，这对你没啥坏处……明白不，小子？"

他指了指那条河，还有先前坐过的平整石头。

"那位子空了。"他说。

傍晚降临，两人各坐在一小团营火两边，手捧烤鹌鹑在啃。男孩身后停着一辆有篷马车，车身侧面写有金色花体字：喀尔巴阡山食人魔布拉贝茨。金字已然褪色，马车也显得破旧。男孩不明白什么是食人魔，喀尔巴阡山又是什么，说到底了，他不识字。那人应该给他解释一下。布拉贝茨，是他的名字。他念出口时分明有一份自豪。

他的真名其实是欧内斯特·毕厄尔，可有个老妇人把他唤作布拉贝茨。老妇很早之前就入土为安了。这些事他不愿记起。只有这个名字留了下来，而且和他本人融为一体，那是他最大的胜利。最为自负，最为漂亮的胜利。

除了男孩和布拉贝茨，还有一匹枣红色的阉马。站在耕犁前面也不会显得古怪。矮壮、敦实。嘴唇下方长了一撮奇奇怪怪的金色胡须，大概是为了弥补其他雄性特征的缺失。布拉贝茨在梅吕埃附近的集市上赌博赢了笔钱，于是从马贩子手里买下了它。这或许是他做成的最划算的交易。马儿拴在车轮上。纹丝未动，如同夕阳余晖下的青铜雕像。

此时暑气消散。火炭在呻吟，身后蜿蜒的河水在低语。蟋蟀时不时地发出叫声。但最为清晰的是布拉贝茨的声音。

"我曾祖父是摔跤的，"他说，"我祖父是摔跤的。我父亲是摔跤的。我也是摔跤的。这个故事看来是流淌在了我们血液里。还能怎么办呢？我有时对自己说，我们唯一没有抗争过的就是命运。仔细一想，或许仅此而已……但从另一个角度看，我们为什么要这么做呢？给我一个说得通的理由。有谁会去抗争？你认识吗？能给我举出一个例子吗？不能。因为没有。这世界上根本不存在这样的人。那么，既然要摔跤，就要讲求这项运动的规则。照此说来，你看，我们都被宠坏了。"

他结束了发言。吮干净手指，朝天空比了个"四"。

"四代人。谁家还能做到更多？假如我有个儿子，我告诉你，他还没学会走路，就知道给自己系上护背腰带。"

坐在对面的男孩专心致志地啃干净骨头上一星半点的肉末，尽管这根骨头都没缝衣针粗。这一幕场景可以追溯至几千年前。

"可是，我不会有儿子的。"布拉贝茨说。

话音弱了下来。他越过火光看向男孩。那双眼睛太过凹陷，旁人无法分辨眼中闪动的光芒。

他突然站了起来，绕过营火，杵在客人面前。身上还是斯巴达人式样的浴袍。他撩起下摆，露出大腿，说：

"摸摸这里。"

男孩停止咀嚼。油脂在嘴唇上方的小胡子上折射出亮光。他直愣愣看着眼前的巨人、卷起的长袍，那简直是妓女会遭遇的最可怕的噩梦。他直愣愣看着那人向他展示的毛发浓密的部位。

"摸摸这里。"布拉贝茨坚持道。

男孩咽下口水。伸出食指，慢慢探向大腿，碰到了。那里仿佛是世界地图上的失落海岛，还未有人踏足的大陆。

布拉贝茨放下下摆。俯身，卷起袖子，露出肱二头肌。

"摸摸这里。"

男孩碰了碰。

"现在，摸摸这里。"布拉贝茨说，露出额头。

男孩碰了碰。

"怎么样？"布拉贝茨问道。

他握紧拳头，指关节轻轻撞击脑壳。

"没有更硬的肌肉了。"他说，"你注意到了吧。力量在这里。真正的力量。不要到别处去找，就在这里。要用脑子来赢得比赛。"

他随手指向男孩。

"记住，小子。"

他坐回原位，似乎很满意自己的示范。但演讲还没结束。他把酒杯举到嘴边，润润喉咙，继续说下去。

"我打败过雷蒙·法弗尔。我打败过埃米尔·普瓦特万。我打败过路易·德格拉纳，外号'卡庞特拉雄狮'。我打败过希腊人卡里克拉提斯和保加利亚人莱奇科夫。1879 年，我在维也纳成为欧洲亚军。只是亚军啊，你会这么说。是的。假如我告诉你，我之所以和冠军失之交臂，全是拜一罐肉酱所赐，你会相信我吗？肉酱变质了。猪最容易叛变。不可饶恕。我就略过细节，但这垃圾东西把我的肚子搞得翻江倒海。那真是拉得一泻千里啊。这种情况下去比赛，我夹紧屁眼，就像束缚在紧身裤里的尼姑。我可以告诉你，我就是靠着夹紧屁股才通过半决赛的。裁判还没来得及宣布我是胜利者，我就一溜烟跑去厕所了。可怜啊……"

他点了几下那沉甸甸的脑袋。接着，一口喝干了酒，弹起舌头。

"到了决赛，无计可施了。对面那家伙是个丹麦人。阿里·吕特克宁。蛮子阿里。麦子一般的金色毛发，身后垂着一根长长的辫子。据说，他的祖先是一位伟大的维京首领。他那些老祖宗能够赤脚走在浮冰上。他母亲可能是被北极熊弄大了肚子。你明白吗？一大堆的传说故事，把老百姓唬得一愣一愣的。可笑极了。全都是胡诌的。阿里并不澄清谣言。他是对的。那时候的我还年少无知，不明白人们就喜欢这一挂。神乎离奇的故事，耸人听闻的故事。人啊，就好这口。这样才能吸引到人。现在我懂了……长话短说。这个维京人是个优秀的对手。但比我差点。我总是吉星高照。除了那天，我不太走运。什么蛮子不蛮子的，更可怕的对手是我的肚子。比赛开始的时候，我还在拉屎。没办法现身擂台。裁判宣布我弃权。有什么关系呢，嗯？"

日光渐逝，四野暮合。吸血蝙蝠出来活动了。男孩目不转睛地看着一对蝙蝠飞过营火。他不喜欢这种动物。他还记得有只蝙蝠趁着夜色飞入他和母亲睡觉的小屋。醒来后发现它倒挂在房梁上，身披黑色斗篷，那张脸让人想起滑稽可笑的侏儒，小小的眼睛瞪得浑圆、临危不惧。如果地狱真的存在，那使者就是这些蝙蝠。母亲一棍打死了它。她用力过猛，差点把蝙蝠弄得尸首分离。

"我就此没了兴致。"布拉贝茨说，"那之后我再也没碰过猪肉。也再没参加过锦标赛。"

他又点了下头。

"那之后，"他说，"我发现了美洲。"

他说啊，说啊，而潜伏在地层中的星辰死灰复燃。

他说起上个世纪的一个雨夜，他刚赢得一场比赛，有人贸然上前搭讪，邀请他登上奢华的马车，拉车的四匹马为一色的栗色，还装饰了羽毛。那人送他回到装修寒酸的住所，一路上向他描绘了在大西洋另一头等待着他的奇妙命运。

他说起当时有多么震惊，那人穿了水獭皮大衣，头上顶着大礼帽，手上戴了刻有纹章的戒指，还有嘴里嚼着大雪茄，雪茄的香气和座椅以及门框上包覆的小牛皮气息巧妙地融合在了一起。

那是个美国人。口音浓重，但只要愿意听他讲话都能听懂。他许诺的前途可以归结为四个字：荣华富贵。换个说法，要啥有啥。钱①，在他的语言中。很多的钱。打包票。最后，那人变戏法似的掏出名片，上面简简单单地写了一行字：威廉·C·哈丁——经理人。用金色颜料撰写的字母，辅以阿拉伯花纹，朴实无华。很多年后，他在自己那辆寒酸的有篷马车上也拙劣地模仿了一次。

谁能抵得住诱惑？

他做不到。

他说起旅行。他再一次横渡大西洋。三千海里。一眼望去，没有陆地，没有山丘，没有树木，就这样过了无数个日日夜夜。海洋，小子。那种情况下，你会意识到自己啥都不是。一无是处。汪洋中的一滴水。然后，某天清晨，轮船的汽笛声撕破了迷雾，你看见远处闪烁的小灯，那是天堂的灯。或者说，大型马戏

---

① 原文为英语 money。

城的灯。

威廉·C·哈丁没有骗人，只是他对天堂有不一样的理解。

他精于伪装，并将伪装发挥到极致，营造出幻象。给猴子戴上王冠，它就成了国王。给王冠挂上铃铛，就成了小丑。经理人威廉·C·哈丁并不经营摔跤手，而是艺人。他并不筹办比赛，而是策划演出。秀[①]，在他的语言中。两者之间有细微的差别。

他说起巡回演出，从这一头到那一头，从这个大洋到那个大洋，这个国家在他眼里就是整个世界。纽约、波士顿、费城、华盛顿、巴尔的摩、辛辛那提、亚特兰大、纳什维尔、斯普林菲尔德、芝加哥、密尔沃基、德梅因、肯萨斯、达拉斯、休斯敦、丹佛、盐湖城、凤凰城、圣迭戈、洛杉矶、旧金山、波特兰、西雅图。十八辆马车浩浩荡荡，一共有五十六人，其中艺人占了一半，还有十几个人负责搭建马戏团的帐篷，一个八人乐队，六个女招待，三个贴海报的，两个掮客，两个厨子，一个啥都能干的侏儒，一个服装管理员，一个马夫，还有一个负责登记赌注：这就是"野性世界摔跤公司"的全部人马。还没算上歇尔帕，一头驯化的黑豹，它是马戏团的标志和活招牌。

威廉·C·哈丁看得远。威廉·C·哈丁赚得盆满钵满。

他说起售票口关闭后聚集的人群。每个晚上有四五千名观众。白天有时人数会翻倍。排队的众人还会发生斗殴。有些狂热粉丝就地驻扎就为了逮着机会得到一张门票。全家人，从新生儿到老祖宗，一同来看演出。人们可不是来看体育比赛的。也不是来看摔跤的。不是的。他们是来看演出。有血有肉的人上演的木

---

① 原文为英语 show。

偶戏。

他说起自己成了角斗士，脚踩雅致的凉鞋，手握白铁打造的双刃剑。法国角斗士[①]，在威廉·C·哈丁的语言中。他不是在地摊上，也不是在擂台上打斗，而是古罗马斗兽场。他的对手时而是印第安人，时而是独眼海盗，时而成了黑人奴隶，时而是所有杂活都干的侏儒扮演的残忍的食人族，到了最后的狂欢高潮，有时候四人一齐上阵，还会毫不犹豫地放出黑豹。为什么不呢？每个人各司其职，整个流程谙熟于心。一切都是写好的。骗人的。假的。谣传，小子。那些"远近闻名"的故事。高贵的艺术，我们嗤之以鼻，大众需要的是梦，威廉·C·哈丁则为大家提供了梦。或者更确切地说，把梦贩卖给大家。我们来算笔账：每晚有四五千人上当受骗，门票二十五美分一张，出趟门花上几美元。每张美钞、每张门票上都印有"我们信仰上帝"。官方印章。金科玉律。那是美国唯一的宗教。

他说起自己的辉煌生涯持续了两年之久。有天早晨，一切戛然而止，在亚拉巴马州的梅肯县，人们发现威廉·C·哈丁先生消失得无影无踪了，连带失踪的还有装满了演出收入的保险箱，以及"野性世界摔跤公司"大部分员工的个人收入。哇哦！啥都没了。鸡飞蛋打，所有人都被哈丁的阴谋诡计给骗了，一穷二白，身无分文。该死[②]，用他们的粗话说。当然，这些也都写了下来，只是没人勘破。我们信仰上帝，只要你愿意，但永远不要相信穿水獭皮大衣的家伙，朋友的忠告。

---

① 原文为英语 French Gladiator。
② 原文为英语 fucked。

他说起整个公司不到一周就垮了。五十六名受骗者在各奔前程之前，卖掉了马和马车，以及所有可以出售的东西，换来的钱平均分配，包括侏儒也拿到了一份钱。这点钱杯水车薪，支持不了多久。

他说起黑豹歇尔帕被主人抛弃后活活饿死了。

他说起自己为了不至于饿死，同意和独眼海盗、黑人奴隶继续干唯一一件擅长的事儿：摔跤。侏儒最后也加入了他们，在数个星期、数个礼拜的时间中，四个人到处流浪，像是衣衫褴褛、没有国籍的雇佣兵。就像是战争中溃败的散兵，已经没人记得他们。

其他人呢？

大城市就此告别了。广告牌、海报、进城时候的大张旗鼓、遭到袭击的售票口，全都结束了。而今，他们尽去些小地方，有些都没法在地图上找到，他们在泥地里，在灰扑扑的地上，在干草地里摔跤，有时一对一，有时围观的人群中会冷不丁冒出个"英雄好汉"想要比画比画，小地方的观众寥寥可数，比如杂货店老板、种子商人以及掉光了牙齿的农场主。再也不会有角斗士、独眼海盗、黑人奴隶、吃人侏儒，再也没有古罗马斗兽场，没有戏服和布景，没有往昔一丝一毫的辉煌，只剩下三个穿得破破烂烂的壮汉在互殴，还有个矮子手拿帽子穿梭在稀稀拉拉的人群间。

凡事都会结束的，小子。而且鲜少有大团圆的。

成员一个接着一个离开。黑人奴隶在田纳西州主保瞻礼节的时候，被蒙面徒打了一顿。独眼海盗在马里兰州试图游过波科莫克河时淹死了。吃人的侏儒被另一个巡回演出的马戏团雇佣，充当人肉炮弹。

当旅途结束，他独自一人回到了起点，身上没有一美元，人瘦了二十二公斤。纽约。大苹果。有天他在码头闲逛时看见人们正在装卸拆分开来的自由女神像。一天又一天，他眼见着女神像慢慢组装起来，一米一米地长高，女神最终自豪地举起火炬，她坚毅、美丽的目光越过大海，投向她的出生地——古老的欧罗巴，那一刻他哭了，他发誓要配得上女神，不会成为这片陌生土地、这些冷漠的贪婪之徒的囚犯。下一个星期，他偷偷躲进驶往波尔多的轮船货舱，但忘了朝曼哈顿吐口痰作为永别。再见啦。永不再见。

历险就此告一段落。

男孩睡着了，下巴抵住胸膛。在布拉贝茨讲述到境遇变糟时，男孩就开始打瞌睡，但他假装没发现，继续讲下去。现在，一切归于沉默。营火烧成了火炭。布拉贝茨坐在另一头端详了会儿男孩。接着，他长叹一声，起身将男孩抱在怀里，放到篷车上。尽头有张床：布拉贝茨把客人安置在那里。然后，他退出篷车，在身后关上门，重新坐到营火边。

没有什么能阻止两人同行一段路。

韦讷、埃吉昂、奥尔皮耶尔、萨莱翁、勒波厄、特雷斯克雷乌、圣科隆布、埃斯帕隆、塞尔、昂布朗、比伊萨尔、克雷武、阿尔维厄、圣克雷潘、莱索尔雷、罗桑、塔拉尔。他们去了一个又一个地方。布拉贝茨知道所有的节日、所有的集市和庙会，而且每个地方的人似乎都认识他。那是二十多年行走江湖的收获——更别提他那副尊容令人过目难忘。关系网络就此编织起来。他昨天来过，今天又来了，明天还会来，直到坏天气占了上风，人们于是可以肯定道：布拉贝茨不会来了。但他终会回来。

鲁瓦邦、维奈、比奥、圣伊斯米耶、拉韦尔皮列尔。他们在黎明前动身。紧挨着坐在马车长凳上打盹儿，随着一路颠簸左摇右晃。两人的头顶上有块挡雨板，悬挂了两盏风灯，最远也只能照亮马屁股。布拉贝茨松松挽住缰绳。马儿知道要去哪里。它走过那些路，老马识途。马儿走在幽暗的小路上，遵循自己的印记。它的脚步滞重又不失优雅——或许是雌性特征的表现。食人魔说出下一站地名。

沙邦、松塔、勒尕、蒂兰、埃希罗莱、蓬沙拉、比里厄、克罗勒。地图就装在脑袋里。如同环游美国，不过规模小了很多。

博雷佩尔、瓦龙、沙拉维内、沙纳、比利、孔德里约。两人进城时，货摊已经就位。独独缺了他们。布拉贝茨先是驾车转上一圈，含笑举手，像是在阅兵。接着，他在空地上安顿好马车，再步行转上第二圈，所过之处，不是和人交心就是和人神交。他握握手，给个拥抱，和每个商贩打声招呼，夸夸这人的家禽毛色漂亮，讽刺那人的公猪体型奇怪。举手投足间，或魅力非凡或滑稽可笑，但从没有恶意。他和市长、农村保长以你相称。之后，人们会看到他推开咖啡馆大门，和众人打完招呼，昂首阔步穿过大厅，毕恭毕敬地来到老板娘面前，冲着她的棉质围裙深深鞠上一躬，就好像眼前站着的是身穿锻袍的殿下。女士手拿抹布，让他起身。她见识过类似的场面，可还是羞红了脸，内心欢喜。小侍女扑哧笑出了声。布拉贝茨揽住她的腰，一下子把她举离地面，在空中转起圈。她又是大叫又是大笑。所有人都笑了起来。布拉贝茨是一个让人高兴的食人魔。很多人都以为喀尔巴阡山是座神奇的岛屿，打天上会落下苹果酒和蜂蜜。

乌尔勒、马横讷、朗蒂耶、吕瑟奈、夏沙尼、库尔奇厄、维勒舍内弗。男孩追随左右。起初，他感到晕头转向。突然之间，密密麻麻的人群，熙熙攘攘的喧闹。但他很快就适应了，并从中体味到了乐趣。布拉贝茨把他当作助手介绍给大家。长舌妇嚼起了舌根，说那孩子是布拉贝茨藏起来的私生子。心术不正的人出口更加伤人，可没人会相信那些话。热身表演结束后，食人魔和男孩回到篷车上。前者要换身打扮，后者则要打扫干净车前空地，并画出一个直径七米的圆圈，这是布拉贝茨教会他的。那是摔跤场地。万事俱备，只待食人魔再次现身。他穿了一条黑色紧身裤，柔软的缚带鞋一直绑到小腿肚。他站在马车踏板上，开始发表演讲。大吼大叫，骂骂咧咧，待众人情绪被调动起来之后，他走下台阶，进入画好的圈子，大步走来走去，如同笼中困兽。他摆好架势，拱起肌肉，逗乐了人群。他来势汹汹，出言挑衅。一边留心挑选目标：村里的莽夫、当地的冠军、樵夫、车匠、箍桶匠、木匠，反正就是那类脖子粗、好斗的家伙。或者有未婚妻搂住胳膊的男人，在美娇妻的注视下怎么好意思溜之大吉呢。荣誉，小子，那就是背带：没有男人愿意丢了背带，任由裤子呼啦滑到脚跟。布拉贝茨在刺激，在撩拨。公的都跑哪儿去了？他跷起大拇指，指向身后去势的马，言下之意，公的只有它，围观的众人都比不过它，但愿……哦哦哦！有人上钩了。女人用胳膊肘指指某人，发出咯咯的笑声。她们双眼放光。先生们则嗤笑一声。总会有人接受挑战的。有个小伙子走出人群，一边转动肩膀一边踏入圈子。众人爆发出欢呼声，鼓励的，喝倒彩的，鼓掌的，他脱下外套，挽起衬衫袖子。

昂斯、洛扎讷、布龙、阿维兹、勒佩雷翁。流程一模一样。事关分寸的拿捏。喀尔巴阡山的食人魔并非最敏锐的炼金术士，但不消一分钟，他就能估摸出对手有几斤几两：身材、体重、力量、敏捷性、技巧性、狡猾与否。他可以片刻干倒对手，让他吃土。但何必呢？有谁会心满意足？布拉贝茨要慢慢耗。他从徒手打架各种恶劣手段中学到了精华，那是种优雅，至少是种乐趣。他要拉长交手时间。他知道可以放多少水，知道能占多少上风。既要示弱，又要还以对手颜色。撩拨起众人的神经，紧绷、颤抖、再放松下来。忽而虚张声势，忽而瑟瑟发抖。他也知道什么时候收尾。同时让对手保全颜面。最终，他获得胜利，这是当然的——人人都有荣誉感——但颇费周折。对手也能昂首阔步地退场。他或许会以为就差那么一点点就能打败食人魔了，等到下次，下次……在商言商，但也事关尊重。伤害，不可能。一团和气，当然啦。人们付钱就是为了看食人魔表演，要值回这份钱。老主顾心情舒畅地离开，扔下点钱，肥了他的荷包。

他们重新上路。

布吕留勒、马尔西、拉尔布雷勒。男孩擦去地上的圆圈。战斗转瞬即逝，欢乐同样如此。所到之处徒留那易逝的欢梦，醒来之际荡然无存，于某些人而言还带着些许伤感或者伤痛。

他们离开了。

科尼、塔拉尔、沙蒂隆。马车启程，在一群顽童吵吵嚷嚷的护送下渐行渐远，有一半苏族[①]血统的食人魔踏上了艰难崎岖之路。那是布拉贝茨孬种的一面。这些孩子都是从食人魔口中逃生的。

接着，他们离开城市，再次踏上只有两人的旅途，开阔的地平线，时间伴随着马蹄声匆匆溜走。

维拉尔雷东布、大维里厄、米里贝尔、塞尔穆瓦耶、特雷武、蓬桑、费尔内伏尔泰、贝莱。

他们半道稍作停留。笃悠悠的。夏日的傍晚，天空洒下美丽的余晖。布拉贝茨选择沿河而行。他们支起帐篷，摆下几块石头划出篝火的范围。男孩负责照看马匹。布拉贝茨教过他。这算不上苦差事，而是一种恩宠。或许是男孩最喜欢的时刻。他给牲口卸下马套和马具，替它梳毛，铲下污泥，给它饮水、喂食。他把

---

① 北美印第安人中的一个民族。

脸埋进马儿的脖子，呼吸它的气味，感到幸福极了。看着幸福的男孩，布拉贝茨也感到幸福。

图瓦里、图瓦塞、芒齐亚、圣皮耶尔拉帕吕、达尼厄、昂布罗内。

他们争争吵吵，又和好如初。日照变短，训练开始了。两人天天谈论同样的事：摔跤。（你认识的男人中有没打过架的吗？）男孩想学习，布拉贝茨愿意教。规则、入门知识、姿势站位、控制对手。布拉贝茨一边解释一边示范。那是格挡的艺术。勾手的艺术。纠缠的艺术。先发制人的艺术。两人一遍一遍地演练，你可以在水边看见这对师徒在训练摔跤——或者鉴于两人的体型，你会以为是青蛙和河马在缠斗？那是桥梁的艺术。打蛇随棍上。顺势而下。布拉贝茨偶尔会攥紧拳头，朝着男孩的脑壳敲打三下。记住喽。脑袋，小子，要善用脑子才能赢得胜利。那是计谋的艺术。不可或缺。那是爆发的艺术。不过，重中之重：那是跌落的艺术。因为，一切就此终结——布拉贝茨强调道。

男孩接着洗漱干净。吕伊斯、塞塞尔、法兰斯、塞洛纳兹。一周中的每天——布拉贝茨都会一再强调。卫生。天气好的时候，他在河流或小溪中洗澡。当寒意降临大地后，他只能在一个两百升的橡木桶里泡澡，布拉贝茨是从梅多克①一个名叫保亚克的葡萄园里搞来的，他把橡木酒桶锯开，剩下的三分之一充作浴桶。这个橡木桶就挂在马车底板下方。秋冬两季的傍晚，布拉贝茨解下橡木桶，烧开热水，倒入桶中，他偶尔还会滴上几滴薰衣草或者丁香精油，先是男孩，接着轮到食人魔钻进桶里泡澡，待体液

---

① 法国吉伦特省的一个地区，梅多克经济的成功主要归功于出产红葡萄酒。

和污垢清除干净，身子得到清洁之后，蒸汽渐渐遮蔽了天空，而在云遮雾绕下，那镶嵌在深空中的数千颗星星显露了出来。

科尔绍、马西厄、南蒂阿、阿尔日斯、圣保罗德拉克斯。

天气依旧良好。男孩跨出小溪，任由空气吹干皮肤。晚饭是他们还有的存货。车轮慢慢转动，暗影将他们覆盖。很快，他们成了火光照耀下的两个身影，一个夸夸其谈，一个沉默寡言。接下来的数小时，布拉贝茨又要全情投入：他生涯当中的一个新篇章，他那丰富多彩的一生。他高声讲述自己的故事。他的英雄事迹。他或许已经意识到这些丰功伟绩而今成了负担。有些迹象不会骗人：他的王朝即将终结。他不相信天国。然而，此时此刻一切正在发生。所以，他需要见证人在场，同时也是受托人、受赠人。记住，小子。他的一生是件伟大的作品，他希望将大部分的遗产传给男孩。男孩需要保存的不是他的骨灰，而是火把。

绍法耶、埃屈斯、皮埃尔－德布雷斯、锡芒德尔、卢昂、沃纳斯、佩热西莱福尔热、多马坦莱屈索。

布拉贝茨的故事要讲到很晚。在他口中，世界很大，平原辽阔。还有山脉、山丘和山谷。

燃起篝火的地方就是他们的家。

男孩渐渐接过了驾驶马车的工作。布拉贝茨教会了他。其实没有多少事要做，但男孩全神贯注。那是一份骄傲。挺起胸膛，看向远方，就当自己是亲王的随从在驾驶豪车。他咂吧嘴巴、弹动舌头，发明了一种独特的语言，只有他一个人懂得。那匹马压根不知道主人在说啥。

　　进入索恩－卢瓦尔省克吕尼的地界，男孩见到了第一辆汽车。闪闪发光的德罗内－贝尔维尔。六缸四十马。据说那是沙皇尼古拉二世最喜爱的车子——但在这里，它被叫作儒勒·博诺①及其同伙的车。那天早晨，开车的是一位热衷机械的准男爵，脑袋上的头盔让他看上去像只眼睛突出的大苍蝇。一言以蔽之，那是一只双翅目昆虫架在嗡嗡作响的甲虫之上。男孩一时感到自惭形秽。他本能地拉住缰绳，马儿停下了脚步。马车就这样停在了半路上，男孩大张的嘴巴能吞下绝尘而去的德罗内扬起的所有尘土。布拉贝茨在一旁笑嘻嘻地说。

---

① 儒勒·博诺是一个著名的银行抢劫犯。1911 年，儒勒·博诺及其同伙抢劫完兴业银行之后，驾驶一周前偷来的一辆德罗内－贝尔维尔逃逸。

"那是机器。"

他听见马达声渐渐远去，坐在位子上继续说下去：

"人类能发明一切。他们可以创造一切，也可以毁灭一切。这要看他们的选择。只有人类的手中握有泥球。会把泥球捏成什么东西？等着瞧……"

他的笑容渐渐变大——沟壑难平的脸上绽开一道裂缝。

"这要取决于泥球在谁手上。智者。战士。诗人？你要明白，结果会完全不同。你呢？"他说，"你会把泥球捏成什么？"

男孩看了看食人魔挽住缰绳的大手。

"要放开胆子，"布拉贝茨说，"人应该有梦想，做梦会有什么损失呢？"

他用食指指向天空。

"我么，我会说，那月亮总有一天会成为人类的菜园。"

男孩抬头望天，既看不见月亮也见不到蔬菜，只有一丝云彩飘荡在地平线上隐约可见。

他有时需要过会儿才能理解消化食人魔的话。

两人再次上路。

旅途一程接着一程。季节更替。秋天来到，铅灰色的天空中飞过排成人字形的黑雁、斑鸫、长脚秧鸡。候鸟在迁徙。树叶落到地上，混杂着雨水，腐烂了。毛毛细雨。那灰蒙蒙的黎明永无尽头，旅途似乎停滞不前，而且会无限拖延下去。但他们仍在赶路。马蹄踩进松软的泥地。车轮深陷，留下的车辙宛如行驶在内陆地上的古董小火车，昭示了他们的逃逸路线。人们可以根据车辙来追踪两人一段又一段的旅途。

喜怒无常的天气迫使两人偶尔要在走廊、谷仓、马厩里面完成表演。人们脱下靴子和雨衣，扔下工具和牲口。挤挤挨挨地聚到一起。空气中弥漫着干草、皮革、石头、肌肤的味道，包含着水汽，还有些陈腐的气息，但厩肥的臭味压倒了一切。摔跤开始前，男孩把樟脑味的油膏抹在布拉贝茨的双肩和胸膛上，既能缓和食人魔敏锐的嗅觉，又能轻易地逃脱对手的纠缠。

男孩承担了更多工作。这位助手不再满足于打扫场地画个圈，他还要照顾布拉贝茨。两个回合之间，他快速地在冠军脸上敷上一条湿毛巾，替他按摩后颈、肩胛、小腿肚。可能干啦。布拉贝茨取下一直挂在篷车支柱上的旧旗子，替他做了件斗篷。那是男孩的戏服。登台的服装。这还没完：斗篷象征了男孩正式入伙。从今以后，我们可以说，他是团队不可或缺的一员。食人魔的官方拍档。同谋。这种骗人的小把戏增加了异国情调（衣服上的闪光片、眼影：那是威廉·C·哈丁当年教诲的残留），还能燃起挑战者的爱国情怀。就算我们不认得那蓝红黄三色旗代表了已逝的、渺小的特兰西瓦尼亚公国①，那至少明白这是一面其他国家的旗子，有可能是敌人，强大的侵略者：照理来说，都应和他干上一架。

战斗结束后，男孩躺在地上，获胜的食人魔一把把他抱起来，像是战利品一样举过头顶。他以前曾举起的是金腰带，但他再也不戴了（该死的猪猡！）。这是另一个确定下来的新传统。最后一次的炫耀。他们在圈子里面转了一圈又一圈。旋转，革命。斗篷在飘扬，男孩在翱翔。再过十五年，他将有机会在蔚蓝的天空中看见信天翁白色的肚皮，他会知道的。

---

① 罗马尼亚中西部地区，中世纪时曾是一个公国。

　　突如其来的冬天把他俩困在了海拔千米的朗西埃山口。上汝拉地区。抄近道，布拉贝茨说。当黑暗朝他们扑来时，才刚到正午。天压得低低的，遮蔽了篷车车顶。他们就快到达山顶了。就快了。铺天盖地的大雪将他们困住。什么都看不见，也没有什么东西能看见，没有路，没有裂缝，没有山峰，没有云杉林，仅仅一个小时，一切都消失了，有形的和有声的，万物湮灭。那是雪白的死亡。无瑕的肃杀。

　　他们躲在篷车里面，等待一切过去。夜幕降临，暴风雪把车板吹得砰砰直响，透过缝隙钻进车里。温度跌破了零下十五度。火炉嘶嘶作响。那微弱的光只能温暖人心。布拉贝茨躺在床上。睡不着，他在惦记车外的马。过了片刻，他翻身起床，被子一裹，跑了出去。狂风抽打起耳光，把他打得左摇右晃。他穿过暴风雪和暗夜望向车辕之间。起先并没有看见马。认不出来了。接着，他以为马就这样活生生冻死了。厚厚的积雪和冰花覆盖在牲口上。成了一个雪堆，和其他雪堆混在一起。食人魔渐渐靠近。牲口的眼皮合上了，像是遭到封印，胡子上面悬挂着小小的"钟乳石"。布拉贝茨用被子揉搓它的额头，鼻孔还在喷气。接着，他开始卸下马套，冻僵的手指奋力解开马鞍的搭扣。铁具冰冷，皮具硬得如同树皮。他放开马匹，把它往前拉。马儿挣脱了七百千克的重负，结冰的土地在它的铁蹄下喀喇作响，就像鞋底踩过玻璃。几分钟之后，男孩觉得他是在做梦，他看见牲口的脑袋探进了篷车。车门洞开。纷纷扬扬的大雪裹挟而入。打着旋儿。帘子飘动。马儿一个劲地往里挤。它的脖子也进来了，接着是肩膀、前身、可肚子被门洞卡住了。布拉贝茨把身体抵在马屁股上往里推。光秃秃的脑门因为用力发红了。耳朵发烫。没人听得懂他咬牙切齿蹦出的词儿，因为大风把它们刮走了。他在推，在使力。此时此刻，冬天于布拉贝茨而言就是鞑靼人，马儿就是巨石①。一半的身子在车内，另一半还在外面，牲口似乎又上演了一次出生的过程，但整个顺序倒了过来。生与死，永远的主题。马的前肢在地板上打滑，铁蹄敲击，肋部擦过支柱。它进来了，一点一点，使出吃奶的力气，最终整匹马都钻进了篷车。待在车子最里面的男孩目瞪口呆地目睹这一切。他或许又想起了银白色的马，他见过的第一匹马，诞生自海风和海沫：那是他自己神话故事中的独角兽。

"必须这么干，小子。"布拉贝茨说着关上了车门。

他们就这样在车里躲了四天四夜。食人魔、马匹、男孩。往好里说，他们待的是爱斯基摩人的雪屋，往坏里说，他们被困在了棺材里。到处都是雪，这无法得见的棉絮为梦带来些许亮光。大雪起到了缓冲作用，将马车隔离，保护人畜。然而，没法提供食物。有限的存粮都吃完了。柴火也用光了，火炉不再发出声音。嘴里呼出的白雾混合到一起。寒冷。马儿的毛色过了二十五个小时才显现出枣红色。雪水一滴一滴落下来，在四蹄周围形成小小的水洼，又立马结上了冰霜。男孩用刀柄敲碎了这些小小的冰湖。先前的车主曾在地板上开了一道暗门，碰上宪兵队就能迅速逃走：正是通过这个口子，他们可以丢掉垃圾。

暴风雪到了第四天晚上开始减弱，拂晓停止。太阳像是第一次升起，照亮初始的世界。这个世界宛若汪洋。洁白无瑕。波涛汹涌。纹丝不动的海浪。布拉贝茨用肩膀撞开车门，阳光钻进来。

---

① 此处引用了两个典故：鞑靼泛指蒙古人，蒙古帝国扩张时期曾攻入欧洲，令欧洲诸国极为恐慌；巨石是指西西弗推动的那块石头，暗示布拉贝茨的工作极为辛苦。

他站在白雪覆盖的台阶上，眺望四周。尽管眉弓突出，他还是把手搭作檐篷，避免了眼花。他先是以为置身天堂，转念一想，又觉得进了地狱。他知道，这里既非天堂也非地狱。过了会儿，他叹了口气，手臂落下来。昨天的脸上或许还绽放出灿烂的笑容，而今天只有淡淡的笑意。近乎阴影。近乎。男孩也钻了出来，眨巴起眼睛，像是在黑牢中关了一年之久。他站在布拉贝茨边上，两人长时间地凝望。再也没有埃利斯岛①的街灯。再也没有应许之地。布拉贝茨转向男孩，手指抚上他的后颈，温柔地覆盖住。一声不吭。

他们花了一天时间才脱困，又用了两天走完旅途。他们推着马车走完剩余的上坡路，到了最后几段曲折的下坡路则要控制住马车的速度。近一个星期来，除了融化的积雪，他们颗粒未进。终于，他们打老远看见了冒出炊烟的烟囱，而两人一马中受到打击最大的，并不是大家以为的那位。

---

① 埃利斯岛与自由女神像的所在地（自由岛）相邻，曾是移民管理局所在地，许多来自欧洲的移民在这里踏上美国的土地。

这个冬天太过严酷？

经过那场暴风雪之后，布拉贝茨像是换了个人。有些东西留在了那座山口上，再也无法弥补。他回不到过去了。我们可以说那是他的指南针。也可以说那是他的豪情。自那之后，他迷失了，萎靡了。

布拉贝茨消瘦下来，身躯显得更加沉重难以支撑。这副骨架令他不堪重负。背佝偻了。关节肿胀了，不再灵活。眼眶看上去不再凹陷，那是错觉——他的双眼深深落在了眼窝的阴影中，像是躲在洞中受惊的动物，或者隐居等死的老者。

晚上，他的话变少了。他很快就没话可说了。似乎惜字如金。节省。要积攒唾液和呼吸，这些成了会枯竭的资源，他意识到该把这些留给他的商业演出。有谁可曾见过一言不发的街头艺人？只有饥肠辘辘者才如此。他明白他无法指望男孩替他演讲。于是，他沉默了。他厌倦了所有，渴望休息。

他早早躺下睡觉。半夜醒来，身躯在吸汗的内衣下面颤抖。水牛般的胸膛上像是坐了一头水牛。呼吸声嘶嘶作响。床显得太窄，而放床的凹室大得如同宇宙。他在寻找根本不存在的星星。暗夜没有明灯，没有路标。早上，男孩发现他睁大了双眼，神情如同疲惫的旅人。

年龄？不是的。不可能只是因为衰老。确切来说，是状态在发生变化。食人魔又变成了人。从火盆变成了蜡烛。守夜的小灯。

在贝藏松的杜省，他被当作卡西莫多。新鲜事头一遭呢。事情发生时，两人正走进一家小咖啡馆想要稍做停留，暖暖身子。就算是在雨果大爷的老家，卡西莫多也是句重话。脱口而出的那人倚在吧台上。年轻、纤弱。大概是个文化人。当地公证人颓废的幼子，流露出外省人的尖酸刻薄，曾经在耶稣会的寄宿学校待了八年，刚刚又灌下了六杯苦艾酒。（最后的空杯子还握在手中。）接着是短暂的沉默。那飞过的天使头上长角，翅膀乌黑①。男孩轮番看向布拉贝茨和年轻人。他想不出所以然。他和在场的大部分本地人一样感到了冒犯，但不明白原因。没人读过诗人②的大作。布拉贝茨读过。换作从前，他会把年轻人的脸砸向吧台，敲烂一口的牙齿，但现在的他不会这么做。他点了两杯热乎乎的红酒。酒送来后，他把一杯递给男孩，另一杯敬向无礼的人，但与其说是敬酒，更像是赦罪。

"我猜想这是一种赞美。"他说，"当我们知道在那具丑陋的躯壳之下隐藏着最纯洁的灵魂……"

然后，他笑了起来。喝下酒，大厅里的众人又恢复了呼吸，

---

① 法语中有个固定表达，un ange pass，直译为"天使飞过"，引申为"众人感到尴尬的沉默"。本书作者还说这个天使长角，有黑色的翅膀，那就是撒旦了。

② 此处指雨果，雨果的诗歌十分有名。

手上还有酒的人也一同饮下。

那天晚上，他回答了男孩没法组织成句的问题。他说起敲钟人。大教堂的排水口。大教堂的外观。里里外外。他谈论美和丑。他说他更希望见见那个造物主的脸，据说造物主是按照自己的相貌塑造了人。他说造物主首先要做的事，老兄，那就是造面镜子——你不相信？……玩笑啦，小子，我们有选择吗？没有。相貌上面没有。他说不能寄希望一切公平。他说那或许事关运气，或者命运。对于某些人来说，那是硬币的正面和反面，对于另外一些人而言，则写进了摇篮上方的群星图案。于他而言，一切早在起点处就已注定。早于他能开口说话，早于他第一次开口嚷嚷。他说起卵子和精子。他引用那些高深的词汇，比如，"致畸胎的""肢端肥大症"。四肢末端生长异常。可是，这都啥意思呢……？就是坐在你对面的我啊，小子。他说着，露出了大脑壳，晃动大手，挨个抬起有如巨人的大脚，他正在倒满了温水和粗盐的小木桶中泡脚。状如泰坦的四肢。食人魔的特征。他说那是他的命。与生俱来的财富。幸福和不幸。他说要记住强壮的身躯赋予了力量，但也滋生了恐惧、厌恶和排斥。异于常人的肉体有痛苦和艰辛，但也有等量的骄傲和自豪。然而，随着时间流逝，他说，你发现前者在滋长，后者在湮灭。天知道为什么？谁能精确指出悲剧的根源？他说，他现在感到骨头就要戳破皮肤了。每迈出一步，都承受着十倍体重的负担。天越来越高，他越来越渺小，既然有了上述两大前提，则不难得出这样一个结论：月亮越来越难摘了。这是数学题，小子。

讽刺的是，月亮恰在此时挣脱出了云团，但他们在篷车里，无法得见。可移动的桌子上放了一盏小灯，那是唯一的光源。布拉贝茨松了口气。双脚浸泡在木桶中，双肘支在大腿上。脑壳染上了金色的光环。他已有好几个星期没发表过长篇大论了。男孩盘腿坐在床上，处于半明半暗中，目不转睛地看着布拉贝茨。

食人魔用大拇指和食指夹住耳郭。他在喃喃自语，甚至没有脱口而出。然后，他长舒一口气，抬起头来。

他说，那是外表。旁人之所见，他是丑陋的。恐怖、畸形，不要害怕这些词汇。但幸运的是，这并非全部。那么，美呢？它在哪里？它藏在了哪里？他提起钟楼怪人，那个怪物，那个其貌不扬的半人半兽，他接着又说起吉卜赛女人，眼珠如同玛瑙的江湖女子。她会跳舞。她会妖术。她能读懂掌纹，偶尔能改变别人的命运。她是唯一的闪光、火花和灰烬。初始和终点。那只是童话故事，小子。不过，现实生活中也有。你会明白的。生活至少需要点美好的事物，它有时会溢出、肆虐。生活会掠夺，会嘲弄。爱情，他谈起爱情。他谈起摔跤，这是他无法抗争的命运。一切都有联系，都是一回事。摔跤和爱情某些点可以互相印证。两者难道不都是绕着对方团团转吗？孜孜以求地寻找对方？缠绕在一起？互相拥紧？脸贴脸？身对身？好多的共通点，他说，但摔跤和爱情之间有个差别，一个大大的差别：在爱情中，我们无法靠头脑获胜，要靠它。他说着露出宽阔的胸膛，一只大手抚上胸口。心脏。他谈起心。他说，美就住在这里。内在。美在心里闪烁、放光。他说起总是惊讶地发现污秽的土地开出了最为绚烂的花朵。丑陋的珠宝匣藏有最珍贵的宝石。想一想插在牛粪上的鲜花。想一想从炉渣里面淘出来的金块。他说，这些比喻都老掉牙了，但它们揭示了真相。心，小子。没有一块肌肉比心更柔软。海绵。能吸收一切。能包容一切。但是，他说，最为令人吃惊的，是人们把一生中最宝贵的东西弄得坚硬、干涸。

天上的月亮再次失踪了，布拉贝茨穷尽男孩的目光，说：

"那或许是活下去的必需品。"

至于摔跤，他靠着本钱撑下去。用智谋战胜蛮力。用战术和技巧填补身体的虚弱。经验。本以为随着春天到来，他会恢复生机，血管内生发出新的体液。并非如此。三月、四月，圈子越画越小，对手越来越重，日照越长，他和对手的差距越短。有那么两三次，他使诈了。没人发现，但羞耻感在啃噬他的心。胜利沾染了苦涩的滋味。

技艺在哪里？高尚在哪里？喜悦又去了哪里？

该来的总会来。

那是在奥布省，他倒下了。在沙尔乌斯附近的一处客栈院子里。说到底了，为什么不是这里呢？那是阳光明媚的一天。摔跤持续了不到一分钟。连半分钟都没有。只够他估量一下进入圈子的男人：壮如猛牛。大块头，四肢短小。这种类型他了如指掌，因为他已经干趴过整整一群了。他知道那人会径直冲过来。正如他所料。不到十五秒的时间，只够大喊一声"哎哟"。布拉贝茨本可以避开。也可以缓解冲力。或者硬扛。或许吧。他就像是装满了餐具的碗橱，重重地向后倒去。天旋地转。太阳挂在天穹。对手骑在他身上。那人的胡子把他的额头弄得痒痒的，身上散发出烧泥炭的气味。这三十五年中，他的肩膀第一次碰到了土地。动弹不得。他本可以脱身。他应该试一下。或许吧。他没有任何举动。数字数到三。那头公牛站起来，因为获胜而嗷嗷直叫。就在同一时刻，一股更强大的力量从布拉贝茨的胸口喷薄而出。一股他不会质疑的力量。钟楼敲响了十二下钟声。他瘫在地上，仰望太阳。

男孩俯身凑上他的脸，见他露出了一个从未见过的笑容。释迦牟尼的笑容，圣母马利亚的笑容，并非是对他展露出的笑容，但那笑容刺痛了他。

他的脸上一直挂着笑容，此后，他们沿着阿尔芒斯河步行。路过一个又一个磨坊。河水潺潺，风车转动。

笑容一直在脸上，两人来到一片苜蓿地上打算露营，厚实柔软的草地如同波斯地毯。附近有一汪小池塘。时间过了五点。他们为马儿卸下索套，按部就班地工作。

笑容一直在脸上，傍晚，布拉贝茨赤条条地钻进热气腾腾的木桶。待了很长时间。后颈靠在木桶边沿上，看着夜色降临。

离开客栈之后，他一直没开口说话，现在他终于开口了：

"这是个神圣的地方。"

男孩顺着食人魔手指看向他指出的方向。

"篷车，"布拉贝茨说，"之前的主人说，女人无权在车上分娩。也不能死在车上。这会让车子变得不洁。这是他们的说辞，他们的信仰。他们相信这些事。相信征兆和巫术。相信天谴。为什么不呢？每个人都有自己的界限……可以肯定的是，没有一个吉卜赛人会购买死过人的篷车。"

灯芯草草丛中，第一只癞蛤蟆拉开了舞会的序幕。两人转头望向池塘，侧耳聆听。那是一首平庸又刺耳的前奏曲。

"想想吧，"布拉贝茨说，"一个不一样的故事。故事中，美丽的吉卜赛女郎，哦，天哪，竟然爱上了驼背的丑八怪。他们相爱了，而且结婚了。两人乘上漂亮的篷车远走天涯。可问题来了。尽管那是辆漂亮的篷车，但美人无法在车上分娩。丑八怪没法在车上安息。否则它就会变得不洁……"

他看着男孩。

"那么，"他说，"该怎么办呢？你有办法吗？"

他在等待答案。男孩摇摇头。

"没有。"布拉贝茨说，"你没有，我也没有。大家都没有。我于是明白了，有些故事没法简简单单地讲述给大家听。"

两人相对。接着，五只癞蛤蟆、十只、百只，整支交响乐队在乐池中聒噪。

木桶里的水变温了，身上的皮肤起了皱，干瘪、黯淡。

"旅人，"布拉贝茨说，"人们是这样称呼他们的。可说到底了，我们每个人不都是旅人吗？"

这次没有等待男孩的回答。他站起来，一丝不挂，月光照射下苍白、湿漉漉的，男孩赶紧递给他浴巾。

笑容一直在脸上，圣母马利亚的笑容，释迦牟尼的笑容，布拉贝茨带着笑容钻进凹室躺下，合眼，睡觉。

雄性癞蛤蟆整个晚上都表现得神气活现。它们发出呼唤，给出承诺。通过一展歌喉来传达爱意，希冀着雌性癞蛤蟆能从歌声中认出王子。

男孩熬到清晨才有了睡意。

几小时后，他惊醒过来。心跳加剧。篷车里面空无一人，静悄悄的。他们许是上路了，已经走了一段时间。可不是这样的。他起身，走出篷车。刚探出门，阳光劈头盖脸射下来。他看向右方的池塘。一帘薄雾在其上方飘荡，珠色的反光折射出虹色的褶皱。此外，一切静止。他看向左方。百米开外的地方矗立着一株孤零零的老榆树。他发现了处于逆光中的两个身影。一个是马，正在树下吃草，另一个是食人魔，吊在枝头下。这个画面构成了一种独特的安详以及协调。似乎每个元素最终找到了属于各自的位置。完美的构图。男孩跳下台阶，把木头踩得嘎嘎响。他飞奔到榆树下，张开的嘴巴发不出任何声音。马儿抬头，一边嚼动嘴巴一边探究地看他。下唇外翻，发黄的汁液从牙齿上流下来。男孩在距离布拉贝茨五六步的地方停下来。他在找布拉贝茨的脸。他的头从没抬得这么高过。食人魔的暗影拉得无限长。他是用缰绳上吊自杀的。应该是踩在马背上，借着平衡，够到了树枝，因为他的双脚离地有两米多。布拉贝茨这个食人魔飞起来了。

男孩则跌倒了。他双腿发软，四肢趴地，发了疯似地刨土，徒手拔起野草、苜蓿，还有地里长出的一切。泪水夺眶而出，那从喉咙口发出的哭喊声嘶哑、不成调，令人想起受伤的野兽，马儿听了也要侧过耳朵，汗毛竖起。

男孩不再哭泣，他被掏空了。他以头触地，就这样一动不动待了很长时间。接着，他慢慢挺起胸口，用袖口擦干眼泪，擦掉下半部分脸上的泥土和鼻涕。他跪坐在地上，再次仰望食人魔。布拉贝茨换上了摔跤服：紧身裤、高帮鞋。一只蝴蝶在其脑壳周围转悠，最后停在了他的眼睑上，想要从睫毛上采蜜。天蓝色的蝴蝶翅膀一开一合，宛如风箱。幸好乌鸦还没有经过。

半个世纪之后，这里将建起一座房子和一个花园，那株榆树将是花园的中心和骄傲。某个人，管他是谁呢，将会站在男孩此刻所处的位置。慈爱地看着荡秋千的孩子，而固定秋千的树枝就是那天早晨布拉贝茨上吊的地方。男人和他的孩子自然无从知晓喀尔巴阡山食人魔的命运，这当然也算好事一桩。

又过了一个多小时，男孩从悲痛中回过神来。他转回篷车，带上一把小刀，用牙齿咬住，动手爬树。他沿着枝干攀爬，用刀割断了缰绳。但没有足够的力气背动或拖动尸体，这个任务只能交给马儿来完成。男孩牵着马来到草场中央。马蹄踩扁了苜蓿，男孩在遗体周围画出一个直径七米的圆圈。然后，他把食人魔的遗物放在尸体上。他的外套、浴衣、被褥。他从食人魔的床下拉出一个又长又扁、沉甸甸的木箱，食人魔从没有在他面前打开过。男孩犹豫片刻，掀开了盖子。里面放满了书。有几十本，甚至几百本。指尖扫过封面。他从一沓书中抽出第一本，小心翼翼翻看。里面没有画，全是字。他合上书，放回原位。继续小心翼翼检查物件，那都是布拉贝茨的财物。米色的绳子扎起一小叠信，信封都打开过。他没有打开那些信。十二枚奖章挂在一根丝带上，奖章上面雕刻有摔跤运动员的浮雕。乌木雕琢而成的烟斗，上面有了裂痕。先前色彩鲜艳的扇子。他展开扇子，现出一幅十分写实的画：一个年轻女子身体前倾，撩起的裙子下面，丰腴的粉色臀部一览无遗。此等画面，还有女子越过肩膀抛出的媚眼搅乱了男孩的心绪，而他也不明白其中缘由。他花了好一会儿时间来仔细研究扇面，之后将其合上。刻了名字的洗礼手链。镶了花边的、棉质的新生儿衣服，但也有可能是给洋娃娃穿的。盖了图章的文件，可能是文凭或者公证书。最后，还有一张卷起来的海报，打开后大约有六十厘米宽八十厘米长。海报中央画有一只硕大的、嘶吼的豹子，黑色的兽嘴、白色的獠牙、黄色的眼珠。周围的人像相对较小，摆出战斗的姿势：打扮得古里古怪、蒙住一只眼睛的海盗，脚踝被锁链锁住的黑人，侏儒手中挥动的大腿骨比他自己的手臂还长。男孩仔细查看海报底部，发现一个穿着长袍、手拿双刃剑的男子，他可以断定那就是布拉贝茨。画像上的他更年轻，几乎可以算是英俊，他不禁想到在假象和现实之间到底有多大的差距。

清点完遗物，男孩合上木箱，把它拖进圆圈中，然后打开箱子，一件一件拿出所有东西，并且添上柴火。他任由箱子开着。最后，他取来自己的斗篷，那是用已经被人遗忘的特兰西瓦尼亚公国国旗改造而成的，他展开斗篷，覆盖在遗物堆上。然后，擦燃六根火柴，扔在不同地方，并用力吹气，确保火势能烧起来。

那是母亲叮嘱他要做的事。

当火焰越蹿越高，他退出了圆圈。

今天和昨天一样，是阳光明媚的一天。

男孩不再等待。他片刻不停。给马套上篷车，跳上长凳，挽住缰绳，就像布拉贝茨曾经教导过他的，接着，弹响舌头，驾驶篷车离开了。

那一年，日本吞并了朝鲜。

那一年，法属赤道非洲（AEF）成立，这个联邦政权由数个殖民地组成，从撒哈拉沙漠到刚果河，从大西洋到达尔富尔山，面积达两百五十万平方公里，相当于法国本土面积的五倍。

那一年，在瑞士的日内瓦，无政府主义者路易奇·鲁切尼在单人囚室中上吊自杀。十二年前，他因为刺杀奥匈帝国的茜茜皇后被捕，并判终身监禁。

在美国华盛顿，维克托·L·白尔杰成为首位入选国会的社会党成员。

在洛杉矶，艾丽斯·斯特宾斯·韦尔斯成为首位女警官。

在芝加哥，名叫阿尔瓦·J·费希尔的工程师发明了第一台洗衣机。

在法国巴黎，由于发明了神奇的霓虹灯，于是出现了第一个灯箱广告。发明者乔治·克洛德既是化学家又是物理学家，于1924年入选法国科学院。他在1940年成为合作团体荣誉委员会成员，又在1941年被维希政府提名为国民咨询议会成员。战后因此被判终身监禁，但五年后获释。

那一年，宏大的冬季自行车运动馆在巴黎第十五区建成。

那一年，在德国慕尼黑，古斯塔夫·马勒的《第八交响曲》第一次公演，动用了八百五十名合唱团团员、一百五十七位音乐家、八位独唱家，由作曲家亲自指挥。

那一年，在比利时利伯希村空旷的土地上停着一辆篷车，吉恩·莱因哈特①降生了，他此后被称为 Django，意为"我醒了"。

那一年，比利时议会否决了社会党人埃米尔·范德维尔德提出的普选提案。

弗朗西斯科·马德罗在墨西哥发起革命，得到了游击战士埃米利亚诺·萨帕塔和何塞·多罗提欧·阿朗戈·阿蓝布拉（更为人所知的是化名"潘乔·比利亚"）的响应，革命势头如燎原之火。随后几年中，三人相继被人出卖、暗杀。

英国的约克公爵乔治·弗雷德里克·厄内斯特·阿尔伯特继承父亲的王位，成为乔治五世，英国国王及印度皇帝。大不列颠帝国此后达到巅峰，乔治国王统治着地球上四分之一的人口和四分之一的大陆。

葡萄牙宣布成立共和国，国王曼努埃尔二世被迫流亡。

西班牙有 60% 的国民是文盲。

那一年，法国总统颁布了六十五岁退休的法令。当时男性平均寿命为四十九岁，女性为五十六岁，法国总工会将这项法令称为"死人退休"。

那一年，中国批准了废除奴隶制的法律。

---

① 20 世纪初期欧洲最伟大的爵士音乐家之一。

那一年，美国发表了一份关于医学教育的报告，指出 98% 的美国医学院完全不符合欧洲标准。美国大部分的执业医生只接受过零散或类似的教育。

那一年，美国烟业生产出九十亿根香烟。

那一年，美国通过了《曼恩法案》，旨在禁止州与州之间贩卖妇女和女孩用于卖淫或其他有悖道德的事，警察如有怀疑可据此逮捕和异性一同出行的男性。拳击手杰克·约翰逊，第一位黑人重量级世界冠军，成为首位因该法案而被判刑的人，因为他被人发现和一名白人妇女一同开车外出，陪审团不愿相信后者是他的女朋友和未来的配偶。

那一年，《南非法案》在南非生效，种族不平等被写入法律。

那一年，四国锦标赛变成了五国锦标赛，法国加入爱尔兰、苏格兰、威尔士、英格兰，组成了最高规格的橄榄球赛。法国队一连输掉前四场比赛。

那一年，塞纳河泛滥。那是世纪大潮。首都人民靠小舟出行。巴黎成了水上之城，和威尼斯一样。

那一年，焦虑的风吹过人群，当看见巨大的火箭滑过天空，人们以为世界末日降临了。那其实是哈雷彗星第三十四次造访地球。再过几年，世界末日将以另一种形式呈现在世人面前。

他唯一想念的当然是话语。食人魔的话语。他的故事，他的演说，他的金句和箴言（瞧啊，小子，因为你总有一天会再也看不见。听啊，因为你以后再也听不到了。意义、触摸、品尝、拥抱、呼吸。你至少可以确认，在把你的命收走的那刻，你活过。）。只是他的嗓音。

傍晚很漫长。夜刚来又走了。世界在一天天衰老。在这个时间点，你能见到男孩蹲在火堆附近，直勾勾地看着，迷失在火光中。这份寂静不会被打扰，偶尔会有翅膀拍打发出的沙沙声，或者短促的爆裂声，说明有人在夜猎。男孩认得这些声音，他不必抬头看。只剩下了那匹马。但谁来讲故事？谁为他解读、做评论？没人。假如你凑近看会发现，稀疏的唇髭投射的暗影下，嘴唇在翕动。他做到了。单词和句子、大段的独白存在于记忆中，反复回荡，反复念诵，他在用独有的方式重复，重新组织——无声、游移：近乎一出潦草的哑剧。男孩在无声地自言自语。

他有疑问。他的意识渐渐冒出了孩提时代晦暗的死水。冲破了水面。重见天日。可恼人的是，他的意识见到的天似乎并没有比离开的死水少点阴森。他有疑惑。他有问题，更多，更急切，更具体。死亡？是的，死亡是中心。死亡是虹吸管，是螺旋形，是神秘的大漩涡，深陷其中的万物都在加速。他还会变成什么样？两年的时间里，他眼见母亲被死亡啃噬，食人魔布拉贝茨被死亡吞噬，强壮如山的他被打趴在地上，就像一摊熟得快要烂掉的水果。怎么能不想呢？男孩用独有的语言在思忖，死亡是否是不可避免的命运？是否每个人终将消散，他也如此？化为火焰和青烟，袅袅远逝。是否他和他人的联结总会按部就班地解开、断绝。如果是这样，那他错了多少（他总有负罪感）？如果不是他的责任，那谁来决定？谁窃取了这份权力，为什么，为什么？他开始探索，他的思绪在盲目地寻找理由、原因和目的。男孩问自己，难道世界上没有一处地方，他能够和心爱之人永永远远生活在一起？可以是简陋的小屋，或者坚固的石屋，或者小河边上的一块田地，或者一辆篷车。随便什么。某物某处。在这处庇护所中，时间不再流逝，没有任何因素能分开想要厮守在一起的人。他问自己，是否只要走上很长的路，去往够远的地方，他就能抵达那里？他问自己，那个地方是不是就在母亲指给他看的地平线上？大海，大海。海的对岸。那会是怎样的景象？那处完美的庇护所是否会放出微光，他的双眼能在此处的黑暗中觅得？假如真有这样的地方，他该如何前往？男孩问自己，是否只有那些可以踏水而过的人才可以到达平静、永恒的生命之所。那么，母亲是如何得知的呢？她从未去过那里。布拉贝茨去过。布拉贝茨是从海的另一边回来的，他又回去了，如果他发现了那个地方，一定会告诉他。布拉贝茨一定会把他带去那里，指引着他们，马和男孩，而不是把自己吊死在树枝上，摔在地上成了一摊熟透的木瓜。

（瞧啊，因为你总有一天会再也看不见。）那是蜕变期。肉体和灵魂。浓密的毛发替代了绒毛，清醒的利爪撕破了天真的薄纱——透过零落的碎布指向执达员可怜的嘴脸。我们可以就此打赌。傍晚，他坐着，目光落在火中，双唇在无声背诵。那时候，男孩开始隐约预感到何为生存，唉：那是无数的灾难和少数的欢愉。

还有一些晚上，凹室传来的鼾声把他从睡梦中惊醒。他爬起来，双手什么也没摸到，他必须这样确认一遍。可他没在做梦。那些夜，他很难再次入睡。

他保留了一些习惯，比如每天洗澡——有时简化为洗把脸。还有清晨出发，尽管他不用赶时间，也没有明确的目的地。他不知道各地集市和庙会的时间，他甚至不知道城市和乡村的名字。是谁在指引他的路线？随遇而安。那匹马儿。某颗星星，它知道路。

他沿着农田而行，人们在播种，在收割。远处，老人在田垄之间直起身子，举起帽子向他致意，女孩在他经过时挥动手臂。他也向人们打招呼。但从不停留。

他的路线向西偏斜，沿河而行。那些日子中，他顺奥尔日河而上，接着是伊薇特河。他常常抬头望天，想要在树顶发现苍鹭巨大的鸟窝。他能爬到十二米高的地方偷取鸟蛋。河水、河岸也能为他提供食物。他用黄麻布和篮子制成捕鱼篓，捉来螯虾、鳗鱼、小鱼。

某个午后，他停下马车，就着洗衣池的出水口灌满水壶。挡雨披檐的瓦片晒得热乎乎的，一只独眼黑猫盯着他看。男孩正准备上路，黑猫占据了马车座椅。他本想动手赶走那只猫，但动作又停了下来。神情倨傲的它有点神似那位著名的海盗，发号施令，让水手升起船帆。他们一路同行到傍晚。一起在火边享用晚餐。动物深色的毛发消融在背景色中，只有那只眼睛在夜色中闪烁光芒，如同迷你版的月亮——可那是谁的卫星呢？到了睡觉的点儿，黑猫尾随男孩钻进篷车，蜷缩在他脚边。第二天起床时，猫不在了。男孩找遍了篷车的每个角落。门窗都关得好好的。猫没找到。可男孩不是在做梦。

另一个夏天又来临了，它或许会恪守承诺。因为上苍不会在意人类的不幸。苦难或痛苦无法暂停时间。如果说大自然以更加丰茂的姿态出现在了逝者墓地上，那是因为洒过泪水、埋葬了腐朽肉体的腐殖土更加肥沃。

今天是7月14日，法国人民将要庆祝第三十个国庆节。舞会准备就绪。场地扎上了绶带，插上了彩旗。人们把手风琴擦拭一新。空气轻盈，欢欣雀跃的芬芳混合着发酵饮料的气息。漂亮的共和国。好闻的自由。人们万万没料到有一天会需要捍卫共和国和自由，而这份代价超出想象。跳起舞来，年轻人。跳起舞来，既然你有双腿。笑起来，既然你嘴里有牙齿和其他东西，而不是烂泥。

马蹄将男孩和篷车带往图苏斯勒诺布尔村附近。正值下午。篷车沿着私宅的高墙行驶，透过栗树树叶，依稀能辨别出屋顶的灰色板岩。耳畔突然传来爆破声，男孩认出那是汽车引擎发出的声音。三十米开外的地方有个弯道，男孩看不见路况。但听得见。声音愈来愈响。马儿停下了脚步，侧过耳朵。男孩紧盯转弯口。嘈杂声减弱了，男孩刚吸上一口气，声音陡然提高。汽车冷不丁出现了：那是一辆鲜黄色的双排座位可折叠顶篷轿车，烟尘笼罩四周。引擎在震动。轮胎在路上颠簸起伏，钢板在抖动。尽管汽车是在既定路线上行驶，但路面太窄，容不下两辆面对面行驶的车子。汽车尽力避让，贴着墙面往前开，右边的铁板刮擦石头，发出冗长的摩擦声，火星四溅。仅仅三秒钟，两车已经对上了。突然爆发出大笑，那是受惊的马在嘶鸣，男孩头一次听见。汽车刚刚避过马匹，却碰到了篷车车轮。车轴断裂。男孩下意识低下身子，却在撞击中跌下马车，头先撞上了车身，脑袋开了花。他最后听见的是一个男声在叫一个人名："爱玛！"既像是请求又像是命令。之后，黑暗将他笼罩。

……他眼神迷离又熠熠生辉，长发飘飘，
　　头颅高悬；鲜血染红了角斗场的黄土……

　　她已经弹了三个小时，尽管严格说来那不能算作弹琴。她反反复复弹。乐此不疲。与其说是音乐迷，她似乎只是恰巧在弹奏。那是她的信仰，她的战争，她的思考方式，而这一切令她指尖跃动，流淌在琴键上。那也是她的苦行。既然不再有人一路跪行走完苦路①，她就要靠手腕完成自己的苦行。手重重砸向琴键。她似乎并没有全然意识到，也有可能是在内心的折磨下不愿承认。

　　窗户和百叶窗都关上了。白日将尽。暗淡的光晕浮动在屋内，渐渐消逝，如同海岸上的泡沫。暑意难消。潮乎乎的。手臂和前额覆了一层薄薄的汗水。细碎的头发贴在太阳穴上。半透明的珍珠插在如丝般光滑的黑发中，恰如一颗晨曦的露珠落到了蛛网上。指尖滑过象牙琴键。那是一台嘉禾牌钢琴。

---

① 重现耶稣被钉上十字架过程的宗教活动。

  ……不幸的人儿躺在那儿，赤身裸体，悲惨可怜，

   浑身沾染的血红过了当季的枫树……

  节拍器很久之前停止了摆动。她没有再给节拍器上发条。只有往大腿上擦汗时，手才会离开钢琴，举止颇像工人或者手艺人。手擦干后继续对琴键发起攻击，十指探出，怒气冲冲地伸进洞开的大嘴，要从轻蔑她的露齿笑容中拔下断齿。她紧紧咬住下颌。鼻翼内缩。乐谱摊开在琴架上，但她看也不看一眼。昏暗模糊了音符和谱表。她不需要。她在看向更远处。那些画面在眼前闪过，疾驰的马儿身上有个赤身裸体的男人，鲜血淋漓，死死缠住坐骑，一同飞奔穿过草原和云霄。

  ……他乘着你那火焰的翅膀，一跃而起，

   飞过可能的范围，飞过灵魂的世界……

  她看见了，看见了男人、马匹、绝望的骑兵和马蹄生烟的动物，她先是听见了伟大的雨果笔下流溢而出的熙熙攘攘（又是雨果，难道是巧合？），那是《马捷帕》[①]中骑马狂奔的奇妙段落。

  ……狂风暴雨的夜晚或繁星闪耀的夜晚，

   他的头发和彗星的尾巴缠绕在一起，

   燃烧了天边……

---

① 雨果曾作长诗《马捷帕》。马捷帕在波兰宫廷中担任侍卫，后来由于和一个贵族夫人私通，被贵族发现。他被剥光衣服绑在马上，放逐于荒野，垂死之际在乌克兰获救，加入哥萨克骑兵队，最终成为英雄。李斯特又将其改编为交响诗。

李斯特。当然是李斯特。只能是李斯特。因为李斯特能做到死而复生。她捣毁骨血和灵魂，她钻研痛苦和崇高。《第四号超技练习曲》。灵感直接来自诗人的长诗。全世界最多有四十名钢琴高手能弹完这首练习曲。她只能弹奏一部分。并非手指不够敏捷，而是音域不够宽广：她的双手太过娇小。那是一双高贵的手，肌肉线条完美，但手的尺寸不大。一双十二岁少女的小手——是否自此之后就再也没长大过？她恨透了。一早学琴开始，凡是需要用到一个手掌的合音，她就弹不了。差距太大了。李斯特，该死的自私自利的天才。李斯特和他的大爪子。那神来之笔谱就的音乐需要用巨人的大手来弹奏。普通的凡人还能做什么？她有幸参加过钢琴王子（如果有这么一说的话）拉赫玛尼诺夫的独奏音乐会，当他走到舞台前方致意时，她得以近距离地看到那双手：有她的两倍之大。老天毫无公平可言。老天就是这么的残酷。这还没完：等练完了最基本的曲子，还有更多的暗礁、陷阱、障碍等着她。那可怜的精疲力竭的马儿受制于疯狂的节奏，它撒腿疾奔，骑士的苦难呈现在断断续续的八度音、喷薄而出的三度音和四度音中，折磨衍生而出的美滋长了折磨。

> ……谁会知晓，除了魔鬼和天使，
> 他所受的痛苦，何等奇异的亮光
> 照亮了他的双眼……

如果她感到痛苦，她理应痛苦。为了完成这指尖的奇迹表演，她锤炼肌肉，糟蹋关节，投入到难以忍受的体操训练中去，扭转、极限拉伸。她做了，魔鬼是见证者。她不懈努力。没有片刻松懈。

她使力，她撕扯，不惜弄断筋腱。

因为是她背负着他们，牲畜和男人。玉臂尽头。是她在确保牲畜和男人的疾驰，维持着现有姿势，敲响铁蹄，让受刑者喘息，是的，保持住，保持住，去往最远的地方，坚持最长的时间。或许指尖会流出鲜血，或许指骨会断裂。他们的命运掌握在她手中。假如她放弃了，马儿也将放弃。假如骑士死了，她也将死去。她和他们饮下同一杯酒，只有未来知晓那是仙丹抑或毒药。

……他燃起了炽热的光芒，

哎！在黑夜之中，有多少冰冷的翅膀

来拍击他的前额？……

白日已逝。物体的最后痕迹也被吞噬殆尽。嘉禾牌钢琴的线条消失在阴影中，在钢琴家眼前，在瞳孔放大的凝视前，钢琴的上半部分看不见了——那平整的山脊成了地平线。洞开的大嘴不再露出嗤笑。不再露出牙齿。黑黢黢的洞窟宛如坟墓。但不能阻止她弹琴。她一直沉醉其中。咬牙坚持。两眼一抹黑向前奔逃。汗水顺着脖颈汇成细水流淌至锁骨坑里。她感到疼，十指、双手、手腕、双肩。疼痛渐渐上升，扩散开来。肌肉像是被钳制住了。前臂开始痉挛，传来阵阵刺痛。停止的时刻已经显现。

她明白做不到。今晚不行，以后不行，永远不行。她只是个普普通通的凡人，这首乐曲于她而言太过庞大，那是太高的山峰。可望而不可即。然而，认知不会改变一切。一报还一报。她筋疲力尽，尽其所能，走得更远，攀得更高，之后魔鬼夺走了他们，她、男人和牲畜，所有一切，如果需要的话。魔鬼还夺走了所有该死的天赋：作曲家的和诗人的。

难道不是这个小滑头突然敲响了房门？

身后传来两声干脆的敲门声。

"爱玛！"

她吓了一跳。马儿也跟跄了一下。

但只过了一秒钟，她继续弹下去。双手重又抚上琴键，十指更快速、更努力地搜寻。牲畜再次出发，铁蹄重重敲击地面。

"爱玛，听见了吗？"

她没有作答。继续弹琴。那是最艰险的一段：一连串的三十二分音符滚落在岩石间。滔滔江水将其带走。极速坠落之后，或倏忽漂走，或粉身碎骨。

又响起两记敲门声。把手转动，没转开：她存心把门锁上了。

"爱玛，请出来一下。他醒了。你听得见我说话吗？他恢复意识了，爱玛。睁眼了。"

听到这些话，她闭上了眼睛。眼泪忽然涌了上来，她噙住泪水，闭紧眼睑。

"老天，你倒是开门啊。"

马儿突然站立起来。她脱离了键盘。寂静不期而至。双手悬停在琴键上。上身挺直。她听见的是自己的呼吸声，还是牲畜的喘息抑或骑手的呻吟？

"爱玛？"

> 结局终于来到……他奔跑，他飞翔，他坠落，
> 国王站起来了！

她腾地站起来，掀翻了琴凳。她微微感到眩晕，在黑暗中步履蹒跚。接着，她转过身，疾步走向房门，转动钥匙，猛地打开，朝那站在门口的男人射去狂热、犀利的眼神。

"我知道。"她说。

然后，她错身而过，奔跑着穿过走廊，冲向楼梯。

她在那里。她的名字是一段无望的爱，曾有个同名的女孩遍寻黄金只得到了铅。她二十六岁了。鹅蛋脸。肉感的鼻子。丰满的嘴唇令人联想到某种自然界还未存在，亟待创造的果实。浓密的头发如棕色的波浪随意披散下来。虹膜是烘焙过的咖啡豆颜色。值得做成浮雕的五官。许是太过完美，某个残酷或者善妒的艺术家伸出了魔爪：一道惨白的疤痕从眼角延伸至嘴角。宛如一道泪痕，只是永远地镌刻在了肌肤上。

她一动不动地站在床脚，看着他。

蹩脚的马捷帕，纱布绷带像是包头布一样缠绕住脑壳。眼前的他不会让人相信他会成为哥萨克骑兵队长①，冷酷无情的战士，手起刀落间人头落地。然而，那就是未来的他。此时此刻，他的身上盖着一床白色被单，粉色的绲边有点褪色了。他不知道经历了什么。眼前的景象，他无从知晓，还有占据正中的那张脸、那张嘴、那双眼。他刚刚死里逃生，还没有攒起足够的精神来搞明白一切。当她进来时，他回过了神。

房里还有个人。他佝偻着背，瘦骨嶙峋，但眼神清澈。阿梅代·泰乌。从业五十年的医生，这家人三十年的老朋友。他把工具放回巨大的皮包内，那个工具包想必从他第一次出诊时就开始

---

① 根据下文内容，男孩并不是真的加入了哥萨克骑兵，哥萨克在突厥语中指"自由人"，男孩后来在一战中加入了相对自由的外籍军团。

使用。他转向伤员，但并不是在对他说话。

"头颅外伤……我要说这才是最让我担心的。总是很难判断这类外伤可能引起的病变。幸好这男孩的脑壳看上去够结实。身子也是。裂了两道口子，小指骨折，好几处挫伤：伤势可能更严重……"

他用余光看向高高在上的年轻女子。过了几秒，她晃动了一下。往前走去，踏入床头灯的光晕。浅黄色的光线把她的皮肤变成了毛茸茸的杏子皮，脸颊上那道疤痕显得愈加苍白。她凑向男孩。

"至少，我避开了马！"

她在喃喃低语，像是一次密谈，那秘密只关于她和他两人。

又一个人走进屋里。她的父亲。满脸通红，气喘吁吁。圆框眼镜后面，沉重的眼皮下面，是一对圣伯纳犬般的善良眼睛。手帕擦拭额头。他正准备开口说话，一声巨响让他哑口无言。又是一声巨响。有人在放鞭炮。

年轻女子直起身子。她绕过病床，经过医生，走到窗口，男孩微微转过靠垫上的头，不错眼地看着她。她还会赐予他什么？她把他拖入黑暗，又把他从黑暗中拉出，之后呢？

她打开玻璃窗，推开百叶窗，在卧室的墙上裁出四四方方的黑夜。

"爱玛……"父亲从胡子中叹了口气。

年轻女子无视了父亲。她往后滑了一步，转身看向男孩。对他露出笑容。恰在此时，一道烟花窜入天空。男孩透过窗户看见了。他看见烟花伴随着尖厉的呼啸声不断上升，直至苍穹。他看见烟花绽放，变成一大束鲜花，刹那间在星空中盛开，又迅速凋零、黯淡，落下金雨。

　　那是无数的灾难和少数的欢愉，这是别人告诉他的。

　　她叫爱玛·凡·艾克。

那个时代，人们赋予了红酒所有功效，包括药用和医疗作用。红酒能杀虫。红酒成分天然，延年益寿。碰上发烧或贫血的话，没有比它更好的药了，人们如是说。给孩子也喂红酒。把它灌入奶瓶，塞进母亲怀里。红酒，红酒，从头至尾。它的颂歌无边无际。它的消耗无穷无尽。城里的小酒馆内，小老百姓用劣质红酒把自己灌得酩酊大醉，一瓶只要六个苏，有钱人则在咖啡馆里花钱享用琼浆玉液，那些上了年份的酒令人飘飘欲仙，农夫坐在田头豪饮，自家粮食酿造的劣酒最终喝出了个胃穿孔。红酒，红酒，由上至下，涉及社会各个阶层。没人能逃脱。这在精神上是共通的。神圣的联盟。如果说有样东西能联结起所有国民，那当然是红酒。除了能治愈一切，抚慰一切，红酒还是爱国情怀的饮料。我们鄙视喝啤酒的德国人。我们提防喝水的家伙。独尊红酒，红酒独尊。那仙酿孕育自我们神奇的土地，那妙趣和血脉溶于我们美丽、辽阔的国家。红酒，先生，那是法国。举杯畅饮吧，那是在向国旗致敬。自此之后，你会同意，此事无关风俗或品味，只是义务！

凡·艾克家族来自比利时。难道是出于这个原因，泰乌医生给他家开的配方才稍做调整？他开出的药水并不总是产自法国。他给男孩开了马德拉①葡萄酒。早晚各半杯：这就是他治病救人的精髓。

医生对外已不再行医。居斯塔夫·凡·艾克和他的女儿是他仅剩的病人，每年六月至九月，分文不取。女儿从来不生病，父亲到了这个年纪免不了小病小灾。作为朋友兼医生，他建议的疗法从奎宁酒到可乐果酒，还有广为人知的加了古柯碱的马里亚尼酒。居斯塔夫·凡·艾克谨遵医嘱。

两人相处融洽。虽分开十年，死亡又将两人联系到了一起。一人交托给了另一人不可能完成的任务，挽回妻子的性命。肺结核折磨着她。他失败了。爱玛那时还是个孩子。那一劫拉近了居斯塔夫和阿梅代（也是鳏夫）的关系，可后者时至今日仍然觉得年轻女子视其为杀母凶手。

每天睡过午觉，医生爬上轻便马车，驱车前往凡·艾克府邸，探访病人。纯粹是例行公事。他搭过脉，检查一下头上的绷带和小指头的夹板，询问是否还行——男孩给出肯定的答复——他轻弹两下男孩的肩胛骨，以示满意。很好。

马德拉葡萄酒，早晚各半杯。

照料病人的事由爱玛负责。她把山金车酊剂涂抹在瘀斑上。更换绷带。男孩听之任之。老实说，他喜欢这一切。当她在床边坐定，俯身凑向剃了头发的脑袋。他能闻到女子的体香。能感知到她微弱的呼吸。他偷偷观察那道长长的疤痕划过线条柔和的脸

---

① 马德拉群岛位于大西洋上。

颊。那是他不从知晓的景象，令他痴迷。他强忍住没有动手抚摸那道疤痕。年轻女子有时健谈，说个没完没了；有时沉默寡言，他觉得听到了自己的心跳声。此情此景和记忆中的场景微妙地对应上了，但那并没有发生过。记忆，还有承诺。

他今后还会受伤，但这次是独一无二的，永不磨灭的。

匆匆检查完毕，泰乌医生回到底楼。居斯塔夫焦急地在楼梯口等着。就像产房门口的丈夫。

"如何？"

老医生面色从容。他眨巴着眼睫毛走下楼梯，一如爱情剧中的女主角，初出茅庐的女演员，可他的手青筋暴起，瘦骨嶙峋，小心翼翼地扶住楼梯扶手。

"进展良好……"

他谈到休养，结实的身躯，强壮的体格。

"他开口说话了吗？"居斯塔夫问道，"有没有说出名字？"

阿梅代微微噘嘴，从右往左晃动起白发苍苍的脑袋。

"耐心点，我的朋友。耐心点……"

他一如既往地用平静的语气谈论脑震荡、健忘症、失语症。似乎是在向小学生揭示最初的真理。可能引发了并发症。有这个概率，但不是系统性的，根本不是那么回事。他表示不用担心。又不是不治之症，也不是绝症。下结论还太早。他轻弹两下居斯塔夫的肩胛骨，一如对待男孩那样，然后做了总结陈词：

"把时间留给时间……我们来玩一局，换换脑筋？"

居斯塔夫重重叹了口气。男孩的缄默令他不安。他担心这次事故让男孩失去了语言功能。医生表示，从生理学角度来看，他没有缺胳膊少腿：舌头、上腭、喉咙、声带，所有零件各就各位，完好无缺。这番说辞不是为了安慰居斯塔夫。病症的根结有更深层的原因。要把男孩送去医院做个更全面的检查。爱玛一个眼神终结了谈话。

"他不说话，所以呢？"她随后振振有词地说道，"我们还没听够蠢话吗？在我看来，亲爱的爸爸，我认为很多人应该向他学习。那世界将更加美好。"

女儿的无礼令他气不打一处来。又无能为力。

"那我们来一局？……"

阿梅代坚持己见。湿漉漉的眼睛射出跃跃欲试的目光。他不动声色地把居斯塔夫带到客厅。两人在扶手椅上面对面坐定，一张矮桌横桓在两人之间。医生掏出自己的盒子。那是他专门带来的，他像顽童一般急迫地倒出东西，只有风湿才能阻碍他的动作。此时的阿梅代骨子里就是个十岁的孩子。散落在桌上的多米诺骨牌和医生的血管一般苍老。是用鲸骨和乌木制成的。他的叔叔，家族里的逆子，在侄子发愿的那天送了他这份礼物——比画着渎神的动作，用快活的语调嚷嚷道"神圣的多米诺"。亲爱的异教徒，但愿他能安息。初领圣体后，医生的信仰有了些许消退，游戏的热情则日渐高涨。照此下去，他会带着多米诺去往天堂。

"来一局，先生？"

多米诺。

那是他的小点心。无须遮掩的恶习。无伤大雅的原罪。

但凡是个比居斯塔夫·凡·艾克世故点的人，很容易就会猜到，医生来访的真实目的是为了这出娱乐插曲。但我们也可以认为，居斯塔夫比起天真，更加大度。他有时玩得心不在焉。摆放骨牌的动作像是把小石子弹进溪里。他在开小差。阿梅代注意到了，提醒他：

"对不起。这个似乎不是 4，我的朋友……"

医生也有没那么吹毛求疵的时候，当他不得不（是的，"不得不"，这是他的用词）用 2 替换 3，用 5 替换 6。这种情况偶有发生。行得通。对手压根没有察觉。

"我的错……"后者低声说。

"什么？"

"我不该让步的。"

居斯塔夫晃动脑袋，松弛的双颊跟着颤动。他的思绪又回到了伤者身上，回到了楼上的卧室。回到了那次事故。他反反复复想起那事。责备自己不该让爱玛开车。要是他表现得更强硬点，什么事都不会发生了。

阿梅代把骨牌放到桌上，心满意足地深陷进扶手椅中。再放两块就能赢了。于是同情地说道：

"啊，孩子们啊……"

他知道自己在说什么。他有过四个孩子，四个女儿。理论上来说，他仍有女儿。只是结婚之后远走高飞了。住得最近的定居在了兰斯。医生会在每个月初收到一张明信片，上面印着兰斯大教堂或者圣女贞德的雕像（全副武装的少女骑在战马上，青铜已经氧化）。明信片背面潦草地写上"深情的思念"或者"温柔的亲吻"，笔迹潦草得难以辨认。每年能收到两封来自拉密堡^①的信，小女儿及其丈夫背井离乡去了那儿。那个国家的面积大得超乎他的想象。老人要费些力气才能说出孙辈的名字。甚至到底有几个

---

① 乍得首都，现更名为"恩贾梅纳"。

孙辈的确切数字。最终，和他"长相厮守"的女人是他的女仆塞拉菲娜。很久之前就开始为他服务了。她清扫屋子，洗衣服，买东西，烧饭菜。居家的生活。生存的脉搏。早上起床前，她就准备好了牛奶，晚上睡觉后，她来灭灯。寒冬的某些晚上，她还要为他送上暖脚炉。阿梅代时常想到要把女仆也写上遗嘱。那是她应得的。他认真思考过，又一再推迟。以后再说，那就是再也不说。当他遵循教规，在一百零二岁时寿终正寝之际，塞拉菲娜也快要八十了，只有她会为他哭泣。她最后一次打扫干净屋子，从里到外擦得干干净净，于是，继承者顺理成章地接管过来。四个女儿当中只有一个赶得及参加落葬仪式。塞拉菲娜会自掏腰包举办追思弥撒。

啊，孩子，孩子……阿梅代羡慕居斯塔夫有爱玛这个女儿常伴身边，那个深情的爱玛啊。年老的慰藉。

"好啦，不要忧心忡忡的，居斯塔夫。你这样会忧思过度的。我和你说过男孩是个壮小伙。相信我，他很快就能站起来，生龙活虎。你凑巧还剩了一个6？"

他们玩了两局。阿梅代总能赢下第一局。第二局也是——因此少了决胜局的乐趣。但又情难自已。到了做弥撒的时间，他慢悠悠、伤感地收拾好珍贵的骨牌，就像狂欢过后打扫干净彩色纸屑。眼神黯淡下来。他又老了。

"你知道吗？"居斯塔夫说，"我有个想法。"

"想法？"

"登报。我找了六份不同类型的报纸，都有很高的阅读量。结果？没有！直到今天也没收到一个回音。一点动静也没有。"

"嗨……"阿梅代说。

"简直无法理解。"

"那……你是指哪件事？"

"关于我们的伤员啊！"

"啊！话题又兜回来了……"

"我描述了他的体貌特征，他的马车和马，我明确给出了事故发生的日期和时间。当然，我还留下了地址。凡有知情者，请务必联系我们，诸如此类。做了这一切之后，没有结果。没人出现。没人写信。"

"可能需要一份小小的酬劳……"医生提议。

居斯塔夫并不理会他的玩笑话。那颗忧虑的心在他耳畔回响起沉闷的跳动声。

"已经过了一周了，阿梅代。你能想象到亲人的担忧吗？"

"我同样担心你的肝脏，居斯塔夫。还有你可怜的膀胱。"

"他的父母，他的家人，设身处地想一下。他们不知道男孩身在哪里，也不知道他的境况。"

"谁告诉你他有家人的？"

"什么？"

"父母，家人。他很有可能是孤儿。"

居斯塔夫·凡·艾克愣住了。紧锁的眉头，没合上的下巴：就像滑稽剧里面目瞪口呆的样子。

"可是……"

"你自己说过似乎没人担心他的失踪。我可以担保，村里还有周围都没人提起过他。而你知道的，消息总是不胫而走：如果有人要找男孩，消息第一时间就会传开。"

"可是最后……"

"还有，你翻过他的马车了，对吗？有没有发现蛛丝马迹能佐证男孩并非孤身一人？"

目瞪口呆的表情转换成了狼狈。

"没有……"居斯塔夫承认。

"没有，"医生重复道，"不少迹象值得玩味。从中能得出什么结论呢？有三种可能性，其一：这娃娃在世上孤苦一人。说来或许悲凉，但他不是头一个也不会是最后一个。其二，他是异乡人。一个旅客，来历无从知晓。亲人也远在他乡，我们可以这么说。既然不知道他的历险，那也不会担忧。最后，第三种可能性，我更倾向这个假设：男孩是波希米亚人。"

"波希米亚人？"

"我不排除三种可能性同时存在。但最后一个假设可以解释为什么会有马车。也能解释你发登报启事之后为什么没有一点回音，因为那些人，我的朋友，不识字啊。特别能解释围绕这件事的沉默。"

"怎么说？"

"你知道人们加诸罗姆人①及其同党的名声：声名狼藉。不管在理不在理，我们的确不喜欢他们。就算没用石子或大铅块直截了当地驱赶他们，但仍会心存戒备。罗姆人也心知肚明。他们活得小心谨慎，尽量不惹是生非。一言以蔽之，没有存在感。好啦！你有见过罗姆人去报警，告诉警察有同伴失踪了？这不等于肉包子打狗一去不回！"

"这不公平。"居斯塔夫说

① 常讹称为吉卜赛人，起源于印度北部，散居全世界的流浪民族。

"当然。" 阿梅代说。

"不地道。"

"随你怎么说。但现实如此。我还没提他们的生育率呢。"

"多少……？"

"远高于平均水平。还有一个确凿事实。得到了统计和科学层面的证实。相关研究已经发表。我承认这方面的信息我追踪得并不密切，但同僚似乎快要证明存在某个蜂巢很能生。"

"蜂巢？什么蜂巢？阿梅代，我不明白，你说的这些和我有什么关系。你到底什么意思？"

老人眯缝起清澈的双眼。皱纹间闪过猫一样的笑容。

"抱歉，"他说，"这是医生的行话……其实，很简单。我们发现某些族群的繁殖能力胜过其他人。"

"原来如此！那是哪个族群？"

"违背常理的正是这点。我们发现他们生活在最底层。说得更直白些：那些劳苦大众。这与逻辑相悖。具备的资源越少，口腹之欲也更小。我们原以为穷人会趋向禁欲，至少是节育，精打细算过性生活，不会毫无节制，也不会随心所欲！然而，荒谬的是，穷人生孩子就像苍蝇繁殖！科学界自然会研究该现象。相关研究希望找到一个合理解释。正如我告诉你的，既然我们划定了特定族群，很快就能找到潜藏在他们体内的某种细菌，穷人才有的细菌。简而言之，贫穷的细菌。"

"又绕到细菌了啊！"

"放心，"医生说，"携带者不是感染者。有的人血液里有，有的人没有。我想证明这部分人群对大流行病百毒不侵。首先，没有感染的风险。至少，有天然抵抗的能力。男孩就是恶劣生活环境下的范本。照此说来，我们不用负责。"

老人如释重负地叹了口气。

"你瞧，"他说，"科学多么奇妙，我亲爱的居斯塔夫，它能解释一切！"

居斯塔夫·凡·艾克嘟嘟囔囔。他皱起眉头，猛然直起厚实的身板，开始在房里踱步，他双手负背，脑袋低垂，步伐沉重。有时看上去像头野猪。

"我当然不会质疑你的能力，阿梅代，还有你同行的能力，但让我接受这套理论还是有点困难，我持保留意见。就算是真的，我也没发现这和男孩有什么关系。"

"关系，"医生说，"就是生育率啊。波希米亚人的生育率很高。见鬼！这点很少提到。只要观察一下某个大篷车：吵吵嚷嚷挤满了孩子。要我提供意见，所有这些小叫花子都是潜在的小拇指①。还记得那个民间故事吗？父母没了存粮，把孩子扔了……"

"你是说，波希米亚人会主动遗弃骨肉？"

"没到这个地步。遗弃，不是的。但假如碰巧在路上丢了一个，他们会翻天覆地把孩子找回来吗？少了一个要填饱的肚子：那是倒霉还是天意？说到底了，一头羊迷路了，羊群还是熙熙攘攘的……"

"不是的，"居斯塔夫努力反驳，"不是的。抱歉，这只是假设。无论如何，这不是我思考的方式。如果男孩有家人，我们就要找到他们。只有一个问题：怎么找？我又不能敲锣打鼓跑遍所有

---

① 《鹅妈妈的故事》中有一则名为《小拇指》：父母因为穷困潦倒，打算把孩子扔进森林中，任其自生自灭，最后的孩子名叫"小拇指"，凭借自身智慧回到了父母身边。

村庄的十字路口和广场!"

他突然住口了,双臂无力地垂落在身体两侧。肩膀垮落。沉默。他不知所措地转向医生,投去的目光仿佛对面是位智者、圣贤、圣像。阿梅代尽收眼底。

"不管怎么说,"医生柔声细语地表示,"我们无事可做了。男孩康复后就会离开。壮得像头畜生,老兄。他会再次上路。如果父母在某处等他,男孩会和他们重逢的。如果他没有父母,那么……"

老人举起瘦弱的手,在空气和夜光中为自己的话语画了个逗号。这番举动也刺伤了居斯塔夫·凡·艾克的心。

然而，智者会失算，圣贤会出错，七月已逝，男孩住了下来。

他没有完全康复，留下了后遗症——肋骨有点不适，小手指弯曲时隐隐作痛——但绷带和夹板早丢到了一边。他能站起来走动了。假如他急于离开，只要替他修好车轴，就能这样走了。他没有表现出离开的意愿。家里似乎也没人催促他离开。谁会希望呢？爱玛更不愿意。有天她突然向父亲坦言，一直希望有个兄弟。"几个，更好。一大家子的兄弟姐妹。到处有孩子的身影！孩子们奔来跑去，叽叽喳喳，就像鸡舍里面的小鸡：叽叽！叽叽！叽叽！叽叽！叽叽！……（她哈哈大笑起来。）人丁兴旺的大家族，是的，我喜欢这样的日子！"

居斯塔夫无言以对。他先是阴暗地想到了医生那个生育率理论——贫穷杆状菌。无稽之谈。他立刻打消了这样的念头，纷繁的情绪又袭上心头。他清了清嗓子，可发不出声音，转而掩饰自己的困惑。女儿的知心话触动了他的心绪。爱玛言辞之间并无指责之意，他只是从未想到这点。想到这个角度。他那温柔可爱、如珠如宝的劳拉（哦，我生命中的金子！）英年早逝，再没有给他留下其他子嗣（哦，我的金子，我的曙光，为什么是你？）。他想到过母亲的缺失对于爱玛的影响，但他从未想过爱玛缺了兄弟姐妹。他应该想到吗？那为了实现这个目的，他该再婚吗？他应该再娶一个美娇娘——一个好生养的女人为他添丁？他是否太过自私了？

但这事情无法控制。他很难勉强自己做出违背心意的事。至少男人是这样。女人或许可以吧，居斯塔夫想，能够接受强加在她们头上的婚姻，可男性不具备这种天分。我们选择另一半又不是在集市上买头牝牛——给我看看这头：每年能生下一头漂亮的小牛，日产牛奶二十升。不是的，只有爱情，只有心灵和灵魂悸动才能促使他，居斯塔夫·凡·艾克再婚。而当劳拉（哦，我唯一的、真正的金子！）一命呜呼，那激情灰飞烟灭了。

对不起，女儿，我无能为力。

然而，自从爱玛倾诉之后，有个念头就钻进了心里。越陷越深。不能自拔。那个念头为他指明了方向。如果照此方向前进，终点会是哪里？

男孩，显而易见。

这是命运的征兆吗？迟来的馈赠？那个滚进车轮底下的陌生人会是他不曾拥有的儿子吗？他可以给女儿一个弟弟了？

疯了，居斯塔夫自责道。不要再有这样的念头。

这种疯狂既甜蜜又愉悦，居斯塔夫聊以自慰。不要再有这样的念头了。顺其自然吧。

爱玛行动了。

爱玛一往无前，她没有额外的思想包袱。男孩突然闯入他们的生活之后，她并没有性情大变，但不能否认有改变发生。只需仔细观察：昨日的她闪闪发光，今日的她光芒四射。她光彩照人。她吸收来阳光，再把放大了上百倍的光亮释放出去，通过毛孔和眼珠，通过灿烂一笑时露出的贝齿，通过那响亮又明媚的笑声。光线，还有微风。如果那不是风，不是海风充溢了胸膛，吹起了发绺，那还会是什么？她，爱玛，一艘漂亮的帆船，准备就绪，只待远航，但仍然停在码头上，那是缺少了最重要的东西：风帆。男孩会为这艘帆船挂上风帆，并将其展开。昨日的爱玛沉沉浮浮，今日的她乘风破浪。

她对他尝试了各种语言——英语、德语（你说德语吗？[①]）、意大利语——她会说些入门的句子。没用。只是开始嘛，事故发生才过了三四天。他卧床不起，倚在靠垫上，她则侧坐在床边。爱玛每做一次语言的尝试，男孩就报以灿烂的笑容，就好像是在回应她上演的喜剧。一个让他散心的搞笑角色。男孩的笑容又牵起了爱玛的笑颜。正是因为这个原因，她才不厌其烦地重复：你叫什么名字，小伙子？[②] 她刻意加重语气，显得更加夸张。游戏持续了半个小时，最后她叹道：好极了！既然你不开口，我是想不出所以然了，告诉我答案吧！然后，她的手指兴高采烈地戳上还在作痛的肋骨。

男孩吓了一跳，闷哼一声，似是在压抑痛苦，一只手捂住嘴巴，她搞不懂那是歉意还是悔意，她下意识地掀开被子，看到伤者布满瘀青的赤裸身体，于是俯身印下一个吻，想要缓解男孩的痛苦，临到关键又顿住了，她被自己的举动给吓到了，猛然直起

---

① 此处原文为德语。
② 此处原文为意大利语。

身子，就好像那张床突然着了火。

着火的是他的额头——这非同寻常。她站直身子看着他，沉默蔓延开来。男孩的眼睛在诉说惊讶。茫然的不安。年轻女子的反应太过突然，他担心她是不是有病。她挤出一个旋即消失的笑容。转身匆匆离开卧室，徒留衣服悉悉窣窣的摩擦声和鞋跟的踩踏声。

她走了。男孩抚过床垫上的印痕，还留有她的体温。

第二天，她带来了铅笔和本子。新的尝试。她展示了如何使用这些东西，并在白纸中间写下她的名字：爱玛。她用食指点过每个字母，然后又把食指戳向自己胸膛凹陷处，高声重复道：爱玛。他瞪圆了眼睛瞧她。爱玛丧气了。她料到他不会写字，也不识字，所以她还在名字下面画起了简笔画，一张肖似自己的脸。她指望着一幅画或者几幅画能解开男孩的些许秘密。他是谁，他来自哪里。她把铅笔递到男孩手中。到你了。

十几分钟过去了，她一直站在窗边，背朝男孩。画完之前，她不愿偷看。她听见炭笔摩擦纸面的细小声音。不禁胡思乱想起来。胸膛微微充盈。既兴奋又恼恨。情感需要宣泄。如同爱人的信，长久等待之后终于收到了，却被人先睹为快。

声音停止了，她深吸口气，转过身。男孩把本子递给她。交接过程中，翻动的纸页如同巨大的海鸟在拍打沉重的翅膀。接过的刹那，心头一颤。她瞥去一眼，又立马将目光投向男孩。（在那一刻，男孩的目光是个湖泊。纯净的湖水来自更深处，来自此世之前的世界，那失落的世界。她能从中看到倒影。是否可以饮一口水？可以在湖中沐浴而不弄脏湖水？）接着，她又深呼一口气，重新研究起图画。

那是六岁孩童的涂鸦，或是石器时代儿童的作品。稚拙的形象，粗放的线条。她认出了一座外墙四四方方的房子，一道门、两扇窗、一个三角屋顶。旁边的要么是棵参天大树，要么就是比例出了差错。画中央是个女人，脸部模糊不清，但她立马就断定那是她的脸：爱玛的脸。天上的太阳放射出些许光芒。天空中还有个东西，她无法分辨。是雄鹰，恒星，彗星，抑或火箭？她永远不会知道。

这就是整幅作品。她细细端详了很长时间。她没想到会是这样的画面。仍旧是未解的谜，但她并不感到失望，没有，当然没有。她再次看向男孩。无从开口。喃喃道了声谢。

此后，她会小心翼翼地撕下这页画纸。装进木框，压上玻璃，把它挂在巴黎乐室的墙上，他们在圣殿大道上有一处公寓，男孩会一直住在那里，直到她去世。

在此之间，两人又会经历多少浪漫的故事呢？

要聆听门德尔松①。

要欣赏魏尔伦②。

要看那天空的蓝，这是今夏的仁慈。

要品味苹果。

生苹果、熟苹果、烤苹果、苹果糖浆、苹果塔、苹果蛋糕、苹果汁、苹果酱、苹果泥：男孩狼吞虎咽吃下各种各样的苹果，塞满了肚子。房屋后面有一块两公顷的土地，种上了八十六棵树，都是苹果树，品种各不相同。微不足道。登记在册的就有上千种，今后还会有成千上万的品种。居斯塔夫·凡·艾克在他列日省的果园中曾拥有六百三十四种苹果树。那时的日子多美好。居斯塔夫有三大嗜好：

其一是栽培仁果类果树。确切说来就是苹果。他把大半人生用在了研究和培植果树上。作为杰出的专家，数个果树栽培和农学协

---

① 19 世纪德国犹太裔作曲家。
② 19 世纪法国象征派诗人。

会的成员，居斯塔夫发表过大量相关文章以及一本品种目录、一篇论文和著名的《布拉班特①苹果史》，时至今日仍是权威著作。实践操作中，他通过嫁接和播种培育出了数个栽培种（优质"杂种"），这活儿需要耐心和熟练。居斯塔夫最引以为傲的或许是创造出了数个新品种。他获得了三份新品种培育认证书，于是分别用三位心爱女性的名字来为它们命名。有谁知道正是因为他，我们可以在集市的货摊上买到甘甜玛丽－安娜（母亲）？可以随意品尝多汁的秋天约兰德（祖母）？可以大咧咧地咬一口芬芳阿德拉伊德（姐姐）——不过建议先把灰黄色的厚皮给削了？大快朵颐。居斯塔夫·凡·艾克至少为人类的福祉做出了小小贡献，而史书从未提及。

　　居斯塔夫第二个爱好是音乐。确切来说是双簧管。他不会作曲，但改编了大量作品，从巴赫到莫扎特，从舒伯特到舒曼，亨德尔、海顿、勃拉姆斯、库普兰、维瓦尔第，他擅长演绎钟爱的曲目，如有需要，也能在原曲目的基础上即兴发挥。他还写了一部教学法，以及一本十分有用的手册，专门论述簧片尺寸及其摩擦——自然也提及了对育林的关注。他一度想要做私教。尽管作为演奏者水平一般，但他有教书育人的天赋，而且（有些人会说）分文不取。居斯塔夫·凡·艾克玩音乐、改音乐、教音乐，纯粹出于喜好和乐趣。

　　居斯塔夫第三个爱好是女性。确切说来是劳拉。更确切地说，是他一生挚爱。排在第三那是按时间表，无关重要的程度。当她从某条蜿蜒的支流汇入他的人生长河时，他早已过了而立之年，自此之后，她填满了他的生活。她在居斯塔夫的心里和脑中取代

---

① 布拉班特公国是以鲁汶和布鲁塞尔为中心而形成的一个强大公国。

了所有的苹果树和苹果品种，取代了所有的莫扎特和泰勒曼。月桂、光晕、金子[1]，所有一切汇聚到一个人身上——神魂颠倒的男人口中只会喃喃自语：劳拉！劳拉！劳拉！

可她的美貌是否配得上他编织的桂冠？她的吐纳以及他对她的低语是否美过春风？她灿烂的金瞳是否让太阳都黯然失色？

确实……

确实……为什么不呢？

难道不是爱情本身令人头晕目眩，心醉神迷吗？为人性赋予神性？

（此时要提及彼特拉克[2]。）

劳拉·科斯洛夫斯基出现的那天，使用的还是先夫的姓——波兰贵族外交官。她孀居已有三年。黑色的丧服反衬出苍白的脸色。青春已然逝去。她经历过。她四处游历，穿过边境线，遍访欧洲，出入上流社会和沙龙。她厌倦了。销声匿迹。她弹得一手好钢琴，尤其是肖邦的曲子——波兰血统的缘故？哦，居斯塔夫从未奢望这样的女子会和他这样的男子在一起。

六个月后，她嫁给了他。

往昔，未来。

在最初短暂的夫妻生活中，劳拉对居斯塔夫的爱虔诚、温柔、沉静，作为回报，她也是丈夫唯一的爱。

那留下了什么呢？

一个女儿。爱玛。纯粹的奇迹，在居斯塔夫看来。无论如何，

---

[1] 原文中，月桂、光晕、金子都与劳拉（Laure）有相似的读音。

[2] 意大利学者、诗人，被誉为"文艺复兴之父"。他曾邂逅一位名叫"劳拉"的女士，求而不得的爱情激发了他的创作欲。

这桩自然事件动摇了他坚定的无神论，转向谨慎的不可知论。如若上帝有幸存在，那这个女孩的降生应归功于他。

回忆冷不丁冒出来，当他走过两人携手漫步的马路、广场，还有看过的风景、拜访过的教堂，或是听到类似的音色或者一句话。只要一星半点的刺激，往昔那栩栩如生的情景就扑面而来：那些快乐的日子如浮光掠影。他知道，居斯塔夫他知道。目眩还未消散，黑影蒙上了视网膜，灼烧唯有靠眼泪缓解。

眩晕仍在。再度睁眼，深渊近在咫尺。痴愚紧随而至。

遗憾。是的，遗憾。遗憾无法为她谱上一曲交响乐或奏鸣曲。甚至一段遗忘的小咏叹调。遗憾没来得及培育出新苹果用她的名字命名。一种完美无缺的苹果。

劳拉·凡·艾克三十八岁去世，带走了他所有的爱好。居斯塔夫再也不吹奏双簧管。他把屋后的地交给一个农民及其儿子打理。有什么关系呢？管它什么味道？

爱玛和男孩一起采苹果，把篮子装得满满当当。她禁止还未康复的男孩爬树，如有需要，她找来梯子爬上去，往下抛苹果，由男孩凭空接住。这个时节成熟的品种有博夫、瑟兰卡、珀金、斯泰森、彼得大帝和后中之后、卡洛琳－奥古斯特和奥洛夫伯爵——它的果肉，按照杰出的安德烈·勒罗伊[①]描述，白色、柔嫩，汁水"散发出淡淡的香味，酸酸的口感最是清爽解渴"。

爱玛拿苹果做菜、做果泥、做苹果塔或其他。她负责烹饪。还有其余家务。十六岁那年，她接过了管家一职以及几乎所有家务，她宣称，家仆这种形式比农奴更虚伪、更邪恶，统治阶级自行创造

---

① 法国植物学家。

了这套，是为了假装有良心——这是资本主义社会衍生出来的最恶劣的典范之一——这种令人厌恶的模式必须在她家中消失。（她不再阅读哲学家卡尔·马克思的著作——她把他叫作"卡尔"——因为她意外发现马克思也有一位年轻女仆为他效劳——尽管她还不知道其他谣言，据说，马克思用贪得无厌的情欲作为报酬……）

"但是……我们难道不是'统治阶级'吗？"父亲问道。

"更有理由了，"女儿反驳道，"我们应该做出表率。"

居斯塔夫此时站了起来，开始踱方步，脑袋低垂，脖颈塌陷——那身形和肖似野猪的脸令人想到了四面楚歌的年迈野猪。

"好吧，爱玛……好吧……你不会让我把亲爱的玛格达也炒了吧？……是吗？……玛格达啊？你的玛格达阿姨？……"

"我请你，爸爸，给她自由。"

"自由？……可你喜欢她啊！她也喜欢你。你会伤了她的心！"

"不会的。我要打碎束缚她的锁链！"

女孩有没有站上客厅的桌子，挥舞拳头？没有。然而，她声音颤抖，双眼发亮，夹杂着狂热和决绝，或许还有泪水，随后她躲进卧室号啕大哭起来，尽管父亲百般辩解，她仍坚信自己的信念，对于自己的决定寸步不让。她后来透过窗子看见老态龙钟的玛格达，忠心耿耿的管家、尽心尽力的玛格达阿姨，永远离开了这栋房子，手里提着小小的行李箱，穿着永远一身黑的连衣裙，过时的短面纱帽子遮住了她的灰发。

茫茫暗夜的道路是如此崎岖。

爱玛永远不会知道，居斯塔夫仍定时支付酬劳给前雇员，这一切做得极为谨慎，持续了好多年——直到死亡在床上收割了她，快速灵巧地挥动镰刀，如同收割一朵鲜花。

除了有些家务太过繁杂，她能独自搞定一切。这种情况正在发生变化。在这个慷慨的夏季，有个人成了她的助手。但那是兄弟——不是吗——不能算作仆人。

要选一下做苹果塔的面皮。

她是大厨，他是帮厨。两人待在厨房间，早晨将尽，太阳透过窗户斜洒进来——如同教堂的光线——在紫红色的地砖上画出六个白方块。两人肩并肩站着。身前的桌上有个餐盘，里面放了切成四瓣的苹果，报纸上面扔了苹果皮和苹果核。她在腰间系上围裙，卷起袖子露出前臂。一绺长发挣脱了发夹，落在额头上，她时不时地突出下嘴唇往上吹口气，活脱脱像是在做鬼脸的猴子。她告诉男孩如何搅拌面粉、黄油和牛奶。她放任男孩来和面。男孩把手指插进去，揉捏。他喜欢这种质感，软软的、柔柔的，柔软胜过他在儿时王国里面揉搓的泥球。他希望这样的日子能长长远远。

要看一看那河流和柳树。

下午最炎热的时段，当地球上所有居民都躲在紧闭的百叶窗后面昏昏欲睡之际，两人双双离开，前往独属他们的荒岛。先是穿过牧场，走上一千八百米，再穿越一小片桤木和白杨林。森林之外的一方土地铺满了深绿色、近乎蓝色的水田芹。一株巨大的柳树矗立在那里，身姿舒展，柳梢头无精打采地浸入水中。那只是爱玛脑海中的岛屿，因为男孩从未看过地图册，也未听说过海难。（如果他知道，他会是鲁滨孙吗？会是"星期五"吗？[①]）河水

[①] 英国作家丹尼尔·笛福创作的小说《鲁滨孙漂流记》中的人物。鲁滨孙遭遇海难，流落到一个小岛上，并机缘巧合救下了土著人"星期五"。法国作家米歇尔·图尼埃尔后来写了一本名为《礼拜五——太平洋上的灵薄狱》的小说，从土著人"星期五"的角度来审视西方文明。

悄无声息地流动。其实只能算作小溪。足矣。到达时已经汗流浃背。迎接他们的清凉难能可贵。他们踢飞了鞋子。男孩现在明白不能脱光所有衣服。他卷起裤腿和衬衫袖子。她双手提起轻薄的裙子，直到大腿根，露出了白瓷般的小腿和肉嘟嘟的粉色膝盖。他让女子先泡进水里。他喜欢听她发出一声叹息。浑身打战。皮肤起了层鸡皮疙瘩——她的和他的。他到河中央和她汇合。等着她转身，含笑欢迎他的加入：牙齿、眼睛都含着笑意。接着就是水中嬉戏。互相把水浇在对方身上。她松开裙子，任其随水流飘荡，湿漉漉的布料贴合在皮肤上，或者在大腿周围绽放开花朵，摇曳生姿，不禁令人联想起巨型水母那纤弱的、半透明薄膜。

　　游戏结束，他们拨开柳枝，手脚并用钻进阴凉处。两人并排躺下。那是座小茅屋。一片禁区。地球两极：时间和天空颠倒了，只为他俩，在这世界一隅，夜晚已然降临，繁星点点——光天化日下的银河。爱玛叹了气。她很好。偶尔会听到她在喉咙深处哼唱乐曲（舒伯特的歌？可能是《水上吟》？）然后一片寂静。她闭上眼，沉入睡梦，胸脯起起伏伏，平稳、安静，男孩凑到她脸边上，甚至能感受到她鼻孔排出的温热气息，他在观察，在描摹，每一道细纹，每一处肌理，每一条弧线，他并不感到惊讶，他知道不能触碰，他知道不能舔舐或者啮咬，他就这么看着。突然他向后退去：因为看见爱玛那长长的棕色睫毛颤抖了一下，她的嘴角还露出了一丝笑容。她是在拿他寻开心吗？她是在装睡吗？他不敢动弹。就这么肌肉紧绷，崩得快要断裂了。没有比这更甜蜜的痛苦。他希望这样的日子能长长远远。

　　生活。

　　要品味生活。

平静。

我们无法相信永恒。

要品味幸福。

"费利克斯①。"爱玛说。

"费利克斯？"居斯塔夫问。

"显而易见。"女儿说。

"没看出来。"父亲回答。

"就是嘛，"她说，"《无词歌》。"

"爱玛，"他说，"你又在玩新花样？我需要解开你的新谜题？"

她笑了起来。容光焕发。

"你知道的，有时我会想，我亲爱的爸爸，你的大脑是不是退化了。"

全都退化了，哎。全都退化了，也不是今天的事：他想过这事，但没说出口。他后悔摆出一副愁容，于是嘟囔了两句敷衍过去。

她已经和父亲长得一般高，但还是踮起脚尖，在其额头上用力地亲吻一下。

"敬爱的老爸爸。"她说。

_____

① 即费利克斯·门德尔松，门德尔松曾创作了《无词歌》。

接着，她娓娓给出解释。

男孩身体渐渐康复之后，她重新开始弹钢琴——真的是消遣心态，不再死磕。一两个小时，晚饭前。有天傍晚，她听见轻轻的敲门声：是他。她由此认为男孩对音乐有感觉。深信不疑。她邀请男孩坐到房间里面唯一的扶手椅中，虔诚地——可以这么说——听她弹奏。她时不时地转回头瞥去一眼，而他一动不动，眼睛睁开，目光直视：装出聚精会神的样子，或更严重，那是被鬼神附了体，近乎神神道道。这番景象给爱玛留下了深刻的印象。第二天傍晚，他又来了，以及随后的傍晚。她弹琴，他听琴。不太明白她为什么钟情那些斯拉夫音乐家，穆索尔斯基、巴拉基列夫、德沃夏克、斯克里亚宾的前奏曲、某些柴可夫斯基的作品（"她的摇篮曲。"居斯塔夫低声说。"她的摇篮曲。"爱玛肯定道。），也会不拘一格弹点贝多芬或愉快的舒曼。突然——是那难以言表的灵感乍现？还是避无可避的独特魅力作祟？——她的双手开始不按照打开的琴谱来弹奏乐曲。她的双手，只有那双手，因为脑子并不知道正在发生的事，它徒劳地想要知道她正在弹奏的曲目（技艺精湛！），它并不知道那些镌刻在骨头记忆中的音符，手腕、掌骨、指骨，如同蜂蜡上面留下的凹痕。可怜的小脑在空转，十指随着手腕行云流水的动作轻盈跃动——啊！桡骨和尺骨的依稀回忆。

手指一旦停顿下来，光明又照进意识的洞穴，她终于能说出刚才听到的乐曲名字：门德尔松四十八首《无词歌》中的第一首。《无词歌》[①]，作品第十九号之一。（"美好的回忆，"居斯塔夫低

---

① 原文为德语。

声说。"美好的回忆。"爱玛肯定道。）很久没弹了。那天傍晚，是谁或者是什么事驱使她弹奏了这首乐曲？那直觉来自何方？终极和弦还在空中回荡（庄严隆重的 E 和弦），背后传来了不合时宜的杂音。她转过身：男孩跪倒在地上。

"灵魂出窍倒在了地上，"她说，"灵魂出窍，是的！没有别的解释。我一时着了慌。以为他病了。你真应该看看。他的表情，他的脸庞……就算圣母降临在他身上，他也不会如此安乐。这……这多么神奇！"

她又试了组曲中的其他作品：每次效果都一样。男孩的心和门德尔松的作品之间有种默契。特别是"《无词歌》，"她说，"现在懂了吗？男孩不说话，但音乐是他的声音。他认得。音乐填满了他。音乐令他不能自已。李斯特救了他，但门德尔松让他幸福！"

所以她要叫他"费利克斯"。作曲家的名字。显而易见的事，年轻女子心服口服。她就差没谈论灵魂转世了。

"无论如何，"她说，"我们总不能一直不给他个名字吧。这是在否认这个人的存在——无名者算真实存在的吗？……还有，费利克斯太适合他了！"

居斯塔夫表示反对，交涉一番后俯首投降。弗朗兹、罗伯特、路德维希、阿马德乌斯或费利克斯：归根结底，有什么区别呢？

男孩于是有了一个身份。一个称呼，一个认可的标志。至少，他从今以后知道该向哪个圣人许愿了。[①]

居斯塔夫·凡·艾克端详起女儿：她在微笑，她容光焕发。

---

① 西方的很多人名都对应一个圣人。传统上，父母会根据孩子的出生日期选择对应的圣人名，那这位圣人就是孩子的主保圣人。

她在父亲额头上印下第二个吻，然后倏忽跑开了。焦糖的甜蜜香气在她离开之后仍久久飘荡在屋里。

老人走到窗口，抬头仰望澄澈的天空。

她在做什么呢？他的女儿，他的奇迹。最完美的结晶。显现的神迹。她为什么一直待在他身边？……居斯塔夫陷入了没完没了的独白（脑海中无声的自言自语），都是老生常谈，颠来倒去念叨了无数遍的陈词滥调……她，爱玛，在她这个年纪，难道不该结婚嫁人了，住在漂亮的房子里，穿得暖融融的，在炭火边轻柔地打着呼噜，一个安乐窝，一个巢穴，心爱的丈夫俯身从背后环抱住她，两三个孩子承欢膝下，头发或是小麦的金色或是木炭的棕色？应该如此。理所当然。可是，她仍在这里，忠心耿耿，没有离开亲爱的小爸爸。女儿的情愫将归往何处？居斯塔夫思忖道。或者，更准确的说法，那是女儿的"恻隐"？诚然，她的脾气不算好，但她聪明、漂亮，还足智多谋，为人慷慨，才华横溢，"肉质紧致，微酸爽口的汁水"，著名的安德烈·勒罗伊会这样形容。谁能享有大自然赋予爱玛的诸多美德？不乏登门求婚者。他为她接待过多少的求爱者，腼腆的、胆大的？过往岁月中，她赶走了多少狂蜂浪蝶，有些堪称咄咄逼人。但她坚守底线，退避三舍，如有必要就反唇相讥。他还记得某个海军中尉，自信满满、神气活现，爱玛回以尖酸刻薄的言辞。他还记得某个文书、药剂师、罗马尼亚的伯爵、管风琴演奏家、修辞学教授、波拿巴派议员的儿子。有丑有俊，有好有坏，纷纷前来又被一一回绝。他本以为好事将近，因为她竟然忍受了某个著名喜剧演员整整一个冬季，那人眼白微微上翻，心急火燎地为她朗诵拉马丁的诗歌。转眼到了春天，她把演员打发回了舞台，并送上"没毛鹦鹉"的绰号。这个比喻迅速在台前台后传了个遍，讽刺挖苦和眼红妒忌本就是圈子的风尚，某位知名评论人甚至把它据为己有，用来诋毁某个扮演唐璜的可怜人。（鹦鹉，当然喽，居斯塔夫想，但"没毛"一说，女儿到底怎么想的？）所有的求爱攻势，她都击退了。所有的机会。她如圣凯瑟琳[①]一样不屑一顾，那个她愿意为他戴上奇特帽子的人还没出生吧[②]。她在等待什么？她在期盼什么？

居斯塔夫长长叹了口气。鼻尖的窗玻璃盛开出一朵雾气的花朵。旋即消失。

"费利克斯……"他喃喃自语。

点点头。

一个兄弟，好得很，但不是替代品。未婚夫何时会出现？丈夫呢？何时能盼来金戒指、神圣的夫妻关系以及隆重的婚礼？这个话题不会惹恼爱玛，她还乐在其中。两人偶尔会谈起这事。最后苦恼的还是他。他害怕和担忧的是，选择的表象之下隐藏着牺牲的真相。她放弃嫁人，因为她不愿抛下父亲。她赌咒发誓说没有，但他知道她干得出来。可他不希望。不惜代价。一个父亲，好得很，但不是替代品。没人能够替代。他希望女儿有一天能明白他和劳拉经历的一切。体验他体验过的一切。他希望女儿也能拥有一个像她这样的女儿。他不能指望更好的人生了。

走廊尽头的房间传来傍晚的音符。持续的行板。声音闷闷的，

---

① 凯瑟琳是高士底的女儿，后者是亚历山大的统治者，也是一位异教徒。她向父母宣称她所嫁的丈夫应当比她更英俊、更有天赋、更有财富、社会地位更高。这被视为她皈依基督教的前兆。

② 这是圣凯瑟琳节的一个传统。从 16 世纪开始，那些待字闺中的女孩会在圣凯瑟琳节那天前往教堂，为圣凯瑟琳的塑像戴上帽子，以此祈求得到如意郎君。这个传统传到世俗化的法国后，变成了女孩给自己戴帽子，而帽子多为亲人制作，有黄绿两色拼成，绿色象征希望，黄色象征智慧。

但听得真切，时远时近，就像是从另一个世纪的小音乐盒里冒出来的。穿过隔墙。穿过流年。

"哀歌……"居斯塔夫·凡·艾克喃喃自语。

九月迎来了拉姆斯德尔、布林克邦尼、圣弗洛里安的玫瑰。白日渐短。阳光黯淡。有的果实被采摘下来或者落到了地上，其他的待在原位。

爱玛继续弹琴。男孩继续听琴。浪漫曲不计其数，有四分休止符、休止符，有轻盈敏捷如双翼掠过的倚音，有挑逗的颤音，有圆满庄重的和弦，如同摊开的手掌抚上男孩的心脏。

男孩痊愈了。

家里再也不提离开这事，也不再登寻人启事，寻找可能的双亲。既然动了念头，那就将他据为己有吧。

不弹琴的时候，爱玛选择读书。她也为男孩读书。她没有把所有藏书搬出来，但不带上床头读物没法外出旅游。她当然不会错过门德尔松和魏尔伦之间的契合（她直接管他叫作"保罗"）。浪漫曲，一直如此。音乐是头等大事。他们坐在客厅里，或者背靠大树坐在草地上，或者晃悠着双腿坐在矮墙上。场所无关紧要，只要两人在一起，只要别无他人。整个仪式中，她先递给他挑中的书。他接过书，轻抚封面封底，然后从中间打开。举止既如新手般温柔，又如完成圣事般庄重。她不错眼地看着男孩。接着，他的鼻子凑了上去。或者说，他把书举到鼻翼边缘，打开书，轻轻翻动，然后吸气、嗅闻，沉浸在纸墨香中，或许，谁知道呢，还有文字的芳香。他眯缝起眼睛。合上书，紧紧握住一会儿，然后还给她，后者攥住。

她清了清嗓子，翻动纸页，放声朗读。

> 这里有果实、鲜花、树叶和树枝
> 还有我只为你跳动的心。
> 不要用你雪白的双手将其撕开
> 在你美丽的眼中这份微不足道的礼物一如美好。①

这样的相处可以持续几个小时，他也不会反对。连眼睛都不带眨一下。她不知道他是否听得懂，那些文字是否能直抵心灵。声音，当然，但意思呢？精华呢？她有信心。他不只是在听，他都听见了。这件事她非常肯定。那种专注的神情，那种全身心的投入，美好，稀有，没有装模作样，没有矫揉造作，没有玩弄花招，她甚至可以说一切都出乎意料？无论如何，和他并肩而坐时，她意识到她一度不再期待。希望，她是不会抱有的，她抛弃了希望，没有道别，毫不在意，她让希望之火渐渐湮灭，不再想起：在我们不为所知的情况下，人生本就充满了许许多多、悄无声息的妥协放弃，不抱希望也是其中之一——可没有希望，人生也难以苟活。现在的她记起来了。她重又发现了希望的存在。一切都

---

① 出自魏尔伦的《绿》。

在那里：在男孩乌黑的眼珠里，在他新奇的眼神中，在他敞开的心扉中，在他的天真无知中，在他的真挚坦率中。她喜欢为他读书。可以持续几个小时，她乐此不疲。她希望是第一个为他读书的人。唯一一个。

> 我来了，沾满了露珠
> 晨风吹凉我的额头。
> 容许我的疲倦在你脚边歇息
> 幻想着珍贵时刻将缓解倦意。

　　他们慢慢放弃了他俩的岛屿。天气不再炎热。据点转移到了被拖进车库的篷车上。轮子没有修好，像艘破船倒向左舷。从外面看去，那就是颠簸在凝固海浪上的小舟。从内部来看，爱玛把它视作玩偶屋，就像格列佛身处小人国。她不知道这儿曾是某个巨人的洞窟——有个食人魔就以车为家——他该如何向她说起这事呢？她东翻翻西摸摸。那些犄角旮旯儿，所有那些巧妙的设置，她嘴角带笑，发出赞叹，不必更近一步，他非要爱玛在可拆卸的桌子上吃顿饭。她拉上帘子，躺进凹室，宛若睡美人。男孩看着她，眼泪顿时上涌，脑海中又响起了那抑扬顿挫的声音（那亲切的声音喑哑了），他想起了另一个故事，关于驼背和吉卜赛女孩，癞蛤蟆和公主，那个声音说，他俩不被允许长相厮守，这个故事不应被讲述。[①]

---

① 此处影射的是《巴黎圣母院》的故事，丑陋善良的卡西莫多爱上了美丽的吉卜赛女孩爱丝梅拉达。

我的头颅滚过你年轻的胸脯

你最后的吻仍在低沉回荡；

让那风暴安静下来吧。

我想要睡上片刻既然你也要休息了。

　　他们去探望了那匹马。它被寄养在隔壁农场。还有两匹母马做伴。宽敞的马厩，上等的饲料。一匹身边美女如云、怡然自得的太监马。它和男孩的重逢场景堪称典范。男孩看见动物就一溜烟地跑了过去，她心动了。这份激动。这份喜悦绽放在脸上。一人一马似乎分别了有十年之久。她喜欢（妒忌？）一人一马长时间的拥抱，男孩双手围住马儿的脖子，脸颊亲昵地摩擦皮毛。男孩闭上了眼睛，爱玛则从马儿睁开的双眼中读到了爱意，真实、深沉的爱。她感受到了过多的爱。

　　两人给马梳洗养护。就像布拉贝茨教导男孩的那样，他又在教授爱玛。她没有说出她从没碰过动物。她惊讶于指下感受到的力量。就像抱住的是百年古木的树干。生命力旺盛的生物，自然界合法优秀的物种。她喜欢。

　　他们带上马儿去散步。人们会在路上、草场碰见这两人一马，他和她走在前面，马儿紧随其后，像是陪伴少女出门的那种嬷嬷，身高马大又性子宽厚，微风吹动了它金色的胡子。

　　还有什么呢？蠢事。孩子气心血来潮的胡闹。男孩向她展示他擅长的。他钻进鸡窝，掏出鸡蛋，两人顶着农场主的大叫大嚷还有犬吠声，一溜烟地逃走了。跑了五百米之后，两人上气不接下气地停了下来，哈哈大笑。鸡蛋碎了，液体从指尖流走。他作势要抹上爱玛的脸，后者又尖叫着跑开，他追了上去，女子摔倒滚进了草地。两人又大笑。

一天，尽管下了禁令，他还是一下子爬上了栗树，身手敏捷地穿过树枝，越爬越高，她抬头看着他，呼吸急促，心跳加速，她没来由地羡慕，希望他再接再厉，成功攀上树顶和天空（她认识的人当中还有谁能摆脱地心引力？），当男孩站在树巅举起双手，当她从天空中辨别出这个既渺小又伟岸的身影时，年轻女子的腹部有什么东西解开、爆炸、释放了，她感到一阵眩晕。

他让"陨石"从天而降。黄的、绿的，布满尖刺。他从枝干上摘下栗子，瞄准之后扔向爱玛，栗子堪堪从她身边擦过，而她呢，在地面上跳起了奇特的舞蹈：她迈着轻盈的舞步踩过栗子壳。她弯下腰，双手抱头，一边蹦蹦跳跳一边发出老鼠的叫声，噫噫噫！

两人大笑起来。

他们把马栗储藏起来，剥掉外壳，带上尽可能多的弹药，踏上犯罪之路。他们绕着教堂和钟楼转上一圈。选定一个战略位置。爱玛担任炮兵助手一职，抓住褡裢，他从中取出马栗，使劲一扔，丢中了大钟。青铜器发生了叮咚叮咚声。晚祷竟然在中午敲响了，而下午茶时则响起了晨钟。偶尔正好碰上弥撒，教堂执事急匆匆跑出来，审慎地环顾四周，可两人已经躲藏起来或者溜之大吉了，执事抬头仰望钟楼后更远处的天空，想要探究出上帝的形迹，而在教堂内，长凳上的教民如青蛙般聒噪、骚动，他们交头接耳，瞪大的眼睛金光闪闪，兴高采烈地以为那是神迹，那当然是锣声或钟声，但为什么不会是上天的启示，预告奇迹即将发生？

他们大笑起来。他们有很多好笑的事。爱玛·凡·艾克小姐已经过了青春期，但她又活回去了。

费利克斯，我的兄弟。我的精神伴侣。

一天晚上临睡前，这次没有嘻嘻哈哈的玩笑，她想道：人生的价值唯有爱情和艺术。这件事从未如此清晰明了地进入她脑中。真相如铙钹般振聋发聩，如闪电般明亮夺目。她幸福极了，因为抓住了真相，再也不会松手，那份亮光将指引她穿过漆黑的夜晚和未来的日子。直到生命尽头。

暑意散去。要回家了。

某个阴沉的下午，他和阿梅代最后玩了一局多米诺。双六结束，但这无法缓解胜利的苦涩滋味。最亲爱、最长久的老对手要走了。医生有点忧愁。他收拾好骨牌。静静地、久久地握住居斯塔夫的手。出于某种迷信，两人不会说"明年夏天再见"——活到这个年纪，谁能确定还有再相会的那天？爱玛亲吻了他的脸颊。他轻弹了男孩肩胛骨两下，颇为满意：看看小伙子，没人能质疑他的技艺。医生眼神掠过。他不是一直说的吗？马德拉葡萄酒，灵丹妙药！

老人乘上轻便马车，在烟灰色的苍穹下离开了。

第二天就会轮到他们。

爱玛向男孩说起巴黎。城市，大城市，灯火璀璨的城市。你去过吗？没有。你想和我们一起去吗？好的。他想要的就是不用离开他们，不用离开她和她的父亲。居斯塔夫没有异议。

最为艰难的分别是和那匹马。爱玛耐着性子和他列数种种优点：这里是乡下，有宽敞的空间，肥美的草料，既安静又舒服，它会过得很滋润。再说了，我们会再见到它的，只要再过几个月，只有几个月而已。男孩紧紧靠在动物身上，它没有半点动静。它是不是哭了？爱玛想道。

窗户和百叶窗关上了。恶魔的机器（对于识货的人而言，那是德·迪昂·布通牌 AW 型汽车）驶出来了。发动机在院子里咆哮。行李搬上了车。居斯塔夫坐上驾驶座，女孩坐到父亲边上。男孩爬上后座，他既害怕又急迫。

九月末的早晨，他们离开了，把塞纳 – 瓦兹省抛在了身后，以三十五公里的时速风风火火地驶向首都。

1910—1914

四年左右。男孩生命中即将到来的四年，将会是最美好、最奇妙的岁月。爬树不算大事儿。榆树、法国梧桐还有栗树，那只是一段陡坡，一次热身。他现在要攀登的是文明的高峰。他人生的南坡。那里将是人类境况的巅峰。幸福就在顶点。

　　之后呢……不，不要去谈论之后的事。及时行乐。

　　圣殿大道。看一看那是一幅何等动人的画面。一个美好的小家庭。爱玛弹钢琴，居斯塔夫吹双簧管，年轻人坐在矮椅上，双腿交叠，丝质衬衫，浆过的衣领，波纹闪光面料的马夹，英式翻边窄腿裤，小羊皮德比鞋（簇新、整洁、合身的衣服），手腕上还有里拉琴形状的袖扣，是他。是那个男孩。

　　人们叫他费利克斯。

　　父女俩在演奏作品第三十号之六，三首《威尼斯贡多拉船夫之歌》中的一首，这是门德尔松自己取的名字。居斯塔夫将它改成了双簧管曲。爱玛一再坚持，他最后屈服了。双簧管又破土而出，重获新生了。居斯塔夫切割、刮擦、捆绑起芦苇薄片，直到做出完美的簧片。他用双唇含住簧片，往外送气。头脑有点晕晕乎乎——好久没有吹奏了。枯燥乏味的不断练习：走调、破音、出岔子、不合时宜的变调。这要为他辩解两句，不要忘了，双簧管是最难掌握的两种乐器之一——另一种是法国号。居斯塔夫用那善良的眼神恳求女儿。（就让，就让这头老象和他的老管子走向坟墓吧……）她没有妥协。经过练习和大量排练，水平会恢复的。声音，快乐。当男孩听见双簧管吹出的歌曲后，他心驰神荡。哦！闸门开启了，浪花、波涛涌入心脏，那滔滔潮水浸没了他的心又将其抚慰。喧嚣、温存。那是母亲的声音，当她站在小屋前面冷不丁吐出寥寥数语，在他如饥似渴饮下之后，一阵风又将话音带往了他方。那是黄昏的寓言，约瑟夫偶尔会在餐桌上滔滔不绝说上一段来替代饭前经。那神秘的乐声如同炼金术般将所有一切糅合在一起，相得益彰，给他带来了真真切切的震撼。

四十八首《无词歌》中，三首《贡多拉船夫之歌》对他触动最大。

新的一年到来了。夜幕降临。外面天寒地冻。几朵雪花飘飘洒洒，永远触不到地面。屋内其乐融融。三人聚在乐室内。全新的三位一体——"父亲、女儿、精神"，某个所谓的朋友讽刺道。他们按自己的方式来庆祝主显节。埃拉尔牌的三角钢琴。比费·库姆布恩牌的双簧管，采用的不是乌木，而是百香果木。乐器在四个四枝烛台的照耀下折射出生漆的黑色。矮椅包裹着蓝色天鹅绒。

渐渐成了习惯。门德尔松之外，保留曲目随着一周周推移慢慢得到扩充。练习曲、序曲、小夜曲、赋格、叙事曲、奏鸣曲、谐谑曲：全都可以。一切都好。关键在于情感思想上的沟通、交融。在那些时刻，三个人之间的纽带紧紧联系在了一起，只有爱意和恩情能渗入其中。

不玩乐器的时候，他们就去歌剧院听音乐会。这头一遭，男孩傻眼了，瘫坐在椅子上。他死死抓住扶手，假如有人凑近了瞧就会发现扶手上留下的印痕。

爱情和艺术，爱玛说。

她想要教他钢琴，音乐。她有六名学生，年龄从六岁到十六岁不等的女孩，每周授课一次。她让男孩也来上课。接着就开始为他单独开课。但行不通。面对琴键就会卡壳。男孩能领会建议和指令，也能将练习融会贯通，可一旦要他重新弹奏出来，就无能为力了。浑身僵硬。就像说话：说不出口。他不是存心的，他仔细咀嚼老师的话，尽其所能——事实上主要是为了讨好老师（事实的事实，每次年轻女子为了矫正他的姿势而碰触他的手、手指、背部、下巴，他就心旌摇荡）。没过多久，爱玛选择了放弃。

还有读书写字。老师教学生的游戏玩了几个小时之后，她不得不承认这样的尝试以及他们的虚荣心还是失败了。如果说她内心深处没有十分坚持，那是因为她感觉到这一切可能会扭曲男孩的天性，会改变他的性格。这必然会影响他的心智，还有他理解世界和事物的方式——和缓的堕落，可还是堕落——正是他那独特的心智和行为方式才令她着迷，她要不惜代价保护好。她和同类接受的教育和训练或许是一扇通往自由的窗户，但也是牢笼？这难道不是一个模子，刻板、实用，所有人都是从一个模子里面创造出来的，所有人都千篇一律？唯一的模子——是谁构建的，又有怎样的目的？

直到现在，男孩是在主流社会之外长大的，脱离了法规和习俗。好吧，那就继续吧！大致就这样吧，爱玛说。当她观察周围那些所谓的上流人士，她看到了什么？

文明在别处。

凡·艾克父女坚持把男孩引荐给少数几位朋友。他们如数家珍地说起相遇的场景，那场事故、事故后的康复、身世之谜。可以想见这番讲述会引发各种各样的反应和议论。男孩的沉默尤其搅动了众人的好奇心，讽刺挖苦之余，还多了流言蜚语。每个人各持己见。旁人谈起这个话题，居斯塔夫并不引以为豪，因为他一直以为汽车的撞击是罪魁祸首，他负有极大的责任（他私底下就这么认定了，就像一小块铁片嵌入了肉体）。如果是小圈子之外的人，介绍就随意多了。碰上那样的相识，他们会顺势引荐一下男孩——费利克斯——没有解释也没有过多的故事。面对旁人的提问也是敷衍了事。父女俩的态度就好像这个陌生人的存在是再平常不过的事儿，就是某个来自外省的教子或者远房亲戚。然而，这样的做法在第一时间只会适得其反。父女俩的守口如瓶非但不能平复众人的好奇心，反而越烧越旺。人们闲拉家常，乱嚼舌根。添油加醋，自圆其说。这个远房亲戚成了怪事一桩——我听说男孩是那个鳏夫和农家女生的……脑子不太好使……似乎是猎人在森林里找到了他……想象一下，他是被狼群抚养长大的……你有没有注意到他牙齿的大小？……某个传教士把他装在行李箱中带了回来……他只吃生肉……半是野人半是……有人和我担保他只吃树根……他来自某个原始部落，来自我也不知道的森林……还有他的眼睛，你注意过他的眼睛吗？……阿拉帕霍人或帕拉莱霍人[①]，类似吧……他晚上的视力也很好，就像我们在

---

① 这一种族实际并不存在，此处是人们弄不清种族名而在胡诌。

大白天看东西……我告诉你他的叫声令人脊背发凉……一半是猴子一半……拉帕拉霍人 ①，就这样！突然之间，那些好事者编出最稀奇古怪的借口，想出最莫名其妙的计策，陆陆续续登门拜访，就为了亲眼见上一见。居斯塔夫和爱玛从未接待过这么多人。人们跑去凡·艾克家就像去参观动物园或者自然历史博物馆——就差没把他们家当作怪物集会了——却又败兴而归，因为男孩并没有蹲在椅背上也没有爬到窗帘上，既没有露出獠牙也没试图咬人。（那该要求赔偿吗？至少弥补一下浪费的时间？）

父女俩终于搞明白了正在发生的事，大为恼怒，他们担心的恰恰就是被保护人沦为庸俗的展品。

"您有门票吗?"面对站在楼梯平台上的不知第多少个好奇者（一个胖乎乎的老板娘，身边两个男孩穿得像去游园会），爱玛劈头盖脸问道，随即给她吃了个闭门羹。

那扇大门不再随意打开。

他们要精挑细选。来访者需要表明正当来意。爱玛和居斯塔夫商量、权衡、评估，最后给出通行证或者拒绝。

尽管存了戒心，还是被糊弄了好几次。有天下午发生的难堪场面令居斯塔夫大发雷霆。那天，主人家对客人并没有怀疑。居斯塔夫三十年前就认识了皮埃尔-亨利·洛昂-迈诺，那时的他还是个少年。他是某位植物学家同僚的侄子，常常陪同叔叔来参加会议。后来，他将继承的部分遗产用来资助多个农学协会，成了协会的名誉会员和资助人。他现在已经退出了圈子，居斯塔夫只是打远处见过他。

---

① 同为胡茜的族名。

一切进展顺利，直到起身告辞时。他们在客厅喝茶、喝咖啡，整整聊了两个时。男孩也在场，但客人几乎没提过关于他的问题。目光也甚少落在他的身上，也没有对他说过一句话。一个花瓶，一个台灯都会受到同样的关注。然而，当那位先生的日光停留在爱玛身上时，表情跟着眉开眼笑，年轻女子于是认为他此次造访意在亲近自己：谨慎地展开追求。想必如此吧。

皮埃尔－亨利·洛昂－迈诺即将起身离开时，也没打眼瞧男孩，却头一次对他说话了。为什么对他说话呢？只是让他去拿一下大衣。可那脱口而出的侮辱性言语如此自然（语调、神情），爱玛秀美的下颌都要气歪了。至于男孩，纯真善良的他正要听命办事，居斯塔夫怒吼道：

"费利克斯，别动！"

那语调，那神情……另外三人吃了一惊，纷纷转向他。老人的眼神冷得如同剃刀。他惨白的脸色迅速涨成了紫红色。就像是灌入大肚玻璃瓶的劣质葡萄酒，目力可见地发现血液充斥了他的全身，上涌，从脖子到额头，直到发根，居斯塔夫爆发了。

"您有什么权利？……您……您怎敢……？他……他……他……（他话都说不利索了，唾沫四溅。）他不是仆人！您把他当什么了？上帝啊，这男孩不是您的仆人！"

居斯塔夫像头野猪似的继续咆哮、怒吼、斥责，步步紧逼，而惊慌失措的客人在主人的威胁下后退、后退、后退，撞到了小圆桌，跟跟跄跄地向后倒去，双手在空中胡乱挥舞，最后重重地一屁股摔倒在地，天真的男孩见此情景情不自禁地哈哈大笑。

哦，就在那一刻，爱玛有多么敬爱她的父亲啊。她是多么为自己亲爱的，亲爱的爸爸感到骄傲。如果说她及时介入了父亲和那个人渣之间，那是因为她担心居斯塔夫会激动得中风。她一言不发地把皮埃尔－亨利·洛昂－迈诺送到门口，递给他那件要紧的大衣，他都来不及穿上就第一时间逃走了，连带着碎成了渣的傲慢。

永别了，可怜的先生。

爱玛回到客厅，强迫父亲坐下来，替他松开领带，为他倒来一大杯水，她终于放下心来，轮到她发出歇斯底里的笑声了，和男孩的笑声混合在了一起。

这次插曲终结了来访。事实上，人们对这个奇奇怪怪的男孩没了兴趣。新鲜事物转瞬即逝，厌倦和好奇都是来去一阵风。这件事在小圈子里面勉强维持了一个季度。现在，没人打扰他们了。居斯塔夫、爱玛、费利克斯可以自由自在地品味人生真谛：爱情、艺术，和巴黎。

巴黎是座怎样的城市？一个放大了几百倍的全年无休的巴勒迪克集会[①]？人头攒动、夸夸其谈，商品、商人、闲逛的人、流浪汉、小偷、乞丐、穷人和绅士、有产者、轻佻的女子、臃肿的主妇，衣着光鲜或衣衫褴褛，空气中可以闻到各种香味和气味。是的，当然了，还有名胜——寺庙、拱门、方尖碑、陵墓：城市的明珠。我们还会想到教堂，想到那成千上万吨的石头，经由成千上万的人敲碎、切割、雕刻、运送、举起、堆砌，想到付出的时间和人力、汗水和心血，而唯一的目的就是要奉献一座壮丽宏伟的住所，一座永恒的栖身之处给某人（是人吗？），而他可能只是精神体，纯粹的精神，不畏惧恶劣的天气，无物质之形，自然不会腐烂，寒冷无法侵蚀他根本没有的肉体，冬风无法穿透不存在的骨骼；我们还会想到奢华的城堡、雄伟的宫殿，经由同一批成千上万的人建造而成，经过了历朝历代，那些所谓的半神，路易一世、二世、五世、十世、十四、十六，尽管具备肉身，他们

----

① 巴勒迪克是位于法国东北部的小城，以春季集会著称。

唯一的成就就是理所应当地降生人世，口含银汤匙，头戴金王冠；我们还会想到厚达百米的城墙和高耸的屋顶庇护起的王座，为了某人的荣耀和荣誉，为了承载某个无耻却终究要腐烂的人；我们在某刻会想到这些，不禁探究起我们这个种族的深层天性：哦，人类啊，是盲从轻信还是奴颜婢膝构成了你最初的原子？

埃菲尔铁塔傲然耸立。圣心大教堂开始跳动。

她想要把一切都展现给他看。他们沿着河岸散步，穿街走巷。男孩发现她追随着他的目光，试图解读他眼神中的情感变化，或惊喜，或惊讶，或赞叹——而她的脸上也随即绽放出光芒。

四月的一天早上，两人来到巴黎圣母院门口。她和他说起弗洛罗主教代理、诗人葛林果，还有卡西莫多[1]。"我以后把这个故事念给你听。"她说。他冻得四肢发僵。原来，那是真的。他走进教堂，迷失了。他在人群中游荡，在中堂、祭台、拱廊和立柱的阴影中寻找，他在空气中来回嗅闻，他探究起天花板、华盖、拱穹，他在寻找那个驼背生物，他在寻找那个怪物——但只有他。过了很长时间，他走出教堂，白晃晃的阳光令他眯缝起眼睛，透过细缝，他的目光在广场上凑热闹的人中逡巡，他在茫茫人海中再次寻找，寻找那个波希米亚女孩，那个舞女，那个奇迹之殿的埃及公主[2]——但只有她。她发现了他，越过攒动的人头挥手示意，急急跑过来。罗缎的长裙披荆斩棘，踉跄前行。她把他弄丢了，又失而复得。仿佛重获新生。她如释重负地将他拥入怀中，两人的额头差点碰上，嘴唇擦过脸颊，他在耳畔感受到了她的气

---

[1] 都是《巴黎圣母院》中的人物。
[2] 指《巴黎圣母院》中的爱丝梅拉达。

息。你在这里啊！她说。一切尽在不言中。

圣母院上的那些怪物雕塑正在高处俯视，或许还在冷笑呢。

居斯塔夫作陪的时候，他们会放慢脚步。老人容易疲劳。拐杖（槭树材质，并镶嵌了琥珀）不再是豪华的装饰品。他们一同逛花园。蒙苏里公园、肖蒙山丘公园，低矮的湖泊、参天的大树。居斯塔夫·凡·艾克介绍说：柿子树、山毛榉、黎巴嫩雪松、美国皂荚、银杏——这个树种可以追溯至两亿七千万年前呢，他特意指出，声音高亢。他们一同去卢森堡公园。流连于名人雕塑的小径上（逝者的、泥塑的警卫室），爱玛要在那里逗留片刻，那是她的天地，她的神庙。这是肖邦，她说。这是司汤达。这位呢，是福楼拜。他们在五月参加了保罗·魏尔伦纪念碑的落成仪式。一个标志，她说。盖在胸像上的布扯掉了。是他。浑圆的脑壳，严肃的目光，下方浮雕上的三位女子似乎想要挣脱石头的束缚。她们象征了诗人的三重灵魂，她说，宗教的灵魂、感性的灵魂、孩童的灵魂。话一出口，她感到一丝不安，不禁疑惑自己到底在说些什么。她古里古怪地看向男孩。一队燕雀飞出了黑压压的乌云。这是舞蹈的牧神（更远处，稍后能看到）。自由女神像①照亮了整个世界（可男孩没有拿它和布拉贝茨在大洋彼岸看到的女神像做比较）。他们一同去蒙梭公园。那是男孩最爱的去处，他也在那儿当了回英雄。怎么回事呢？事情是这样的：有天，他们刚跨过栅栏门，就注意到北美鹅掌楸下面聚集起了一堆人。簇拥在中央的孩子正哭哭啼啼。旁人举起手臂，指指点点，道明了难过的源头：风筝卡在了树上。怎么办？太高了。需要有个长梯

---

① 卢森堡公园内的自由女神像，出自法国著名雕塑家巴托尔迪之手。美国自由女神像是以此雕塑为蓝本设计的。

子。或者齐柏林飞艇。有人把手头的东西往上丢，想要把风筝砸下来，无济于事。突然，有人欢呼道："哦！看啊！"所有人都看见了：男孩正抱住树干往上爬。他脱掉了袜子和皮鞋。他不断往上，简单得似乎是在爬踏步梯。闲庭信步！身手矫健！居斯塔夫本人有那么一瞬间也想到了狒猴、长臂猿、黑猩猩或者某种生活在大自然中的灵长目——然后内心自责了一番。男孩不到三分钟就爬上了枝干。他钻进去，继续往上爬。现在离交头接耳的人群已有十三米高了。所有人都抬眼望天。爱玛在微笑。孩子不再抽抽搭搭，泪水和鼻涕在红扑扑的脸蛋上亮晶晶的。人们透过茂密的树枝在揣测他活动的身影，看他从这根枝头爬到另一根。北美鹅掌楸在微微颤动。花儿如一簇簇晨光落在地上。接着，风筝被摘了下来。它在空中翱翔，宛如身披绿、红、蓝、黄羽毛的天堂鸟。掌声响起。乌拉！乌拉！伊卡洛斯①终于赢了一把。男孩脚刚落地，人们就把他团团围住，恭喜他、赞美他，就差把他抛向空中。大获成功！无上的荣耀！孩子的母亲送上两个响亮的吻。整个过程中，爱玛一直挽住男孩的胳膊，紧紧搂住，笑容灿烂——她的脸上绽放出光芒。

　　他们一同去公墓。蒙帕纳斯。蒙马特。他们在墓碑间缓慢前行。拉雪兹神父公墓中，他们踏过珍贵的腐殖土——骨头、血肉、毛发、老茧、尘埃、尘埃、尘埃——我们死去的恒星的尘埃。这里长眠着最伟大的灵魂，最敬爱的灵魂。这里安息着人类的精英。虚无由此得以填满。永恒得以延续。爱玛或居斯塔夫时不时地俯下身，指出并念出一个人名，并借此发挥。男孩认真学

---

① 希腊神话中，伊卡洛斯使用蜡造的翼逃离克里特岛时，因飞得太高，双翼被太阳熔化跌落水中丧生。

习。这是一些临时增加的小课。寥寥数语的赞美、人物简介、奇闻轶事、历史中的那些故事。所有的男男女女，所有的逝者，他们如同微小的拼图，或许能构成一整幅独特的、宏大的画面，但没人知道重建起来的模型会是怎样的面貌。爱玛感兴趣的总是艺术家：莫里哀、奈瓦尔、缪塞——亲爱的诗人，蛆虫已然吞噬了他们的肉体——贝利尼、比才。居斯塔夫更喜爱科学家、学者，其中的四分之三已被世人遗忘。谁还记得卡斯米尔·达韦纳[①]？路易·潘索[②]？皮埃尔·弗卢龙[③]？乔治·普谢[④]？安德烈·图安[⑤]？加斯通·普朗泰[⑥]？米歇尔·阿当松[⑦]？居斯塔夫用拐杖在一块石碑上指指点点：马利·弗朗索瓦·格扎维埃·毕夏。这位，还有人记得。杰出的病理解剖学家。有人怀疑他晚上会去墓地游荡，扒开坟地，盗取尸体，然后解剖成好几百块用于完成研究。还有这位，菲利普·皮奈尔。又是医生，精神病的。疯子的朋友。他率先提出，有些人和大众不一样，我们应该按他们的本性来对待他们，和他们交谈，而不是给他们放血，禁锢他们或者采用野蛮的治疗方法。和皮奈尔同时代的很多人都认为，那些病人影响到了这位医生！还有些人不属于任何类别。他们不拘一格。特例。以及这位萨奇女士，著名的杂技演员和钢丝上的舞者。索菲·布兰切特，第一位女性气球飞行员。玛丽-安娜·勒诺尔芒，这位

---

① 法国医生，因研究炭疽病毒而知名。
② 法国力学家、数学家。
③ 法国神经生理学家，解剖学家。
④ 法国博物学家、解剖学家。
⑤ 法国植物学家、农学家。
⑥ 法国物理学家，曾于1859发明了铅酸蓄电池。
⑦ 法国植物学家、博物学家。

用纸牌占卜的女巫声名远播，同时代的所有名人，包括那些革命党人，纷纷前往她的工作室，想要一窥自己的命运。据说，她告诉罗伯斯庇尔的结局言简意赅。据说，她极力劝阻马拉不要沉迷泡澡①。约瑟芬皇后是她最忠实的顾客：据说，女巫在破碎的鸡蛋中看到了滑铁卢的场景，这次溃败本可以避免，只要皇帝听了她一半的话。据说，她通过一面镜子告诉沙皇亚历山大一世，他会死去两次，一次是以沙皇的肉体，第二次会作为圣人被包裹在华美的织物中。

"至于她自己的命运，"居斯塔夫狡黠地说下去，"勒诺尔芒小姐通过咖啡渣预言自己能活个一百岁。不过，许是咖啡质量不好，她活到七十就走了。"

"留下了巨额财富……"爱玛一锤定音。

父女俩心照不宣地嘲笑道。

又是一个温暖的春日傍晚，站在爱洛伊斯和阿伯拉尔②的陵墓前（不是的，这并非偶然），爱玛告诉了男孩她脸上伤疤的由来。

只有他们两人。居斯塔夫的鼻窦因为过敏性鼻炎发作而火烧火燎，婉拒了散步的邀请。爱玛讲述完了这对情人的壮举和经受的折磨。看啊，她说，他们现在长眠在了一起。并排躺在他们的小花园中，无论严冬还是酷暑。柔软的青草（叹气。）。无论我们

---

① 革命党人马拉正是在泡澡的时候被女刺客夏绿蒂·科黛给刺死的。

② 阿伯拉尔在巴黎主教座堂担任讲师时，和年轻女子爱洛伊斯相爱，两人私奔、秘密结婚后生下一个儿子。后来爱洛伊斯为了阿伯拉尔的前途，否认了这段婚姻，爱洛伊斯的叔叔以为是阿伯拉尔欺骗侄女的情感，于是设计陷害阿伯拉尔，派人将他施以宫刑。爱洛伊斯后来进入修道院当修女，阿伯拉尔则成为修士。两人死后，葬在一起。

是否相信上帝，爱情恒久远。爱情。没有任何外力或者任何人能将他们分开了。她越说越兴奋，如同垂死的海浪慢慢展开。看啊，她说。指着墓碑，可男孩的眼睛却转向她，转向她的脸蛋。然后皱起眉头。怎么回事？天气炎热？一颗汗珠，或者……他未做过多思考就伸手用指尖采撷下那颗顺着女子脸颊滑落下来的晶莹剔透的露珠。当他想要抽回手的时候，她一把将其握住，重新抚上她的肌肤，他的手同一方敷料，一块湿润的手帕，给她带来宽慰。眼睛紧闭（叹气。）。男孩不敢动弹，也不敢出气。心脏跳到了嗓子眼。她知道男孩的掌心感受到了疤痕——一道狭窄的沟壑滑过柔嫩的肌肤。她的眼睛始终没有睁开，问道：你想知道吗？

回以沉默。接着，脸颊上的手稍稍用了下力，力度不会强过雏鸟的心跳。

"那是音乐之神，"她说，"对我的处罚。当我还是孩子的时候，他朝我挥了一鞭子。"

她睁开眼睛。落日把眼珠染成了金褐色——咖啡色、蜜色、红糖色。两人面对面站立，咫尺天涯，飘洒下点点金箔，如同微观宇宙中划落的彗星。

"那是对我的惩罚。我的罪愆……为什么我罪有应得呢？全都是因为母亲。我的母亲是个可人儿，如果我相信父亲的话。我相信了。我的不幸正源于此。因为我，我不爱她。我，我爱父亲。我妒忌，我妒忌父亲对母亲的爱……就是这样。小女孩不愿分享。她希望爸爸所有的注意力、所有的时间以及所有的爱都倾注在她一人身上。就是这样的平淡无聊。母亲是我的劲敌。在我这个孩子的脑中和心里，我必须超越她。更好的情况：我要凭借自己耀眼的光芒让她黯然失色，把她打入阴影，将她从父亲的目光中抹去、拔除。公主的角色无法令我满足，我，我要取代王后成为王后（叹气。）！一个邪恶的童话故事，你明白了吧，这就是我要告诉你的……"

唇间扯出苦笑。目光转向那对情人长眠的巨大石棺：有人相信两人是在睡觉时被活生生浇上了熔岩，铸成了石棺——那是两人激情的滚烫熔岩。她握紧的手稍微使了下力。男孩一动不动。他已经准备好宽恕一切。

"我的母亲是个美人，我要比她更美。我的母亲光彩照人，我要比她更加夺目。我的母亲弹得一手好钢琴……肖邦。肖邦至高无上。她勘破了他的奥秘——他一直有个秘密。《F小调叙事曲》《第二即兴曲》：我真希望你能听一听她的弹奏。或者说，不……我不知道……（叹气。）我觉得这是我父亲最爱她的一点。那是她所能施展的最强大的魔力。她凭借魔力吸引住了父亲。被魔法迷住了。你真应该看看他在听我母亲弹琴时脸上的表情，洋溢着幸福，仿佛获得了至福。哦！上帝啊，发发慈悲吧！神迹触手可及。这个该死的王后凭借肖邦一跃成了女神！……那么，我当然要弹得比她好。我每天都在练琴。练上几个小时。音阶练习，还有练曲。废寝忘食。坐在琴凳上的小女孩，身后似乎遭人操控。那个阴险狡诈、不择手段的小女孩……最糟糕的：是她教会了女孩弹琴。那个王后。我的母亲。她既温柔又严格、循循善诱、持之以恒地教授我这门技艺。还有……用爱，是的，她擦亮了武器，而我已下定决心要用同样的武器将她消灭于无形！这是我的秘密，这个阴暗的秘密如同毒液腐蚀我的灵魂，母亲也无法识破它。她怎么可能识破呢？一个母亲怎么会想到孩子的心中藏有如此恶毒的企图？我连续几个星期、几个月寸步不离琴凳。音阶练习。还有练曲。我在琴键上不懈努力。我急不可耐。我乱发脾气。母亲想要平息我的怒气，却令我更加光火。我在动什么心思呢？愚蠢的小女孩……（叹气。）你知道要练习多久才能掌握肖邦？都说不上完美，只是没有磕磕绊绊，顺顺利利地弹下来。只是这样。那首最小打小闹的前奏曲。那首最不值一提的波洛奈兹舞曲。需要多久？不是按周算，也不是按月算……我终于明白了。王后遥遥领先。我需要经年累月的练习才能追赶上她，再经年累月的练习才能超越她，要过很长时间我才能有成功的那天。我没有耐心等这么久。那么，我该怎么办？我还剩下什么？……（叹气。）我希望她死。仅此而已。我全心全意地希望她死，献上我那被腐蚀的灵魂。我的意念太过强烈……竟然如愿了。"

此刻，有指头压下象牙琴键。她听见了。她在等待，那是《第十三首夜曲》第一个音符，低沉、庄严、世俗。作为回应的是一个清亮的声音，只能属于天籁之声。天与地的对话。只有她听得见。她的挽歌。随着缓慢的节奏徐徐打起拍子，送葬的队伍在前行，已然到了冬季。

"可怜的爸爸。我夺走了他最珍贵的东西。他却一无所知。我从没有告诉他。我也没告诉过任何人……"

只有她能看见坐在钢琴边的背影。上身挺直，松垮的发髻迸发出棕色的火花。肩膀微不可察地在晃动。双臂时开时合，宛如展开的双翼。只有她看见她飞走了。王后。母亲。《第十三首夜曲》，没人能演奏出她的水平。

"她去世的时候，我八岁。我赢了。可我一点也不满足。因为我意识到我无法取代她的地位。爸爸在心里为我俩各辟出了一个位子，他不可能做出改变。母亲占据的位子将永远空缺。爸爸的心就这样洞开了一个窟窿，裂出了一道深渊。那是我的错……（叹气。长长的叹气。）过了一两个星期，爸爸带我参观琴厂。他可能是想让我散散心，让他那可怜的孩子忘记悲伤，他觉得孩子快要被压垮了。而他的痛苦呢，无法缓解的痛苦，唯有时间这剂良药，很长的时间……他认识琴厂老板。参观快要结束时，两人交谈起来。作坊另一头，两个工人围着一台小三角钢琴半成品忙忙碌碌。他们正在安装琴弦。用钳子。这道工艺很难操作。你知道钢琴有多少根弦吗？两百二十根。因为如此，才能演奏出肖邦。两百二十根，每根能产生大约八十千克的拉力——我们也是刚刚得知。来做道计算题：一共有近十八吨的拉力。如同遍布野兽全身的经脉。在这种情况下，只要有个闪失，一个再微小的闪失，比如琴弦没拉紧，钢筋有瑕疵，一切都会发生。也就是说，最糟的情况。特别是如果还有神明参与其中……（叹气。）我凑近了看。阴险的小女孩逃离了父亲的监管，挤进了那两个正俯身凑向钢琴的工人中间。她踮起脚尖，想要看看……我什么都没看到。只记得划过一道声音。嘶嘶声。嗡嗡地响，有点尖锐。空气在振动。那是挥动的鞭子，犹如利箭电光火石间劈开了天空。也像母亲弥留之际肺部发出的噪音……"

她的脸颊轻抚过男孩的掌心。然而，什么都没有抹去，记忆抑或悔恨。

"生动的一课，不是吗？……有根琴弦松了。两百二十根中的一根。它抽向我的脸，撕破了皮肤，深可见骨。那个恶毒的小女孩留下了疤痕，被琴弦。被钢筋。一辈子。"

夜曲戛然而止。

"那似乎是 Si 的琴弦。"

送葬队伍停下了。

"Si……Si……Si……"

如何知道那会是什么呢?

她的目光再次投向坟墓。为了尽善尽美,情人应在此刻醒来,站起身,人们看着他们幸福地手挽手,迈步离开,渐行渐远,跨过一道道门,将逝者留在身后。

"种什么因得什么果。"她说,"但种的是什么因?又结了什么果?"

他没有答案。她拉开了男孩抚在脸颊上的手。还给男孩之前,她在掌心留下了一个吻。他战栗了。

天色渐暗。小径上空无一人。他们可能是最后的游客。最后还活生生站着的游客。

男孩扫过周围的坟墓。许许多多的坟墓。墓碑。碑文。全都浓缩为:一个姓名,两个日期。一对括号。但是,如若没有姓名,没有日期,谁会将我们拥入怀中,轻轻摇动:遗忘吗?

"回家吧。"她说。

于是,两人渐行渐远,跨过一道道门,将逝者留在身后。

那一年，黑山及其巴尔干联盟盟友向奥斯曼帝国宣战。

那一年，奥斯曼帝国结束了和意大利的战争。

那一年，新墨西哥成为美利坚合众国第四十七州。

那一年，在非斯，摩洛哥签订条约，同意将摩洛哥帝国大部分领土置于法国保护之下。

那一年，南非土著国民大会（SANNC）在南非布隆方丹成立，该党派很快更名为非洲人国民大会（ANC），旨在为生活在一个由少数白人统治的国家中的大多数黑人捍卫权利和权益。1960年种族隔离期间，非洲人国民大会被宣布为非法组织，美国在二十五年后又将其归为恐怖组织，当时在任总统为罗纳德·里根。

那一年，德国天文学家和气象学家阿尔弗雷德·魏格纳发表了大陆漂移理论。

山崎实在美国西雅图出生，作为贫苦日本移民的儿子，他之后设计了纽约世贸中心双子楼。

法国巴黎，《博纳韦法案》规定建造廉租房。

舒瓦西勒鲁瓦①，数十名警察和宪兵、一支共和国卫队、一个炮兵连、数百名持有卡宾枪和猎枪的个人、三万名幸运的群众包围了一幢大楼，一个名叫儒勒·博诺的三十五岁无政府主义者逃入大楼。经过数小时的围困，在群情激昂的民愤和欢乐情绪中，野兽伏法。

那一年，俄国沙皇派兵前往西伯利亚去镇压勒拿金矿上正在罢工的工人。士兵向人群开了枪：根据消息来源，造成了一百五十至两百七十人死亡。

那一年，名为《真理报》的布尔什维克主义报纸在圣彼得堡创刊。

瑞典斯德哥尔摩举办奥运会，在一场古典式摔跤的半决赛上，俄国人马丁·克莱因经过十一个小时四十分钟的鏖战，击败了芬兰人阿尔弗雷德·阿斯凯宁。但精疲力竭的获胜者随后宣布放弃决赛。

加拿大蒙特利尔，路易·西尔去世，他被誉为世界上最强壮的人，完成了许多壮举，比如背负起一块重达一千九百七十千克的平台，单指托起两百四十二千克的重物。

那一年，亚利桑那成为美利坚合众国第四十八州。

加利福尼亚州洛杉矶，德国移民卡尔·拉姆勒，一个低调的会计助理，将自己的积蓄投资电影产业，创立了环球影业。

马萨诸塞州劳伦斯，美国羊毛公司纺织厂的工人发起示威游行，所有诉求浓缩为詹姆斯·奥本海姆的一首诗名：《面包和玫瑰》。

---

① 法国的一个市镇。

　　法国布洛涅比扬古，雷诺汽车厂的工人发起定时罢工，美国工程师弗雷德里克·温斯洛·泰勒提出的"定时"方法作为生产系统的一个环节本是用于提高效率。

　　加来海峡省迪维永，拉克拉朗斯矿业公司经营的一处矿井发生瓦斯爆炸，造成七十九人死亡，二十三人受伤。其中十二名遇害者不到十五岁，最年轻的只有十三岁。

　　马恩河畔诺让，数十名警察和宪兵、一支共和国卫队、两个佐阿夫兵营①、数百名持有卡宾枪和猎枪的个人、上万名从四面八方赶来的群众（步行、骑马、骑车、乘出租车）包围了一幢大楼，名叫勒内·瓦莱的二十一岁无政府主义者和名叫奥克塔夫·加尔尼埃的二十二岁无政府主义者逃入大楼。经过十小时的围困，在群情激昂的民愤和欢乐情绪中，野兽伏法。警察无法控制蜂拥而来的民众：他们纷纷袭击还是温热的尸体，把房子洗劫一空，将灯座、子弹还有最不值钱的小东西据为己有，或留作纪念或打算卖给出价最高的人。优雅的女士在鲜血中浸湿了手帕。在奥克塔夫·加尔尼埃的口袋中，人们找到了这样一段文字：

　　　　大家想一想。我们的妻儿挤在陋室中，却还有成百成千的别墅空无一人。我们建造起宫殿，却栖身于草屋。工人啊，挥洒你的生命、才智和力量。你是头绵羊：警察是走狗，有钱的是牧羊人。我们的心血换来了富人的奢华。我们的敌人，就是我们的主人。无政府主义万岁。

---

①　创建于 1830 年的法国轻步兵团，原由阿尔及利亚人组成，1841 年起全部由法国人组成。

那一年，在德国慕尼黑，爱娃·布劳恩①出生。

柏林，德国社会民主党在德国国会大厦凭借 34.8% 的选票赢得选举。自由党人害怕社会主义的潮流，拒绝联合执政。极端保守党将此称为"犹太人的选举"。

那一年，诺贝尔医学奖授予亚历克西·卡雷尔，这位杰出的法国医生完成过多项壮举，比如让鸡心细胞在体外存活了二十八至三十七年，根据不同消息来源。之后，亚历克西·卡雷尔在其一篇著名散文中提出了建立在优生学上的社会模型，主张基因筛选、用鞭刑体罚，或干脆彻底地消灭掉残疾人、杀人犯或生理、智力、社交方面有缺陷的个体，因为他们会推迟人类趋于完美的进程。

那一年，在朝鲜平壤，金日成出生，此后他成为朝鲜民主主义人民共和国建立者、领导者、伟大领袖和永远的主席。

法国里昂，亨利·格鲁埃出生，不过大众铭记的是他另一个称呼——皮埃尔神父②。

那一年，莫里斯·巴雷斯，作家、布朗热主义国民议会议员、民族主义者、爱国者联盟主席、反对释放德雷福斯派、反犹太主义者、法兰西学术院院士，拒绝投支持票，政府打算划拨一笔资金用于筹办让-雅克·卢梭诞辰二百周年的活动，他表示我们不用纪念这样一个被儒勒·博诺及其同伙奉为精神之父的人。

那一年，皮埃尔·卢梭，四十八岁，厨师长；奥古斯特·库坦，二十八岁，前菜厨师；克洛德·雅南，二十九岁，浓汤厨

---

① 希特勒的长期伴侣，并在人生最后时刻成为希特勒的妻子。
② 天主教神父，慈善家，法国抵抗运动成员，国民议会议员。他多年被法国大众评为"法国最受欢迎的人"。

师；皮埃尔·维拉尔朗热，十九岁，浓汤帮厨；阿尔丰斯·维卡，十九岁，鱼类菜肴厨师；路易·多尔尼埃，二十岁，鱼类菜肴帮厨；阿德里安·夏布瓦松，二十五岁，烤肉厨师；马塞尔·科尔奈尔，十九岁，烤肉帮厨；乔治·儒阿诺，二十四岁，酱汁帮厨；亨利·雅耶，二十八岁，糕点师傅；路易·德斯维尔尼纳，二十岁，糕点师帮厨；让·德布勒克，十八岁，侍者助手；让·巴普蒂斯特·布吕梅，二十六岁，洗碗工：在新大陆的公海，北纬41°46'西经50°14'遇难，一艘横渡大西洋的邮轮发生了海难，这艘不会沉没的巨轮叫作"泰坦尼克号"。

《创世纪》没有提及禁果属于哪个品种①。《圣经》注解者为此爆发了一场争斗。仁果类果树栽培学家，那些严肃理智的人是不会卷入其中的（他们之中没有一人想要为"禁"果命名）。人们提到了椰枣、葡萄、无花果、石榴，有时还会提及樱桃。有趣的是，从未提及更接近原罪的桃子②。大多数一致认为这是苹果。既然如此，那只需敞开怀抱。他们的花园如同广袤的果园。诱惑无穷。

　　本世纪过了十二年，男孩十八岁了。他的手接受了神意裁判③。那只手，就是某天傍晚在墓群之间年轻女子抓住并抚上脸颊的手。而今，生活要将它带走了。

　　在此期间，还有另一个夏天、秋天和冬天。没有地狱的四季。日历翻过。月满月缺。还有其他的书要读，面对面或肩并肩，头抵头，头发掠过，耳鬓厮磨，一阵电流穿过，两人噌地抬

① 《圣经》中并没有提及亚当和夏娃吃的禁果是苹果。
② 法语中，桃子是 pêche，原罪是 péché，读音相近。
③ 所谓神意裁判，是指：被告手拿烧红的铁条走上 9 步，然后裁判用皮袋子将他的手封存起来。3 天后，人们来查看被告的伤口，如果伤口结痂了，那就说明被告是无辜的，如果伤口发生溃烂，则说明那人有罪。

起头。还有其他的欢笑。其他的悸动。其他的历险。在城里，在乡间。跨河而建的桥，野餐，在绿意盎然的避风港中小憩。河中嬉戏。其他的蛋挞。其他的菜谱。其他的耳语。其他的音乐会，公开场合的，在音乐厅，在包厢内，置身于金碧辉煌中，高高在上的巨大穹顶垂下繁复的枝形吊灯，成百上千的水晶流苏熠熠生辉，还有在圣殿大道公寓内举行的小型音乐会，专属的、私密的、融洽的、浓缩的，那神圣的房间类似祭坛，映照着清冷但温暖的烛光。

我们可以指望手指（还是那只手），那些没有一起度过的时光。

夜晚无从逃避。夜复一夜。一个晚上和数个晚上。跨过黑暗的界限，他们重新找到彼此。再次相聚。两人躺在各自卧室的床上，却形影不离。睡梦如海绵。闭上眼睛，情况更糟。猎物已然放出，幽暗翩然而至。幽暗？上帝知道它曾是光明，灿烂夺目，肌肤贴上肌肤，魅魔①前来造访。男性温柔的手一寸寸耕耘年轻女子的疆土，她的丘陵和峡谷。浓密柔软的头发，男孩在其中翻滚，浓烈的香味令他陶醉。所有这一切还有更多。在眼帘之后，在梦境飞地，在隐秘的庇护下，她说了她不可能对他说的话，他做了他不可能对她做的事。真的只是幻觉？幻想？因为感觉是如此真实。睡梦中紧绷的神经和肌肉。腹部突然收缩。腰部凹陷处传来剧痛。痉挛。然后陷入昏沉。

早晨，两人精疲力竭，汗涔涔的肉体，混乱的神智，皱巴巴的床单上留下了激烈挣扎、甜蜜又痛苦的痕迹。

---

① 魅魔分男女，会潜入梦中，通过性交进行勾引。宗教传统认为持续与魅魔性交，会令健康受损，甚至死亡。

爱欲之兄弟，梦境之姊妹：可怕的眷侣。打入地狱的灵魂。

我们可以指望脚掌分叉的魔鬼[①]的手指，那些没有一起度过的夜晚。

那么，能做什么呢？想一想那对石化的爱人：动脉中奔腾的岩浆无法停歇。炽热的液体滚滚而过。无人能驯服火山。

他们抗争过，他们输了。

此后，他们只需要品尝失败的滋味。

第一次发生在巴黎公寓的厨房。周日。下午刚刚开始。春天万物复苏。阳光一天天收复失地，温度节节攀升。老好人居斯塔夫坐在客厅的扶手椅中，吃过了午饭在打盹。圆框眼镜挂在鼻梁上，折叠起来的报纸搁在肚子上。轻轻打鼾。

爱玛和男孩站在洗碗槽前。一个槽里是泡沫水，一个槽里是清水。她负责洗餐具，他负责冲洗擦干。两人习以为常。磨合已久的芭蕾，灵动的心，轻盈的举止。无法忍受和第三人分享。她像往常一样哼唱起歌曲。威尔第的。意大利曲子。透过水流声、玻璃杯丁零当啷的碰撞声、海绵的摩擦声，能依稀辨别出那是《弄臣》。年轻女子身穿白色丝绸长裙，外套一件凸花花边的短上衣（凸花花边，这个单词是来自胡蜂？钩针？[②]）。棉质的短围裙围在腰间，同样是白色。纯洁的白色。这就是她的穿着打扮。既像侍女又像妇人。端庄娴雅又如初领圣体者或者初学修女。此时此刻，她可以随心所欲地切换。女子皆善变[③]。躯体在柔软的织物下

---

① 基督教的魔鬼形象取自潘神，潘神是希腊神话中的牧神，生性好色，拥有山羊角和分叉的脚掌。

② 凸花花边的法语是 guipure，胡蜂是 guêpe，钩针是 piqûre，guipure 看上去像是另外两个单词的组合。

③ 威尔第《弄臣》中一首家喻户晓的曲子。

面若隐若现。难道这就是男孩最近频频斜眼的诱因？他的额头冒出了汗珠，时不时地要用前臂抹去。时间一分一分流过。威尔第。烦心事。春天的周日，亚平宁半岛上，卡拉布里亚或者坎帕尼亚，维苏威火山喷发出的含硫物质笼罩下的曼托瓦、威尼斯、维罗纳、那不勒斯。餐具和平底锅演奏出水中小步舞曲。肥皂泡。她洗碗，他冲洗。本可以安然结束，然而没有。突然之间，天旋地转，生活加快了速度。

只需一点点助力。男孩有点兴奋，有点心不在焉。或许是那条长裙搞得他笨手笨脚。擦完最后一个盘子，抹布脱手落进了水槽。他立马捞起，用食指和大拇指夹住仍在滴水的抹布，就好像刚从河里捞起垃圾或者肮脏的动物、死掉的老鼠，他转向她，脸上带着恶心和忏悔的表情。她不再哼歌，扑哧笑出了声。然后冲他微笑。大傻瓜。她掀起围裙一角递给男孩，想让他擦干手。男孩把湿嗒嗒的抹布丢进水槽角落，伸手抓住围裙，那一瞬间，一切翩然而至。此时此地。此时此刻。其实只是蜻蜓点水般的碰触，但布料太薄，他感觉到了：围裙下面的长裙，长裙下面隐秘的山峰、温柔丰饶的山丘，指尖摸到了生长在山丘中的苔藓。她也感觉到了，因为她吓了一跳，禁不住打起了嗝。当然，下一秒，两人都愣住了，石化一般（犹记得岩浆、矿脉、火山），之后的每一秒被拉长，此时的厨房笼罩在滞重的寂静中，两人就这样一动不动地站着，像是发现猎物的猎犬，屏住呼吸，喉咙发干，四目相对，那升腾而起的惊讶和慌张打了两人一个措手不及，欲望和惧怕攫住了他们，想要就此束手就擒，耳畔嗡嗡作响，体温升高，燥热烧红了脸颊、额头和太阳穴。

一个日期，两个名字。燃烧的字母镌刻在时光的空气中。

是她，是爱玛行动了。爱神亲爱的女儿①。她率先有了动作。盆骨向前一扭（哦！慢慢地，起初十分的缓慢）。靠向男孩。探出身子。男孩的左手始终紧紧攥住围裙。另一只手（还是那只手）空出来了。钻入围裙。只要张开手指就能得到她的馈赠。他做到了。他的肌肤再次掠过布料。但她退缩了。她再次后退。又回来。再次出发。又回来。就像人们在滑入浴缸之前需要测试洗澡水的水温。太烫了，太凉了。回来，出发。花园中那棵金合欢树下晃荡的秋千。地下水勘探者手中的摆锤。二二拍的舞步，每小节拍动两下，两种脉搏。广板。月亮和潮汐的周期。劫掠和消退。能够饮用的海水，甜如蜜，甘如浆，琼浆玉液。而那缓慢的，极其缓慢的来来回回一直、一直持续下去。

站在水槽前。

一直都在做梦吗？

男孩没有动静。两人的目光都牢牢锁定在对方身上。嘴唇抿紧。爱玛的喉头发出低哑的隆隆声。呼吸很重。气息透过鼻翼嘶嘶作响，像是溢出的蒸汽。胸脯挺起，如同苍穹。合，开，暗，明。出发，回来。出发……突然，胯部向前一挺。耻骨凸起。她瘫软在男孩身上。他抱住了她。就这样。掌心抚过她的胴体。丝绸布料薄得无济于事。手指之下，指腹之下感受到了一切，山峰和青苔，溪泉，沟壑，另一条沟壑，另一道疤痕，更深更柔软。他感到那道疤痕打开了，犹如熟透的无花果豁然裂开，或者是椰枣、石榴、杏子，无论哪种水果，大量汁水汩汩流出，浸湿了布料，濡湿了皮肤，沿着爱玛的双腿汇成细流，缓缓流下，舔舐过

① 威尔第《弄臣》中一首家喻户晓的曲子。

大腿内侧，接着到小腿肚，再到脚踝。他没有动。是她。是她在动，在摩挲，由下往上，由上往下，动作越来越快，渐强，快板[1]，那不再是秋千摆动的频率，而是锉刀、砂纸、锯子、埋头苦干的伐木工——但谁是锯子，谁是树干呢？他看着她。真漂亮。他从未见过如此美丽的她。棕发美人爱玛。爱神爱玛。她的嘴、她的额头、她的眼睛。双眼直勾勾的，蒙在上面的那层薄纱比丝绸面料更薄更透，衬托得那双眼睛闪闪发亮，虹膜、视网膜璀璨得如同钻石。她在摩擦。快点。慢点。[2]喉咙深处的隆隆声越来越响。脚下积起了一摊水。她在摩擦，在锉，在锯，行板。热情如火。[3]锯子突然穿过了树干，穿过了树皮、果肉、躯体，所有一切，从腹部到肩膀，一波浪潮将她撼动，她紧闭双眼，牙齿把嘴唇磕出了血，脖颈绷直，身子一软，出于本能，她扶住了水槽边缘，不至于瘫倒在地，同一时间，男孩腹沟处的岩浆升腾而起，喷出一股股灼热的液体。随意发挥。[4]那是觉醒。那是火山喷发。

　　一个在意大利的春天的周日。

　　但他们没有时间来平复情绪。一旦血液回流，鼓膜畅通，就听见了鞋底的刮擦声，拖沓的脚步越来越近。居斯塔夫。他出现在走廊上，一头乱发，宛如王冠上直立的白色麦穗。他一直走到门口才停下。眼皮沉重，睡眼惺忪，脸色潮红。他站在门框处看了两人几秒钟，一边用报纸扇风。然后传来一个黏糊糊的声音：

　　"是我，屋里闷死了？"

---

[1][2][3][4]　原文均为意大利语，音乐术语。

由此开启了一场我们可以毫不犹豫形容为"狂热"的运动。再也没人能阻止他们。任何地点，任何时间。她给予，他攫取，或者反过来。

两人相爱了。

因为那一定是爱。

在那个被祝圣的周日以后的时间中，两人失掉了童贞。深夜。城市在酣眠。男孩踮脚穿过分隔两人的走廊。轻盈、安静（舞蹈的牧神！还有自由女神！）。他轻轻刮擦房门。她不问来由就开了门。她在等他。进来，我的王子。床头柜上有根蜡烛在燃烧。覆盖住卧室地板的地毯已有两百年历史，这间房曾属于某个佛拉芒先祖。地毯又重又厚实，像是森林中的腐殖土，玫瑰和莨苔的花纹失去了鲜艳的色彩。两人担心床绷会发出嘎吱声，于是就在地毯上演奏了一曲处女膜礼赞。叹息和延长号。不是的，他们不再做梦。都是真的。天使和魔鬼降临人世，两者的暗影在地板上移动、匍匐，美好的裸体纠缠在了一起。清晨，在先祖那些古老的玫瑰花中间，绽放开一朵鲜花，花瓣鲜红。

只是开始。

后续会更加的放纵。

所有时机都是良机，这两个窃贼会随时挑逗对方。公寓的每间房都接受了他们的祝圣。图苏斯勒诺布尔村的房子的每个角落同样如此。在他们私密的地图上，每一寸肌肤、每一寸肉体、每一个分子或原子都蜕变为一片撩人的、炽热的区域。毛孔、汗毛、骨髓燃起了火。神智在焚烧，血液在沸腾，体液在流动、榨干、倾泻给欲望。布景更迭，但两人的躯体才是真正的欲念舞台。

一场场的演出！一幕幕的戏！

没有审查，没有束缚能制止两人，除了居斯塔夫的眼神。他们小心翼翼地躲过。居斯塔夫什么也不知道。他压根没有起疑心，女儿和养子要把这个局面一直维系下去。至于这种瞒骗，有人不禁会问：这是源于道德、返祖现象的考量？抑或是为秘密添加点刺激的调剂？我们又可以对谁反驳呢，问题本身透露出提问者内心的堕落。（还有，在那个家喻户晓的故事当中，一切注定发生，但谁更邪恶？是孕育出果实的那位吗，他把果实交给了贪吃的世俗者却禁止他品尝——残忍的命令——或是最终咬上一口的那位？谁更邪恶：诱惑者还是被诱者？）我们知道，他们是纯洁的！纯洁的欲望，纯洁的心灵，纯洁的灵魂。没有真正的、深沉的天真，他们也无法满腔热忱、自由自在地沉湎其中，也无法不加任何克制。地上的产业就是两人的天堂，他们身在其中，会一直待下去。禁猎区。将他们逐出天堂的时机还没来临。厄运还未宣之于口，那可怕的、毫无正义可言的驱逐令。极刑没有钦点到他们，六翼天使没有飞过他们头顶。或者，只是他们未曾看见？审判者眼中的瞎子。他们不为自己的行为寻找托词和辩护——鸟儿会解释自己为何高飞吗？狮子会解释自己为何咆哮吗？内疚和悔恨与他们无关。他们也不会改过自新。除了充沛的荷尔蒙，再也没有其他东西需要宣泄。他们会去忏悔，但那是另一番意味的忏悔。

没有上帝没有至高无上的主人。感官的无政府主义。欢快的凌乱。父亲一旦背过身去，他们就行动起来。耍花招，搞花样，随机应变，自行其是，只要时机出现就充分利用。每一时刻，那偷来的、夺来的宝贵的每分每秒，那慷慨赐予的每个小时，在其生命中所有无拘无束的岁月，而今都归于同一个目标，为了唯一的事业：快活。

让快活应运而生。让快活蔓延增长。让快活往复出现。

欲望如猛兽。饥渴，每个人心知肚明，需要排解。于是，爱玛口中的"洗碗"成了暗码，能够开启乐土。她刚脱口而出，两人就跃跃欲试。从没见过要干此等苦差的人表现出如此的心急火燎、兴高采烈。那只是众多例子中的一个。

还有钢琴课。似是偶然重新开始。节奏频繁——啊，是的，就是为了这个！有人料到音乐只是借口。才不是为了接受该领域的熏陶。男孩既非钢琴高手也非高超的演绎者。但至少在那些时候两人可以悠闲独处，躲在四壁之中。时机。要加以利用。男孩坐在琴凳上，爱玛紧挨着他。他的十指笨手笨脚地"虐待"琴键，而她那只纤细灵巧的手从下方插入，她不再纠正学生背脊或手腕的姿势，而在摆弄人体的另一部分。这次，有用了！那姿势无懈可击。那脊背挺得笔直。当她得寸进尺，朝他俯下身子，碰触到他的器具时，还有何话可说。音乐迷们，悠着点哦！因为男孩高高耸起浑圆的手肘，像只干干净净但举止粗鲁的大熊，两个巴掌砸向象牙琴键，随机生产出一连串的音符，一大堆刺耳重复的和弦，那要再过很多年后，十二音体系①的爱好者才会入得了耳此等乐声。在此期间，人们厌倦了莫扎特！听厌了贝多芬！然而，这些音符之下流淌的是截然不同的旋律，不同于直笛、单簧管、短号、长号，更加悦耳，更加精妙。随心所欲的音阶和琶音。半音。灵巧的手法！滑如丝绒！胆大妄为！

那就是大名鼎鼎的《梅陶德·露丝》？似乎是给初学者用的。非常实用。每个下午或者几乎每个下午，爱玛和男孩专心致志地练习。从没见过如此用功的学生或苛刻的老师。

然而，夏日在继续，在两人的孤岛上，在柳树垂荫下，那转瞬即逝的爱欲愈演愈烈。

这理想的场所就是全世界。他们成了穿着树叶裙子的孩子。巨大华盖下发号施令的王子。绿洲棕榈树下的苏丹及其宠姬。躲在漆黑密室内的恋人，百叶窗拉下，试图躲过黄鼠狼的目光和毒蛇的舌头（其实只有黑水鸡和绿头鸭的低语）。

在这片禁地，两人沉溺于做爱。

温柔的空气，私语的水波，明灭的光线，注入了两人的快感。尽管诗人不乐意，倦怠并非千篇一律。

相爱，美好的事。

———————————
① 20 世纪古典音乐的一种创作手法。

爱玛虽比男孩年长，经验并没有更多。两人一同发现，一同探索。先是经验论的摸索：触摸、品尝、嗅闻——男孩现在明白了食人魔的建议——倾听、观察，通常要连续试个三五次，随着时间推移，累积到了上百次，上千次。毫无保留。毫无约束。他俩一同学习，进步神速。坚定的研究者，主动的试验品。师傅和学徒轮流担当。临时的同伴。他们互相学习，那些空白和空洞需要灌注快乐。这美好而高尚的事物是他俩挖掘的，塑造的，如同柔韧的黏土，可以随意伸缩。他们铸造，再拆毁，再铸造。无边无际的好奇心，以及如狼似虎的饥渴，食髓知味，索取无度，似乎贪得无厌了。此时，总会有些表里不一者以及尖酸刻薄之徒不禁会拔高了尖细的嗓门，质询这样的探索难道没个底了，永远得不到满足？那将是历经百年的失败，就像西西弗及其同类经历的失败，那又该向谁提出抗议呢？幸也好，歹也罢，人类他妈的总算是有了更加激动人心的事情甚过疯狂地寻欢作乐，可以用来填塞悲惨人生那无边无际的空虚？饶是如此，他们会让人知道的。假如这只是赴死的准备，那就没法当作一场严肃的事业。

恋人投身其中，没有任何东西能拉住两人。苍穹都无法扭转趋势。证据就是，他们在 8 月和旅行途中洒下的云雨。犹如一桶水兜头浇在发情者身上。他们毫不在意。他们以此为乐。

他们赤条条地站在柳树下。她倾身上前，胸部前挺，臀部紧绷，为他呈现出这个世界上最美丽的风景，身后的他则嵌入她的胯部，曼妙的曲线，女人的领地，天使的港湾、沙滩，他将抛锚在那些小海湾，如同心狠手辣的海盗、走私犯、采珠人或偷盗者，要在那片领地找到栖身之所。

男孩深深地挺入。

透过柳条织就的帘布，从远处看去，两人组合成了一个奇异的人身牛头怪。她抓住树木，抱住树干，而他在亲吻她的脖颈，她啃咬起树皮，他啃咬她的后颈。此时忽然传来了隆隆雷声。油腻腻的乌云翩然而至，白昼暗如黑夜。他们什么都没有看清。第一滴雨水，沉甸甸的，穿过透光的屋顶，砸在爱玛的背上。一阵长时间的战栗游遍全身，从肩膀到大腿根，带来了新的变数，全新的体验，汇聚到那些早已被她视若蜜糖的感受中。接着，又是一滴，密集的雨点像是柳树树脂落下来（那亲爱的树会流泪吗？或喜或悲？），敲击在脊柱上发出类似拔火罐的声响，朱唇轻启，之后，伴随着凄厉的破裂声，天空碎开了，暴雨倾盆。狂风、大雨向他们袭来。但不能浇灭两人的激情，反而愈烧愈旺。她绷直双臂，让身体更加舒展。他维持着先前的姿势，更加深入，更加用力。雨水如柱，他们也是。化作狂风暴雨。轰鸣的雷声撼动了大地，直至深处。大树在其根基上晃动。大地在他们脚下颤抖。闪电照亮了他们嬉戏的暗屋，像是专拍丑闻的摄影师按下闪光灯，为他们定格下刹那的一瞬，两人保持着动物的姿势，咧嘴苦笑。

他在低吼，她在喘息，她在呻吟，他在咕哝，所有声音融汇在周围的喧嚣中。雨水顺着胴体潺潺流下，流过了他们的脸庞和眼睛，阻挡了视线。雨水顺着爱玛的肩胛骨汇成瀑布，冲刷过脊背，在腰间稍做停留，形成小小的池塘，男孩俯身在这微型潟湖中沾湿嘴唇，舔舐、饮水。他饥渴难耐。她在索取。他在给予。他加快了速度。她的手指抓过树干。他的手指抓过她的皮肤。雨势更大了。电光闪烁。她在要求。她在下令。他在锤打。他在轰撞。他们是洪水湍流。喧嚣和光芒。纷乱和暴风。她璀璨夺目。他熠熠生辉。云破天开。他们想要更多。他们是末日洪水。具有同样的属性。在那喷涌而出的纯洁无瑕的电闪雷鸣中，两人爆发出怒吼，迷失其中。

哦，万物的造物主啊，让这一切来得更猛烈些吧。

夜以继日，一石一砾，两人建造起极乐的方舟，缔造起一座王宫、一个王国。那是情欲的世界，两人的世界。两人心甘情愿地龟缩于这个宇宙中，画地为牢。

费利克斯，我的爱。我的爱人。

她用各种方式、各种语调来呼唤费利克斯。男孩明白了。归根结底，都和他没什么关系，她可以叫他普里默韦尔、维奈格尔或者科梅东，只要呼唤的是他，指代的是他。

她说了些话，诸如：攻陷我。离开我。劈开我。穿透我。吃了我。淹没我。他攻陷了她，劈开她，吃了她，还自行添加了她未作要求的事儿。

他们的宇宙在膨胀。两人也随着宇宙在变大。他们在进化。嬗变。在那沸腾的大锅中，在那神秘的配方中，在使人通灵的氤氲蒸腾的魔药中，他们扔进了新的配料。时间流逝，两人的率真蒸发。升华。欲望愈发贪婪。想象逐渐清晰。最初甜蜜的温存转变为辛香的灼热。他们撒上香料。他们在翻花样。发挥美食家的精细，就能让粗糙的家常菜大变样（胡吃海塞后就饱了）。传统和美食。菜单变得丰富，为了结束这个美食的隐喻，可以说，他们在几周之后能为最坚实的胃、最挑剔的味蕾提供完备的菜单：从小食到烧酒再到甜食和餐间白酒——啊！餐间白酒！

其中还有玩乐和狡黠。肆无忌惮的邋遢鬼，没羞没臊又惹人怜爱，对于可爱的淘气鬼而言，享乐和欢愉总是结伴出现。性革命的加弗罗什①。他们的旗帜迎着欢欣雀跃的风招展。淫乱是一次节日，一个跑马场，一个摩天轮，一个过山车，一个点燃夜晚的信号弹。他们总在大笑，一次比一次放肆。他们乐在其中。早熟的放荡者，无视一切规则界限，除了他们心血来潮制定的。

她喜欢他的精液。她喜欢精液的味道和质感。她喜欢让男孩气血上涌，攫取它，采撷它，用肌肤盛接这喷薄而出的乳白色液体，用掌心将这滋润的乳霜涂抹在腹部，令浑圆的双乳熠熠生辉，再点上乳头。她喜欢用嘴含住精液，在舌头盘桓，在其颚下细细品咂这滑腻的琼浆玉液。她喜欢吞咽下精液，感受着它滑过喉咙。

他也没闲着，他喜欢这样的做爱姿势：犹如一条平分线嵌入女孩大张的两腿形成的圆规之间，鼻尖拂过乳尖，他要好好欣赏这个姿势呈现的一览无余的春光。他在深耕细作。他如痴如醉。他温柔地拨开那纤细的荆棘，这杂乱的黑丝遮住了通往女神神庙

---

① 《悲惨世界》中的经典形象，一个流落街头的孤儿。

的入口。他寻寻觅觅，像考古学家——或者渎圣者般小心翼翼地挖掘出圣地。世界在此诞生。人类的摇篮。这份珍宝的财富他会不厌其烦地一次又一次搜寻、发现。动作缓慢、精准（最初几次，她毫不犹豫地给了他话语和动作指导）。他的嘴唇掠过她的嘴唇。他的粉色染上她的。而下方的粉色更加艳丽，周围饰有一圈纹路，那是纤弱、精致、齿形的小阴唇，宛若未来的蝴蝶扇动翅膀——确切说，被注视的鹰飞蛾①——起飞的日子无限期推迟了。他用灵巧的舌尖一点点抚摸、刺激蝶翅，像小猫在舔牛奶。青年人在战栗。他吹上一口气，那缕清风引来了女神的叹息，大腿皮肤起了层细腻的粒子。圆规的夹角开得更大了。两条腿张开。花冠展开，红艳艳的珊瑚，湿漉漉的，在汁水的包裹下闪闪发光，现在他改用光滑的舌背接下汁水。让我们回溯源头，他终于找到了那珍贵的花蕾，独一无二，玫瑰花蕾隐藏在已经鼓胀、充盈、火红的花萼中，他用双唇剥去花萼，温存地夹住花蕾，然后按压、吸吮，他用嘴巴描摹出花蕾的形状，用唾液为其抛光，拇指同一时间探入神庙，造访、探索，从前廊到后殿，从穹顶到地下室，那突然传来的声音属于何方神圣？是她。女神本人在吟诵赞美诗，在放声赞美，在祈求、在恳求仆从继续，在其腹中诞生了最初的咒语，从其喉头迸发出了永恒的祷告。

秘密仪式在继续。

还有一个游戏两人爱到了极点。爱玛将其命名为"性词典"。一本综合词典。哎哟哟。她是对文字情有独钟吗？她教书的志向又通过这迂回的方式死灰复燃了？爱玛实践起她发明的游戏，简

① 一种飞蛾。

单说来，就是为事物取名。在约定俗成的定义名之上，他们尽其所能地添加同义词。也不是任何事物，只涉及人体部位。而且，仅仅是男女差异的部位——解剖学层面来说。

于是，一切变得明晰、复杂。

亲爱的老师……

两人面对面练习。紧紧贴合在一起，犹如全身镜的两面，肌肤是唯一的衣服。全神贯注半分钟，接着：

"轮到你了。"她说。

一丝挑衅的神情闪过。游戏开始了。男孩一眼扫过面前的模特及其曼妙的曲线，他在选择。他举起手（他的手或镜中人的手，视情况而定），放下吧，放在女子的胸上。就这样。太好了。她抬起下巴，深吸口气，开始了——她开口说话当然是为了他：

"我的胸，"她说，"我的乳沟……我的面包……我的点心……（每念出一个名词就用手指计次数）。我的小鹿……我的双峰……我的炮弹——不是大口径的炮弹，千真万确！……我的球球……"

男孩试图干扰她，令她分神，让她没了头绪（她不能重复念过的词汇），为此男孩使出了卑鄙的手段、下作的方法，比如悄悄地挑逗她的胸，比如阴险地揉搓那淡紫色的布满小疙瘩的乳晕。

"……我的地球仪……我的救生圈……我的气球……我的热气球！"

她停下了。相当的洋洋自得又气喘吁吁，就像是屏了很长一口气。

"十二个，"她说，"十二比零……到我了！"

她没有任何迟疑：男性特征并不多，而有样东西就在她眼鼻子底下。她迎难而上，一把拽住。游戏重新开始，这次是为了自己。

"你的细棒，"她说，"你的菲勒斯①……你的夜莺——唱歌啊，夜莺，唱歌！……你的芦笛……你的甘草糖……你的杆子……你的蜂鸟——不，我收回：蜂鸟，太小了！……你的权杖……你的马鞭……你的木棍……你的笔杆……"

她难道不是在使诈，手中灵巧地揉搓着胸，单词脱口而出，脸上却不动声色？男孩似乎狼狈不堪。

"……你的老二……你的手杖……你的鱼叉……你的利剑——我说了啥，你的利剑？你的大刀！……你的双刃剑……你的标枪……你的长矛……你的象鼻……你的蟒蛇……"

那些胆大妄为，偶尔还充满挑逗意味的名词弄得他的下身发红、涨大。

"……你的塔……你的短剑……你的扫帚柄——女巫跨坐在上面（那些评论算是额外的馈赠。）！你的扩管器……你的小酒馆……你的夺彩杆！"

她词穷了，停了下来，而他们正在谈及的物体正因为词汇的源源涌入而胀大，两倍，三倍。占满了爱玛的手。亮晶晶的液体光彩夺目。她宣布道，带着有点变调的胜利者口吻：

"三十！去掉蜂鸟，它飞走了，那就是二十九。我遥遥领先！"

他听见了吗？眼睛半闭，视线模糊，嘴唇微张，男孩的表情状似痴呆。就等着口水流到下巴上。他下意识地接过女子刚才的

---

① 源自希腊语的词语，指勃起的男性生殖器的图腾。

运动，她先前因为列举名词而停下了手中的动作。现在是他放老二在对方的指间滑动：手中的涨溢感将他拖入了惬意的放空状态。

她突然松开了手，男孩顿时成了无依无靠的孤儿，徘徊在绝境的边缘。游戏还没结束。

"轮到你了，"她说，"你还有次机会追上我。"

有那么一刹那，她不省人事了，于是责怪起男孩在她大腿间游走的掌心。然后，她提上一口气，重新开始：

"我的草地，"她说，"我的水洞……我的宝地……我的地缝……我的峡谷……我的扑满——小猪样子的，把一个苏的硬币塞进缝隙里！……我的货舱……我的小猫……我燃烧的荆棘……"

她渐渐顶不住了，胸乳慢慢地、坚定地靠向他，嗓音也随着身躯攀升，喑哑、刺耳，最终落入男孩耳畔的只是嘶哑的低语。

"……我的缝隙……我鲜红的裂缝……我的小鸽儿……我的水果糖——哦，你喜欢的吧，我的水果糖，哈哈！你喜欢吮吸糖吗？不是真的？……我的门洞……我的裂孔……我的天琴——我要去查一查……我的水井……我的洞穴……我的岩洞——进来，就这样！对，进去！进入我的岩洞，你这个混蛋！……"

通常这就是最后一局游戏了。她很少坚持到最后。七零八落中比分不再有意义，所有人最终都成了游戏赢家。这是完整的一课，涵盖了生物学、解剖学、语言学。两人收获了更多的知识。丰富了词汇。不可否认，两人的学识得到了提高。愉快教育：堪称成功的教学方法，那些长着小肉疣的讨厌学究应该能从中获益。

新的词条源源不断地收入恋人的词典。这些精挑细选的词汇，连过气的状元和脾气古怪的院士也不认识。他们正在编纂的合集别出心裁、辞藻华丽、鲜活生动。然而，要去哪里打捞这些词汇？正是他们所在之地：小溪。还有书中。

任何时代的作家，不算微不足道的那些，出于嘲弄，出于兴致，出于挑衅，出于爱好，会把自己的钢笔浸润在男性——更多是女性的屁股中。

节选：

你好，丰腴的荡妇，你那敞开的落水口
诞下了三代人，
你那苍老的手不再摆弄睾丸
那已然化作繁星中的金星！

谁写的？

莫泊桑先生。这首诗隐晦地取名为：《69》。

诗歌下一段更是神来之笔：

我喜欢你的大奶头，你的大屁股，你的大肚子，
肚脐占据中央，幽深如岩洞

> 蕴藏了时间之尘，
>
> 你温热浮肿的皮肤宛如羊皮袋，
>
> 成群结队的阴茎注入精液
>
> 黏稠的液体流下身侧！

如果这都不算自然主义！胡说八道。

还有这首：

> 她的阴户毫无秘密，她的外阴并不神秘，
>
> 但我今晚在某一刻，抓住了她的屁股。
>
> 她在酣睡，我应该默不作声，
>
> 她对我的所作所为一无所知。

谁写的？

无法回避、不可不提无与伦比的《悲惨世界》之父，帕纳塞斯派[1]的领军人：维克多·雨果。我们知道他的脾性和格律诗，他埋头苦干写完了这首戏仿的十四行诗的头四句：《阿尔弗尔[2]十四行诗……从末尾念起》。

不是的，那并非是错字连篇的二流作家在练习写诗。兰波。兰波，是的。年轻的亚瑟[3]国王，光的王子，受诅咒的天使，他偶尔也会在诗歌中流露出大不敬、猥亵、戏谑、堕落和胡闹交织成诗句。读一读他的《奢靡》。看一看那颗镶嵌在《痞子诗集》中

---

① 介于浪漫主义和象征主义之间的法国诗的一种文学样式。

② 19 世纪法国诗人，全名为费利克斯·阿尔弗尔。

③ 法国诗人兰波的全名是亚瑟·兰波。

的黑珍珠——假如我们斗胆的话——那是他和同伴保罗①的结晶，两人将其命名为《致混蛋的十四行诗》（深色、褶皱，如同紫色的扣眼……），而爱玛向男孩吟诗时鼻孔会好看地皱起来，表现得既厌恶又兴奋（细丝如同奶汁……），嘴唇紧紧抿住，竭力忍住笑意（潜然泪下，在这将两人推开的严酷的大风中……）。画面跃然而出，两个天才中学生手持苦艾酒或者红酒，兴高采烈地写诗，却没有直奔主题，你来我往间用亚历山大体诗、移位、顿挫，在两个半句之间嵌入他们的主题（濡湿之中蕴藏着女性的迦南之地！）。

只需汲取。淫词艳曲充斥了文学作品。当这对年轻恋人返回巴黎——两人不再需要居斯塔夫的监护——散步首选目的地也随之改编：花园和墓地而今被塞纳河畔的码头给取代了。顺水漫步难道不充满着诗情画意？才不是。追逐书中的女巫和怪兽，找到被社会和教会驱逐的人：这才是吸引他们的地方。他们在河岸边搜寻旧书商，在货摊上寻寻觅觅，在故纸堆中翻地三尺，他们要找的那本书被道德摒弃，被法律禁止。官方定罪恰恰保证了这类书大受欢迎。非法印制，私下流传和阅读——藏在大衣和长袍下。爱玛脏兮兮的手指滑过落尘的封面和书页，墨迹斑斑的纸页时不时地露出惊世骇俗的内容，而封面上的墨水仿若尘封了很久，临近傍晚，深灰色染上了她的肌肤，就好像她往其中揉入了恶之花的有毒花瓣。她在寻找。男孩不会出手帮忙，但他在那里，在她身边，就为了目睹她的一颦一笑，为了目睹她脸上突然绽放的光彩，当她发现金子，从杂物堆中将它连根拔出，为了目睹她眼

---

① 此处指法国诗人保罗·魏尔伦，兰波和魏尔伦两人有过一段同性恋情。

中闪现的光华，当她手拿书本转向男孩——期许一时之间有了禁果的微妙意味——她此刻投向他的目光，在其身体最隐秘的部位涌起了灼热感，全世界他最惦念的就是这种感觉。

搜寻无果之际，有时需要向书商言明，偷偷摸摸地、含糊其词地问他（"你明白吗?""是的，女士，我懂……"），因为这类物品不能随随便便摆放在外面，常常是收藏在书店里间，埋在成摞的书下，藏在秘密的夹层中，书店老板运气好的时候能迅速找到宝藏，然后迅速地把钱塞入袋中，他们离开书店，爱玛和男孩，步子慌乱，心脏狂跳，走向某个隐秘的角落，想要从容不迫地欣赏一番新收获。

之后的某天，他们再次出门，袋中放上书——或者更确切地说，藏在篮子里，上面压了一大捆韭菜——一本漂亮的八开的《沙特尔的僧侣》①，低调的淡黄色皮面没有泄露出一丝半点某个名叫热尔韦兹·德·拉图什想象出来的荒淫无耻。（"拉图什……拉图什……这个单词让我垂涎欲滴，"她调皮地表示，"而当我提起嘴巴……"）另一个日子，芦笋底下藏的是《加米亚尼，或两晚销魂夜》，1845 年版，一百十本编号本中第十四本（某位巴黎有产者印制——科克·阿迪路），这本匿名小说最终归在了阿尔弗雷德·德·缪塞②名下，获得了现象级成功（"上世纪重印量最大的书!"圣米歇尔码头上那位丰腴的女书商眨眨眼睛，把书塞进他们手中），整整两个星期，他们一而再再而三地阅读，男孩的阴茎迅速勃起，两人呼吸急促。

---

① 作者据说是名叫热尔韦兹·德·拉图什的律师，他想象了著名的德斯封丹修道院院长荒诞离奇的艳情史。

② 19 世纪法国作家、贵族，代表作为《一个世纪儿的忏悔》。

大失所望的情形极少发生。他们觉得奥维德乏善可陈,《爱经》没有可取之处,因为他们全都掌握了。爱玛读完之后立马折价卖了——亏得不多,她估摸了一下。古董书,经典著作,以拉丁语和希腊语为首,还有凡是三百年以上的老书,在他们看来都过时了,无论内容还是形式。情色的内容太过隐晦。他们希冀的,他们想要的,是肌肤之亲。活色生香。粗俗的词汇,直白的语句,就这样暴露在光天化日之下,绘声绘色的场景描写,栩栩如生的插画。不要寓意,不要医学常识——或者几乎不要吧。

左岸、右岸的旧书商之间口耳相传。他们现在认得出那个小姐和她的……(她的什么呢?仆人?骑士?脚夫?种马?)在码头上散步。关于那位女士,各种猜测不胫而走。伯爵夫人,某些人肯定地表示。或者坚持隐姓埋名的公爵夫人或男爵夫人或其他级别的贵族。有人更倾向认为她是某位内阁成员的妻子。("哪个内阁啊!哈!哈!哈!")或许是情妇。交际花。名流的私生子。某位克里欧①,某位莲娜②,某位奥泰萝③。一位富有的继承人。一位还俗的修女。一位神经官能症患者。一位伤风败俗者。一位思春的女性。一位色情狂。一位主持黑弥撒的女祭司。管他呢,生意,生意,她首先是位优质客户。她从不讨价还价,付钱爽快。众人留下她可能感兴趣的书。众人在她经过时叫住她,给她看最新的发现。"孤本,看啊!找不到了!"人们露出一脸自家人的调皮表情。人们试过——一次,绝无下次——弄点滥竽充数的东西

---

① 全名克里欧·德·梅洛德,法国芭蕾舞者,选美冠军,曾令比利时国王利奥波德二世一见倾心。

② 全名莲娜·德·普日,法国舞者,著名的交际花。

③ 全名卡罗琳娜·"美丽的奥泰萝",西班牙舞者、交际花。

卖给她。小姐又不傻。她懂得说不。

之后某天，爱玛搞到一个地址。某位老道的收藏家为她指点迷津（他偷偷把地址塞给她，像是秘密社团成员之间交换配方）。这家书店开在夏德纳路上。出售珍稀书籍。她带上男孩一同前往。兜兜转转了半个小时之后终于有了收获。没有店招，只是在门廊下挂了块名片大小的金属牌子，铜绿色的字迹难以辨认。要跨过门廊，穿过杂草钻出石板的内院，爬上三级开裂的巨大台阶，斗胆推开高大的玻璃门，玻璃上的积尘厚过了玻璃本身，一丝一毫的阳光都无法透过。没有门铃可以宣告客人到来，没有铰链发出嘶哑的声音。然后，沉寂伴随着昏暗再次笼罩室内。

没人。

眼前发生的一切堪称神秘。

你站在原地，进退不得。没法再迈出一步。没法原路返回，尽管这个念头突然开始折磨你。为时已晚。你明白的。骰子已经掷下。魔法。你感知到意志力在消退。无法张嘴，无法叫唤，无法咳嗽来表明自己的存在——你制造的任何声音都是在渎圣，渎圣。甚至你的存在都是多余，失礼的。你呼吸困难。想要让血管中的血流暂停片刻，心鼓咚咚回响。你在黑暗中仔细摸索，听凭你的希望来支配你，又害怕希冀的东西会突然出现。

黑暗裂开了。渐渐变淡。或者你又恢复了视力？暗淡的、蒙尘的光晕，如同灰色的晨曦在慢慢升起或落下——无从知道，也无从理解这光线来自何方。暗夜在稀释，眼下的室内布置有了外形和轮廓。你先是想到了礼拜堂。然而，周遭的昏暗在扩张，在模糊，阴影的国界在节节败退，你于是又想到了大教堂。上帝。场所有多大。上帝的威能就有多大。一间房，一个厅，唯一、不朽。书摞成的立柱。书堆积成的长凳、桌子。书构建的正厅、走廊、横梁、迷宫。你想到了杂物间。你想到了堆放旧出版物的大房间。正是如此，正是如此。你抬起头，目光自下而上扫过书架，层层叠叠的书堆，抵达拱廊和长廊，长廊沿线有三堵隔墙，那里又拔地而起新的书层、书崖、书坡，最终消失在天际，一阵眩晕感袭来，阻止你测量高度。你识趣地将目光落至挑檐，审慎地环视，尽管你谨慎行事，战战兢兢，还是差点跌落下去，因为你遇上了两颗煤球——一双眼睛——黝黑、炙热，正在观察你。

你想到了森林中的灰林鸮。

你想到了高背椅上的魔鬼。

心跳的一刹那，眨眼的一瞬间，昏暗的火炭消失了。

男人——或许是个人，应该是个人，不可能是他物——动了。你在纸页的迷宫中看不见他了。也听不见他的声音。但凭借气味还是找到了他。难闻的气味，千真万确，甜得发腻，混合了毒蘑菇以及腐败的有机物。为时已晚。他在那里。他在那里，面对着你。你的警惕徒劳无功，吓得跳了起来。微微发抖。上帝。恐惧和厌恶揪起你的心。而魔力又把你怔住了。

那是什么？

你以为（爱玛以为）那是潘神，是地精。他有前者的红脸，有后者的身形。

你以为（男孩以为）那是蝙蝠，是吸血鬼。他本能地攥起拳头，像是抓住短木棍。

男人——那是个人，不管你以为是什么——从头到脚一团黑。邋遢、丑陋的衣服包裹住全身，罩衫或粗呢袍子或布袋。黑色的高帮皮鞋和黑手套覆盖了四肢。只有红棕色的脸凸显出来。

他是个混血儿。黑人和白人混血。杂交。念及混血，但你脑海中不会浮现出不同人种和不同肤色最完美的融合样本。很遗憾，不会。你想到的是杂种。你想到的是自然界的残忍闹剧。失败的实验。渣滓。废物。小丑鸭。

男人——是的，男人，请回过神来——个子矮小。外貌丑陋。瘦小、瘦削、驼背、扭曲，臭烘烘。

这还没完。

假如你仔细地瞧。假如你不错眼地瞧。假如你坚持住。假如你强忍住恶心，鼓起勇气正视他，你定会注意到那张可怜的脸遭受了多大的摧残。伤疤令那张脸干瘪。粉色或灰色的瘢痕将其蹂躏。皲裂将其扭曲。这里、那里的鳞屑如同脱落的旧鳞片。爬行动物进入了可怖的蜕皮期。

你以为（男孩以为）他是个烧伤患者。

你以为（爱玛以为）他是个麻风病人。

于是，你又想起了手套、昏暗和寂静的环境。孤独。你以为明白了，但你误会了。即使再逗留下去，你或许也永远不会猜到故事的结尾，那就是：红斑狼疮。

凶险的狼。

这还没完。

再看一看。更远点。忍下泛到喉咙口的胆汁，探究那双在探究你的眼睛。在煤球后面，在炭火后面，在灰烬后面，你看到了什么？

有些东西——微弱的光，最后的光——流露出嘲弄和忧伤。我们是否可以把它叫作"失望的嘲讽"？悲伤、沉默的讥讽。佐证了他明白自己的生存处境承载了超乎想象的痛苦。濒死的小丑露出心碎的笑。那是人性最深层次的东西。它定义了人性。某些东西，是的——比欢笑更甚——属于人的本性。甚至本质。

现在你无从质疑了。

男人——第三次重复——显然明白他的气味和相貌带来的影响。他坚持站在两米开外的地方。直勾勾盯着爱玛，却无视男孩。他的目光及其目光中的意味无关怜悯。他一声不吭。等待。

爱玛渐渐缓过神来。强烈的冲击感厘清了，她坚定了心智。她之所以保持沉默并非是因为对方拥有邪恶的魅力，以及无声的、非理性的恐怖，只是心存尴尬和羞耻，她要面对这样一个特殊的对话者来展开离经叛道的找寻之旅。她能对他说出颂扬鱼水之欢的文本吗，她能和这个皮肤溃烂的人谈论肉欲的颂歌吗？

男孩突然抓住她的手肘：他想要离开。这次肢体接触令她第三次颤抖起来。但动摇之后愈发坚定。她清了清喉咙，一股脑儿地描绘出她在找的那类书。吐字清晰，一气呵成。不到一分钟。

男人无动于衷地听她说完。之后又过了一分钟。男孩没有松开她的手肘。男人开口了：

"非凡的侯爵。"

嗓音中没有一丝一毫的惊讶。本以为他的声音会是尖细，带鼻音的那种，但其实饱满、低沉、几乎称得上温柔。他像是被魔鬼附体了。体内或许住着另一个生物。

爱玛纤细的眉头拧在一起。

"对不起？"

男人——对于这个事实我们还是没做好准备——于是露出难以察觉的微笑。仅仅牵动了一下。正如太阳刚从地平线上冒头——在他那张废墟般的脸上。

"萨德，"他说，"唐纳蒂安·阿尔丰斯·弗朗索瓦·德·萨德。听了您的描述，在我看来这是最符合您要求的作家。"

"是的，"爱玛说，"我知道他。"

撒谎。自尊心。她从未听过这个名字。

"萨德，"她重复了一遍。

"《茱斯汀或美德的不幸》。"男人说。

"完美。"

"我还想到一本书，"男人说，"无与伦比。作者佚名。海牙书商洛朗·德穆安克出版。假名，假地址，当然了。小十二开开本，扉页插画，另外还有十八幅凹版印刷版画。金色小牛皮封面。书脊有五根竹节，饰以鎏金藻井和小花花纹。插画周围有三条金线，四角绘有花纹。粉色波纹绸环衬。环衬四周绘有几何轮状图案。纸页三面鎏金。首页上贴有藏书票，羽毛笔手写：'夏尔·凯索·德·丘西伯爵所有。'最引人注目的一点：有作者亲笔题词。"

爱玛同意了。表现得像个内行。她可不会告诉那人她不是珍本爱好者，香水瓶提不起她的兴致，只有香味、溶液、醉人的味道能激起她的欲望。

"我能看一看吗？"她问。

"不行。"男人说。

"不行？为什么？"

"因为它还不为我所有。"

"它不是你的？"

"它会是我的，"男人说，"别担心。但您要保证一定会买下它。"

"我愿意。"爱玛说。

"它不便宜。"男人说。

"我付得起。"

"书价要和书的品质相配。"男人说。

"别担心这事，"爱玛说，"我有钱。"

微笑又出现了——一丝笑，一抹笑。男人小小的黑眼珠头一次不再关注爱玛的双眼，慢慢悠悠、弯弯绕绕地扫过女子全身。游移的目光如同蟒蛇缠绕在猎物身上，他似乎是拥有蟒蛇的慵懒和滞缓。爱玛情不自禁地收紧她娇俏的臀部，男孩更用力地抓住她的手肘，而另一只手攥紧了不存在的短木棍。

"一周后再来。"男人说着走到了眼前。

他没撒谎。他深谙工作之道。至于爱玛，虽然内心反感也不会就此放弃。这要花上一小笔钱，一周之后，他们再次离开（男孩当然陪着她），网线袋里装着那本珍藏本。顺便又买了一本。"请允许我向您推荐……"男人已经为她打开一本书。他是从哪堆书里把它找出来的？他给她看那些既可爱又露骨的跨页图画，有双重用意：令她热血沸腾，再从她的荷包里挖出一份更可观的钱。"有四十幅这样的画。同样的质量……"把她弄得面红耳臊，摸出钱来：这就是他希望的。目标达成。她不由分说买下了第二本书。男人有权看着他俩离开，一边搓搓手——那双手总是戴着手套——但他没有这么做，或许是出于尊重，更有可能是生怕这么一个简单的动作会导致皮肤可怕的脱落。

离开书店后，爱玛开始大声发誓，她再也不会踏足那家书店。她明白，那个男人有独到的方式来支配她。她的自尊心受到了伤害，流脓的伤口令她恼火。她一边走一边咬牙切齿地蹦出"侏儒！""西瓜虫！""会动的疖子！""猪疣子！""老鼠放臭屁！"这类话。走到半路，身边突然爆发出大笑。是男孩。她停下脚步，看向他——这家伙在大笑——先是惊讶，转而恼怒、愤懑、生气，再然后，那快活的情绪突然感染了她，征服了她，她缴械投降了，也跟着笑起来。多好。

所有的恶意宣泄殆尽，他们走完剩下的路，一边兴奋地憧憬着带回的书让他们欲火焚身。两人在翘首期盼，在想入非非（兜里揣着火柴的纵火狂）。但要等到半夜才能实施计划。两人躲进爱玛的卧室，盘腿坐在地毯上，就着烛光翻动纸页。

先是萨德。

要好好记住读书的是她。爱玛压低嗓音，生怕吵醒父亲。喃喃的低语，窃窃的私语。你可以想象一下，侯爵的激情从年轻女子双唇间流出。故事线时不时地被打断，穿插进一段下流话，或者惊世骇俗的场景描写。两人四目相对。那是他们还未探索过的边界。未知领域呈现在眼前——尽头在哪里？尽头在哪里？——深渊如同苍穹，两人在边线上踟蹰了片刻，既害怕又好奇，既渴望又冒失。要坚持下去。爱玛咽下口水，继续读下去。

萨德太过了。

甚过放荡，甚过下流，甚过色情，甚过淫秽。其中的某个维度令两人反感、畏惧。残忍超出了两人的接受程度。对于他们而言，欢愉止于痛苦，无论是施加者还是遭受者。这种特殊的堕落癖好后来以侯爵来命名[1]，他们不得其法。

两人还是把书读完了。用了三个晚上和三根蜡烛，茱斯汀的艳史在他们眼中再无秘密可言——还有那无可置疑的不幸的背德。或许还是值得一读的。为了了解。为了懂得。为了拓宽眼界。

---

[1]　萨德主义成为西方语言中对性虐恋的通称。

从某种意义上来说，为了致敬作者的勇气可嘉。不要忘了，这份思想、语言和精神的自由，是用侯爵的人身自由为代价换来的：二十七年的监禁——黑牢、疯人院、监狱。一生中的二十七年。

幸好，文字保存了下来。

萨德，他们并不感到遗憾，但也不会再读。

第二本才大不一样。到底写了什么？他们不明白——从始至终没闹明白。爱玛都无法破译书名。她和男孩一样无知。那是些符号、标记、一套十分美丽、雅致的画符系统，但晦涩难懂。一种异域的语言。汉字，她说。她也会猜测那是希伯来文、意第绪语、埃及象形文字。

其实是梵语。如果她不是那么迫不及待地离开书店，如果她没有唐突地打断"会动的芥子"说话，她就会知道了。男人本打算向她解释，这本叫作《爱经》的书现存版本可以追溯至一个世纪之前，出自拉贾斯坦邦，沿用了莫高尔王朝时期最著名的艺术流派——比卡内尔派。精心描绘的插画。富丽堂皇。这才是精髓所在。根本无须文字，图像足矣。所有图画采用暖色调着色，每一帧描绘了一种交合姿势。书商宣称有四十幅。四十张图：千姿百态。情欲体现在（几乎）方方面面。

这本才适合他们。仔细研读并不耽误激情游戏。想必记得，他们是赤身裸体地阅读，在这种情况下，尤其是对于男孩而言，很难掩饰自己的骚动——哦哦！爱玛发现了，戏弄他。不同于侯爵的作品，他们翻来覆去地阅读《爱经》，有百次之多。有些体位，他们是知道的。但很大一部分让他们又惊又喜——细腻考究的印度艺术。没过多久，正如预料中的，《爱经》成了新游戏的道具：他们中的一人翻书，直到蒙住眼睛的另一人让对方停下。接着，两人就模仿随机挑选的体位。尽管一无所知，两人一会儿摆出"指挥的骑兵"，一会儿"四体朝天的马"，一会儿"熊猫的拥抱"，一会儿"随风转动的磨坊"或者"后入式"。他们失败过。又改进。有些姿势与其说是做爱，其实更需要的是体操，甚至是马戏技能。对万有引力嗤之以鼻，存在的只有双方的吸引力！柔韧、平衡、力量、耐力都必不可少。还有心意相通——肉体才能完美契合。流体力学中的润滑油。为了模仿"发情的雄鹿"，男孩身上每块肌肉都经受着严峻的考验。至于"摆动的三脚架"，摇摇晃晃的他最终真的摔倒在了那块佛拉芒地毯上（随即爆发出第n次的狂笑，两人笑得前仰后合，精疲力竭，胜过任何的交媾）。

然而，所有体位中，难度系数最大的无疑是"活结"。孤注一掷的冒险。安纳布尔纳峰[①]，爱情哑剧中的最高峰。他们会心满意足地征服巅峰，但要经历多少次的尝试？付出多少代价和努力？一次次的摔倒，松脱，酸痛，痉挛，爱玛最后把腰给严重扭伤了（居斯塔夫以为她洗衣服时使力不对……），被迫在床上躺了两天两夜，动弹不得，除了仰躺着，仍由男孩胡来之外无事可做。

书籍，书籍，书籍。几个月中，他们的书越来越多。爱玛把它们放在卧室衣橱里，随着时间推移，缔建起了小小的禁书图书馆，他们的私有地狱。每天都要从那里汲取灵感。有时是随意为之，通常是在欲望驱使之下。他们并不缺少灵感，那只是额外的幸福。平添的乐趣。

那么，该如何抗拒呢：

---

① 安纳布尔纳峰位于喜马拉雅山脉，是世界第十高峰，梵语中意为"丰收"。

相爱，做爱，乐趣所在

不应割舍；

享乐和肉欲

那是灵魂之稀有物。

一根把，一个洞，两颗心

一派和谐，情意绵绵，

道貌岸然者骂得没根没据。

爱玛莉莉丝[①]，好好想一下：

相爱不做爱，几乎不能算，

做爱不相爱，啥都不能算。[②]

"话不能说绝了。"她叹了口气说。

---

① 传说有位美少女为了赢得一位英俊牧羊人的爱，连续 30 天用金箭刺破心脏，一路走到牧羊人屋前，而鲜血也洒在了沿路上。第 30 天，沾染到鲜血的地方长出了美丽的花朵，帮助少女赢得了牧羊人的心。后世用少女的名字爱玛莉莉丝（Amaryllis）来命名这种花，即"孤挺花"。
② 这首艳情诗出自拉封丹之手。

"看啊，今晚我穿上了最漂亮的裙子。喜欢吗？国色天香，不是吗？不过，我只会说：和珠宝相得益彰的珠宝匣。是啊！你要知道，我的小可爱，披上这块贵得离谱的面料之前，我的身子先在用浴盐和茉莉精油、铃兰精油精心调配的水中浸泡了将近一个小时。然后，擦干身子，涂抹让皮肤更加嫩滑的香油，再抹上洋甘菊和白百合味的乳霜，人们吹嘘它有软化皮肤的功效。不过，一番思虑之后，我担心皮肤太过柔软，甚至松弛，就像下巴那块地方，出了双下巴，像卢夫人——你知道的，面包房老板娘。呸！你喜欢亲吻火鸡的脖子吗？……不。我这么猜的。于是，为了避免皮肤松弛，我宁愿再抹一次乳霜，这款用了亚麻籽和沙棘籽精华，据说能紧致肌肤……什么？你想亲自验证下？想要试一试紧实的效果？你你你！你你你！别碰，小滑头！你以后有的是时间试，等我抹完后。耐心点。知道吧，我还改良了一下这款神奇配方，加了几滴科蒂先生[①]的新产品。好闻吧！闻一闻……来

---

① 法国著名调香师。

啊！就我手上，淘气鬼！如何？……我同意：神圣的清香。鸢尾花：它的名字。新的香精。我不再是珠宝，成了一束花！一个花园！我是我自己的花园！你看，多巧！知道原因吗？……来啊，想一想。稍微想一想……不，我不是要投身园艺。今天几号？你不知道。我给你点暗示：今天 4 月 25 日。圣马可节①，假如对你有所帮助。这日子有什么特殊？有什么值得纪念？ 4 月 25 日发生过什么事，比如，去年的今天？……还不明白？我提示一下，你个没头脑的，别人和我会误解的！靠近点，我想要凑着你的耳朵说……凑着耳朵，说！……好吧，一年前的今天，我和你……你和我……我们……好吧，我把我的花交托给了你，就是这样！你敢说你不记得了。正是 4 月 25 日晚上，1912 年，我们的元年。我的花朵，独一无二的花朵，我交给了你。现在，我要向你开启整个花园。就是说，这一年来长出来的！真的，小家伙，你种了好多，好多的花。加油，抢起你的十字镐！加油，抢起你的铁锹！汁液源源不断。归根结底，你更像是园艺师，假如你把重音落在第三个音节上②，当然喽……总而言之，今天是我们的纪念日。纪念日快乐，我的爱！我把我的花献给你。我把我的名送给你。我把我的心交托给你……哎哟，听上去像是老生常谈……怎么会这样？蜜瑰特？蜜思婷瑰③！ '我把我的花献给你，我把我的名送给你。我把我的心交托给你，嘀—嗒—嘎—嘀松—松……' 我把我的灵魂给你，我的爱。它也属于你。所有。我所有的一切，全都奉献给你。我的一切，都属于你。难道不需要配合一个

---

① 圣马可节那天，男人会送女人玫瑰。
② 园艺师的法语原文为 horiculteur，第 3 个音节是 cul，可以解释为"屁股、臀部"。
③ 法国 20 世纪初著名歌手。

小型仪式吗？看啊：我弯下身子。跪倒在你面前……不，你个无赖，不是你以为的！耐心点，魔鬼！……我此刻下跪，是为了发誓。承诺，众所周知，站不住脚。我要向你赌咒发誓什么呢？听着：我，爱玛·凡·艾克，公元1913年4月25日，郑重发誓只让你一人耕耘我的花园。我的秘密花园。我的爱之花园。我发誓今后只有你能跨过花园铁门，但愿你不会让门生锈。我发誓从今往后再没有人能踏足我的花坛——花坛并不平坦，你知道的。没人能来浇水。没人能来撒种，就像相爱的人。没人！没人！没人！这是我的心愿，我的期望，我的誓言。现在，请为我授予兵器和盔甲……老天，不是这样的！放好！我说的是'为我授予兵器和盔甲'！从没听说过骑士吗？这是种仪式——这个单词我脱口而出，下次编写性词典，我要识趣地把这个单词搁一边。但假如我告诉你，完成这个仪式通常需要一把剑，你又要取出什么？留着你的剑，还有更大的用处，耐心，耐心，剑套在等着它。既然我们眼下没有真的剑，你就去拿……嗯……看……那里！鸡毛掸子！凑合着用。你拿着鸡毛掸子，先放在我左肩上，再放到右肩上，然后头顶，不是为了掸灰，我们从头再来——我们会有时间来考虑这问题的——为了封我为女骑士……'女骑士'，可以这么说吗？为什么不？既然有'女骑手'。有'杂货铺女老板'，有'鱼摊老板娘'。来点贵族色彩，无伤我们的性爱。凑合着先用鸡毛掸子：来个仪式，万无一失。承蒙天地之力，你要封我为女骑士，人间乐园女骑士！太棒了。伊甸园女骑士！更妙。不要畏惧渎神的言语。永恒的是爱情，人们断言过。夏娃和爱玛：同样的斗争。来啊，动手吧，我的王。肩膀，另一个肩膀……哈！弄得我发痒！……仪式完成，我要更新我幸福的忠诚诺言，终其一生，还有之后可能存在的无穷人生……但是，我在发抖，瞧啊！
千真万确。我的心大为感动。我的灵魂满得要溢出来了。眼泪夺
眶而出……不，不，让它去！这是幸福的表现。我从没这样开
心过，我的爱。而你，你是因。天赋异禀的你能让我各处流出水
来……到你了，现在！跪下！把鸡毛掸子给我，弯下脊背。轮到
我封你为骑士了。封你为神圣园艺师，既然我们身处这片土地上。
你要发誓永远是我热忱的亚当吗？你要发誓忠诚于你的称号，尽
你所能维护你开辟的、独属于你的花园？你要发誓，我坚持，绝
不会开垦其他的土地？绝不会采撷或嗅闻其他的花朵，除了你一
方土地上长出来的花？你发誓吗？……不，别吐唾沫，这块可怜
的地毯已经承受了太多踩躏。请允许我插一句：如果碰巧，如果
疏忽，如果倒霉，你食言了，你知道会有什么后果吗？如果让我
的眼睛看到了，如果某个爱嚼舌根的来告诉我，让我知道你背弃
了我的信任。你对我不忠。你对我撒谎，欺骗我，嘲弄我。你用
可耻的行径碾碎了我的心，玷污了我的名，摧毁了我的灵魂，抹
杀了我的存在。哦，我卑微的爱，你知道会有什么后果吗？……
好吧，你看，结果很简单：我从今往后会像女骑士一样行事。在
我看来这是基本的尊重：既然接受了封号，就应该遵循原则。如
若发生上述情况，那就意味着我会手持真正的利剑，不是这种无
害的鸡毛掸子，我会津津有味地砍下那个和你滚床单的下流肮脏
老母猪的四肢，一个接着一个——哎哟哟！我浑身直打哆嗦——
最后，等她体验过奄奄一息，我就砍下丑陋的猪头，手起刀落，
保质保量。咔嚓！这是她的报应。是的，我用了'母猪'一词，我
坚持这么说：无论她出身贵族或底层，冰清玉洁或风流放荡，风
貌正茂或徐娘半老，身高马大或五短身材，国色天香或丑陋不堪，

在我眼里，她只是这世界上最最下贱的猪猡，这么说，都是侮辱了猪这种讨喜的动物。她的命运已经被裁决，但正义事业还未结束。接着就轮到你了，哦，背信弃义的园丁，不识好歹的家伙，面对你，是的，我是迫不得已。谁之过？我热泪盈眶，心碎成了渣，失魂落魄，但手中仍然拿着剑，为了替你赎罪，我会干脆利落地斩下你的作案工具。是的。就是它。也是咔嚓一声！——哦，上帝，求你，求你永远不要让我们走到这等地步！我的幸福工具沦为了痛苦源头，我只能用剑来解决。只能，是的！惩罚你的同时，我也会遭受惩罚。你成了阉人，我成了凶手。身上淋了你的血而鲜红，面色因恐惧而煞白。还有什么可以做的呢，除了把剑刃转向我自己？刺穿被遗弃的躯体。劈开裂开的心。释放饱受折磨的灵魂。死亡，就这样。死亡，希冀着和你再次团聚，我的爱，希冀着和你相会在最初的花园，初始的，纯洁的：费利克斯、爱玛，我的亚当、你的夏娃，重新和解、结合，这一次将天长日久，在这片传说的伊甸园中，再也，再也，再也不会有醒醒的母猪显摆肮脏的脸孔！……说完了。继续正事。我封你为骑士，凭……哎呀，别怕啊！那只是鸡毛掸子。你可是勇敢的骑士！阁下竟然害怕被鸡毛掸子拍！你太滑稽了，我的爱。但告诉我，如实道来：你觉得这个仪式怎么样，小孩子过家家似的装腔作势？傻里傻气？废话连篇？你觉得仪式可笑吗？——我想到了另一个词，我要承认，'仪式'的同义词，侯爵也不会否认……不，你不觉得？当然？呼！我很高兴。请你等等。别立即站起来。我还要给你另外一个惊喜。是的。今天是个好日子，好好珍惜。这条裙子，你看见了，这条十分昂贵的漂亮裙子，好啦，我要把它脱了。我要掀起裙子，把它扔得远远的，就好像那是条破裙子。这样，

你的目光——你的目光，能第一时间——遍览我那五彩缤纷的
花园。花园全貌。一览无余。我知道你见过很多次了，但是……
不，我不能说。秘密，秘密，我还要守一会儿。准备好了？……
好啦，我脱啦。脱光了。一丝不挂……哈哈！你没想到会是这样
吧，嗯？……那么？……我料到你会有奇怪的反应。我么，我也
还没适应。但那也不是大事：我们继续隐喻吧，这么说吧，我只
是修剪了草坪。呸呸呸！割草、拔除、剃光。干干净净。大惊失
色了？是有变化。我承认这么干，并不容易，也害怕过。我像是
在表演柔体杂技。需要求助镜子。整个过程不能手抖。你能想象
可能造成的伤害吗？我的兴致勃勃伴随着潜在风险！但我做的这
一切都是为了你，我的爱！为了你！我渴望把这份甜点献给你。
我坚持要铭记这一天，给你一个刻骨铭心的日子。高兴吗？至少，
喜欢吗？……请允许我来验证……该死！千真万确！谢谢。谢谢
你也体会到了。现在，你愿意来体验下温柔乡吗，全新的温柔？
既然你摆好了姿势，你愿意来品尝这风味吗？是的，你现在可以
了。你的耐心——和我的耐心！最终有了奖赏。我又一次成了贞
女，我的爱。我把我献给你，以我最青春的样貌，在欢欣雀跃中
庆祝那一年开始的那天，以及之后还会有的许许多多的岁月。抚
摸，是的！品尝！占有，你有权利！好好享受！好好款待我！纪
念日快……哦！野小子！"

恋爱女子——还是女骑士——的话可信吗？

受封仪式过去两周后，棕色的苔藓慢慢长满了山头，爱玛有了机会来证明自己不是轻易发誓的。

险些酿成一出悲剧，事故避无可避。

那个要付出代价的女孩年方十七。她的学生。爱玛教她钢琴和乐理已有六年之久。她未及留意女孩的样貌在这段时间中已然发生了变化。举止、仪表、身材都变了。脸颊上的脂肪转移到了胸脯。下巴收尖了，身材苗条了，曲线变得玲珑。青春无敌，无可争辩。爱玛今天觉察了。甚至可以说，给了她狠狠一击。小伊莎贝尔——女孩的名字——不再是孩童了。母猪。

令人忧心的母猪。

偶尔出现的母猪。

上课的日子，通常是男孩前去开门，领着学生来到乐室。爱玛正忙着准备总谱。她转身的一刹那，两个年轻人正跨过门槛，嘴角迎客的笑容立马收敛、僵硬、消失，就像浸泡在酸液中的鲜肉。

她是如何从男孩看向女孩的目光中觉察到仰慕、渴望，甚至还有淫欲？更糟的是，女孩报以回应。他们相处融洽。郎情妾意。她是在哪里发现的？无从得知。心中自有明镜。正是在此刻，妒忌的尖刺扎进了心中。

带毒的利箭。

女孩在钢琴前坐定。男孩选了矮椅坐下。他似乎打定主意要参与这节课：这事没什么特别的——相反的情况才是怪事一桩——但又往爱玛纷乱的心湖中扔下了一块疑虑的石子。之后的时间，焦虑不安的她在学生身上来来回回打转，一会儿研究她的样貌（越看越是娇俏可人，秀色可餐，但在她的定义中，那就越像头猪），一会儿窥伺男孩的反应。她想要捕捉两人私通的迹象，能出卖两人的一言一语、一举一动、一颦一笑。唉，这么仔细一看，陡然有了许许多多的迹象！男孩的手指在矮椅的天鹅绒上打节奏：为什么是这个节奏？为什么用这根手指？女孩连续弹奏琶音时探头的样子：她露出纤细的脖颈有何目的？除非……他们是否能借着钢琴的漆面来观察对方？情急之下，应该介入。但从哪边介入：女孩或男孩？她干吗不停地清喉咙？女孩的嗓子哑了？小可怜感冒了？喉咙发痒？有痰吧！喉咙传出呜呜的声音。谁在叫。像只暖洋洋的小猫。

爱玛什么都没看见，但又看见了一切。以为看见了。以为堪破了。她自行演绎。每下微不足道的声响和动作突然就成了两人下作的证据。干柴总能燃起烈火。爱玛知道。爱玛感觉得到。如果所见非实，那么心——刺痛的心渗出毒液——已经认定。女孩眨巴睫毛：母鹿在挑逗。男孩咳嗽：雄鹿在发情。诡计多端。拉高了半个音，学生坚持不懈地重复，十次，二十次，琴谱上并没有升号（这里是本位号，傻姑娘！）。这个错音是什么意思？在他们两人发明的语言中这是什么暗号？

课已结束，爱玛直到傍晚仍在一遍一遍回顾。她把所有鸡毛蒜皮、细枝末节都放大了看，抽丝剥茧。她的判断自认——一厢情愿——客观公正，然而，毒液在发挥作用。毒液从心脏蔓延到了大脑。流入血管。心疾已在。遍布周身。

猜疑在折磨。爱玛痛苦不堪。

男孩当晚来到她的卧室，她并没有跳起来抱住他的脖子，也没有其他举动。她没有赤身裸体，也没有半遮半掩。没有缪塞，没有《爱经》可看：没有任何书。他看见她坐在床边，挥手示意他坐过来。他坐下。她拿起男孩的手，指间交叉，默不作声地长久凝视着他。叹气。她笑了——浅浅一笑。告诉我，她说，我老吗？男孩挑起眉毛。告诉我，她说。他摇头。我年长了十岁或十二岁，比起……那个伊莎贝尔。伊莎贝尔，你明白吗？他点头。是的，她说，你明白。她又叹了口气。我比你大概也大了十岁。总而言之……她失声了。于是，清了清嗓音。总而言之，她说，年龄方面，你和她要般配得多。他这次没有表示。睁大了黑黢黢的眼睛看向爱玛。你们会是一对佳偶，她说。那么，你是怎么想的？我是想说：你觉得怎么样，那个……伊莎贝尔？男孩耸耸肩。老实说，我觉得她很迷人。你不这样想？男孩撇嘴。（撇嘴什么意思？不算什么。压根不是。）当然，她说，才智并不是她身上最大的闪光点。关于这点，老天并没有厚待她，我得承认。彻头彻尾的笨蛋！也不是她的音乐天赋，我们都同意吧。没生耳朵，没长了手似的：要弹得更差也很难做到。这样的素质，巴赫都没救！但是谁的错，是那个……那个女孩吗？上天并非慷慨大度的。天赋也不是平均分配的。她收获了其他。美貌，比如说。因为她美丽，是吗？男孩撇嘴。（撇嘴，撇嘴不算是完全的否认。）美的，她说，她是美人。美貌无法夺走——还剩下什么呢？确切来说，她是漂亮。优雅。精致。笨蛋，是的，但是个瓷娃娃！看似脆弱不堪。假如我是男人，我会想死了把她搂进怀中，好好保护她。可爱的小笨蛋，过来啊，靠紧我，我多么担心你会碎裂……我十分肯定这是你的感受，你也是的。你很想把她搂进怀中？最终，否认。干脆、坦诚。太过坦诚。太过干脆。太过着急反倒失了真诚。那是陷入绝境的人做出的否认。那是被抓现行否认证据的人做出的否认。她松开男孩的手，站起来，松弛得像根弹簧。她走动起来。团团转。隐约能听到低吼声。正经女孩的怒气。她让自己冷静下来。冷静，冷静。呼吸。她站定在他面前。微笑——冷笑。来啊，她说，认了吧……她顿住了。她说不出口。不言而喻。众所周知。她要求真相，那她就不能撒谎。她不敢肯定，她不敢肯定能原谅，原谅一半或四分之一或百分之一。你确认，她说，她对你没有吸引力？他点头。你确认没有欲望对那个……那个少女？他点头。她摇头。我不傻，她说。我不瞎。我看见了。我都看见了！他不知该怎么办。他睁大了黑黝黝的眼睛看着她，现在染上了焦虑和不解。来啊，她说，承认你喜欢她。他摇头。认了吧！她说。他摇头。认了！摇头。认了！不。认了！不。她张大嘴巴，发不出声。双唇在颤动。泪水一瞬间充盈了双眼。他起身扑向她，将她搂入怀中。抱紧，抱紧。

　　这样的场景一个星期中反复上演。同样的主题演化出不同的版本。她试过柔情似水，试过咄咄逼人。无事生非、死缠烂打，或迂回行事或迎面直击。他不承认。她经历了不同阶段，不同状态，从沮丧到发火，从消沉到恼怒，到暴怒，到狂怒。他不承认。她是个不幸的人。他也是。

毒药。

又到了上课的日子。她无数次想过取消这节课。但没有照做。她嘱咐男孩不要来上课。嘱咐（命令）他不要现身，待在房里。他欣然同意了——假如这样能治愈她，假如能驱散她的苦痛，他不知该如何宽慰她。

爱玛前去开门。哦，漂亮的脸蛋。越来越糟。讨人喜欢，的确如此。纤巧的食肉植物。迷人的酥胸内沉睡着一条蛇。蛇在警戒。爱玛咬紧獠牙，收起爪子。挤出笑容。爱玛·凡·艾克老师陪着学生走进乐室。请进。请坐。她在找什么？左顾，右盼。不，你看见了，男人不在这儿。只有我们俩。学生，老师。蛇，豹。只有你和我。爱玛在她们身后关上门。

琴音节节攀高，绵绵不断。惯常的练习。爱玛没在听。没在指导。她通常会温柔地挑出错音，指出错误，说些鼓励的话，今天的她一言不发。有了什么转变？说到底了，你来这里不是为了这个。你来这里不是为了音乐。为了其他！我明明白白地知道你为什么在这里，骗子。就像上节课那样，她默默地在房里踱步。她绕着女孩后背走出一个圆弧，从键盘这一头走到另一头，从高音走到低音，来来回回。她听不见音乐，但会看着她，啊，是的。她在观察女孩。探究。端详。滴水不漏，全身装束，从鞋子到长裙。袒胸的低领，我的天啊。这条沟。这条深渊。比马尾藻海都深。一个母亲怎么允许女儿穿成这样出门？脱成这样，这么说更准确。穿给谁看？车尔尼？勃拉姆斯？露胸为了勾引老头亨德尔？当然。如果你以为我对你视而不见。我不是你妈。无论你怎么想，婊子，我没到做你妈的年纪。发生了什么事？这次不太撒娇了。你怎么不探出小小的舌尖了？还有你的睫毛：今天可乖巧，可安静了，是被黏住了？你怎么了，我的小可爱？难道是男人不在场，让你难过了？真可惜啊。你的这对小奶头没人来看。无济于事。什么？对的，弹啊。再弹啊，假如你愿意。再来。你就算弹上千遍，也永远改不对。你来这里不是为了这。你知，我知，我们俩知。这里只有我和你。你唯一会演的是戏。来啊。演啊，假如你开心。但在我这里，不管用。

爱玛没听见《卡农》。帕赫贝尔①。无法回避的作曲家。随便什么，反正她听不见。爱玛在走动。她绞动手指来来回回地走。爱玛浑身发热。目光停留在女孩的后颈上。那里无遮无拦。金发盘成了一个庞大的发髻。能够看到她的脖颈。优美的脖颈。天鹅的脖颈。蛇的脖颈。母猪的脖颈。停下！爱玛突然抬眼，左看看，右看看，她在寻找那把剑。有那么几秒钟，她在房里十分认真地找起剑来。或者一柄斧，为什么不呢。斧头也管用。你以为她丧失了所有理智。毒药性烈。流遍周身，进入每个细胞，每个原子。她没找到斧头，也没找到剑。所能找到的是男孩的图画，压在玻璃下，挂在墙上。目光落在上面。她浑身发热。太热了。儿童画，天真质朴。有房子，有树木，有太阳：平静的地方。树上坐着一个女人。陌生女人。女人或者女孩。女孩吗？她看着那幅画，想起男孩给她看画那天的情形。她记起了一切。我的爱，她想道。好热，好热。透不过气来了。咔嚓！帕赫贝尔的斧头。是啊。她忽然有了动作，朝钢琴迈出两步，坠入她此后称为"巨大黑洞"

---

① 德国著名的巴洛克时期作曲家。

的地方。母猪在弹琴。女孩吗？爱玛·凡·艾克老师抬脚转身面向学生——哦，漂亮的脸蛋——同一时间，琴盖重重砸向女孩手指。咔嚓！

卡农曲断。

再也续不上了。年轻的伊莎贝尔，我们很快就会得知，小指骨折（和男孩骨折的手指是同一根，命运的嘲弄）。右手斜方肌和舟骨凹陷。尤其是情感和心理方面受到了创伤：女孩认定老师是存心的。她打心眼里认为老师在防备她——谁会理解她呢？假如她说出口，会被当作疯子。她缄口不语，但恐惧就在那里，潜伏着，根深蒂固。后遗症挥之不去。骨头长好之后，她一想到要回到那个地方就恐慌，找了各种借口避免上课。最终，女孩胜利了：音乐课就此结束。圣殿大道再也不会见着那个漂亮脸蛋了。

爱玛转眼忘了这事。可能有过一丝内疚，不过连一点儿也谈不上。不是我，她后来对男孩说（没对其他人说过），用上了那个著名的黑洞解释。有那么片刻，超脱了她本人，超脱了时间，超脱了一切。缺席。免于起诉。她不知道该如何做出更恰当的比喻。那片刻的记忆一片空白，这也是个证明。她依稀记得女孩的尖叫将她从虚无之中拉出来。好像……好像，是的，待宰的母猪在嚎叫。既然心思都不在，怎么能叫她负责呢？在她看来，那只是小伤。我还想杀了她呢，她后来表示（没有过分激动）。想想我俩的幸福。

她的确幸福了。折磨她的毒药清除了。心灵和精神得到了拯救。全新的血液。其他学生要么太年轻要么太丑陋：她和颜悦色地对待她们，这是她们应得的，她也要证明给别人看。爱玛·凡·艾克是个好老师。

男孩也很高兴。他高兴地看到爱玛痊愈了，又找回了那个一度离去的她，现在的她或许还更加热情，更加主动。她一股脑儿地说出一堆理由，打消了最后的疑虑。没有斧头，没有利剑：全都滚蛋。

她又从衣橱中拿出那些书。她再次打开了缤纷花园的铁门（草坪又长了出来，疯狂、柔软）。经历了无足轻重的小事之后，美好的生活和伟大的爱情继续向前。

然而，时光太过匆匆。已然流逝。幸福的时光和不幸的时光从不等量也不等价（这是数学，小子？）。一方收缩，另一方就会延伸、继续。一方流逝，一方永恒。简简单单的一个逗号包含了四年时光。可能吗？其中融汇了爱情、快乐、温存、欢笑、音乐、诗歌、欲望、欢愉、和平、优雅、和谐、宁静、圆满，一言以蔽之，就是我们所说的"幸福"。我们当时不知。我们越升越高，越升越高，毫无察觉。我们随风飘浮。触到了最高点。高空的空气令我们飘飘然，晕陶陶。脑中充溢了乙醚①。看啊，一切多么美妙啊。上方空无一物。

　　而今，我们只能降下来。倒向另一侧。北方。一夕之间没了我们的花环和锁链。陆地很低很低，男孩之后只能回忆过往。

　　世界末日来临前最后一件事：爱玛开始写作了。拖延，事实上。她试图留住纯洁时代。她留念那个年代，高尚、崇高的年代（雨果，别无他人！），梦想和虚妄相伴。不可救药的清醒限制了

_____

① 乙醚以前被当作吸入性全身麻醉剂，会让大脑放松、快乐。

她的才华，她一度放弃了写作。这次重拾爱好，并没有雄心想要在文坛留下个人印记。她的初衷谦卑得多。并非不朽的杰作。别无他想，除了自娱自乐。更像是游戏，不会更多。属于恋人的游戏。

她深受最近几个月阅读的影响，沾染上了下流、轻浮的趣味，有时可以说是粗俗，却令她和男孩心醉神迷，热血沸腾。她起初是模仿。一些仿作（《人类指头宣言》，戏仿的只能是那一部①），以及仿作的仿作：颂歌、十四行诗、韵脚粗糙的讽刺短诗，她从性词典中没羞没臊地汲取灵感。作品渐渐丰富起来，有了童话故事：放荡的动物或色眯眯的神明嬉戏玩耍。家禽饲养棚里的狂欢，奥林匹斯山或世外桃源的狂欢：日日欢歌。她创作的寓言故事含有可疑的道德，和她本人如出一辙。她还写了短剧、短幕剧，到了晚上她兴致勃勃地在祖先地毯上表演，那块地毯既充作前台又是后台。她承担了所有女性角色，男孩穿上所有男性角色的戏服（常常没多少布料）。距离小村庄那次糟糕的耶稣诞生剧已经过了很久，很久。那种兴高采烈不是演出来的，他真的高兴。只要她愿意，他就一遍遍重复。如她所愿，戏里充满了动作戏。

爱玛文思泉涌。每天奋笔疾书，便宜了男孩。最精华的作品是献给男孩的短诗，只有他看得懂，因为文本嵌套的层层秘密只对这两人有真正的意义，而解开秘密的钥匙需由她亲手交给男孩。其中一首短诗：

> 来啊，漂亮的山雀，来啊。挣脱皮套，无所畏惧
> 那里传出了你悲伤的歌声。

———————

① 是指戏仿了《人权宣言》，法国大革命时期颁布的纲领性文件。

你的欢乐耳听为实。你的啼鸣飞入

树枝，飞高了，照耀了，如同灿烂千阳。

哦，小天使，美丽的青鸟，你的琶音

在神明的舌下孕育而成：那是春天。

我的灵魂苏醒了，纯洁、贞洁如同白雪

我们在二十岁那年听到的落雪声音。

　　表面的诗情画意。类似藏头诗，只要拆出每行诗的第一个字，语气陡然转变，天真的山雀有了其他意味。①

　　年轻女子大量炮制这类信息。男孩尽管懂得其中暗码，但要解开所有谜团也非易事。他不会阅读，所以要默记全文，再提取有用的字，按一定顺序重新组合起来。想要解决难题，需要可靠的记忆和灵活的思维。偶尔会失败，但大多数时候他明白过来，好好欣赏。

　　爱玛喜欢上了这个小游戏，盘算着要在外人面前继续。她计划约上几个诗歌同好和他们一同分享自己美妙的创作。奇思妙想中混合了一丝堕落，这点不能否认，因为她十分想要当着听众的面说出那些粗俗的话。加点料，来吧！来点刺激的。

　　计划萌生出来的时候，他们又去了图苏斯勒诺布尔村度假。因此，潜在的诗歌爱好者人数极为有限。但不用执着于此，质量不够，数量来凑。于是，七月伊始，村里人闻所未闻的文学沙龙第一次举办。除了爱玛和男孩，另外有幸参加的两人分别是：居斯塔夫和忠诚的泰乌医生。对于后者，最后一次和诗歌有联系还

---

① 原文那首诗取每行第一个单词，会组成这样一句话：把你的阴茎插入我的阴户。

要追溯到追求未来妻子的年代：某位诗人几句献殷勤的诗句，他背诵下来，屈膝跪在地上吟诵，以为这是求偶应当做的。时至今日，他还认定正是这神来之笔让他赢得美人芳心，步入了婚礼殿堂——事实上，未婚妻更在意的是他最近取得的医学文凭，而非不知所云的古法语，她一个字儿都没听懂。

时间到了。晚餐结束。甜品吃完，爱玛起身敲响酒杯（当警钟和丧钟敲响时，你就会记起这清脆、欢快的声音）。面对专心致志的众人，她打开练习簿，开始朗诵。文字干干净净，没有暧昧的成分，那是应景之作。得到了众人的好评和掌声。居斯塔夫为女儿感到骄傲。阿梅代品味诗歌就像品味梨子酒：小口品尝，一脸满足。爱玛谦虚地笑起来。她累了。男孩收到眼神，心领神会：该轮到他了。轮到他们两人。这首诗由爱玛读给众人听，她取名为《遗忘》。声音严肃，目光闪亮。她鼓起了勇气：

> 我要立刻
> 废除过去。
> 举起你的双刃剑，
> 哦，有益的遗忘，
> 把你的剑刃插进
> 我不安的灵魂。
> 透过我的唇
> 祈祷遗忘。
> 你打开我，劈开我，
> 哦，仁慈之辈，
> 此处亦是。你蒙起

我的双眼，用那记忆

并且一把夺走我

所有的悔恨，所有的内疚，

——那该死的衣服

遮蔽了我的过错——

残酷的记忆

马上占领了我。

哦！是的，来啊，求你了！

怜悯我那把老骨头！

快点，解脱

潜藏在最深处的

我灵魂的重负！

哦，有益的遗忘，

立刻，我想要

温柔地复生。

你的投掷

将平复我的心

灼热如闪电。

　　女魔鬼提高了作诗和解谜的难度。规则变了：不再是每行诗的第一个字组成信息，而是每隔一行诗句。①

---

① 暗藏的诗：我要你的双刃剑立刻举起，你的剑刃插进去，穿过我的唇，打开我，劈开我，此处亦是。你紧紧绷住，一把将我夺走。那该死的衣服马上占领了我。是的，来啊，求你了！快点，把你的龙舌兰插入我最深处！我想要你立刻喷射而出，灼热如闪电。

外人自是觉察不出。但对于知道内情的人来说，任务仍然艰巨。想象一下这样的脑力体操，眼前没有密码文件，全靠听懂。一次挑战。居斯塔夫的掌声，阿梅代的赞赏已然落下，男孩还在餐桌另一头绞尽脑汁。他聚精会神，眉头紧皱，脸上写满了努力（句子在哪里停顿？在哪里跨行？）。整整过了两三分钟。之后，他的神色陡然舒展了，容光焕发。他猛地站起来，轮到他鼓掌，咧嘴傻笑。

爱玛也笑了。医生没笑，男孩反应迟钝，他并不惊讶。他看向男孩的眼神流露出惊愕，又转为担忧。他又想起了那场车祸。头颅创伤。无法逆转的后遗症……他转过头，对上朋友居斯塔夫的眼神，摆出好神父的怜悯神色，又撇了撇嘴，隐含了尴尬和罪恶感。爱玛合上练习簿，老人想起了曾经给男孩开的处方——马德拉葡萄酒：早晚各半杯——那是否是最恰当的呢？

啊，幸福的日子。

他们又举行了几次沙龙，重温那种体验，参与人数扩展到七人（加上佃农和他儿子以及阿梅代的表妹，七十岁的老小姐突然登门拜访——于是，你会看见沉迷通灵术的她被科利尼夫人，也就是拉絮兹伯爵夫人①附身，一字一句地念出作者的情诗）。

其他时间，恋人在相爱。

然而，时光流逝，飞快流逝。

无论如何，这是最后一个夏天。一个腰斩的夏天，终结在 8 月 1 日下午四点。

那天酷热难耐。他们，她和他，躺在河边蓝莹莹的水田芹上。

---

① 全名是亨利埃特·德·科利尼·德·拉絮兹，十七世纪法国女作家。

上方舒展的柳条在他们赤裸的皮肤上绘下阴影。两人睡得昏昏沉沉，肩并肩，既空虚又满足。汗水和体液都干了。正是在那里他们听到了，远远地，仿佛在梦里，传来了洪亮的钟声。

1914—1915

局势明确了：乔治·弗雷德里克·厄内斯特·阿尔伯特，即乔治五世，英国、加拿大、澳大利亚、新西兰、南非、爱尔兰国王和印度皇帝，是尼古拉·亚历山德罗维奇·罗曼诺夫的嫡亲表哥，即尼古拉二世，昵称"尼基"，俄国沙皇、波兰国王和芬兰大公，其父母为亚历山大三世和玛丽亚·索菲娅·弗雷德里克·达格玛·德·石勒苏益格－荷尔斯泰因－索恩德堡－格吕克斯堡，即丹麦的达格玛，俄国的玛丽亚·费奥多萝芙娜皇后，兄长是丹麦国王弗雷德里克八世和希腊国王乔治一世，姐姐是亚历山德拉·卡洛琳·玛丽亚·夏洛特·露易斯·朱丽·德·石勒苏益格－荷尔斯泰因－索恩德堡－格吕克斯堡，即爱德华七世①的配偶，所以爱德华七世也是黑森－卡塞尔的路易丝公主女婿，而路易丝公主的七个孙辈包括丹麦国王克里斯蒂安十世以及先前提到的乔治五世和尼古拉二世，而尼古拉二世的叔叔尼古拉·尼古拉耶维奇大公和意大利国王维托里奥·埃马努埃莱三世为连襟

---

① 英国国王，儿子就是乔治五世。

关系，维托里奥·埃马努埃莱有个昵称是"维基"，而狂妄之徒把他叫作"矮子"——相较于父系这边的侄子萨伏伊—奥斯塔王朝阿梅迪奥二世接近两米的身高，他才一米五十出头——维托里奥·埃马努埃莱三世的父亲是翁贝托一世，母亲是萨伏伊的玛格利特，祖母是阿德莱德·德·哈布斯堡-洛林，而康斯坦丁·德·石勒苏益格-荷尔斯泰因-索恩德堡-格吕克斯堡，即希腊国王康斯坦丁一世，是俄国女大公奥尔嘉·康斯坦丁诺芙娜的长子，女大公则是俄国沙皇尼古拉一世的孙女，所以康斯坦丁一世是尼古拉一世的曾孙，康斯坦丁一世的配偶为普鲁士的索菲公主，她的父亲是德意志皇帝腓特烈三世，她的女儿希腊公主伊莲妮嫁给了埃莫恩·德·萨伏伊-奥斯特，即克罗地亚国王托米斯拉夫二世，挪威国王哈康七世娶表姐威尔士公主莫德·夏洛特·玛丽·维多利亚·德·萨克森-科堡-哥达，英国和爱尔兰公主，爱德华七世和亚历山德拉公主之女——这就解释了沙皇尼古拉二世和英国国王乔治五世为何如此相似——哈康七世的母亲为瑞典的路易丝公主，其父母分别是瑞典国王卡尔十五世和荷兰的露易斯公主，露易斯公主的外祖父是普鲁士国王腓特烈·威廉三世，姨母是奥古斯塔·维多利亚·德·石勒苏益格-荷尔斯泰因-索恩德堡-奥古斯藤堡，她嫁给了弗里德里希·威廉·维克托·艾伯特·德·霍亨索伦，即德意志皇帝威廉二世，熟人昵称他"威利"，值得一提的是，儿时的他从未受邀参加亲爱的舅奶奶[①]黑森-卡塞尔的路易丝公主组织的盛大茶会，她每年夏天举办

[①] 黑森-卡塞尔的路易丝公主有个女婿是英国国王爱德华七世，而威廉二世的母亲维多利亚长公主和爱德华七世为姐弟关系，所以爱德华七世和威廉二世是甥舅关系。

的茶会会邀请一众堂亲表亲以及下一代，可怜的小威利倍感失落，
而萎缩的左臂①令他十分自卑，这个先天缺陷从未让母亲德意志
皇后维多利亚长公主释怀，长公主是英国维多利亚女王和阿尔伯
特·德·萨克森－科堡－哥达亲王所生女儿，亲王和比利时国王
利奥波德二世是堂兄弟关系，利奥波德二世的妹妹为墨西哥皇后
玛丽－夏洛特，她嫁给了斐迪南·马克西米连·约瑟夫·冯·哈
布斯堡－洛林，即墨西哥皇帝马克西米连一世、奥地利大公、匈
牙利和波希米亚王太子、伦巴第－威尼托王国副王，玛丽－夏洛
特和玛丽亚·德·霍亨索伦－西格马林根是姑媳关系②，而玛丽
亚·德·霍亨索伦－西格马林根的姐姐是葡萄牙王后斯蒂芬妮，
哥哥是罗马尼亚国王卡罗尔一世，外祖父是巴登大公卡尔二世、
外祖母是斯泰法妮·德·博阿尔内大公夫人，而另一边，斐迪南
一世、萨克森－科堡－哥达王朝王子、保加利亚沙皇、萨克森－
科堡－哥达－科哈里的奥古斯特王子的第五子，也是最小的孩子，
奥古斯特王子的父母是斐迪南·德·萨克森－科堡－萨尔费尔德
和匈牙利公主安托瓦内特·德·科哈里，奥古斯特王子的长兄是
葡萄牙女王的丈夫费尔南多二世，妹妹是奈慕尔公爵夫人，叔叔
是比利时国王利奥波德一世，堂弟是英国女王维多利亚的丈夫阿
尔伯特亲王，配偶是克莱门汀公主，公主父母为法国国王路易－
菲利普一世与王后两西西里的玛丽－阿美莉亚·德·波旁，奥
古斯特王子和克莱门汀公主子嗣繁多，二子奥古斯特·德·萨克
森－科堡－科哈里娶利奥波丁娜·德·布拉干萨为妻，她是巴西

---

① 发动一战的德国皇帝威廉二世，出生时臀部先露出，以至于左臂萎缩。
② 玛丽－夏洛特的三哥佛兰德伯爵菲利普娶了玛丽亚·德·霍亨索伦－西格马林根。

公主、巴西皇帝佩德罗二世的女儿，长子菲利普·德·萨克森－科堡－科哈里娶比利时国王利奥波德二世长女露易斯公主为妻，利奥波德二世的侄子阿尔贝一世，也是萨克森－科堡－哥达王子，父母为菲利普王子和玛丽亚·德·霍亨索伦－西格马林根公主，长女科洛蒂德·德·萨克森－科堡－科哈里嫁给约瑟夫·德·哈布斯堡－匈牙利大公，二女阿美莉亚·德·萨克森－科堡－科哈里嫁给巴伐利亚公爵马克西米利安－伊曼纽尔·德·维特尔斯巴赫，他的姐姐就是奥地利的伊丽莎白皇后，人称"茜茜"，显而易见嘛，上文提到过的保加利亚沙皇斐迪南一世①偶尔表现得唯唯诺诺，感觉自己就像个影子，因为他娶了玛丽亚－露易斯·德·波旁－帕尔马公主，岳父帕尔马公爵罗贝托一世正好相反，身体强健，精力旺盛，第一段婚姻娶两西西里公主皮雅为妻，第二段婚姻娶葡萄牙国王米格尔一世之女安东妮雅·德·布拉干萨为妻，并在这两段婚姻中诞下了不少于二十四个子女，遗憾的是其中有四分之一智力发育迟缓，但另外四分之三算得上健康，除了上文提到的玛丽亚－露易斯，还有齐塔嫁给卡尔一世，成为奥地利皇后和匈牙利王后，勒内娶丹麦公主玛格利特，所生女儿安妮后来成为罗马尼亚王后，埃利娶奥地利的玛丽亚－安娜女大公，女大公的父母为弗雷德里希·捷欣大公和伊莎贝拉·德·克罗伊，伊莎贝拉有个女伴名叫苏菲·霍特克，她其实拥有女伯爵头衔，也是神圣罗马帝国鲁道夫一世的后裔，通过平民和贵族的恋爱②嫁给了弗朗茨·斐迪南大公，也就是奥匈帝国的皇储，这里需要提

---

① 古斯特王子和克莱门汀公主的幼子。
② 苏菲·霍特克是贵族出身，但没有皇族血统，所以还是被认为贵贱通婚。

一句，弗朗茨·斐迪南大公是位举世无双的枪手，热衷打猎且水平高超，有文字为证，根据他精心保存的狩猎笔记本，他一生中共猎杀了二十七万四千八百八十九头动物，其中很大一部分来自异域，比如老虎、狮子、大象，在他位于捷克的科诺皮什切城堡中，你可以欣赏到成百上千的标本战利品，他还收藏有精美的古董，这是他的另一项爱好。据说，在1914年6月28日的萨拉热窝，一个可怜的塞尔维亚民族主义普林西普，名字叫作加夫里洛，把他当作兔子一样射杀了。

这就是家里事。

于是，吵了起来：死了一千九百万人。

我们仍不禁要问普恩加莱①怎么就掺和进来了！

---

① 一战期间出任法国总统。因为一战的很多参战国都是有王室血脉关系的，但法国当时已经成立了共和国，并没有王室，所以按作者的观点来看，参战有点多余。

"比利时。"居斯塔夫说。

"比利时?"爱玛问。

"他们越过了边境线。"父亲说。

"怎么会这样?"女儿表示,"中立原则呢?"

"去他的,"他说,"踩在地上了。"

"他们没权利!"她说。

"权利?……"

居斯塔夫·凡·艾克不说话了,看着女儿。她坐在厨房桌子边,面前放了一碗热牛奶。他又看向男孩,他也坐在桌边,面前放了一碗巧克力。他又回到女儿这边。

"白纸黑字,"他说,"你自己看。"

他把报纸送到女儿眼皮子底下。爱玛纹丝不动。也不去碰报纸。她看见了醒目的标题,粗大的字母,够了。居斯塔夫有了动作。

"'废纸一张'。"他说,"德国首相就是这样定义比利时的中立协定的。他竟敢这样回复英国大使。"

"德国签了这份协定！"爱玛说。

"是的，"居斯塔夫说，"昨天清晨，德国军队悍然入侵了这个国家。"

他再次停下来。朝着桌子狠狠砸下一拳。木头随即传来沉闷的声响。

"同一时间，"他说，"德意志的士兵大步迈向列日。"

爱玛身子一僵。

"列日？"

父女两人面面相觑。居斯塔夫下垂的沉重眼皮下面闪烁着焦灼、愤慨、怒意、不屈。爱玛看着他。都看在眼里。

列日。格拉斯－奥洛涅①。她那时还是孩子。仅存一些模糊的记忆。臆想吗？挥之不去的印象。种植园。一望无际的果树。苹果树。雨滴打落在树叶上，即使待在窗户紧闭的屋子里也能听到噼噼啪啪声。春天的雪子。和风裹挟着白絮。成百上千棵果树整齐划一。犹如矗立在乡间的军队。繁花盛放的果树军队。

"谁会阻止他们？"居斯塔夫问。

他走动起来。

他的母亲、姐妹、叔伯阿姨或已不在人间或离开故土已久。那里应该还有几个远房亲戚，第二代、第三代的侄子侄女。一些血脉。几个陌生人。他是在惦记那些人吗？还是果树？

"狼。"他说，"一群饿狼。它们无视法律，只认强者。"

爱玛微微摇了摇头。

"不，爸爸，"她说，"那些是人。不是别的。"

---

① 比利时列日省的一个城市。

她的声音突然沉着下来。

居斯塔夫也摇起了头，但似乎更加痛苦。

"这么看来，"他说，"更糟。"

爱玛转向男孩。他直挺挺坐在椅子上。头发根根直立。白衬衫贴在背上。桌下的脚赤裸着。她眼中的英俊男孩。她昨天替他剃了胡子。那是她最爱的：清清爽爽。剃得干干净净。通常都是她来干这事。

"他们永远不会满足，"居斯塔夫说，"如果听之任之，他们会侵吞所有。"

爱玛轻轻叹了口气，目光离开爱人。

"我认为，"她说，"我们不会听之任之的。我要提醒你，法国开始征兵了。按我的理解，英国也会参战。还没算上俄国，我不知道是否还有其他国家。感觉有很多了。"

"你不知道德国人。"居斯塔夫说。

"我认识几个，"爱玛说，"他们叫巴赫、舒曼、贝多芬、瓦格纳、歌德、席勒。他们叫门德尔松……"

"唉，这些人无权无势，"居斯塔夫说，"他们无从决定德国人民的命运。"

"的确如此，"爱玛说，"他们面对的是全人类。"

"该死！"居斯塔夫说，"我知道艺术家的价值，我对他们的欣赏和你一样。然而，我们现在谈论的不是音乐，不是文学。我们现在谈论的不是创造。我们谈论的恰恰是反义词。我们在谈论战争，爱玛！"

通红。前所未有的通红。

这是个奇怪的词。战争。从父亲口里说出。似乎是头一次听到。和谁押韵？战争、父亲、母亲、兄弟……找出奸细。拙劣的押韵。惊呆、火山口、埋葬、坟墓、地狱、朝向、朝向谁、朝向什么、维特、痛苦……*我要离开草屋，回到我的监狱*[①]。不，没押韵。谈不上蹩脚也说不上精妙。

爱玛垂眼。碗在桌上。牛奶已冷。没有泛起一丝波澜。真相沉在碗底。她本打算下午做可丽饼。作为茶点。男孩喜欢可丽饼。他能一口气吃下十二个。她喜欢看他狼吞虎咽的样子。

"在这方面，他们也是大师，"居斯塔夫说，"他们不是第一次了。1870 年[②]，你没出生，但我出生了！"

俾斯麦。看门狗。钉盔。他记得，是的。那时候，人们把他们叫作普鲁士人。年轻的居斯塔夫到了入伍的年纪。但居斯塔夫·凡·艾克是比利时公民，比利时是中立国。那时候，协定还是得到尊重的，即使是条狗也会尊重。居斯塔夫没有拿起武器。他没有半点犹豫。转而去研发新的苹果品种。

"历史不会重蹈覆辙，"他说，"只会愈发糟糕。他们想要更多。永远更多！永远更多！"

更多什么？

橘花可丽饼。蜂蜜可丽饼。甘蔗糖浆可丽饼。蓝莓糖浆可丽饼。他怎么能吃下这一切？他怎么消化的？等两人独处时，她在他的肚子上印下了几千个轻吻。她啄来啄去。在将军肚上，她说。皮肤紧绷，鼓鼓胀胀。圆柱形的面团。她把脸颊贴上去。耳朵。聆听。里面有动静。奇怪的声响。汩汩声，咕咕声。还有谁比她

---

① 这句话出自《少年维特的烦恼》。
② 指普法战争，法国最后丢失了洛林和阿尔萨斯。

更善于模仿贪吃的酶发出的声响呢？应该看一看她模拟声音时挤眉弄眼的表情：像是一只粗鄙的青蛙。两人哈哈大笑起来。

我不再知道何时入夜，何时天亮；茫茫宇宙于我只有一物。

"但愿你搞错了，"她说，"但愿德国政府统治者很快恢复理智。"

"理智？……"

"如果情况不是这样，我们就只能指望我们的军队阻止他们。"

"我们？"居斯塔夫说。

父亲看向她。看向男孩。又回到女儿身上。

"我，"他说，"我能做什么，我？……野蛮人在前进。比利时，我的祖国，遭到攻击。法国，我的第二祖国，面临危险。我该做什么？等待？指望，像你说的？或者下跪祈祷？假如上帝有过一次怜悯人类！"

战争。

战争来了。

居斯塔夫善良的眼中，绯红的脸上，隆起的脖子静脉中有了它的迹象。爱玛看见了。她希望爸爸解开领口。解开领口啊，爸爸。

"不，"居斯塔夫说，"我不会袖手旁观，等着尘埃落定。我不会让别人来替我捍卫我的自由，我的生命。我不会指望神意，也不会指望德国佬参谋部的意图。"

战争在他的嗓音中。

在他脱口而出的言辞中。

"既然整个法国全都动员起来了，"居斯塔夫说，"没理由我还没有行动。我认真考虑过了：我要志愿参军。我要参军。"

爱玛的喉咙迸出了声音。起初是神经质的大笑，她克制不住，令人不由想起男孩咕咕叫的肚子。

"参军？"她问。

父女俩面面相觑。

"其实，爸爸……"

"我知道我的年龄不占优势，"居斯塔夫说，"但这不……"

"不止年龄，"爱玛说，"所有。你的健康。你没当兵的经验。你……你不行！对不起，可你端过枪吗？"

"学得会，"居斯塔夫说，"再说了，有其他报效祖国的方式。我猜我上不了前线，或者战争即将结束前才有机会上战场。但后方也需要人手。设备维护、食物配给、照顾伤患，还有什么呢？我能帮忙。无论交给我什么任务，我自视能够胜任。总比待在这里能发挥作用。"

"疯了，"爱玛说，"不可能。你做不到。"

"女儿，"居斯塔夫说，"我不是在征询你的许可。我主意已定。我是在通知你，就这样。"

战争来了。

甚至在沉默中。

"我认为这是我的责任，"居斯塔夫说，"坦白说，也不是我一个人的责任……"

他看向男孩。男孩看着他。爱玛看着他俩，一个接一个。眼球迅速移动。眼睛眨巴了一下，两下。她突然站起来，撞上桌子。

碗震得翻转了个儿，牛奶洒在桌上。男孩的屁股下意识地离开椅子，想要止住流淌的牛奶，但手上的动作立马停下来。他顿住了。看向爱玛。又看向居斯塔夫。

父女俩面面相觑。

"什么意思？"爱玛说。

居斯塔夫吸气。胸膛在衬衣下隆起。

"我想说，费利克斯……"

"不，"爱玛说，"不要把费利克斯牵扯进去。"

她转向男孩。

"坐下，"她说。

他看着爱玛，慢慢坐到椅子上。牛奶小溪继续流向桌子边沿。

居斯塔夫叹气。

"不管我们愿不愿意，"他说，"我们已经牵扯进去了，爱玛。"

"他没有。"她说。

"他和其他人一样，"居斯塔夫说。

"不，"爱玛说，"据我所知，他不是军人。"

"军队中大多数人都不是，"居斯塔夫说，"所有年轻人都不是职业军人。"

"费利克斯和他们无关，"爱玛说，"他和这里的一切都无关。"

"他是个男人，"居斯塔夫说，"到了参军的年龄。"

"正是如此，"爱玛说，"你，你可能年纪太大，不会被送去打仗，可他呢？他，他们会毫不犹豫的。他们会把他和你提及的所有年轻人送上战场，没有半点顾忌。是他们直面敌人。是他们冲在第一线。"

"这是战争，爱玛。你似乎没明白……"

"是你没明白。你有没有想过他会受伤？他甚至可能……可能……"

她说不下去。那个话她说不出口。她用手扶住喉咙。用力摇头。不，她说。

一只苍蝇落在那滩牛奶中。苍蝇的黑色映衬着牛奶的白色。它喝下牛奶，吸气。对于昆虫而言，那是甘露。天赐食物。

"我们真的有选择吗？"居斯塔夫说。

"是的，我们有，"爱玛说，"永远有。只要说不。如果两边的士兵，如果所有人都说不，你的首相又能怎么办？你的参谋部又能怎么办？"

"都是漂亮话，爱玛。空话。虔诚的愿望。可惜，世界不是这么运转的。"

"绵羊，"爱玛说，"被赶进屠宰场的绵羊。只要离开羊群。"

"只要……只要……不，"居斯塔夫说，"没这么简单。自愿或被迫：这就是法则。"

"邪恶的法则。"爱玛说。

"这就是法则，"居斯塔夫说，"现实点。假如费利克斯没去应征入伍，总有一天会有人找上门来。这叫作逃兵，会被判死刑的。"

"谁认识他？"爱玛说，"谁知道他在哪里？没人。都没人知道他的身份。怎么可能找上门？还是……还是你会检举揭发？"

居斯塔夫脸色煞白。双手抓住椅背。手指抠住横档。

"你真的以为我能？"他说。

爱玛没作答。

战争只和战争押韵。

"会有人代劳的,"居斯塔夫说,"邻居,村里的,城里的。人们不理解为什么他们的父亲、兄弟、丈夫要离开,但他没有。其他家庭会觉得不公,这或许是有道理的。"

"那他是德国人呢?"爱玛说。

"什么意思……"

"既然没人知道他的出身,那谁知道他不是生在柏林?慕尼黑?很有可能,不是吗?敌军的种子渗入了法军。"

"爱玛……"居斯塔夫说。

她摇头。

"不,"她说。

居斯塔夫又走动起来。沿着桌子来来回回走。像野猪。像哨兵。爱玛一动不动。男孩看向他俩,他和她。

"是你说的绵羊,"居斯塔夫说,"一旦德国入侵法国,我们其他人怎么办?当我们必须活在德国的枷锁之下。乞求他们的怜悯。抖抖索索,卑躬屈膝。"

"权衡利弊下,"爱玛说,"与其死的英雄,我要活的绵羊。"

她说了。这个字。她说出口了。

"你不是这么想的。"居斯塔夫说,"我也是。"

"多个或少个士兵,什么都不会改变。"爱玛说。

"那良心呢?"居斯塔夫说。

"良心?"

"我们受得了一直看着其他人离开吗?我们的同胞。我们的同志。知道他们是为了我们在战斗,为了我们在流汗流血,而我们就安安静静地躲起来。哪个有尊严的人忍受得了?"

"领导不都是这么干的？"爱玛说，"那些发号施令的人。将军、执政者。那些对敌人叫嚣得最厉害的。鼓吹为了祖国要勇敢要牺牲的人。那些人去打仗了吗？当然没有。别人的勇气，别人的牺牲：对于他们而言，这就够了。我觉得，他们的良心并没有难过。"

"不是所有人都这样。"居斯塔夫说。

"所以？"爱玛说，"你是希望等战争结束后再来次清算？"

苍蝇喝完了。心满意足。喝得饱饱的，变得沉甸甸。太沉了。等到想起飞时，飞也飞不动。

"那你的呢，你的良心？"爱玛说。

"我的？"居斯塔夫说。

"我本以为，你把费利克斯当成了儿子，"爱玛说。"一个父亲怎么能把自己的孩子置于如此大的危险之中？他怎么能够接受自己的孩子以身涉险呢？"

"这么说不公平，"居斯塔夫说，"现在的局面不是我希望的。如果是因为……"

"每个人都会这么说，"爱玛说，"这不是他希望的。这不是他的错。他是被迫的。当然啦。没人想要战争，但战争打起来了。说到底了，有差别吗？死人就是死人，他们不会回来了。我，我断定，只要说不。"

她又说了那个词。两次了。

"费利克斯的命，你的，我的，"居斯塔夫说，"有多少价值？我可以这么说吗，爱玛……我可以，诚挚地，坦白地告诉你，当自由被剥夺之后，我们的生命还有何意义？被暴君捏在手中的生命有何价值？"

父女俩面面相觑。

"亲爱的爸爸,"爱玛说,"如果这就是你的信仰,如果你以为这样能安慰你的良心,如果你还无法恢复理智……好吧,这么做吧。这就去。去应征入伍。至少,试一试吧。我可以诚挚地,坦白地告诉你,眼见你离我而去,我心碎不已。但我无法违背你的意愿。这是你的权利,当然了……但你不能让费利克斯步你后尘。不能。你不能勉强他。"

"我无意于此。"居斯塔夫说。

"你不能为他做决定,"爱玛说。

"是的,"居斯塔夫说,"决定只能由他本人来做。为什么不问问他呢?"

他转向男孩。

"费利克斯?"他说。

男孩看向他。

苍蝇在牛奶中垂死挣扎。蝇爪被黏住了。它扑棱着翅膀,徒劳颤动。

"费利克斯?"爱玛说。

男孩看向她。

战争来了。

在他的眼里。

爱玛看见了。脸色惨白。

男孩起身。慢慢地起身。

爱玛摇头。

他站着。

她摇头,苍白,接不上气。

"不，"她说。

旅人明天就要走。将要错过那个光彩照人的我。他的目光将在田野中搜寻，再也见不到我！

苍蝇死了。
看啊：苍蝇死在了牛奶中。苍蝇的黑色映衬着牛奶的白色。

他们之中还是她率先投入战斗。她只能退而求其次。费了九牛二虎之力，用了十八般武艺投入战斗。她据理力争，苦苦哀求，痛哭流涕，敲敲打打（拳头砸在男孩胸膛上）。他消极以对，忧伤懊悔的眼神更是惹恼了她，把她逼疯了。她差点就要用手扼住男孩，阻止他去送死。

她不明白。但就算男孩能言善辩也没法给出更好的解释。人要打仗：没有理由。

他们回到巴黎。就像在图苏斯勒诺布尔村一样，她四处游荡。穿过每个房间，他们曾在那里欢笑、读书、冲动地或温柔地做爱，她像是个耄耋老人般审视这些房间：仿佛是他人生活的碎片，年代相隔甚远，或许早于她的年代，又或者一切都是她的梦境、幻想。

她恨父亲。她恨男孩。她恨整个世界。

与此同时，居斯塔夫频频造访各处办公室。他一意孤行。他搜肠刮肚，翻看笔记本，找到所有的旧相识，老关系，兴许今时今日能帮上他。那些人在政府机关、政府部门，或类似的地方工作。

其实没有必要：为了响应纷至沓来的参军请求，军队很快设立了征兵处，招募外国人志愿军。他俩都去了，男孩和他。他们并不孤独。有成百上千来自不同国家的移民准备把生命献给接纳了他们的国家。他们鱼贯而出地走过街头，高喊"法国万岁"。人们为他们欢呼。他俩也在其中。

居斯塔夫把手杖留在家中。他挺起胸膛，收起肚子，努力不要被胯部的疼痛压垮。坚定的步伐流露出军人做派。当他出现在众人面前时，没人会对他嗤之以鼻。人们欣赏他的意愿。敬佩他对义务的见解。但还是拒绝了他。居斯塔夫坚持再三。人们最终回复说，尽管对他心存敬意，但他出现在军队中，比起慰藉，更是负担。不行。

爱玛说得对：他们不会要他的。战争拿一个上了年纪的果树栽培者没有任何用处。

但作为补偿，如果这能算补偿的话，他们接受了男孩。没人计较他的国籍或身份。年轻力壮，这就是选人标准，唯一标准。没人问他会不会读书写字，没人问他会不会说话。人们只要求他服从和忠诚。剩下的，人们会教会他应该知道的。既然敌人已经跨过了马恩河，时间紧迫，请在这里签字。

男孩接过递来的羽毛笔。在文件底部歪歪扭扭地写下一个对他而言有意义的名字：马捷帕。一位幸存者的名字。爱玛坚持的——至少用这个名字。

回家时，居斯塔夫撑不住了。需要男孩扶住他。我的儿子……老人唉声叹气道。他仿若老了百岁。千岁。我的儿子……受刑者的声音，惊恐的眼神。我做了什么？他仿佛在说。他抓住男孩的胳膊。眼皮发红，视线模糊。突然别过头去。

那天晚上，可以见到他懒洋洋地坐在客厅扶手椅中，假领子解开，领带松开，衬衫皱巴巴的。男孩坐在他脚边，脸放在他大腿上。居斯塔夫抚摸男孩的脑袋。好友兼医生阿梅代建议他喝一小瓶赫雷斯白葡萄酒，他今天自暴自弃喝了更多。夜幕降临。没人拦得住他。他还喝了其他酒。喝得太多了。他在说话。嘟嘟囔囔，自说自话，听不真切。他谈及过往。谈及劳拉。劳拉的美貌。劳拉的善良。那久远而美好的时光。没人拦得住他。劳拉的双手。象牙色的手按在象牙琴键上。一滴泪珠溢出眼眶，滚落在皮肤松弛的脸颊上，消失在白花花的胡子中。劳拉的微笑。他每次都有回头的冲动，因为他无法相信她是冲着他在笑。是的，是的。神奇的时光。她活着，走路，欢笑，睡觉，一切都发生在他身旁。他能看见她。端详她。他能，哦！老天啊，他能触碰她。劳拉的头发。把脸埋进她的秀发中，还有比这更令人陶醉的事吗？他闭上眼睛，叹气，鼻孔撑大。复又睁开。另一滴泪。在眼睑边闪着微光。悄然滑落。自此之后，有过很多的白天和很多的黑夜。没人想要拉上窗帘。今夜满月，没人看见，但透过窗户似乎能感知到她，房间沐浴在乳白色的尘埃中。劳拉回来了。劳拉逃走了。居斯塔夫边说边哭。男孩听着。眼睛睁得大大的。男人的指头落在他的太阳穴上，呼气中带着酒精味。人是脆弱的。人是疯狂的。没人能拦得住。她怀孕了。他们的孩子。真切得如同天上的繁星。真切得如繁星般诞生、发光，在夜间为我们指路。当它们湮灭了，我们该去往何处呢？路在何方？他想要为她献上一曲协奏曲，一首交响乐，以她之名。劳拉。可为时已晚，太晚了。他生命中的劳拉。我们相信繁星会逝去吗？居斯塔夫的声音枯竭了。很久之后。眼泪干透了。陷入了半梦半醒。男孩留在那里，头枕在膝上，直到天明。

日子定下了。九月惨白的一天。

爱玛留在卧室。她不会为男孩送行。这超出了她的能力。居斯塔夫示意男孩：去和她说再见。他等他。男孩穿过走廊，在房门上短促地敲了两下。没有回音。他更使了些力。然后，转动把手，轻轻推开了门。他把头探进去，看见了她。她站在窗前。身穿淡紫色的丝绸睡袍，解开的腰带垂在两侧。里面是蛋壳白的睡衣。长发落在肩头。面色惨白，神情凝重。她失眠了多久？男孩走进室内，关上门。他站在门边，犹豫了片刻，然后往前走。她突然伸出手，掌心向前。

"别过来，"她说。

他停下。

两人之间隔着地毯的距离。这块地毯，有过多少次，多少次。两两相望间。她呼吸急促，像是经历了一路小跑。他能看见丝绸下面，蛋壳下面，起起伏伏的胸膛，挺拔的酥胸。沉默在延续。接着：

"你会回来的？"她说。

他点头。一脸坚定。

"看见这扇窗了吗？"她说，"看着。好好看着。如果你不回来，我就从这里跳下去。我可不会飞！"

她咬紧牙关。疤痕似乎在痉挛的脸颊肌肉下面抽动。

他知道她做得出来。

会的，他点头。

他想要搂住她。想要扑上去抱住她的双膝。他迈出一步，爱玛用手势和语言止住了他。

"不要，"她说，"走吧！"

他杵在那儿，双拳紧握。两只斑鸠飞过窗后的天空。她的目光刺得他生疼。他利落地转身，快速离开卧室，头也不回。

男孩一离开，爱玛就弯下身子——关门声仿若击在腹部的闷拳。她咬紧嘴唇，不发出声音。然后，她突然翘起嘴唇，整张脸皱缩成一圈，变得狰狞可怖。她双腿一软，身子一沉，双膝着地，四肢趴在地毯上，这块地毯，有过多少次，双臂这次避开了身体，她侧躺在地上，蜷成一团，期待着大开大合的风，她思念这风，之后她呜咽起来，那是种低沉的声音，持续不断，撕心裂肺，不属于人类，但发自内心，她就这样躺了很久，很久。

街上挤满了人。汽车，马匹，行人。火车站周围更糟糕。司机骂骂咧咧。男孩搀扶居斯塔夫下了出租车。他已老朽，居斯塔夫。月台上人们推推搡搡。火车的汽笛在嘶鸣，喷出的白色雾气和车架下的黑色烟灰吞噬了车厢中满满当当的乘客和牲畜。这里，那里，总有夫妻紧紧拥抱在一起，似是为了跳最后一支无声的华尔兹，时间暂停了，除了心跳声，舞者对其他声音充耳不闻，叫喊声、乐曲声、呼喊声、发号的命令、马嘶声，头顶大挂钟的指针不断向前。居斯塔夫把全身的重量倚在男孩身上。他用力抱住他，差点让他透不过气来。野猪毛一样的汗毛刮过男孩的脖子。原谅我，他低声说。原谅我！……（好好听着，听他的声音，因为这是你最后一次听到了。）他的话语湮没在喧哗中。又一次传来汽笛声，机器的鼻孔漏出蒸汽发出嘶嘶声，车轮在铁轨上嘎吱作响，那是即将启程的火车，火车越开越远，消失不见，带走了男孩。其他的已经到了，其他火车和其他人，居斯塔夫一直站在那里，纹丝不动，很久之后，还能看见他站在月台上，手拄拐杖，杵在原地，似乎会永永远远待在那里。

他们之中，他将第一个死去。

爱玛写道：

我的爱，

我的爱，我的爱，我的爱，我的爱，我的爱，我的爱，
我的爱，我的爱，我的爱，我的爱，我用的不是墨水，是
血水。我替你流血。我替你流血，这样你就不会洒落一滴
血了。

E.

霞飞^①下令：

"无法推进的部队应该在所不惜坚守攻占的领土，死在原地，而非撤退。目前情况下，我们不能容忍任何软弱的行径。"

霞飞

---

① 法国元帅、军事家，霞飞在一战时被任命为法军总司令。

前进孩子们。前进！前……躯干出现了。他看见了。他看见了张大的嘴，像是胡子下面豁开的大洞，露出浅粉色，接近白色的舌头。手臂一挥画出一道圆弧，纤长的步枪指向天空，在灰色苍穹的映衬下，那枪口显得脆弱不堪。喊声淹没在炮弹的爆裂声中。泥土溅洒。一场洗礼。间歇泉。钢铁的亮光。一个阴影堪堪擦过，削下了人头，就像是切鸡蛋一样。从鼻子到额头的部分都没了，被割掉了，男孩看见这个东西向后倒下，倒在壕沟另一侧，又滚落到地上。男人的头颅。没有头颅的男人。七零八落。只有脖子一段和上面长出的无名植物，食肉植物，胡子剃得干干净净，黑色和红色混杂在一起，红色越来越明显，下巴松开了，舌头仍在蠕动，他看见了。接着，动弹了起来，所有的一切，手臂、躯干、脖子和植物，这一切向前探去，张大的嘴巴将啃下一口污泥。光荣日。光荣日到来了。前进！所有人和我！另一个人替了上去。不是他，也会是另一个人。都一样。所有的都一样。整齐划一，统一着装。喊声离他不到一米，但巨响吞噬了所有声音，还有一切。耳膜被塞进了棉花，如同高烧的夜晚。有嘶嘶声，还有嗡嗡声，他听到体内的呼吸声，在颅顶下共鸣。这块懒肉给我动起来，小子！他贴在壕沟内壁上，但那怪物在蠕动，在移动，像一条长长的蚯蚓在壕沟的小道上起起伏伏，一节一节，他必须跟上。头没了，会再长出来。尾巴没了，会再长出来。他最后一批爬出壕沟。努力攀上填土，他看见了：有人的土地。乌泱泱的人。他们奔跑。他也跑。右边的机枪手！佝偻着背，双臂紧抱住枪，一手扣紧保险栓，一手扶住枪托。他没开枪，他在奔跑。但仍陷在原地或差不多。正如高烧的夜晚。每一步都要费很大的劲。泥泞的土地想要挽留他，把他拉住，把他吸住，吮吸他的鞋底。他要费力拔出。每个脚下有一千克重，两个脚两千克。每一步都是沉甸甸的烂泥。他滑倒了。摔跤了。又站起来。奔跑。不知跑向哪里。百米开外的地方只有一团烟雾、炮火以及飞溅出的肮脏泥土，纷纷扬扬地砸落到他们的脊背上。他们穿过这道屏障，没了踪影，他看见他们了，咆哮的或沉默的生物，奇形怪状，望而生畏，像是许许多多的幽灵，那腐朽的鬼魂离开了坟墓、最深处的幽暗、地狱最堕落的巢穴，重返人间，想要掠走所到之处所见的肉体和灵魂。我的腿！我的腿！前面，后面，四周。活死人。他是其中一员。他跟随人流。他出汗了。空气在灼烧。汗水流进眼中。他在奔跑。周围一直嘈杂不堪，那嘈杂声庞大得仿佛有实体可以碰触、碰撞，嘈杂声幻化成了一堵墙，一块巨石，一场雪崩，呼啦啦地滚落、滚落，震动了空气，撼动了大地，打得他晕头转向，四分五裂，就地掩埋。他妈的独眼龙！我中弹了！他看见他们倒下。他奔跑着躲开地上的洞、拔地而起的小土坡，转瞬之间土坡又整平了，如同起伏的棕色波浪，远处就是死亡之岛。他在死尸前面奔跑，停下，侧滑，所有的躯体，他都看见了，越来越多，横七竖八躺着的躯体，成堆的躯体，成块的躯体，他不敢跨过去。他看见右手边的男人在舞动。他看见那人双臂摆成十字架造型，靠单腿转动，另一条腿不见了，被偷走了，只剩下烂布条，他以单腿为轴心在转动，像是风中的风向仪，破破烂烂的稻草人，忧伤的幽灵，没人笑得出来，鸟儿离去许久了。天上在飞的是人。他看见了。一下子有三个人飞上了天，一二三个太阳，但他们不会发光，纷纷扬扬，赤身裸体，支离破碎。一条裤子迎风招展飘了会儿，又皱成一团落下来。鲜血染就的旗帜。他看见了每个细节。那些碎片放大了千倍之后，涌入他的视网膜，异常清晰。他看见了死者睁开的眼睛。白色眼珠上的小静脉。他看见了缝合的饰带。他看见了铜质纽扣上的手榴弹图案。他看见了奖章。他看见了皮带扣。他看见了鼻子里面的血泡。他还能数出手腕上的念珠有多少颗。他能数出每颗呼啸而过的子弹。听啊。但他看不清整体。倏忽而过。模模糊糊，动荡不定，捉摸不定。听那吼叫声！不要把我留下！他的脚突然被拽住了，差点摔倒。他低下头。看见手指攥住他的脚踝。手。手臂。污泥的脸。蓝色的大眼睛望向他。他看见洞开的肚子，淡紫色的肠子和石榴红的肠衣落出来，另一只手在黏糊糊的大杂烩中摸索。不要把我留下！那只是双唇呼出的气喘声、低语声，连带着吐出粉色的泡沫，但他听见了。他站在那里凝视那个男人。或许有一秒。或许有一分钟。他只在那人身上看到了死亡。接着，一连串的劈劈啪啪声，炮火齐鸣，子弹在他面前砸出小洞，污泥洒在了军帽上。他惊跳起来。这些冷酷的士兵。他试着拖动那条腿，可死人仍抓着。死亡攀缘而上。他使了更大的劲想把腿抽回，那人晃晃悠悠，他看见黏黏糊糊的五脏六腑在蠕动，就像一窝蛇穴。死亡的爪子攥住他的护腿，牵绊住他。留我……他狠狠一抽，解脱了。拿起武器。一步。一步。前进。他身体前倾，胆汁吐了一地，脚步不停。前进。前进。他开始奔跑。但那气味挥之不去。没有风。空气染上了臭味。像是硫化物、火药、粪便、血液、井底沉积物和烤肉混合在一起。亨利！死亡的气息。他奔跑起来，想要驱走臭味，它贯穿入肺部和心脏。亨利！大地突然裂开了，脚后跟失了依靠，他踉踉跄跄栽倒，滚到一边。残肢在他身下翻飞，他成了一只潮虫。他面朝天空：这就是他全部的视野。他闻到了头顶上面滚烫的风，仿佛是贴着火山口，又或者有条喷火的龙。他闭上眼睛。睁开。天仍阴沉沉的。亨利，你在哪？手中的步枪没了。他四处寻找，看见它插在前方两米处的地上。他四肢着地爬过去，想要站起来时，一个阴影横空出世，像是巨型蝙蝠坠落在边上的洞里。趴下！重物压上他的头顶，把他的脸按入泥地中。满嘴的泥巴。新婚之吻。我的爱，我爱的泥土。嘴巴黏糊糊的，舌头上有了泥土的味道。牙齿间嘎吱作响。鼻孔里面也塞满了泥土。透不过气来。他挣扎着。摆脱了烂泥。亨利！他啐了一口，又咳嗽起来，鼻孔流出黑乎乎的鼻涕。空气。他用袖管擦了擦眼睛，找到了那个蝙蝠。它有红棕色的胡子，耳朵少了一只。耳郭、耳垂、软骨都没有了，只有一道伤口流出脓血。蝙蝠蹲下来，收起斗篷，神色镇定，不厌弃，不害怕，它嚼着烟或其他东西，看向远处的一条线，地平线或其他，它似乎在数数，它能通过那个血淋淋的洞听见声音吗？它没有看他。男孩看见它的铜质下巴在蠕动，看见脖子上的污迹。不纯的鲜血。接着，它又蹦跳起来，信天翁大小的蝙蝠展开翅膀，冲上天空，展翅高飞。亨利，我再也见不到你了！他不愿独自一人待着。起身。拔出勒贝尔步枪。爬上斜坡，逃出泥地。他跑啊跑。他看见了躯体，别的躯体，越来越多，在坟头的阴影庇护下长出了玫瑰花，堆起了茜红色的牛粪。长啊，长啊，盛放的花朵开得无边无际。一把把花束，一串串花朵。漫山遍野。肥沃的腐殖土。恶臭的肥料。钢筋铁骨在继续大肆播撒种子。四肢和内脏到处都是。巨型的犁，犁铧深入地中，来回剖开大地。灌溉我们的耕地。他不再犹豫，三步跨作两步，或者蹲下来。他艰难前行。他看见了喊叫的那人。亨利！亨利！他看见他胡乱挥动手臂，驱散开烟幕，就像是在失重状态下慢动作游蛙泳。独孤的人。瞎子。没戴军帽，脑壳光秃秃的，满脸鲜血。灌溉。灌溉。男人走来走去，赤手空拳，漫无目的，因为他身处比深渊更加黑暗的深渊中，这个地方比幽暗本身更加幽暗，被打入地狱的人在那里迷失、忙碌、漫游，那里永远是地狱最后一圈。亨利！男人步履蹒跚，跌跌撞撞，他呼唤着朋友或者兄弟的名字，又或许那是他再也见不到的儿子，或许是先他而去的父亲，已然到达了彼岸，也在呼唤他的名字，在等着他，或许是他在念叨自己的名字，或许他寻找的正是自己，过去的自己，早已不在的自己。走啊！前进！不惜一切代价。断头。断尾。他跑啊跑。总有臭味，还更臭了。永远吵吵嚷嚷。胡蜂，黄蜂，雄蜂，发了疯的蜂群。嗡嗡叫，砰砰响。阵阵轰鸣。国王的撒手锏①。炮声源源不断，回声反反复复反反复复。那边的迷雾中有千对眼睛在闪烁，黄色的、橘色的、火红的眼睛。泪水滚烫。视线杀人。所有那些活死人都死了。他看见了。没有人从烟幕后面重返人间。大雾才是最强大的。它吞食下一切，整团整营整连的士兵，它吸引来他们，吞下他

---

① 指加农炮。

们，嚼碎他们，吸他们的髓，或许还收了他们的魂，吐出懦夫和逃兵。他正是朝着迷雾跑去。马捷帕。他叫马捷帕，但人们叫他别的名字。叫他士兵。叫他步兵。叫他编号。可谁会叫他呢？上尉倒在了地上！有人和我同行！他看见有人从不成型的土堆上探出来，直起身子，挥手示意，像是在说再见，永别了。那是个小泥人，棕色和蓝色的。一个何蒙库鲁兹①。一个精灵。永别了。永别了。从这边到另一边，流弹滑过它的脖子。他看见那轮廓撕裂了。他看见液体喷溅而出，流出猩红的液体。他看见军帽歪向一边。那是出闹剧。他看见它在手舞足蹈。他看见它连同衣服坍下来，像是舞台上表演的沙漠精灵。远处有棵树着火了。唯一的树。熊熊燃烧。火红的灌木丛。充满生命力的火把。他看见了。他看见平原上闪耀着圣约翰节的篝火。真美。他曾经如同雄鹰蹲坐在岩石上。他现在成了什么？那些人中的一员。军团和部队。士兵、幽灵、蝙蝠、潮虫、鬼魂、稻草人。一样的。都一样。灵的外质。活死人。死人。活人。死人。活人。偶然或其他东西。他是在坟墓中奔跑。突然，响起低沉的嗡嗡声，接着变得尖利，撕破了云层。所有嗡嗡声中的一声，为什么？在他觉察到它的那刻，他知道那是冲着他来的。他知道。耳朵堵住了。那一刻，他被打了记耳光，被抽了一鞭子，被龙哈了一口气，那个龙胃胀气严重。他脚下失了支撑。飞了起来。飘啊飘。又摔到地上。一切雪崩似的将他淹没。一块块的泥土砸在他背上。天空消失了。嘴巴紧闭。什么都看不见了。漆黑。漆黑和寂静。永别了。永别了。黏土的裹尸布。他埋在了地下。他躺在了自己的墓穴中。死人。活人。

---

① 欧洲的炼金术师所创造出的人工生命。

死人。他是什么？巨大的声响减弱了，远在数光年之外。他所能听到的是心跳声。卡农炮的心跳声，破击炮的心跳声。国王的撒手锏。迅速、剧烈得令他内伤。他着了慌。惊恐不已。他想出去。想要空气和烟雾，火灾、雷声、蜜蜂。他想要动弹，但身子像是披上了战甲，沉甸甸的，束手束脚，他在脉石中蠕动起来，如同茧中的幼虫或毛虫。他曾是雄鹰，那现在呢？胎儿。胚胎。他想要出生。空气不够了。他张开下颌，泥土灌进了嘴里，堵住了喉咙。我的爱，再给我的爱一个吻。舌头和上腭，牙床。他咽下泥土。泥土吞下他。他要窒息了。死亡。接着动了一下，又一下。大地在颤动。泥土翻转。身子立了起来，软绵绵的，拙劣的跳跃，炝了蹶子。转瞬间，他看见了天空。他平趴在地上。呕出杂物。大口大口地吸气。空气。空气和烟雾和灰色的天空。他要大量存储空气。肩膀脱臼了，骨头里面有蚂蚁在爬。活着。枪没了。左脚的鞋子和袜子都没了。他看着赤裸的脚。看见了脚趾。亨利！有个洞。弹坑的底部。他在坑底看着天空。如此广阔。没有鸟的天空。亨利，你在哪？耳朵堵住了，耳膜嘶嘶作响，那声响又回来了，强烈、可怕，像是瀑布声，巨型金属管风琴的声音，锻铁的管道破裂了，烧得滚烫。那股气味又回来了。火药和鲜血和排泄物和烧焦的织物和肉体。他在呼吸。鼻孔、肺部感染上了气味，有毒的腐烂气息。臭烘烘的。破裂的内脏。腐烂的实体。死亡散发的气息。生命散发的气息。但那气味是他自己的。那股臭味来自他。他是什么？他不再是什么？他叫马捷帕。他在洞里拉屎了。

爱玛写道：

我的爱，

一朵云，只有一朵。一朵小小的白棉花的云朵出现在广袤的蓝天中。我想到了小鸡。一窝鸡仔中最大胆的那只。最是滑稽可爱。给鸡妈妈添了一堆麻烦。也逗乐了鸡妈妈（但它要在兄弟姐妹前掩饰喜好）。可爱的捣蛋鬼。它躲开母亲的监管。离家出走了。一阵风吹来，哇！它自由了。满眼的天蓝色，只为了它。无尽的小片土地。它在玩耍。你知道那些小小的云朵像是调皮的学生：总是想要吸引别人的注意力。随时随刻想要逗趣耍宝。尽管如此，它义无反顾地要投入一连串的戏法中，要让所有的魔术师都黯然失色。大名鼎鼎的胡迪尼，还有全世界都在谈论的中国大师金林福，或者我不知道的谁，他们都是靠边站的江湖骗子。招摇撞骗的。偷奸耍滑的。它，小云朵，能在众目睽睽下嬗变。不需要小棒子也不需要咒语。不需要中国玩意。它能随心所欲地变形，绝非弄虚作假。多么精彩的节目！它收拢，舒展，竖起，分开，合拢。从圆礼帽变成鱼儿。鳟鱼。鲑鱼溯游而上。接着，羊角面包。接着，杏仁。羽毛。铃兰的嫩枝。它曾是贝壳，花菜，鸡冠。从灰林鸮的脑袋变成小岛，海洋中的群岛。悠悠的。不急不躁。慢慢地拉长，甚至让人起了情欲。从古提琴到小提琴，从小提琴到琴弓。绝无坑蒙拐骗。

　　它出现时正好十点。我知道，我算了时间。什么都逃不过我的眼睛。我抬头，看见了它。我透过窗户看它。我守着邮递员。可恶的邮递员。我没有任何你的音信。我不再等待。我不再奢望。我知道你不会写信：如果邮递员出现了，那只能是死讯。骑着他的自行车，背着他的邮包。那只是伪装。滑稽可笑。他们在嘲笑谁？每封信都是一份威胁。危险来自它。每天，邮局送出那些炮弹，成千上万的炮弹。敲上邮戳。干净整洁。子弹送到家里。近距离一枪。有多少受害者无声无息地倒在邮箱前或厨房内，客厅里？我不傻。乔装打扮过的大天使和躲在信封中的死神。洁白的信纸。邮戳一敲，宣告了失败，终极失败。我不要。同样的，我在守候官方的秃鹫。军人、宪兵，谁知道呢？我想象中他们穿着制服。他也有一身制服，为了掩饰他阴森的黑色翅膀。一本正经的表情。吊唁。慰问。他已经转身。他走了，而我还留在原地，一直在那里。我，我在颤抖。我，我在楼梯平台上分崩离析。不，我不要。让他们见鬼去。我交叉手指，我做出双角，想要把他们统统赶走，赶走跑腿的男孩，赶走做了这份腌臜活儿的邮递员。我发明各种魔法，扔到他们身上。

　　我，我天天给你写信。我和你说话。我向你诉说。我，我有这项权利。你只要收到这些信。你只要把它们带在身上。带在你的身上。让它们陪伴着你。你或许会打开。你把它们放到鼻子下面嗅闻，像是在闻魏尔伦的纸页，缪塞的纸页。你闻到了我的香水味。你闻到了我的汗液、唾液、思绪、泪水，你闻到了在我的秘密花园和你的花园中流淌的泉水（每当我想到你，无论我在做什么，它就会流淌，潺潺流动），你闻到了我的爱。我知道你明白信封里面是什么。

太阳和我之间只有一朵小小的云。半个小时后，它最后一次嬗变。它拉长，再拉长。填满了天空。它的阴影遮住了屋顶，遮住了大地。我以为要下雨了。但是没有，只是我的眼睛下雨了。

E.

现在，他们在行军。

这片地区都是耕地。这片地区属于农田、村庄、麦田、葡萄园、奶牛、教堂。这片地区属于乳房和圣人。曾经。战争的魔力。翻天覆地，改变了人，改变了地形。往面包师的头上扣一顶头盔，他成了士兵。往头盔上插一个雄鹰，他成了敌人。在甜菜地里撒上钢弹，它成了尸体堆。比威廉·C·哈丁更强大。更庞大。大型马戏团，旅行队。盛大的阅兵。

他们在行军。

法国步兵部队拥有七十三个团，每个团下辖三四个营，每个营下辖四个连，十九个猎兵营，十二个高山猎兵营，四个佐阿夫步兵团，九个土著步兵团，两个外籍军团，下辖四个步兵团，五个非洲轻步兵营，三个撒哈拉士兵连，一个巴黎消防团，九个特别排。每个团由三四千人组成。

他们在行军。

步兵的职责是攻占和守住领土。官方规定他们要肩负最艰巨、最光荣的任务。打仗就两个方式，开火和前进。

他们在行军。

夏天过后是秋天。拂晓。中午或午夜。时间无所谓了。

他们在行军。

他们不知道目的，不知道目的地。没人告诉他们要去到哪里，要何时结束。没人告诉他们。他们不知道。"战略，饭桶！"哲人说。他们在前进。他们来来去去，又原路撤回。他们往上爬。他们往下走。他们兜兜转转。他们偏离了线路。路线全都乱了。迷宫般蜿蜒曲折。秘密。"战术，饭桶！"哲人说。"真相却是那些有军衔的先生和我们其他人一样不知所措。没人能够说得出所以然来。在澡盆里放屁，就会冒泡，那些泡泡就是我们！"成柱的，成列的，成串的。半筒靴敲击地面，军用饭盒叮叮当当。丁零——丁零，喱嘟——喱嘟，丁零——丁零。略显古怪。喜感的士兵。肩头背着重达三十五千克的装备。好像流动商贩。假如出门散步时没法把房子背在身上，他们该怎么办呢？他和他们一样。假如人们对他说世界上有将近二十亿人口，其中四分之三正在受苦，以这种或那种方式，而这种苦难无法避免，他现在能明白吗？这是黑魔法，我的男孩。假如平原上的尸体多如天上的椋鸟，他还笑得出来吗——还能放声大笑吗？

他们只是出卖自己的生命。

他们在行军。

"上校拉屎。下士谩骂。还有谁倒霉？"香槟地区。阿登。阿尔贡。胜利在望。路途遥遥。疲劳无边。睡觉。随时随地。树林，森林，矮林，路堤。地窖，谷仓，马厩。常常是谷仓。和牲畜为伍。各种各样的牲畜。干草是奢侈。人数众多。挤挤挨挨。融为一体。半明半暗中传来了或粗重或尖利的咳嗽声，还有咕噜声、呼噜声和胀气声。唇间嗫嚅着祷词。圣母玛丽亚。圣母玛丽亚。压抑的哭泣声：那是精疲力竭。那是恐惧和苦涩。那是灵魂的浮沫——和身体其他部位一样累垮了。不做梦的人最是幸福。仅仅数小时。他们就会被叫醒。被摇醒。重新上路。站着都能睡着。丁零——丁零，哐啷——哐啷，丁零——丁零，哐啷——哐啷。他们在追随谁？谁在追随他们？人们告诉了他们一切以及自相矛盾的一切。"吃你的饭，饭桶！霞飞可以的，是的！一方的小幸福，另一方的大灾难。"他们在流汗。他们在哆嗦。他们发烧了。他们拉肚子。他们饿了。他们渴了。

他们在行军。

共和国总统下面是国防部，国防部下面是元帅，元帅下面是司令，司令下面是将军，将军下面是师长，师长下面是旅长，旅长下面是团长，团长下面是中校，中校下面是少校，少校下面是上尉，上尉下面是少尉，少尉下面是总军士长，总军士长下面是军士长，军士长下面是军士，军士下面是中士，中士下面是下士长，下士长下面是下士，下士下面是士兵，士兵下面什么也没有。几厘米见方的面积，鞋底和地板之间大约有二三十厘米。板凳翻倒了。一小滩褐色液体收干了。木板吸收了液体。是一名外籍军团士兵。外籍军团一团步兵二团。他被发现吊死在干草房的房梁上。他就这样走了。或许去了黑色之海，或许是另一片大海。他来自敖德萨，这是人们知道的所有关于他的事。

他们在行军。

两天后，同一个连的六个人排成一排被枪毙。行刑队负责枪决。拒不执行命令。他们不愿继续行军了。叛军。"×你老母。"[1]

---

[1] 原文为西班牙语。

古佐说。他说的是枪手，是行刑者。他清了清喉咙，朝军官脚下吐了口痰。军官装作没看见。黏土地里挖了六个坟墓。竖起六个十字架。有人用母语唱起哀伤的歌曲。暴雨下了整整三小时，冲垮了坟墓和十字架。

他们在行军。

胜券在握。吕班将军率领的法军右翼据说打败了德军左翼。据说，柏林人民发动起义了。皇后扮作女仆仓皇出逃。

他们在行军。

他们遇见了逃兵。流浪汉。被迫流离失所的人。瘦骨嶙峋，惊慌失措。在他们身后留下了化为灰烬的财产。茅屋、店铺、兔子窝、甘蓝地。整个村落。夷为平地。那些是一大家子的母亲们，扶老携幼。没有父亲。可能是男人的母亲或者妻子，兄弟姐妹，祖父母。大车上面堆满了床垫、座钟、桌子、塞了稻草的椅子，有时还有锅碗瓢盆，一路摇摇晃晃，颠颠簸簸。有人在拉小推车。有人在推独轮车。还有类似拾荒者。捡垃圾的和他们的倒影。丁零——丁零，咴啷——咴啷。瘦不拉几的狗儿守护在旁边。

他们在行军。

路边有两具马的尸体。还有死去的驴和骡子。死去的牛。乌鸦在啄食开膛破肚的狐狸。这是什么地方，内脏就挂在枝头上？皮毛装饰着灌木丛和篱笆？恶臭蜷伏在黏膜内。

他们在行军。

这里，那里。这里，有个老人在另一个更老的老人引导下走路。他身上披着一件女式大衣，头戴一顶女式帽子。那里，两个白发苍苍的女孩，一对白化病双胞胎，要不就是这片奇异地区的精灵。她们有六七岁了，到了会分辨是非的年龄了。她们看着军队鱼贯而过，一言不发，一动不动。只有她们两人。一模一样，但其中一人手里抱着黑色小猫。有人路过时会画上个十字架，因为黑猫或者是因为童颜白发吧。

他们在行军。

大获全胜。据说，十二万名日本士兵已经在土伦登陆。匈牙利脱离奥地利。里尔被印度军队包围。

他们在行军。

他们碰上了一队囚犯。看上去并不比他们更疲惫。更可怜。更颓丧。下级军官嘴里叼着金灿灿的雪茄。"×你老母，"古佐说。他清了清喉咙，吐了口痰。"最好把胡子弄卷点！"哲人说。同一天晚上，他们目睹了一场演出：在调车场里，一列货车在黑夜中熊熊燃烧。长长的火蛇。鳞片闪闪发光。中国龙。草垛也在光秃秃的田野上燃烧。三、四、五、六处着火点。他们一个个数过来。计算了救不回来的草垛数量，这些优质干草。他们伸长了脖子，吸入烟火气，眼睛半闭，如痴如醉地想起了炉膛、炉灶、平底锅和热乎乎的面包。天空放亮时，他们在路上遇见了一行修女，三十来人。上帝的姊妹，一身雪白如同大白鹅。其中四人肩头背着巨大的耶稣十字架：那是从教堂废墟里面抢救出来的唯一财物。修道院的翼楼在炮击下垮塌了。但要打倒她们更难。保持信仰，士兵，主与你们同在。她们祝福他们。她们把巧克力分发给士兵，像是变戏法似的从圣衣褶皱处掏出来。"里面还有小面包吗？"富勒开玩笑。克列斯托尔斯基朝着他的肋骨一记肘击："闭嘴！"修女重新上路，唱着充满希望和宽恕的歌曲，渐渐走远，她们的身形越来越小，最后隐去了，连同着上帝，但歌声犹在，那是唯一留下的，比起朱古力在指尖留下的痕迹，修女纯洁清澈的歌声永留心中，成了她们出现过的证明，她们路过的宝贵凭证。

他们在行军。

胜利在握。据说，王储被手下一名军官刺杀了。据说，他的尸体运到了英国。德国人提出用四万名战俘作为交换，英国人拒绝了。

他们在行军。

有天，他们驻扎在被毁了一半的村庄里面。他们烤了苹果。有个老太拖出把椅子，坐在门口晒太阳。她的房子没了，成了一堆瓦砾，像是巨大的蛀齿。她坐在废墟前面，取出绒线针和线团，开始编织。就像每天做的。下午，他们突发奇想举办了一场拍卖会，把从敌人身上搜刮来的东西拿出来拍卖。战争的掠取，纪念物，战利品。不值一提的个人物品。德国鬼子的纪念品。拍卖主持是个留着一簇小胡子的瘦子。军帽推到脑后。他站在箱子上，让自己看上去高大点，在锅子上面连敲三下。助手嘻嘻哈哈地做介绍。毛瑟枪子弹。烟袋。这位十个生丁。二十。谁出价高？没用过的明信片，上面的风景是巴伐利亚一个市镇的主广场。一块表。一个钱包。一把刺刀。两个苏。成交。拍卖活动进行得其乐融融。军官听之任之。但日落时分气氛陡变，人们撞见躲在地窖里面的村长正在给德国人打电话。间谍。卑鄙的叛徒。立即枪决。人们把这叫作"处决"。古佐吐了口痰。他们拔营离开了村庄，好似鼠疫肆虐了这里。

他们在行军。

寒冷和霜冻交织而来。清晨，雾霜像蕾丝边一样在半筒靴下裂开。这种天气有时要持续到中午。丁零——丁零，喀喇——喀喇，丁零——丁零。他们穿得暖暖和和。冷冽的空气钻入肺部，冷得忘了呼吸。他们低头前进。嘴里骂骂咧咧。透过指间呼吸。嘴唇皴裂了。经过一番运动，开始呼出白雾。通过鼻子、嘴巴、皮肤，人类和牲畜一样，雾腾腾的人，雾腾腾的马，化作一股气袅袅上升，如同动物群蹄下扬起的尘土。丁零——丁零，嘚哒——嘚哒。

他们在行军。

初雪来临。算得上美。白皑皑的一片。巨大的绷带包裹住了伤口。骨架、荆棘、铁丝网，全都混淆在一起，全都在闪闪发光。圣诞节马上要到了。他们充满美好的希望。雪花飘落。突然而至的是雪花，而非榴霰弹？修女说过：主与他们同在。仍然可以指望从天而降的东西是温柔的。纯洁的。不被玷污的。雪花挂在胡子和睫毛上。他们伸出舌头，接下新鲜的圣餐面饼。永远的唱诗班儿童。他们是无辜的吗？他和其他人。有那么一两个小时，他们着迷了，直到白雪钻进军大衣。然后血肉。然后骨子里。直到它化成了脚下的污泥。

他们在行军。

一天晚上，万里无云，一小群人在旷野稍远处聚集到一起。一共八人。他们抬头，用手指指点点：在那上面，就在大熊星座下面。望远镜在众人之间传递，每个人都拿着它望向星辰。其中有个年轻的中尉。他是弗拉马利翁天文协会成员。由他来做解释。那是德拉旺彗星，它有幸来拜访我们。很美。看啊，它那亮闪闪的彗发，它那乱蓬蓬的长尾巴。先生们，抓紧机会啊。"根据我们的计算，"中尉说，"要过两千四百万年，它才会再次造访。"遥遥无期。我们呢？我们呢？他们想要知道。未来。我们还会有什么？"我的中尉，地球到那时也会是这样吗？"关键问题。他们看向年轻军官，就像那是位哲人，是屹立在山头的导师。后者咧嘴一笑，露出洁白的牙齿。"它不仅会存在，"他说，"感谢上帝，我们还会摆脱那群日耳曼杂种！"鼓舞人心的预测，收获了一片喝彩。他们互相道贺。许下愿望。望远镜递来递去，都想要好好欣赏一下上天送来的预言家。他们天上的教母。"彗发"这个词让他们着迷。他们一共八人，没有一人能看到下一批麦田成熟。

他们在行军。

他们在行军。

丁零——丁零，嘚哒——嘚哒，丁零——丁零，嘚哒——嘚哒，丁零——丁零。

他们在行军。

光线暗了。黑暗迟迟没有降临。

他们在行军。

胜利就在明天。

爱玛写道：

我的爱，

你知道昨天在亚琛举行了一个秘密会议？教皇出席了，主张和平。法国和德国准备接受，但俄国和英国表示反对。

你知道莫伯日的孩子见到了圣母马利亚，而圣母告诉他们明年的 4 月 4 日下午两点一刻战争就会结束？

你知道在拉昂的德国鬼子得了斑疹伤寒？所以那里没了炮火声：法军怕感染撤退了。

你知道德国准备向瑞士宣战？

你知道此时此刻有不少于六百万的俄国人正向柏林挺进，在各处洒下恐慌？

最好的消息，我希望你知道了：是的，是的，洛林和阿尔萨斯收复了！

就这些。

这些是人们在马路上，集市上，商店里交流的。任何地方。只是一小部分消息。你自己选吧。新鲜出炉，我的消息都是最新的！质量一流。来源可靠，当然了。听着：卢夫人认识人，那人认识的人的姐妹嫁给了宪兵，在埃纳省工作，这个宪兵负责押送战俘，他告诉妻子这些战俘都是巴伐利亚人，都至少有五十岁了，这些老家伙身上的制服和军帽可以追溯至普法战争！最好笑的，你知道吗，他们的长官告诉那些可怜的老兵他们不会直接进攻巴黎，并不是因为法军拦住了去路，而是巴黎爆发了霍乱！那些蠢货相信了！

我听见了。我向你保证，我是亲耳听到卢夫人在顾客面前大放厥词。不止她一个人这么说，那消息如同名副其实的流行病。在各处爆发，流传，蔓延，像坏疽。谣言，流言。每个人都有。人人都在说。他们知道。神明在众人面前没有秘密。需要明白这对于大家的重要性。战争，他们知道，相信我。战争，他们也在打仗，在两个大面包之间，在半公斤的四季豆和上百克的猪油之间。按重量来。那么，你相信多少呢，我的消息？

我惭愧。我为我们所有人惭愧。

报纸没有更大价值，它们或多或少印证了道听途说。报纸谈到胜利，攻克的土地，勇敢不屈的士兵，壮烈的冲锋。手头正好有一份。你想要知道吗？"盟军取得了无可争议的胜利……收缴一百三十八门炮，五十五支机关枪，两万名战俘，二十万战斗编外人员……一架法国飞机摧毁了一列车的弹药……德军退回到那慕尔和滑铁卢①……比利时军队即将在

---

① 比利时地名，位于布鲁塞尔附近。

图尔奈和盟军会合……"这就是报纸上写的。谁信？我们宁愿相信。希望谎言就是真相。我下定决心不再看报纸，但我忍不住。我是给爸爸买的。我感觉没了它，他的心脏也跳不动了。阅读这些文字。剩下的时间，他把自己锁在房里，陷入某种病态的消沉状态。他不再出门。我们俩几乎不说话。我发现对面的那人真的苍老了。我的父亲不太好。他有负罪感。他发起战斗要对抗自己的敌人：内疚。可怕的对手。看来，爸爸的战局没有和我们的军队一样节节胜利。我担心他战胜不了。我甚至无法确定他是否已经缴械投降了。我能做什么？他陷入困局，日渐消沉，我没法帮他。我没法真心实意对他说，我不恨他。对他说，我完完全全原谅他了。我也应该撒谎吗，出于同情？我应该骗人吗？我也为他难过，这是真的。

我的爱，我从未感到如此的孤独！我意识到，原来我之前并不懂得孤独。那是可怕的东西。那是块光滑、漆黑、坚硬的石头。比花岗岩更硬。比大理石更硬。一块结实的石头，没有细缝。这块独石无法敲碎。它沉甸甸的，沉甸甸的，压垮了你。

我也想过参军。作为护士或者其他，提供我的服务。我唯一的动机就是和你重逢，在某个地方遇见你。然而，我寻思一番，这样的机会百万分之一。团聚在一起。有什么用呢？除了你，我不要看到其他士兵。我不要照顾伤兵，残废。我不要给他们端汤，端屎端尿。这一切都让我恶心。战争让我恶心。这个念头都让我恶心。我没有崇高的愿景。我没有献身精神。那是说我没有心吗？哦！有的，我有。但那颗心被你占满了。完完全全全部献给了你。那是我的错吗，假如没有多余的空间容纳其他？

我是怎样的人，假如我能冷漠地面对所有人的死亡，除了你的？就算所有人都死了，地球烧了，我也不在乎，我只要你回来！

E.

现在，他们在埋葬。

他们在挖坑。他们在掘地。坑道和交通壕构成了巨大的迷宫网络。手握铁锹和十字镐。介于鼹鼠和蠕虫之间，白蚁和老鼠之间。生物链底端的人类，所谓来自太初之始，经过了一链一链，一代一代的演变，可以上溯至原始混沌中的极小真核生物，下溯至观察显微镜的巴斯德，期间经历了三叶虫、哺乳动物、灵长目，然后苏格拉底、第欧根尼、亚里士多德，然后但丁和达·芬奇、哥白尼、米开朗基罗、蒙田、塞万提斯和莎士比亚，然后伽利略、笛卡尔、拉辛、帕斯卡、然后莫扎特，然后达尔文，最终走到了今天这一步？

从黑暗到光明……

他们在捉身上的虱子。他们吃罐头肉。他们在泥地中打滚。他们在污水坑里洗漱。他们一起拉屎。汗毛竖起来。哼哼唧唧。直打哆嗦。他们惧怕黑暗和无形。惧怕寂静。惧怕声响。他们在等待。

冬天来了。

男孩开始认得他们。同一个连，同一个排的战友。活到现在的战友。渐渐的，一个接一个，他们从众人中脱颖而出。他们的身形有了清晰的轮廓。他们的样貌变得鲜明。除了番号，每个人有了各自的目光、嗓音、人生历程。男孩在倾听。人们说，他们都是他的兄弟。但他不能太过动情，不能爱上他们，因为很快，很快，他们就不在人世了。

这个故事属于将死之人。

哲人是其中之一。哲人是个绰号。一个讥讽的诨名，因为他那些明智的思考会倏忽飞得很远很远，上升到哲学层面，如同火枪的射程。他叫阿加沙奇安。二十三岁。一等兵。曾是冶金工人。在卡朗西战役的枪林弹雨下，他再也开不了玩笑了。还有斯坦恩。严肃、忧虑、仔细的斯坦恩。二十六岁的灰发青年。睡觉前要把自己的弹药数上三遍。进攻前要数上十遍。专业钟表匠。对于他而言，时针将永远停留在圣玛丽欧米讷浅灰色的天空下。还有古佐，西班牙人，或墨西哥人，或哥伦比亚人，谁知道呢？斗牛士的身材，愤怒的小公牛的眼神，黑色的火盆，狂风暴雨、电闪雷鸣的眼睛，脾气一点就着，鼻孔总是在冒气，唾液渍留在嘴唇边上。来啊！众人站起来，结束了。已然。对于拉斐尔·古佐·阿尔瓦雷斯而言，盛大的斗牛仪式在苏谢角斗场落幕了，那是在阿图瓦地区，远离塞维利亚的骄阳。还有坎帕尼亚。三十一岁。算是个老人了。歌剧院男中音。一副金嗓子。随着时间流逝，理智渐渐抛弃了坎帕尼亚。躁狂症会让他爬上女儿墙，开枪射击只有他看得见的敌人，嘴里模拟霍奇克斯重机枪的声音。疯疯癫癫的坎帕尼亚。之后有一天，他想要把手榴弹和迫击炮一起点燃，可搞砸了：手榴弹掉进嘴里，带走了他漂亮的胡子和鼻子以及一半的下巴。唱啊，美丽的乌鸫。唱啊，现在，看见了。还有富勒。
还有瓦亨费尔德。还有蒂尔。这三人都已花甲之年。塌方的壕沟
把他们一同掩埋，永远长眠于此。还有加尔多。轻革矶鞣工人。
他的皮肤被自己阵营的炮弹打成了筛子，是的，某个春天傍晚，
在维米岭上，他被当成了敌军。抱歉，朋友，那是天有不测风
云。还有科尔穆斯，瑞士人。还有克列斯托尔斯基，波兰人。矿
工。坑道，他懂。虔诚的基督徒。他在上子弹前要祈祷，亲吻十
字架。洛雷特圣母院战胜了他。沼气爆炸了，这是他从未想到的。
他化作蒸汽冲上天空。升华了。冲啊，波兰佬，冲啊。上帝会收
集起他的碎片。在人间，在废石堆下，失去了你的约翰娜年华老
去。还有曼德森。还有德梅特朗科。还有阿迪达。还有比埃尔，
怪人一个。混迹在蒙马特的无国籍人士。赌徒、骗子、小偷。才
华横溢的扒手艺术家。眨巴眼的工夫，他就能偷走指挥官的纪念
章，后者还浑然不觉。一个有趣的人。假如你少了烟斗、打火机、
帽子、小折刀，就去找他要。他挤眉弄眼地看向你，耸起眉毛，
撅起嘴巴。开个玩笑嘛。他，消失了。确切说来，是在战场上化
为乌有了。烟雾散尽后，他已然不在。再也找不到了，没留下戒
指，也没留下一星半点的茶褐色皮肤。有人说他把自己变小了，
呼啦一下，终极骗局。有些人说他去了另一边，去翻德国鬼子的
口袋——假如他们也丢了子弹，就会知道是谁干的。还有卡文迪
什。还有菲尔德。还有迪拉克，注定不平凡的名字[①]。十九岁的卢
森堡人。从没见过大海，梦想着登船远行。他说起海运。说起大
海。说起航海。他最终淹死在两米深的弹坑里，四十千克的装备

---

① 有位知名插画家叫埃德蒙·迪拉克。

将他拖向坑底。你梦想船舶，水手。你不用梦想了。还有费奥洛夫，俄国人。神枪手。在凡尔登，他的双腿被意外切断，巨人沦为侏儒。费奥洛夫在宣布停战六个月之后，乘坐着肥皂盒车①，把自己拖到了有轨列车车轮下。还有梅尔滕斯，比利时人。处男又执着。77毫米口径的炮弹在叙普地区夺走了他的童真。还有诺瓦克，捷克人。还有巴比克，茨冈人。还有科迪迪，撒丁岛人。号手。晚上，他在防空战壕里面为大家吹奏舒曼。《在异乡》。远离家乡。熨帖了大家的灵魂。所有心思细腻的大老粗军人都放缓了呼吸，聆听着音乐，眼睛湿润。那是用心和军号的三个活门所能做的一切。后来，号手科迪迪腹部洞开，被挂在两个阵营之间的拒马②上，呻吟着度过了两天两夜，有个战友终于鼓起勇气，用自己的勒贝尔枪终结了他的苦难。齿间蔓延开铜味③。还有佩雷拉，葡萄牙人。还有罗斯，加拿大人。还有韦恩，亚利桑那州的牛仔。还有范德拉哈特，荷兰人，被硝化甘油火药炸上了天，又七零八落地摔在了纪梵希的土地上。还有布卢门菲尔德。死了。还有费尔南德斯。死了。还有卡拉吉昂。死了。还有霍斯伯格。死了。还有帕诺西安。死了。还有拉科维奇。还有西莫尼安。还有西哈斯。还有拜赖茨基。死了，死了，死了，死了。据说，是被敌人杀死的。

还有他。

没有一个人能幸免。没有一个人能安然脱身。

然而，此时此刻，他们一无所知。他们正在忙碌。有人叫他

---

① 不用动力，依靠重力移动的车子。

② 一种木制可移动障碍物。

③ 血腥味。

们挖地，他们就挖。他们钻洞。找来支撑。堵塞缝隙。沙袋和厚木板。薄钢板。木板。战壕拥有女性的名字。还有刺刀。克拉丽丝，罗萨莉。那股冲劲绷断了。起初，人们陶醉在战争的狂热中。飞吻和鲜花夹道欢迎。欢呼声。锃亮的步枪，制服，背包。未来。一切都好远。热情消散了。他们看见了曾见过的景象。他们睁开了眼睛。和他们说说战争，威廉二世和德国人。

然而，此时此刻，他们都活着。血在体内流淌。鲜红的血液，蓝色的血管。灰色的呼气。烟幕弹消散了。夜晚来临。又一个晚上。他们的头上是一大片防水层。月色朦胧。他们脚踩污泥，头望苍天。他们在端详。彗星飞走了。忠诚的金星还在。还有其他星球，其中哪颗最美丽呢？我们的星球？有人在咳嗽，声音在又高又深的洞穴内回荡。火炮喑哑无声。巨大的寂静笼罩住四周。冻结的寂静，稍有声响就会让它产生裂缝。

“我不喜欢，”某人说。

他们侧耳倾听。情绪焦虑。

“正面吗？”某人问。

他们探出身子，透过缝隙口子向外张望。他们在观察。四下没有动静。他们站起身，脖子却缩进肩膀。出于本能。沉默和夜晚的重量。苍穹于他们而言太过浩渺。他们叹息。他们等待。

此时此刻。

冬天来临了，他们在埋葬。

爱玛写道：

　　我的爱，

　　谁的错？我问自己。种种一切，谁该负责？所有的不幸，所有的悲伤，所有的痛苦，所有的混乱：谁负责？我真的很想知道。我焦灼不安。好多个晚上都是这样。漫漫长夜，太长了。我不再尝试睡觉，闭上眼睛，等待再也不会到来的睡眠。我走来走去。我们那块老地毯，我走过了成百上千回。脚底火烧火燎。你见了，会以为我疯了！再说了，天知道我是不是快疯了？天知道我是不是已经疯了？穿着睡裙。独自说话。我对着自己的影子说话。我向影子提问，但它没有回答。影子不会，人也不会。但我，我需要回答！这种恐怖，谁能想象到？谁能描绘出？谁在远处为它配乐？我需要罪魁祸首，你明白吗？把他们指给我看。把他们给我挑出来，客观的，如实的。他，和他，还有他。他们。我需要名字。我需要脸庞。脱下面具！我想要在那些可憎的脸上留下我的抓痕，假如我能遇见他们！

有的，我肯定。在这下边。在这后面。不要再用那些字眼来恶心我，比如"背景""局势""联盟""国家利益"，这些字眼，这些云遮雾绕的字眼。匿名的、模糊的、摸不着的责任。只有当前趋势，是吗？这就是人们要我相信的？不负责任的责任！不。我拒绝。我们永远不能忘记那些决策者也是活生生的人。绵羊、绵羊，当然了，但某处必然有个卑鄙的牧羊人在驱赶羊群，将它们扔入狼口。他在哪里，那人？他们在哪里？利益使然，是的。我愿意承认。但肯定不是国家利益。肯定不是为了众人的福祉。那么，到底是谁呢？

威廉二世？当然了，这是首先脱口而出的名字。（唷！）显眼的靶子。众目睽睽。有点过了，我觉得。什么，就是这个老家伙对所有大陆发动了地狱之火？我们对这个独臂人苛责太多。难道我们不会碰巧把威廉和路西法搞混吗？我不是说他没有责任。他负有部分责任，或许吧，但是……但是，既然我们在讨论那些孽种，继续吧！

国王。皇帝。为何存在到今时今日？"陛下""君主""殿下"。我们怎么还能接受？我们为何还能忍气吞声？王冠以及相关的一切。国王！以什么的名义，你能告诉我吗？以血统的名义。贵族。贵族血统。君权神授，我再多加一句。你听说过吗？不是随随便便哪个仙女俯身查看他们的摇篮，不是的，是上帝本人。神圣的君主！得到了上帝的孕育、疼爱、祝福。所有的权利来自朱庇特的大腿①，见鬼！这种情况持续

---

① 法语中的固定搭配，意为"天之骄子，上天赐予的"。

了一个又一个世纪。因为欺骗在继续。故事是先天性的。成双成对，父传子，子传父，世世代代，千秋万代，无休无止的一连串名字和数字。世袭的权力。世袭的财富。世袭的特权。特别是这一切都出不了他们稀罕的圈子！而我们，这些臣民，还吃这一套？难道不会厌倦吗？或幸或糟，人们一要再要。人们弯腰、跪下、敬畏、亲吻那些将我们踩在地上的奢华的高帮皮鞋。当我想起所有这些平民蜂拥而至，你推我揉地就为了看一眼他们路过的马车！他们鼓掌喝彩。他们扔出花瓣。他们热烈欢迎，钦佩崇敬。怎么可能？难道没人谈论革命？至少解放人类？难道没人宣称至高无上的人民将会登基，我们是自己命运的主宰？新纪元应该开启了，但新纪元在哪里？但愿有人向我解释变化。我们砍了几个脑袋，但枝繁叶茂，盘根错节。后患不绝！看啊：地球上十分之九的面积还是在他们的统治下。国王，沙皇。暴君和傀儡。很多的暴君，些许的傀儡，随便怎么说。即使最孱弱的也自有其分量。他们有可观的影响力。那么，法国呢？你会问我。我们美丽的国家。堪称典范的共和国。啊，是吗？区别在哪里？因为国家领袖是由人民选出来的？错了。不是我。不是女性。不是妻子。不是未婚妻。不是姊妹。不是母亲。不是女性当中的任何一人。她们没有生杀予夺的权力。不是孩子。四分之三的人口被排除在了选举权之外。剩下的是谁呢？给我们一张选举票，让我们瞧一瞧！……就算如此。但投给谁呢？国民议会议员，参议员，部长：一小撮汲汲营营之徒忙于自己的算计。人道主义者？民主人士？来啊！听听，听听这个：

"我想要看到他长大，真正的民主人士，靠六千法郎过日子，穿得像个办事员，乘坐公共汽车。散步的时候可能穿着邮政或商务部、公共教育部或财政部磨损的外套，秉持廉洁奉公。我看见他把部里的五万法郎拨给穷人，完全不在乎小汽车、女演员以及小茶点；令其他同事畏惧；声名远播，受人爱戴。以后的总统穿得和你和我一样，接待国王无须任何仪式。那个环节是为了取悦真正的野心家。财富按部就班；这或许差不多就是公平了吧。"

这不是我说的，是阿兰，哲学家。我把他的话原封不动地抄下来。难道不是个可爱的人？这样的人，我们会愿意投票给他。真正的典范。兼具理性和感性的人。但在国民议会的长凳上，有多少人敢宣称和阿兰是一类人？参议院的席位上又有多少这样的人？纨绔子弟，那些家伙！妖魔鬼怪。群魔乱舞，群魔乱舞。杂货铺老板损人利己，发财致富。政治：生意的根基。商店：国家。野心家和生意人。没有理想。没有格局。自然也没有顾虑。一切都是买卖——赚取利润差！

我焦灼不安，是的。我生气。我们之所以会沦落到这个地步，难道不就是因为我们被一小撮野心家和功成名就者统治着？如果财富得到平均分配。如果有人考虑过人间正义。如果，如果，如果。如果我们投给教育的经费和军备一样多。更多的书本，更少的大炮！这不是我说的，这次是雨果。我们永远不会听诗人的话！不，那不是乌托邦。那是良知。那是常识。那是智慧和灵魂的声音。那是可能的和谐及和平。

指日可待的幸福。把考虑人类福祉视为主要愿景，需要实现的首要目标。

但有人不愿听到人们谈论这些，谈论上述目标。有人不愿着手进行这些事业。谁？总是回到同样的问题上，你瞧。谁？谁在背后操纵？谁是主脑？罪行对谁有利？那些名字！该觊觎那些大企业家吗？好战者。他们熔化了金属和钢铁，造出了子弹、炮弹、巡洋舰、装甲。或者高利贷者？他们玩弄战争的要素。金融家、银行家，投机、借钱、贷款。他们在赌生与死的行情。可难道他们不是同谋吗，这群人和那群人？有可能。因为形势聚集在一起。一同投身有利可图的事业。投资、生产、利润。董事会：坐在桌子周围的都是谁？那里不就是马克思所说的大资本家的参谋部吗？但是谁，到底是谁？名字！脸庞！露出来啊，懦夫！

他们很强大，你知道的。他们很狡猾。他们是马基雅维利的信徒。他们无所不能。就算我的父亲，我那温柔、高尚的父亲也会被他们用掺假的爱国主义腐蚀了精神。所有手段都是好的。所有动力。所有的罪恶和侵占。他们会毫不犹豫地挥动旗帜，就为了让人们染上负罪感。怀疑。怀疑，当我们突然看见招展的旗帜。红白蓝。很美，这些颜色。你喜欢它们，我也是，因为红白蓝三色更好地映衬出了我们选择捍卫的价值观，你还记得吧，那上面镌刻的金字，那是信仰、承诺、誓言：自由——平等——博爱。除此之外，没有。我唾弃。然而，当这三种颜色宣称可以涵盖一切，废除一切时，我会憎恶它们。三原色的世界？不是为我准备的，谢谢。色彩变化无穷无尽，我都想要。我想要整个彩虹的调色盘！我想要兰波的所有元音[①]！

　　哦，对不起，我的爱。对不起。我精神失常了。可悲。我想要把我那可怜的胡言乱语加诸到你身上，那些文字本应是你的香膏，给你带来欢乐和慰藉。有时我对自己说，还是不要让你读到这些信比较好。相较于你遭受的痛苦，我的苦恼多么的平庸。原谅我，求你了。

　　长夜漫漫。长夜无尽。我真的觉得我要疯了。我在等待。我不停转圈。卧室。地毯。走路。必须坚持住。坚持。我拿起羽毛笔，防止双手颤抖。我害怕。我冷。随着怒气降下来，我的血冻住了。我好冷，如果你知道的话。走路，写信，还有其他的选择吗？我计算步数，我涂黑了纸页，想要坚持到天明，坚持到我瘫软在床上。要好好度过夜晚。今夜和之后的夜晚。之后的。之后的。还有多少个？我的爱，还有多少个夜晚？

E.

[①]　兰波的诗歌《元音》第一句是：A 黑、E 白、I 红、U 绿、O 蓝，元音们，有一天我要泄露你们隐秘的起源。

现在，他们在匍匐前进。

在白色的大地和白色的天空之间。所有人都穿了一身白。那是圈套。像是用大幅床单临时搞的伪装。但不是吉朗·德塞夫勒[①]的作品，只是230团一名预备役军人借此机会发挥了一下制帽工的才华。他为每个人裁剪了一件宽大的罩衫，套在大衣外面，还有一条长裤可以套在军裤外面。不是量身定制。不用太过讲究，但要不引人注意。隐形。模仿动物的季节性换毛。"想想白鼬，"上尉说。"想想西伯利亚的野兔。"但部队拿到这身奇装异服时想到的却是其他动物。除了洁白无瑕的罩衫和裤头，他们的脑袋也用同样的布料包裹起来。小伙子忍着没有扑哧笑出声。韦恩并不感到尴尬。"漂亮的雪人！"他的笑声类似马嘶，有可能是因为这个牛仔长了一口马齿。上尉却对效果很满意。"我对你们是怎么说的？大自然会给我们很多启发！"

于是，他们一身奇怪打扮，以为可以和景色融为一体。既看

---

① 法国画家，一战中提出了伪装概念。

不见也分辨不出。他们腹部贴地，在夯实的雪地上爬行。像是浮冰上的海豹。

一共六个人。

可能会被误以为是一出滑稽表演，但不是。上尉制定了这次行动。在上司层层压力之下，从军帽里冒出了点子。他们想要获取情报。想要知道对面在搞什么阴谋，德国鬼子那肮脏的脑袋里面究竟在酝酿什么鬼点子。除了德国人，还有谁能告诉他们呢？战俘：这就是他们需要的。"给我带头德国猪回来，"上校说，"我保证能从他嘴里撬出话来。"就算不是命令，这话听上去也像是命令。上尉有了点子。他找到了。

他们一个接一个前行。动作一致地爬行。后者的鼻子贴着前者的鞋底。巴利埃中尉打头阵。他时不时地停下，查看指南针。他在计算。眯缝起眼睛，想要穿透迷雾，破解未知的秘密。十米开外就看不见了。五米。太阳升起来了，但没露脸。白天沐浴在乳灰色中。放眼望去，那些布片在飘荡，移动，起伏，布卷相遇又扯开。幽灵中的幽灵，没有性别，没有差别。或许是游荡的灵魂。如果灵薄狱真的存在，那就该是他们的样子。地狱就在不远处。

上尉对自己的计划相当得意。大胆，上位者对他的评价。自杀，下属巴利埃中尉对其解读。"他妈的笨蛋，"富勒脱口而出，总结了大家的意见。没关系。上校支持这个计划，那就轮到中尉来执行任务，在奥利韦蒂中士协助下。他们估计需要四个人增援。

"有志愿者吗？"中士问。

古佐第一个走出队列。毫不犹豫。小公牛。暴脾气，不耐烦。

他的脚早已在摩擦泥地。他朝着地上吐了口痰。

"有什么好处？"瓦亨费尔德问。

奥利韦蒂中士是个老兵，要把他给惹恼了可不容易。

"荣誉，士兵。"

"屁都没有。"瓦亨费尔德嚷嚷道。

他也吐了口痰。更加的无精打采。

小伙子面面相觑，左看看右看看，眼珠子偷偷瞄向一边。

"那么？你们是逼我用抽签的法子？"

"这不公平，中士。佩雷拉肯定会倒霉：所有人都知道他会抽中最短的那根！"

哲人（还有谁呢？）。他的俏皮话来得正及时：欢笑令众人松弛下来。他们打闹一番。佩雷拉也跟着快活起来，虽然并不知道原因，他的法语水平只听得懂十分之一的内容。中士等待着众人安静下来，接着又问了一遍：

"那么？"

蒂尔主动献身，帕诺西安紧随其后。最后一个名额，两个人同时站出来：梅尔滕斯和男孩。人多了。

"你。"中士做了决定。

他们出发已有一个多小时了。一厘米一秒。不能走得更快了。需要重新认识一下伪装的效果。几乎不可能把他们从雪地里辨别出来。挎包也和其他东西一样套上了白布。包里放了手榴弹。谨慎起见。原则上来说，他们不会用到的。原则上来说，他们不会开一枪。他们都没带上步枪。随身武器只有双拳和冷兵器。手枪、匕首。行动能否成功取决于突袭效果和制敌速度。原则上来说。他们当中有几个人可以指望呢？

中尉又停了下来。瞥了眼指南针，接着展开他亲自标出路线的地图。加以确认。他抬眼想要比较。没有。没有共通处，在地图所绘和眼前所见之间。白色，灰色。火山气体。他自己的呼吸也混入其中。不切实际的计划。小伙子说得对：他妈的笨蛋。群众的智慧。他冲动得想要放弃。只需做一个动作。不行。他不能。他有他的骄傲。他有他的责任。他能感到身后的士兵。他们的期待，沉默，畏惧和信任都沉甸甸的。巴利埃中尉叠起地图。只是时间问题和距离问题。每一秒，每厘米。眼前看不到目标。不用多久，他们就会站在德国鬼子面前。他们会绕到德国鬼子身后。

"给我带头德国猪回来，"上尉说，"我保证能从他嘴里撬出话来。"

这话让他受用。他化为己用，用严肃果敢的语气在小分队出发时斩钉截铁地说出口。然后，他看着这行人冲入迷雾，一边将一根又粗又长的麝香味雪茄放到鼻子底下。那是哈瓦那雪茄，昨天收到的一大包礼物当中还有一盒小杏仁蛋糕和一瓶十二年的白兰地。贴心的关怀。他认出了那是母亲的品位，还有她的柔情。这位可爱的女人可不会对儿子的圣诞节斤斤计较。

美中不足的是，他得知阿尔芒·德·维利埃上校因为食道癌咽气了，距离两人冰释前嫌才过了一个月。

至于脑中冒出的计划，要进攻法军阵线三百米开外的德国前哨。花招么（"你懂得花招吗，中尉？"），不要取正面，就像他们已经尝试过的，而是绕到背后包抄。棱堡和第一道敌军壕沟之间大约有五十来米的距离。从西侧绕过前哨，也就是说绕着龙沙森林画个圈，然后径直向东，切入腹地，进入两侧阵线之间的空白地带，再转向朝北四十五度，合上那个圈，从背面直捣目标。

"计划就是这样！行得通。我的手段。哈哈！谁会料到呢？"

没人。中尉想道。

"纯粹从逻辑角度来看，当我们思考时。哨兵要观察谁？敌人。他们的目光通常会投向哪里？前方。对面的战壕。他们不会想到查看后方，因为那里驻扎着自己的军队。这就是战略的效果！腹背受敌。要悄无声息……因为行动的目的，不要忘了，首先是带回一头德国猪。活的！"

突袭效果。制敌速度。话语从上尉嘴里蹦出来。无法反驳的计划。根据所有可能性（哪些可能性？），岗哨里面的哨兵不会超过两人。三人，顶多了。只要悄无声息地潜入其中，在哨兵来得及报警前，用武力压制住他们。

精明的战略家抽了一口他的瓷质烟斗。那时的他还没收到母亲德·维利埃夫人的包裹。

"万无一失，"他总结道，"瞧啊，中尉，我们唯一能想到的问题就是：怎么没早点想到呢？"

他们有四天时间来做准备工作。行动定于 12 月 25 日早上。希望能得到两个临时盟友的帮助：烧酒和大雾。德国佬铁定会庆祝那个幼稚的圣人生日。然后要通过休息来醒酒。注意力和本能反应荡然无存，脑子跟糨糊似的，和天气一样迷迷糊糊。这些因素都要考虑进去。

可能会被误以为是一出滑稽表演，但不是。

他们在匍匐前进。拖动身子。中尉后面是士兵古佐，然后是蒂尔，帕诺西安，男孩，奥利韦蒂中士殿后。他们又冷又热，像是介于狂热的梦和虚无冰冷的现实之间，游离于两者，不断进化——如果灵薄狱真的存在。他们是否真的在那里？他们是否真的在干要干的事？仅存的推测：现实只是清醒的噩梦。

中尉突然举起手。众人不动了。他们也听见了。或者说，以为听见了。一记声响。干脆利落，闷闷的。他们屏住了呼吸。在侧耳倾听。时间，梦境，现实或许悬于一线。他们在等待。

响声又起。一次，两次。规律的响声。介于虎啸和嘶嘶声之间。动物吗？古佐用嘴型说出一个单词：啪啦。此刻，同伴们也意识到有块迷雾分开了，答案揭晓了。虚无冰冷的现实。

他们到了。

哨所就在那里，在他们左手边，三十步开外。比巴利埃中尉料想的近了很多。这个发现打了他一个措手不及，他感到一只无形的、强大的、毫无怜悯的手按住了他，那只可能是命运之手。短短几秒钟，他感觉呼吸停滞了。或许每个队员都如此。被吓到了。不堪重负。心脏和脉搏都悬停了。懂得祈祷的人就该祈祷，要么现在，要么永远无法祈祷。

这处地形稍稍隆起，类似小山丘，德军的棱堡占据了制高点。他们的双眼透过半透明的薄纱在探查。他们似乎看见了掩体的一部分，垒起的沙包，蓝色的微光可能是机关枪的反光。没有人影。哨兵不在他们的视线内。但他们在那里。那个声响是铁锹铲雪的声音——啪啦。

血管内的恐惧渐渐消退了，取而代之的是兴奋。肾上腺素激增。感官和意识变得异常敏锐。中尉的手一直举着，和脑袋齐平。他曲起三根手指。食指和中指还竖着：不是胜利的手势，而是数字 2。好的。他们重复了一遍。明白自己要做什么。

小分队分成了两部分。中尉重新出发，古佐和蒂尔步其后尘。他们沿着和战壕平行的轴线继续前进。几米之后，大雾就将他们吞噬了。剩下的人也再次行动起来，朝着正北方向，也就是朝着山丘顶端爬行，但不是排成一列，而是肩并肩，他们爬得很慢，很慢，每一秒，每次呼吸，每次摩擦，每一英寸，他们在白色的土地上移动，穿了一身白，如同没有脚的幼虫，巨大、苍白的蚂蟥。

第一支队伍很快到达了垂直的交通壕，它连接起了哨所和第一条德军战壕。三人钻进了狭窄的小道，两边的陡壁高达两米多。他们在里面整整蹲了一分钟，仔细倾听。铁锹的声音似乎中断了。他们掏出手枪。继续上路。迷雾的华盖在他们头顶起起伏伏。他们越是接近，温度越是升高：热气从他们身上蒸腾而起，笼罩住他们，几乎要将他们吞没。古佐嘴里的唾液越积越多。他忍着不吐痰。突袭效果，巴利埃中尉重复道。突袭效果。他妈的笨蛋。

第二支队伍按兵不动。奥利韦蒂中士和帕诺西安和男孩。他们腹部贴地，四肢、身体，或许还有灵魂都和土地结合在一起了（没有懊恼，没有悔恨，此刻更像是一种松弛的状态，完全臣服于主导的力量之下，无论那是正义还是邪恶势力）。手握武器。距离目标只有十步。他们现在能辨别出高出战壕的部分：沙袋和圆木，薄钢板，掩体的屋顶是用整根整根树干搭建而成的，两个机关枪掩体，一个潜望镜。哨所占地十五米长，大约三米宽。哨兵待在坑位里。他们还是没看见哨兵，但听见了：雪地里的脚步声，说话声，蹦出来的几个单词，他们把它归为蛮族的语言（他们没读过席勒，也没读过荷尔德林 [①]），短促的笑声时不时地刺激到他们的神经。好好享受吧，混蛋。笑啊。帕诺西安哭了。既害

[①] 席勒被公认为德意志文学史上地位仅次于歌德的伟大作家。荷尔德林，德国浪漫派诗人，被认为是世界最伟大的诗人之一。

怕又紧张。战士安东·帕诺西安，二十二岁。泪水顺着鼻子流下来。可能他本人都没意识到。可能他以为是空气、寒冷、眼皮下的雾凇针。男孩趴在他们旁边，一动不动，就像死了。潜伏的古老本能：被人遗忘直到遗忘自我，化为石堆中的一块石头，碎石堆中的一块石子，草场上的一株草，做到浑然一体。不久之前，他还是个孩子，追着蜥蜴和田鼠，追着野兔，为了取乐或者果腹。在洞穴前面纹丝不动地守上几个小时。他的身体想起来了。只有鼻翼翕动。他闻到了烟草味。好好享受，混蛋。笑啊，抽啊，你们啊……

夜鹰的叫声突然响起。在大白天？在这里？夜鹰是古佐唯一会模仿的鸟叫，而只有古佐会模仿动物叫声：他们别无选择。

信号。

帕诺西安和男孩转头望向中士。后者蹲下去。他们效仿之。接着，他们开始奔跑。三步并作两步冲上了顶端。战壕暴露在他们眼下。首先映入眼帘的是个雪人。仓促之间草草堆起的，还给它胡乱戴了顶法军的帽子。一名哨兵正准备用雪球打雪人——欢笑，是啊——可战士突然定格了，手举在空中，雪球在手中。他目瞪口呆、惊慌失措地看着突然从迷雾中跳出来的三个白色幽灵。第二个哨兵背对着坐在圆木长凳上。他腾地跳起来，一个转身，抬头望向众人，嘴角叼着香烟，有只眼睛还半闭着。那人手上有了动作，想把步枪架到肩上，但奥利韦蒂中士用手枪指着他，一根食指比在嘴上，男人遵从不出声的命令，听任敌军指挥。就在那时，第二队人也赶到了。巴利埃、古佐、蒂尔。他们从掩体后方小步跑来。同行的还有第三个德国兵，高举双手，中尉端着枪，推搡他。三名哨兵：三名战俘。行动完美完成。中尉不想过早报喜，但他开始相信胜利唾手可得，某种类似欣喜的情绪占据了他，充盈了胸腔，强力跳动的心脏伴随着胜利的脚步。他指了下机关枪：再添一份战利品。古佐奔向其中一挺机关枪，想要将它卸下来，蒂尔负责另一架。上百公斤的奥利韦蒂中士跳下战壕。男孩把武器放回枪匣，灵巧一跳，和众人会合。帕诺西安也想如法炮制，可脚底一滑，一屁股滑下了斜坡，嘴里还嘟嘟囔囔，骂骂咧咧。中尉朝他一瞪眼。中士忍不住笑了起来，但那笑容还浮现在他的大圆脸上时，第四个德国魔鬼蹿出掩体，大叫道："主与我们同在！"①那是个很年轻的战士，没戴头盔，留着金色板寸头，在他头上熠熠生辉，宛若故乡威斯特法伦的麦田，他举着毛瑟枪，像是举着一把叉子，他没有瞄准就开枪了，如果四周有夜鹰，准会因为爆破声远走高飞。帕诺西安捂住胸口，像是要把鸟儿留在胸腔里，他一屁股坐到地上，嘴巴大张，双目圆瞪，晃晃悠悠地向后倒去，背部砸上了泥地，他死了，胸腔里面的鸟儿飞了。奥利韦蒂中士率先反应过来，开枪反击，但他射偏了，子弹卡在了距离年轻士兵脑袋十厘米开外的木材中，而后者又上好膛，瞄准中士，击中了他的肩膀，在冲击力的作用下，中士快速地转了个圈，像是斗牛士准备给出致命一击，接着，他失了平衡，重重撞在内壁上。"×你老母！"古佐啐了口痰。他单膝跪地，手中的枪瞄准了金发魔鬼，但他还没来得及按下扳机，目标就瘫软在地，额头正中一枪。古佐回头看见了开枪的蒂尔，一缕烟飘出了枪管。巴利埃中尉晃动起双手，喊道："停下！停下！别开……"但一枚子弹射穿了他，在他来得及说完话之前，灼热的钢弹洞穿了他的

---

① 原文为德语。

心脏，于是他的胸膛瘪掉了，中尉倒了下去，胜利的步伐就此终结。这一枪来自第二名哨兵，他趁乱拿回了步枪，又一个转身对准了蒂尔。男孩在两米开外的地方。他弯腰抓起扔在地上的铁锹，一个箭步冲上前去，铆足了劲用铁锹的利口砸向敌人。铁器倾斜地插入他的下颌，把它一撬为二。战士向后倒在地上，头盔跳弹到一边，手指肌肉一个痉挛，按动了毛瑟枪的扳机，子弹失了准心。男孩凑上去端详，他看见了嘴巴和有裂口的嘴唇，伤口，缺口，敲碎的牙齿，苦涩的笑容，男人也看着他，看着男孩，他明白眼前的景象，但他仍在笑，沉默的、猩红的灿烂笑容。男孩举起铁锹，再次砸下。砸啊砸。雪花此刻开始落下。它们慢慢悠悠地坠落，每一片都是稀罕物，孤零零地降落，精心裁剪的花边，轻盈如飞沫，第二片雪花刚刚叠上第一片，就一起融化，消失不见了。男孩在砸。还在砸。铁锹劈开空气，每一击都能砸中，他越是用力，男人的笑容越是灿烂，嘴巴、嘴唇、下巴、两颊，铁器在血肉上留下道道伤痕，划开，捣烂，残破的皮肤剥离了碎骨、牙龈、牙釉质和血滴溅在周围的雪地上，洒在男孩的白色伪装上，一道闪光刺入眼中，他被迫闭上了一只眼睛，而另一只则蒙上了血雾，他砸啊，砸啊，砸啊，雪花坠落，温柔地坠落，洒在男人的脸上，或者说曾经的脸上，现在只是一团血糊、稠液、肉馅，男孩或许会一直砸下去，如果不是奥利韦蒂中士站了起来，从身后抱住他，用那只还能动的手，但强壮有力，他牢牢制住男孩不让他打砸、动弹、颤抖。"好了，好了，好了……"中士在男孩耳边轻声说。与此同时，古佐在挎包中一番摸索，掏出手榴弹，拔掉引线，扔进掩体内。"好啊！"他扑到地上。爆炸震动了屋顶的木头，一阵灰烟从泥地深处袅袅升起，透过棚屋黑洞洞的缺口飘出。德军阵营骚动起来。大雾遮蔽了德国鬼子的眼睛，但他们觉察到了沉闷的响声，破碎的声音。"撤退！"奥利韦蒂中士大喊。他仍用胳膊钳住男孩，另一条胳膊像是折断的树枝垂在身体一侧，一摊血绽开在肩头。"撤退！"中士重复了一遍。第一名哨兵抓住机会想要逃跑。他一下子窜出去，攀上战壕边缘，正打算把两腿送上去，蒂尔开枪了，打中了他的脚踝。男人中了枪，却还是站了起来，拖着残腿挪向自己的阵营，一边大叫："法国人！法国人！"①像是作为回应，齐鸣的机关枪立马拂去了他眼前的雪花，为他开路，又止住了他的动作，打中了他的双腿和腹部，男人倒下了，他死去的时候一手伸向他的同胞，他的兄弟，或许是为了让他们停止射击，或许只是为了告别。机关枪继续漫无目的地扫射。一块块的泥土和积雪在坡顶翻飞。奥利韦蒂中士转身和剩余队员会合。他扶着男孩，几乎是把他提了起来。最后一名德国哨兵仍然高举双手。头盔下的脸煞白煞白的。他就要哭出来了。他追着这人或那人的目光，说："同志……同志……"②他反反复复念叨这句话，像是咒语，像是请求，像是在说"求求你了……求求你了……"那是乞讨的终极状态，不是为了拯救灵魂，只是为了皮肉，他爱他们，是的，爱那些法国朋友，他可以亲吻他们的手，他们的脚，大家明白的，换作任何人都会这么做，但好同志蒂尔走到他身边，作为施舍，朝着他的脖子就是一枪。战士蒂尔，十八岁。"撤退！"奥利韦蒂中士第三次命令道。他把男孩拖向另一边沟壁，蒂尔紧随其后，古佐在他们攀爬的当口，扔出手榴弹

---

① 原文为德语。
② 原文为德语。

为众人断后。这头小公牛定定站在地上，倒空了挎包，挥动胳膊，把手榴弹扔向德国战线，嘴里还叫嚣着"× 你老母!"，之后，他把空包也扔了出去，一个转身，追上了其他人，钉在厚木板上的指示牌指出了方向，那上面有人用黑炭写着：巴黎方向。[①]四人翻过矮墙，好歹穿过了哨所前面的铁丝网。然后，弯着腰奔跑，他们受到了两面夹击，一边是敌人的炮火，而自己军队的大炮也开始回击了，一边是德国佬的机关枪，一边是法国人的大炮，一边是狂热的梦想，一边是冰冷的现实，他们在奔跑，他们在祈祷，但愿呼啸而过的子弹，但愿从头顶飞过的炮弹不会打中他们，他们在奔跑，他们冲入迷雾中，渐渐地融化了，消失了，一身的雪白和鲜红，消失在了白色的大地和白色的天空之间。

---

① 原文为德语。

爱玛写道：

我的爱，
听听这段话：

"恐惧令他动弹不得，浑身冰冷，脚下亘横着一道深渊；她环顾四周，入眼的只有畏惧、黑暗；没有一丝希望能照亮眼中暗淡的未来。她本来寄托人生的那人，不再为她而活；没有爱人的世界宛如可怕的荒漠。"

歌德。《少年维特的烦恼》。很遗憾，我没有给你读过这本书。但我又如何能料到呢？

今天，我写下了给你的第一百封信。也就是说，你离开已有一百天。没有比这更凄凉的纪念日。雨水落在城市。诗人只需敞开我的心扉，在其中蘸湿笔墨。我没有更好的表述了：没有爱人的世界宛如可怕的荒漠。

E.

第一批信是在一月到达的，那天是三王来朝节。经过了无法追溯的一系列邮政传递。男孩这辈子都没收过信。一下子收到了二十八封。"头奖啊！"韦恩说。在众人吃惊的注视下（之后惊讶转为嘲讽，最后妒忌），负责送信的军官恶趣味似的把一沓信一封一封交到他手里。"看着我，你这个小滑头！摩洛哥国王嘛！不止一个娘们，你有整个后宫啊！"

男孩带走信，坐在远处的箱子上。他在那里一动不动地坐着。信在手中，手搁在腿上。面色宛如大理石。接着，他一封接一封慢慢审视。有些信很厚，应该有好几页纸。他没打开，也没凑上去闻一闻。只是看着上面的字迹。黑色墨水。看着邮票和邮戳。他解开大衣纽扣，把信塞进去，紧贴胸膛。合上大衣。

人类，小子。只有他手中握有黏土：会把它捏成什么东西？

端详信封的同时，他也端详双手。成了一种习惯。他把手平摊在身前，手指微微分开。他一直看着双手，等待手指变红。等着鲜血冒出皮肤，覆盖住双手。他很奇怪，这事竟然没发生。棕褐色的手脏兮兮的，没变红。十指粗短有力。偶尔颤动一下，那种颤动肉眼几乎不可见，就像微风拂过的水面，或者开水沸腾最初的迹象。于是，他把手放在大腿上，等着抽动过去。不用多久，就会过去了。

人类，小子。

好吧。

但一直是人类吗？

"尽管有悖于你们其中一些人的想法，"军医肯定道，"战争代表了文明最高等级！"

医生是对所有人说的，也不是对任何人说的。他身形肥胖，却行动敏捷，从一个伤患走到另一个面前，从这个伤口看到另一个，长着马脸的高大护士像个影子似的跟在后面，她的生硬像是支架，类似扫把柄，常年插在维多利亚新教教育的根基上。端着的托盘里面放了绷带和敷料、器具和器皿。宝贵的助手，或许吧，然而看到这对搭档首先想到的是一个严厉的护士（马脸保姆）在密切关注任性老顽童的一举一动。

"谁造成的？"医生说。人类。谁干的？人类。只有他们。战争，先生，那是我们人类独有的特征。

他洪亮的男高音在喘气呻吟声构成的背景乐中独树一帜。痛苦和悲伤。微弱的哀乐交杂着刺耳的咳嗽。远处的草褥那里传出某位炮手絮絮叨叨的话语，像是陷入了吸食乙醚后的谵妄状态，某个伊菲革涅亚①在和母亲对话。不幸的人只在眼睛位置留了两个黑洞。男孩晃动双臂，躲在角落里。行动回来后，人们把他和奥利韦蒂中士送到这里。鲜血浸染了他的伪装服、脸庞、脖子、双

---

① 迈锡尼国王阿伽门农的长女，为了平息阿耳忒弥斯的怒气，被父亲献祭给了神明。

手。快速清洁后，发现他没有一处伤口。没有任何刀伤。血不是他的。男孩安然无恙。

"大地上没有其他生物，"医生说，"洋洋得意于自己的智慧、想象力、才华，进而杀死自己的后代。没有其他生物会投入大量的时间和心血来摧毁同一种族。"

现在，他俯身查看中士赤裸的胸膛，用一把长嘴钢钳在其血肉中翻翻找找。

"没有！"他说，"战争绝对是人类独有的特征。我甚至可以说：战争是定义人类的主要标准！……你们当中有谁胆敢抱怨自己参与了战争？"

"那四狗死，就则样！"①有人在咒骂，他的下巴似乎脱臼了。

"哈哈！你们就认了吧，士兵。如果非要说是狗屎的话，那也是艺术层面的狗屎！……看啊，"医生叫道，用钳子从奥利韦蒂中士的肩头取出一枚 7.92 毫米的子弹。"这就是实实在在的证明——实实在在，不是吗，中士？——证明了我们人类胜于其他物种。再狡猾的狐狸能发明毛瑟枪吗？不能。奶牛、老鼠、狮子、老虎能发明手榴弹吗？ 155 口径大炮吗？不能。它们想都想不到！我们那些所谓远亲也不行，比如，黑猩猩、大猩猩、猩猩。那些原生的灵长目动物无法制造这巧夺天工之物，比如，穿甲弹！"

护士递过来托盘。医生把子弹扔进里面——轻轻的金属声，仿佛一个苏的硬币掉落进乞丐的杯子。

"我们的毁灭机器越是精巧、高效、量大，就会被认为我们的文明越发高级。那么，我们就越是至高无上了！……敷料，麻烦

---

① 应为：那是狗屎，就这样！

了，希丁克小姐。①"

一会儿之后，这位艺术家走到男孩面前。

"你还在这里，你？"他对男孩说，"你在等什么？……好啦，回到你的岗位上，战士！第二次你会有出色表现的。"

慈爱，又不失威严。

表现得像个人样，他或许会多说一句。

马脸保姆后退一步，轻蔑地打量起他。额头上面的红十字架庄严神圣。

他们都知道。

奥利韦蒂中士留在野战医院。男孩回到部队，独自一人走回去。

人类，小子。

好吧。

人类，没有其他了。他也没法自问，这归根结底是个好东西吗。值得羡慕吗。他没法对自己说，其实一文不值。

他把手平摊在大腿上。抬眼。

不用多久，就会过去了。

---

① 原文为英语。

爱玛写道：

我的爱，

我欲仙欲死。

在梦境中，鱼水之欢。

下午四点。经历了又一个无眠夜，精疲力竭的我昏昏沉沉地躺在床上。我做梦了。在梦里，我们俩待在你的篷车里，就是我俩的命运交汇之际你驾驶的篷车。车轮没有坏，篷车还能动。我不知道谁在驭马，因为我们俩都在车里啊。马蹄咔嗒咔嗒响，透过帘子可以看见树木向后退去。树木的阴影。天气晴朗又炎热。我俩赤身裸体地躲在凹室里，汗水涔涔。我认得你的皮肤纹理。我认得你的气息。你仰躺着，阳具直挺挺，又长又粗，你把它递给我，你等待着我将它握住。你的阳具，你的笔杆，你的标枪。给我的。那是一次献祭，一个命令。握住！我从你的目光中读懂了。我还看见了骄傲、焦急、兴奋，那冷峻的目光胜过发号施令者。握住！……是的，主人。是的，我的王子。是的，我的爱。我听从命令。我俯下身，握住它。用我的嘴。你的木桩，你的双刃剑。我的嘴唇包裹住它。我给它打磨、抛光。我舔它，含它，吸它。我所做的一切，事实上都是为了让它准备好劈开我。谁下的命令，你以为呢？谁的要求？我在我的口中淬炼你的利刃，然后我就被刺穿。握住！

我敢对你发誓，我快要死了。醉生梦死，欣喜若狂的死亡。神圣的灼烧。你将我刺穿。你将我填满。你似乎从未贯穿得如此之深。篷车前进，一路轻轻颠簸，景色变换。阴影。太阳。阴影。谁在驾驶马车？没人。我们俩。我骑在你身上，你驮我前行，那是我俩一同完成的旅途，你和我，爱人和爱人，主人和主人，奴隶和奴隶，那永恒的内在纽带将我们联结在一起，就像云和水，就像太阳和阴影，旅途接近终点，我知道它要来了，头晕目眩间，精神和物质发生了奇妙的混乱，神奇的混沌，我感觉到向上，向上……

我不知道持续了多久。我醒过来。睁开眼睛。窗户后面，傍晚来临了。可我嘴中还有你的气息。真的有，你明白吗？在房里，在床上，我总能感到你的目光注视着我。你的肌肤。你的汗水。你深深插入我的腹部。

我无事可做，除了延长那个梦，我的爱。继续旅途。我们的。完成它。

我双腿大开，手已就位。谁下的命令？谁在发号施令？我的身体又烫又胀。我的汁液在流淌——泛滥成灾，如果你想要知道！手指有了动作。但那不是我的，是你的手指。我的就是你的。我的手指是你的舌头。我的手指是你强壮的木桩，将我钉住，将我抬起，将我带向九霄之外。脱离了我的肉体。脱离了一切，灵魂，血肉，精神和物质。灵魂附体。闪烁。炽热。我要咬紧嘴唇才能不喊出声。

是你让我欲仙欲死，我的爱。

这是你离开之后第一次。我斗争良久。我抗争过。我要告诉你：每次想到你，恐惧、焦虑就会让我呼吸不能，但还掺杂着欲望。我能怎么做？我想你，我湿了。欲望就在那里。恐怖的欲望。我抵抗了好久它的进攻，因为道德感禁止我屈从于欲望。你相当了解我，知道我说的并非是大众道德感（礼仪、原罪，凡此种种人们一股脑儿灌输给我们的乱七八糟的玩意儿），不是大众的，而是我个人的。我自己约定的协议，关乎贞洁、忠贞、尊重、端庄、责任。责任，是的。我规定自己有禁欲的责任，那是为了你。你的缺席，你的处境，你可能见到的和经历的恐怖：这一切阻止了我的行动。可是，荒诞不经的大众道德糟粕真的离我们很远吗？我不相信。我再也不信了。

我被欺骗了很长时间。

我现在认定的是，我能给你最高的敬意，我能给你最伟大的爱的证明。我要以这样的方式向你致敬。你把我弄湿了。你让我欲仙欲死。尽管远在千里之外，你将我控制于股掌之中。你控制了我的手，控制了我的手指，我遵从了。我属于你。从今往后，我不再抵抗。不再拒绝战斗。我的欲望和享乐可以对抗所有的诽谤。我的武器。你看，夜色降临，我倒没那么害怕了。也没那么冷了。当我想到我的梦，以及此后发生的事，当我将其描述出来，我感到那潮水又涌了上来。

它回来了。看啊。摸一摸……你看见了吗？我湿了！两腿再次分开。我的大腿。我一手握笔，一手，你的手，钻进裙子。钻进我的谷地。你又要让我欲仙欲死了，我的爱。我想要……哦！是的，我想要你也能欲仙欲死。和我。一起。没有任何东西能填满我。手淫吧，我的爱。手淫吧！在那边，立刻，在你待的地方。求你了。你就做吧。让我来。那是我的手，你看见了，那是我的。是我的手抓住了你的老二，在我的手中鼓胀起来。握住！眷顾我的宝地。揉搓它。插入它。就这样，是的。就这样。继续。我想要感到你的液体上升。我想要你的老二伸长，胀大，变硬，爆炸。两个人，一起。手淫吧。手淫吧。让我欲仙欲死，我的爱。让你的老二在美女口中射出来！

E.

他们在索姆省度过了剩余的冬天和一部分春天。战役和战斗，进攻和防守。第一道战线，第二道，第三道，休战——组织防线，规划作战任务，再进行优化，工业化的生产节奏：屠杀业及其生意。男孩参与了所有行动，施以援手。自愿的。勘察巡逻。埋伏。闪电袭击。背后突袭。破坏，清洗和骚扰。肮脏的工作。男孩比同伴干得更多。他观察、模仿，凭借着勇敢、鲁莽和效率，很快就青出于蓝。他的本能反应苏醒了，结合新学的科学方法。还有直觉和聪明，一样不缺。天性和经验。他天生是这块料子，懂得随机应变，灵活机敏，善于控制自己的动作并且保持沉默：这一切让他如鱼得水。捕食的时代又回来了。潜伏、狩猎的时代。

短短几个星期，他就有了好几个名字。所在排的人把他叫做"影子"。有人叫他"苏族"。加拿大人罗斯叫他"猞猁"。牛仔韦恩叫他"狼"。无论叫出的是哪个绰号，说话者的声音中都带有一丝敬畏。甚至钦佩。移风易俗，个人价值通常是以带回的头皮数量决定的。他们看见了执行任务的男孩，他们知道他的价值。

他杀人。

这不算很大的特点，如果他只用白刃杀人。起初，有那么一段时间，他认真地把短柄方铲的刃口磨得十分尖利，他也用它剃须。只要近身给予一击，就能干翻任何敌人。然后，他尝试了砍刀。尝试了手斧。之后，转向短刀：他从一名塞内加尔狙击兵的遗物中找到了这把用来开山的刀，给它弄了个套子，别在皮带上。除了这把武器之外，他和那些殖民地来的军人一样残酷无情，就算违背军令，也不会留下战俘。

男孩激起了众人的好奇心。有时令人胆寒。他的沉默更为其增添了神秘色彩。各种各样的绰号时不时出现在食堂的交谈中。有直击者亲眼看见了他的举动，然后讲述出故事，或多或少带了点夸张，在勇敢或恐惧情绪的渲染下，愈发变了形，上升为壮举或屠戮，他们跟着沾沾自喜，以为或希冀着作为现场一分子，也能沾染到些许荣耀。那些道听途说者继续重复故事，从那些人嘴里说出的故事演变为了史诗，浑然不觉自己说话的语气宛若祖辈倚在炉膛边上娓娓道来某个传说人物或神话人物的冒险经历。流言不胫而走。故事成了传奇。如果我们仔细辨听，男孩没有英雄的特征，他不是魔鬼或恶魔本人，而是某个死亡天使。致命的天使：这才是最危险、最自相矛盾的生物吧？从天而降的战士制造了人间炼狱。

这种亦正亦邪的魔力，围绕在他周身的死亡光晕，以及他给人的观感，男孩全都不在意。事实上，战友们对他根本不了解。多数时候，他独自行动，根本没有目击者。除了他们排需要坚守在第一线上时，他有很大的自由空间。他会暂时离开。不用征得许可，也不会告诉任何人。通常是在暗夜无光时。他在夜晚结束时离开，晨曦来临时回来。在此期间，他做了什么？去了哪里？
他在探索。无人之地以及更远。他游走在战线之间，从外围绕过，
或者跨过战线。从这个军营到另一个。没有栅栏能阻挡他。他将
铁丝网玩弄于股掌。他征服了拒马。他制造出缺口。高兴起来，
他会深入敌营。总而言之，他比空气还轻盈，比夜色还幽深——
风中的风，阴影中的阴影：该如何区分呢？他能在德国军营内游
荡很长时间。转瞬即逝，悄无声息。天使飞过……日出时分，德
国鬼子会发现有一两个同伴被人割了喉。这并非孤例。他也会跨
坐在距离地面十米、十二米、十五米高的树枝上，耐心观察。几
个小时当中总会有骑兵队从下面经过。他们在林中空地上露营。
马儿很快觉察到了男孩的存在，焦虑地嘶鸣起来，并且神经质地
踏步，瓷质般的大眼睛转个不停——那白色的眼珠在新月照耀下
熠熠生辉。但骑兵不明白马儿的信号。男孩只有一次在长途奔袭
中被发现：一头看门犬嗅到了他的气味。那是最可怕的狗之一，
德国罗威纳犬。幸好是那条狗先露出了獠牙，嘶哑的嗥叫在喉头
震颤。男孩没让它叫出声。他用斧头一下子劈开了狗头。但斧刃
深深卡在了骨头里，男孩还来不及拔出，狗主人就出现了。他和
那头畜生一样凶悍，也在嗥叫，但重量是看门狗的三四倍。庞然
大物。于是开始了贴身肉搏，男孩最终咬住对手的鼻子，摆脱了
困局。然后，朝着头颈就是一斧子，结果了那人。那天晚上，当
他再次出发时，他想对着星辰大喊。鲜血鲜血鲜血夜晚鲜血月光
空气鲜血鲜血。无需密码，他就能从敌军或者友军的哨兵鼻子底
下溜过。看不见，摸不着。

　　有些战友表示怀疑。他们忍着没提问。纯粹靠想象。只有同
班的下士真的见过，原因很简单，两人碰上了，男孩和他，在一

次征程上。不守规矩的两人同样热衷夜间生活，他们就这么撞上了，差点儿就要动手杀了对方。他们一同返回营地。下士不知道一切，但他知道当下的事。他明白了。他也有秘密。

"为什么要冒所有这些险，马捷帕？"有天他问男孩，"那是加班。没人强迫我们。人们更愿意自己被打出个洞，不是吗？"

他摇头。淡淡的笑容，嘴角叼着烟，眼中闪过讽刺的光芒。

瑞士人。机缘巧合下，参加了外籍军团。那个团最初几个月损失惨重，于是在冬季进行了重新整合，所以，他们相遇了。

下士灰绿色的眼珠，敏锐、犀利。直视灵魂。人们都喜欢他。班里所有人。但他渐渐地和男孩缔结起了特殊关系。更加紧密。或许是因为两人同时出现在那里，完完全全，身处他处。

"你让我想起了一个人，马捷帕。"另外一天他对男孩说，"不存在的人。还没生出来。暂时在这里（用手点了点额头）。他在成长。在长大。他靠这一切来滋养，靠所有的腌臜事儿。他存储起来……但我要写出四分之一。有可能那会是个恐怖的家伙。老天，一个卑鄙的家伙！最坏的子嗣……我该怎么办？龙生龙，凤生凤，老鼠的儿子会打洞。"

只有下士会叫他身份牌上的名字：马捷帕。他立马认出了名字的出处。还提到了雨果。李斯特。就好像随口提起正和他们一起在交通壕行军的战友。亲密的关系，不多不少。那笑容更尖锐，目光更犀利。"好名字。"他说。奇怪的家伙。

有件事能肯定：关于逃走，下士能掩护他。死亡天使可以拍拍翅膀飞走。是他吗？是他那有害的飞行飞过荒芜的田野？有可能。鲜血夜晚月光鲜血。收割。

猩红的季节拉开了序幕。离结束还遥遥无期。

五月，他们在加来海峡省的阿尔图瓦突击。白色工事[1]，编号140[2]，卡朗西坟墓，苏谢坟墓。那里的人们很长一段时间都会谈论士兵的勇敢。谈论他们的牺牲。之后将他们遗忘。

　　一个月后，他们到达阿尔萨斯。圣玛丽欧米讷：一切将在那里有个定论。同样的钟声和哀炮声。惊心动魄的战斗，英勇壮烈的战士。他们骁勇、好斗、无畏、热忱、勇猛，然后死去。人们为他们建起陵墓。刻上他们的名字。纪念他们。之后将他们遗忘。

　　人们经过。昨天还无名的村庄进入了史册。历史在继续。

　　对男孩而言，孚日山的归途成了一段悲惨经历。如果还有事情能让天使的心流血，那就是这桩：

　　天刚拂晓，他们走在路上，仿佛行走在垂死的巨人绽开的伤口中。蹂躏，蹂躏。铁的狂风暴雨刚刚过去，钢火的冰雹推倒了

---

①　德军筑起巨大的混凝土块来保护战壕，被称为"白色工事"。
②　就是维米岭，编号140是代号。1914—1917年间，发生过数次战役。

树木和建筑、屋顶、墙壁、钟楼，它纵横交错，开膛破肚，烈火燃烧，焦黑一片。到处是残垣断壁，烧尽的废墟时不时冒出一缕青烟，散发出刺鼻的气味。有些本地人在瓦砾中翻找被埋的亲人或微不足道的财物。留在原地的活人，寥寥无几。临近中午，天气炎热。天空蓝得十分纯粹。死去的动物躺在地上。奶牛的肚子鼓了起来，乳房松弛干瘪，没了奶水。苍蝇已经卵上了，乌泱泱的。大乌鸦和小嘴乌鸦成群结队来参加盛宴。唾手可得的猎物。死尸，以死尸为生的动物，还有和这场劫掠不太相配的行人。一小队衣衫褴褛的士兵。他们步履迟缓，灼热的阳光压得人头抬不起来，像是苦役犯经过一天辛苦劳作后回到监狱中。恍惚以为听到了脚踝之间无形的镣铐发出的叮当声。

走过一段路，遇上了另一连的残兵，凄惨的境况比他们好不了多少。战火给了他们狠狠一击。损失惨重。折损了一半人马。伤兵、死者。流动餐车、卫生车、拖车，这些翻倒的车辆堵截了马路。牧场从马路一头延伸开去，虞美人点缀其中。星星点点的艳红色之间，能看到巨大的鼹鼠窝，那是一系列新挖的坟墓。穿着汗衫的士兵忙忙碌碌。他们先是忙着埋葬人类，现在轮到了马匹。十几匹。为它们准备了一条沟。为了节省地方，人们把马匹截成几段。剁下四条腿。男孩就在那时脱离了队伍。他一个箭步离开队列，跳上路堤，跑向俯身的两名士兵，后者手里拿着锯子，在肢解马匹。他用力推开两人，把他们推到了地上。后者站起来，既惊讶又生气。其中一人继续手头的工作，男孩抽出了短刀。那家伙发怒了。"让他去！"有个声音响起。下士一溜烟跑过来。男孩身边立马聚集起一个班的人。他们不知道发生了什么事，但出于道义，还是跟了过去。人群聚集起来。有人拔高了喉咙。人们又累又乏，脾气一点就着，如果没有下士的机智和权威，众人就要扭打起来了。情绪终于稳定下来。掘墓人嘟嘟囔囔走开了，跑到稍远处继续手头的苦差事。

整个争吵过程中，男孩没有任何举动。他一直站在死去的马匹前，手握短刀，就像周围发生的事儿和他没有关系。现在，战友住了嘴，看着他，等着他。过了会儿，男孩慢慢跪倒在动物尸体前面。手平放在两个耳朵之间。降福或祝圣或只是抚摸。他看着它。看着它庞大的身躯，巨大的肋部像是船身一侧，尽管瘦了，但仍然强健，大腿死后发僵了，小腿粗壮。是它。虽然蒙了尘土、污泥和血迹，男孩还是认出了枣红色的毛皮，他曾经常常为它刷毛、擦毛。是它。是那匹阉马。一定是被征用了，被人从平静的退休生活中拖了出来，就像所有可以骑，可以驮，可以扛，可以拉的人类和牲畜，所有的强劳力，所有的血肉，可以用来填喂那个贪婪、饥渴的怪物。是它。它独一无二。马儿的一只眼睛睁着，无神的目光，黑压压的苍蝇布满了眼睑——这些昆虫俯身吸食眼珠苍白的表面，像是要吸尽最后一滴泪水中的盐分。眼球直勾勾地看向蓝天。翻卷的马唇露出了长长的马齿，苦笑凝结了。一丝血液从鼻孔渗出。下巴上那撮金色胡须而今成了烟灰色。是它。是那匹阉马。躺在红色的虞美人花丛中。

男孩看着。他缓缓深吸口气，鼓起胸腔。他记起来了。那是其他的年代。或许是另一个世界。此时此刻，马儿躺在地上，他跪在马前，其他人站在周围，形成了一道围墙，下士和班里的所有战友紧紧守护着他们。人们都在那儿，聚拢在男孩周围，之后，战火带走了阉马的尸体，没人真的知道还有哪些人随着死马消失在了烟雾中。

爱玛写道：

　　我的爱，

　　我听说他们会监察邮件。他们打开信。审查是否需要。有些内容似乎是禁止的。哪些呢？所谓和军事战略有关的信息。我们军队的驻扎地，移动路线，即将发起的进攻，或许还有使用的武器，谁知道呢？他们担心有间谍。我的爱，假如你给我写信，你无权向我透露你的步枪里面还剩了几颗子弹，了不起的霞飞将军准备了多么盛大的屠杀。你注意到了吧，我用了"了不起"和"盛大"。好吧，我还要加上"出色"！我的信现在更合法了，不是吗？我无可指摘。万一那些先生想要看一眼我寄给你的那些小小的无辜的信笺。这些双重含义能起作用吗？我并不感到惊讶，说到底，在我看来，邮件审查还有其他理由和其他目的，除了刚才提到的那些。无法公开承认的目的。我认为，他们只是不希望民众知道真相。你们在那里的真实状况以及你们的真实想法，你们，那里。

我们在这里的状况和我们的想法，我们，这里。不能被知晓。死亡、伤患、残疾、期待、恐惧、焦虑、疯狂、失望：不不不，这些都不存在。前线传来的都是佳音。根据我们看到的报纸，全都是捷报。就像我和你说过的，官方媒体众口一词：我们的战士骁勇善战，那个时刻就要来临了，德国雄鹰，这个可恶的猛禽就快被生吞活剥，被赶出我们美丽的国家了。这才是我们应该知道的。只有几个执拗的记者偶尔敢于在自己的文章当中说出疑虑或抗议。和谐交响乐中的不和谐音。见鬼！那人搞砸了工作！幸好，监察一切的乐队指挥在乐池中。嘭！指挥棒敲打在犯错的那人手指上，迷人的交响乐重归和谐。就是这么运转的。你以为他们不允许我们有任何杂音。应该说，这里也是，后方也要做到最好。感谢你们。感谢你们，我们的财产和生命得以保全。感谢你们，我们还保有希望。我们的心和你们的连在一起。我们为你们自豪。我们信任你们。我们钦佩你们的勇气，鼓励你们继续战斗。是的，是的，继续！继续！你要相信，你们的牺牲是必要的，也会得到完全的认可。

你看，我觉得，那些审查官先生担心我们的精神状态。这不是同情或者突如其来的怜悯，只是必须。信中不能流露出动摇军心的情绪。要保持住战火、动乱和肆虐的大火。为此，所有战败的疑虑都要禁止。为战火流泪。不能有怀疑。不能有质疑。想象一下，我们共享了真正的情感，真实的诚挚想法，想象一下，我们终于意识到，在那里的你们，在这里的我们，甚至还有在家园中的德国人，我们全都意识到了战争的无用、荒诞、虚幻，意识到了战争制造出的方方面面

的苦难，意识到了强加给我们的不幸并且强迫我们参演这出
残忍的剧目。你能想象得到吗？我敢打赌，认清这点后，所
有人就会达成一致，立马终止这壮丽的、崇高的屠戮（"壮
丽"，先生，"崇高"，我坚持）。第四幕第三场："没了战士，
战争结束了"①……这将是怎样的灾祸啊！

　　不，要防患于未然，避免我们的信件散发出毒液。谨慎
和警惕。此外，如果希望实现有效的写信沟通，他们就应该
为我们提供很棒的明信片。有好几款样式。每种上面都印着
年轻英俊的战士。英姿飒爽！挺起胸膛，骄傲的目光，上过
浆的军服，锃亮的皮鞋和步枪。每张明信片都配有一段话。
我的爱，你想收到哪一张呢？这张上面写着：

　　"75团的光荣！所到之处，战无不胜。"

或者你喜欢这张：

　　"在国王和共和国的领导下，谁惹谁倒霉！"

我么，我承认这个亚历山大体的诗完完全全惊到我了：

　　"近距离面对敌人，我的心充溢了怒意
　　但愿他过来，我要和他英勇一战。"

---

① 出自高乃依的剧本《熙德》。

算是证据，证明了战争爱国主义不缺诗意。

但我还要给你看这句振聋发聩的话：

"我们会赢的！"

朴实、经典，永远有效。

就像你见到的，我只是遇到了麻烦，不知道该选择哪张明信片来表达我最温柔的想法。在此期间，人们也会督促我们参与到战争中去："请认购国防债券。"他们对我们说。我犹豫，犹豫，正如你能料到的……

我的嘴角露出了微笑，当我想到那些先生用肮脏的吻部翻翻找找，找到了我们的信件。他们会读到那些优美的词句。有些内容会让那些猪猡热血沸腾，快活地摇动起打圈的小尾巴！

我在此先为自己可能存在的，会被发现的拼写错误道歉。既然我知道那不会是你在读信，我的爱，这是我最后一次给你传递信息。题词简简单单：

"读信的人去他妈的！"

E.

这里，居斯塔夫成了老鼠。男孩第一次听到有人说出这个名字时，猛地转过头，想要找寻他所认识的父亲的身影。却只看见成千上万的啮齿动物中的一只，死了，有个战士拎着它的尾巴。今早的战利品。肮脏的动物。排名第三的讨厌鬼，仅次于德国鬼子和烂泥。居斯塔夫，就是老鼠。这意味着世界天翻地覆了。意味着人们都快将它赶尽杀绝到了怎样的地步，意味着人们赋予它的面貌。

七月。他们重新在索姆省安营扎寨。虽然没有官方命令，但他们的班目前被认为是自由军团。大约有十五人，下士领导。每个人都证明了自己的能力。铁血战士。不拿军饷的外籍军团，在他们眼中，所谓军队纪律更接近于无政府状态，而不是上下级的关系。他们只听下士的话。如果是他下达命令，他们会执行。交给他们的都是最棘手的任务。没有任何界限。作为交换，他们享有很高的自由度。不用服劳役，不用做工，也不用出操。他们组织得当。别人也就对他们的小事眼开眼闭。一句话，大家求太平。

男孩原先的班中还有八人活着：韦恩、霍斯伯格、巴比克、拉科维奇、科尔穆斯、阿迪达、布卢门菲尔德和他。其他的俄国人、意大利人、比利时人回到了各自的军队。哲人死了。古佐死了。罗斯、斯坦恩、瓦亨费尔德、加尔多、蒂尔、克列斯托尔斯基、佩雷拉还有其他所有人，都死了。有人会替补上。等替补死后，再有新的替补，替补的替补。男孩眼见着许多新兵鱼贯而过，那些老兵把他们叫作"鲜肉配给"。有些捣蛋鬼会在运送预备役士兵的汽车上涂鸦上 R. V. F.^① 三个字母。那些征用来的汽车车头上还写着"老佛爷百货商店"或"马德莱娜广场—巴士底狱"。"终点改了，伙计们。这里是德国鬼子地狱。终点站到了，统统给我下车！哈哈！"（众人常常一笑了之。）他看见那些新兵有时都还没经受洗礼，就在第一次进攻时被机枪扫射，四分钟之后灰飞烟灭。永远的新兵蛋子。

那些活下来的人——我们可以称作幸运儿？都是头脑强悍者。他们组建起惬意的小村庄。他们从废墟或废弃的房子里面找来物件装饰自己简陋的住所。家具和小玩意。巴比克爱画。他的板房四壁挂满了画作，你从未在茨冈人的旅行挂车里见过这么多的画。他把能找到的各种画作都带回来，水粉画和水彩画，风景画和肖像画——不认识的大人物的伟大祖先那又肥又红、古板严肃的脸庞——甚至还有两个镀金画框，但里面是空的。"劣作博物馆。"科尔穆斯讽刺道。科尔穆斯蜷曲身体睡在锻铁的儿童床上。就像是鸲鹆被关在金丝雀的笼子里。他说儿童床让他想起了童年时光。他说那是念旧。阿迪达表示，无论如何，他现在喝的是酒，不是

---

① 鲜肉配给的法语是：Ravitaillement en Viande Fraîche。

牛奶。阿迪达喜欢装有钱人。他找来一对路易十五风格的扶手椅，几乎完好无损，就他这屁股以前只坐过稻草椅子或木板凳。最为风雅之事：他在天花板上安装了一盏带流苏的枝型吊灯。每到晚上独自一人时，他在自己的沙龙中跷起二郎腿，叼上一根没有点燃的雪茄，因为他不会抽雪茄，翻看一本过期的《高卢人》杂志，有一半的概率他会把杂志给拿反了，因为他不识字。韦恩也不懂音乐，但美国人还是求爷爷告奶奶，央求众人把一台1834年出品的教皇牌古董桌式钢琴抬进了屋子。他时不时地会用力按下一根琴键，似乎是为了找音准，然后就会开始弹奏一曲遥远的西部歌曲，关于可怜的奶牛，关于美人，关于月光照耀下的荒原。有天，下士令所有人都吃了一惊，他坐到那台钢琴前面，巴赫的大合唱《耶稣，世人仰望的喜悦》①从他指尖流出。再次证明了日耳曼人的天赋不止能制造大贝莎②。破钢琴的音准还行，宛如响起了上帝的怒火，所有人都震住了，一阵哆嗦上窜至头皮。下士那天喝多了，他闭上眼睛，十指翻飞，那一人一琴像是在发光，就像盛夏滂沱暴雨中的阳光。如果他是在梦游，没人想要叫醒他。如果他是着魔了，那应是天赐的神力，那就让他弹完剩下的曲子，让他的欢乐和我们的欢乐逗留。这是下士唯一一次碰过教皇牌钢琴。造访布卢门菲尔德的住处通常能找到他，布卢门菲尔德的前半生奉献给了化学教学事业。两人会聊聊天。屋内装修没有这么奢华，两人的谈话有点飘忽。风格如下：

"除非能证明上帝和威廉二世之间有区别？"布卢门菲尔德发

---

① 原文为德语。
② 第一次世界大战期间德国使用的一种420毫米超重型榴弹炮。

话道,"上帝和拿破仑有区别吗?上帝和阿提拉①有区别吗?其中任何一位和其他人都是一样的,掌握着成百上千、成千上万人的生杀大权,唯一的目的就是要光大自己的荣耀,树立自己的全能,还有保障自己的支配权。"

"不是上帝,老兄,"下士反驳道,"不关上帝的事,是有些人自称是上帝的代言人。篡权者。他们以上帝之名,所作所为却是歪曲了《圣经》。你搞混了将军和传令兵,布卢门。"

"管他呢。没了将军,传令兵也不会存在。你要承认,鉴于死亡的人数,宗教,无论是哪种宗教,都是人类最大的灾难。在我看来,这样的情况远未结束。"

诸如此类的交谈。

除了平静度日,他们做些什么呢?打秋风。最喜欢的战利品是烧酒。所有达到一定度数的酒类:他们可不好对付。数量是第一位的。寻常的一夸脱②满足不了他们,比半升多不了多少。总要再去找瓶酒或找桶酒。他们去仓库或者火车车厢搜找,他们会毫不犹豫地喝掉自己连队以及所有连队的存货,他们会毫不犹豫地行贿、行窃、勒索。(他们为男孩举办了一个难忘的聚会,一次外出行动中,他们从德军防御工事带回了一箱香槟:最美好的战利品。)他们喝完酒后,兴致来了,步行数公里前往后方的一家酒吧。霍斯伯格是富家子弟,荷包满满,由他来买单。他们喝起酒,嘲弄另一桌的低级军官,因为后者的酒钱来自微薄的军饷。军官被激怒了,两派人马打了起来,正巧有队宪兵在黎明时分巡逻归

---

① 古代欧亚大陆最为人熟知的匈奴领袖和皇帝,史学家称之为"上帝之鞭",曾多次率领大军入侵东罗马帝国及西罗马帝国。

② 相当于 0.95 升。

来。他们潜入黑人村庄，和当地土著、阿尔及利亚人、殖民地的人分享热汤，随着即兴而起的音乐，合着悠扬的长笛声，踩着军用水壶的敲击声，跳起非洲舞蹈，跳舞，跳舞，在晕晕陶陶之间，像个陀螺似的不断转圈，直到在星空下在村口把五脏六腑都吐出来。

他们也去打其他的猎物：兔子、刺猬、猫。凡是能改善日常伙食的东西。拉科维奇会做炖菜和野味。有时还会打到禽类，鸭子和黑水鸡。他们找来一艘破船，简单修补之后，就去沼泽地里晃悠。黄昏时分或者一大清早，这些奇怪的船夫蜿蜒穿行在索姆河迷宫般的河道中，静悄悄地划破迷雾、灯心草丛、芦苇丛，神出鬼没的行踪不禁让人想到了传说中的幽灵船玛丽·赛勒斯特号①。但只是他们。淡水湖上的盗贼。他们在一个巨大泥坑里发现了鳗鱼窝，此后经常去那里掏鳗鱼。拉科维奇用红葡萄酒来炖鳗鱼。拉科维奇在大饭店的餐厅干过，他什么菜都能烧。

当然，他们还偷农作物，但不能归为那种组织有序、没羞没臊的强盗，那种人紧跟在军队后面，战斗一结束，他们就跳出来，有条不紊地搜刮大门洞开的房子，翻找温热的尸体。那些卑鄙的人是在发战争财，就像寄生虫靠动物过活，他们恬不知耻地展示作为通行证的红十字臂章，溜之大吉。可恶的败类。重要的是，不能把男孩一伙和那些人归为一类！

在等待地狱再一次降临之际，部队需要休整。他们打起了马尼拉牌。想到了女人。谈论女人。认识的女人，吹嘘认识的女人，编造出永远不得认识的女人，她们或许最为漂亮，拥有最美的眼

---

① 经常被认为是鬼船的原型：船上物品都在，且状况相对良好，但船员都失踪了。

睛，最红最柔软的嘴唇，最俏皮的笑容，最精巧的乳头，不是那种一本正经的女人，也不是怯生生的那类，恰恰相反，要热情，上帝啊，热情，热烈，虔诚，欲望，天哪，你要看看，有时候男孩听着他们吹牛，低头看向双手，他把手平摊在大腿上，会过去的。不用多久，就会过去了。

"玛德隆①，那就是个婊子，一想到这个女人！"

阿迪达用香槟酒的箱子做了个蜂箱。他用钓竿顶着一个蜂巢塞进木箱。满心期待能收获蜂蜜。他还想得到一点蜂蜡用来制作蜡烛，他曾在默兹省看到一名工长做过。蜡烛点燃后，能闻到一股香味。

韦恩养了一只白鼬，并且驯服了它。他给它起了个小名，叫"比尔"，他和它用英语沟通。至少是马也听得懂的英语。他本打算训练这个动物去捉老鼠，想要培养一个真正的"老鼠杀手"，全国最有名的"老鼠杀手"。等这场该死的战争结束后，他要带着他的冠军回到亚利桑那州，通过组织比赛和下注，赚得盆满钵满。他坚信能成功。

下士做了个吊床。把它吊在两棵山毛榉之间，在星空下入眠。当酒精没法把他弄晕，他会欣赏在远方天空肆虐的烟火。计算火箭的数量。试图辨别出哪些是法国的，哪些是德国的——哪些是好人的，哪些是坏人的。

那是初夏的日子。他们的生活在继续，该继续的会继续。

---

① 《玛德隆》是一战时期非常有名的一首歌。歌词内容是关于一个名叫玛德隆的美丽女子在酒馆里面做服务员，有个下士爱上了她，向她求婚，但她表示她想要整个团的士兵。

男孩独自一人远行。穿过战场。赤着脚，短刀别在腰间，挎包里面装了没读过的信。他见过各种各样的事，见过各种各样的人。他在荒废的村庄统治几个小时。没有活的生灵。古老的石头和在石头中取暖的蜥蜴。他在四面通风的庄园和城堡歇脚。曾经的庄园主去了哪里？巨大壁炉中残留的冷灰或许是仅存的痕迹。洞开的大门。高耸的天顶。穿堂风。没有被洗劫一空的也被摧毁或弄脏了。霉斑在房间滋生。癫狂的王国内，国王去了哪里？

脚步将他带得越来越远，用时越来越长。他有了奇遇。一天，在林下灌木丛里见到了一名龙骑兵。半明半暗间，士兵的骨架坐在青苔上。身上的军服皱巴巴的，茜红色的裤子，褪色的天蓝长袍——但是哪种蓝色？哪种天空？他没有开火。往昔的轻骑兵去了哪里？一缕阳光透过树枝，照亮了空洞的脸。骨头经过了彻底的啃食、抛光、漂白。一队蚂蚁从空荡荡的眼眶中钻出来，流下源源不断的暗色泪水。他是在为自己的命运哭泣吗，或是为了看着他的那人的命运哭泣？手无寸铁不代表和平。一簇头发，毛糙得像是马鬃，发灰得像是地衣，盖住了纹章。那毛发应该还长过一阵。有首儿歌是这么唱的："轻—骑兵，轻—骑兵——谁止住了回声？轻—骑兵，轻—骑兵——年轻的红酒和兴奋的狂奔。"四下没有经人组装的痕迹。有只鸟儿在骑兵遗骸上，在肩膀和齿颈之间筑了巢。细枝铺就的底座上躺着三个小巧的鸟蛋，米色的底色上有着褐色斑点。男孩弯腰拿走了蛋，继续赶路。

另外一天，他在弗朗德尔地区遇见了一个画家。他一大早沿着杜勒河前进。又是炎热的一天。他停了会儿，朝河里撒尿，背后传来了喊声："狐狸！……狐狸！"听口音是德语。男孩转身。三米开外的地方，一只通体雪白的小猎狐直勾勾地看着他。那条狗既不低吼也不狂吠。脸部微微倾斜，比起惊恐，它似乎更是好奇。男孩不错眼地看着它，同时从皮套里慢慢抽出短刀。动物不动了。又响起了喊声："狐狸！"随后是一记哨声。这次，狗耳朵动了动。它犹豫了几秒钟，然后脑袋一晃，像是在表达遗憾或是在发出邀请。它转过身，鼻头贴地，迈着小碎步跑开了。男孩紧随其后。动物跑到五十米远的地方，一个转弯，钻进了小灌木丛中。传来了主人的声音，他接住了小狗。语气中有佯装的怒意。又大笑起来。男孩透过小灌木投去一眼。他发现了一小片空地，紫杉和白杨环绕四周。树木后面是一段河流，空地中央，有辆自行车躺在草地上，支起的画架，站在画架前面的人背对着他。天使飞过。小狗坐在画架边上，看着他走近。主人在作画。他穿着汗衫，巴伐利亚军队的外套挂在自行车上。敞开的挎包边上，一大本速写本放在胸巾上。男人唯一的武器是手中的笔刷。他慢慢地、专注地用毛笔抚过画纸。笔尖先往颜料盒里蘸一蘸，再到水杯里浸湿。男孩停在男人三步远的地方，越过肩膀欣赏画作。水彩画。他认出了白杨挺拔的身躯，天空，太阳，映衬着晕染过的天蓝色和金色。美过巴比克小屋中所有的画作。

突然，画家意识到了他的存在。他转过身，手中拿着画笔，然后石化了。脸色煞白，那颜色也像是经过了稀释，反衬出短短的唇髭，黝黑、浓密，像把刷子。男孩看向他。短刀就在手上。闪着寒光的刀刃在绿草地上留下一道银光。只有杜勒河的低吟打破了平静，像是风中沙沙作响的树叶。然后，那人嘴唇翕动。那不是为了组织语言，而是在颤抖。很快，颤抖越来越厉害，还蔓延到了四肢，从头到脚，感染了皮肤、肌肉、神经，甚至骨头，男人突然不可控制地严重抽搐起来。抽搐得太过厉害：腿脚一软，双膝着地。同一时间，他松开画笔，颤抖的手掌合在一起，似在祈求男孩，他在哀求，无言的请求，眼神的恳求，来自内心最深处的恐惧。眼泪夺眶而出。猎狐梗就在此时凑上来，后肢直立，前爪搭上主人的胸膛，用粉色的舌头舔舐他的脸，舔过脸颊、唇髭，舔干他的眼泪。男孩看着男人和狗。看着画架上的水彩画。赭石色的颜料慢慢流向画纸底部。又转回跪地的男人。短刀指向天空，刹那间，钢铁似乎在阳光下燃烧了。男人倒下了，脖颈缩进肩胛骨，嘴中发出哼哼唧唧声。面色一皱。双眼紧闭，那是用尽了全身的力气，仿佛阳光会灼伤眼睛，或者他想永远保留这最终的画面——或许那是他最后一眼。当他再睁眼，天使离开了。

他走了将近一星期。那是他离开最长的日子。他带回两只野兔和一只二十千克重的野猪崽，用绳子串起来：带给战友的口粮。伙计们照常庆祝一番。

"我以为你不告而别了呢，"下士对他说，"你总是让我料不着，谁知道呢……看，我给你留着这个。"

是信。有五封。一月之后陆陆续续到的。男孩打开挎包，想将它们和其他的放在一起。有沓信满了出来，掉在地上。没有一封开启过。下士帮男孩捡起来。但留了封在手里。

"我替阿迪达读了他的信，"他说。"我也为克列斯托尔斯基读信，还有一个你不认识的伙计——热尿，大家都这么叫他。皮加勒区①的皮条客。我还替他回信。那家伙和一打的妓女保持通信。他收到的信多过部长。"

男孩看着他。等他说下去。下士抽了口烟，丢掉烟头。呼出烟气。

"我为人谨慎，"他说，"守口如瓶……"

嘴角一笑。他点了点下巴，指向挎包。

"假如你有需要……"他说，"你看着办，马捷帕。"

他把信递给男孩。

第二天，男孩来找他，把挎包交到他手中，看那动作，仿佛交托的远甚于一包信。下士微微点头。以示答应。灰绿色的眼睛在说，这是个明智的决定，令两人都倍感自豪的决定。

从那天起，仪式确立了。两人躲开其他人，男孩从一沓信中抽出一封，下士将其打开，为他读信。他的确坚守了秘密。他用中性的语气朗读，不带任何评价。好像这是省长下发的官方邮件。几个星期当中，仅有一次表露过个人情感：那次，他把几页信纸塞回信封，沉默良久，眼神放空。然后，说道：

"这位女子……"（指尖弹动信件。）"你知道的，不是任何人配得上……"

---

① 皮加勒是一个著名观光区，皮加勒广场和主要大道上开设了许多性商店，妓女在街上营业。

他停下来。嗓音比平时更加嘶哑。他挺起胸膛，深呼一口气，又叹气。

"是的……"他说，"我觉得你必须逃过一劫，马捷帕。"

爱玛写道：

　　我的爱，
　　只有你会明白 [①]：
　　将有许许多多个冬天为了一个
　　夏天。将有许许多多个漆黑的夜晚为了一个光明的
　　破晓。
　　魔法的灯刚刚被熄灭：
　　沉睡实为上策，即使梦境也无法点亮。

　　群星寂灭，而它们的卫星结伴离去，
　　　　宇宙顿时空无一物。
　　　　那不是永恒。没有金子会融于
　　　　或掉落在贪婪的巨嘴中。

---

① 原文是一首藏头诗，取每行第一个单词，会组成这样一句话：他是最好的父亲。他走了。他不在了。

离开！……可能吗？天空敞开，
此处降下冰冷的沉寂，音乐
不再演奏，苹果里只有蛀虫在沙沙作响。
神明欢跃，没有生活在恐惧的年代。

E.

霞飞下令：

"共和国的战士！经过数月的等待，我们养精蓄锐，敌人损兵折将，进攻的时刻来临了，我们要为马恩河地区、弗朗德尔地区、孚日地区和阿拉斯地区再添新的光荣篇章。枪林弹雨的幕后，要感谢法国工厂的劳动，你们的兄弟正夜以继日地为你们工作，你们要和盟军亲密的战友一同冲锋陷阵。你们的进攻不可阻挡。你们要满腔热血地冲进敌方防线的炮位。一刻不停地夺取胜利。冲啊，抱着信念，解放祖国的山河，为了正义的胜利，为了自由的胜利。"

霞飞

香槟地区。

又是香槟地区！

重中之重的香槟地区！

大元帅要给敌人迎头痛击。他似乎对香槟地区情有独钟。在阿尔图瓦失利之后，他打算集中人马拿下香槟。他的人马，就是男孩他们。

男孩所在部队要离开了。他们告别了他们的社区。告别了吊灯、钢琴和画作和蜂箱，告别了狩猎和偷盗。告别了没有栏杆的笼子。韦恩把白鼬悄悄装在行李中。他们回归大部队。集结之后，成了外籍军团 1 团步兵 2 团。

夏日一去不复返。

总司令部摊开地图。筹划进攻。第二次。大规模。好点子。要在敌方战线上撕开一个缺口。似曾相识之感？你没搞错：还会更糟。永远会更糟。

他们将经历这些事：

1915 年 9 月 1 日，他们抵达普朗谢莱米讷。一队工兵和他们会合。把土地挖了个底朝天，挖出了交通壕。

9月8日，德·于尔巴尔将军签署102号命令，下令第10军夺取"白色工事"，男孩所在的团第一次出现在军令中："5月9日，在科特中校指挥下，负责夺取德军战线腹地上的卡哨，尽管敌军负隅顽抗，炮火密集，我军士官身先士卒，以摧枯拉朽之势连续推进了数公里。"完。

摧枯拉朽之势。

9月13日，法兰西共和国总统雷蒙·普恩加莱出席了规模盛大的阅兵式，并举行了授旗仪式。总统为旗帜别上英勇十字勋章。之后，总统打道回府。

9月17日，他们在尚帕涅火车站登上列车，第二天驻扎在叙普东北方向坐标160的森林中。他们挖起了交通壕。他们翻动泥土。

时间一点点逼近。

天气晴朗，天空澄澈。

未来的战场不是直径七米的一个圈——体面的艺术，没人在乎——而是幅员二十五公里的土地：白垩质的景致，灰蒙蒙没生气的平原，几乎寸草不生，只是被冰雹砸出了坑坑点点，这里，那里拔地而起一片片小森林，有着诸如"方形森林""菱形森林""梯形森林"这样的名字。还有些不为人知的地标有着源头讳莫如深的名字，或者说出口后会让你隐隐约约想到某个遗落在宇宙边缘既微不足道又荒诞可笑的星座名：韦代格朗热的刺、布里科的洞、纳瓦兰的农场、马西热的手、一对乳房、一把牙刷……谁准备好为这些繁星而死呢？

德·卡斯特诺将军奉命进攻。因此可以调配贝当将军的第2

军和朗格勒·德·卡里将军的第 4 军，统共二十九个师和两个骑兵部队。

冯·艾内姆将军率领的德国第 3 军以及德国皇储亲自指挥的三个步兵师陈兵对面，共有七个半师。强弱对比明显，但德军占据了有利地形，组织得当，固若金汤。

法国步兵得到了新军服，地平线蓝（从何时开始，地平线成了蓝色？）。军帽换成了头盔。很多人换上了簇新的半筒靴。

战士科尔穆斯拉肚子拉得厉害。一个好心人给了他止疼剂。

一切平静如常。纹丝不动，寂静无声。

突然……

惊愕和颤抖。

9 月 22 日拉开了大炮轰鸣的序幕，各种口径的大炮和迫击炮，75、90、105、120、155、220、270、370——连同五百千克的炮弹——连续炮轰了七十五个小时，这还没算上飞机在德国阵线上空马不停蹄投下的"天谴"。之后有人计算过，每数百米宽一千米长的土地上每小时大约扔下了三千六百颗炮弹。百年之后，仍然能在地里发现奇怪的菌菇。

密集的轰炸攻势意图捣乱敌人的防守，炸垮他们的战壕、掩体、交通壕、铁路线以及士兵。

9 月 24 日至 25 日，炮击仍在继续，军队趁着夜色进入战场。尽量睡会儿。有名士兵提示想要告解的人：有条战壕里还有个神父在坚守岗位。有些人需要获得精神上的宽慰。

美好的事情总不会长久。

午夜时分，天色忽变。大朵的云块聚集起来，又散开。滂沱大雨倾盆而下，把白乎乎的土地冲刷得软乎乎的，掺了水的白垩土成了烂泥、水沟和沼泽。

凌晨一点，外籍军团1团步兵2团A营奉命投入战斗。他们进驻日军交通壕，位于纳瓦尔军交通壕和纳韦尔军交通壕之间。

凌晨两点，B营进驻日军交通壕，位于纳瓦尔军交通壕和纳韦尔军交通壕之间。

凌晨四点，所有部队就位。

天光泛白，阴惨惨的。

早上九点一刻，进攻开始。

军号在堤上响起，号召大家进攻。军令在空中回荡："冲啊！法国万岁！"

步兵同一时间蹿出了战壕。长达二十五公里的战线上涌起了惊涛骇浪。蓝色的地平线。

迎接他们的是炮火。德国机枪手躲在和地面齐平的工事后面疯狂扫射，铲除一切存在物。重型炮也没闲着。空气中弥漫着呛人的催泪气体。

早上十一点，部队收到命令前往歌剧院广场。然后，又收到命令继续前进，直到战壕，并清除普雷斯堡小丘上的机关枪。在更加密集的射击下，队伍不断推进。

拉科维奇倒下了。

交通壕塞满了德国士兵的尸体。

巨浪滚滚而来。第一道敌军防线有些据点被占领了。但翻过山脊，法军碰上了背坡上的战壕，它们没有受到法国炮火的影响。防御工事和铁丝网都安然无恙。这是总司令部没有料到的情况。无法突破的障碍。进攻在第二道防线前面停滞了。

在这千钧一发的时刻。德军的反击炮火延绵不绝，外籍军团损失惨重。他们坚守阵地直至下午四点，然后退守至周围的树林。

9月26日，洪水继续，雨水、炮火、炮弹，外籍军团的阵列遭到毁灭性打击。

9月27日，在大公夫人交通壕旁边的树林露营的战士试着搭建掩体，想要躲避敌军没完没了的射击。损失进一步扩大。战况令人忧心，衣服沉甸甸的，心情也是。漂亮的军服压在肩头，湿透了，溅上了污泥，成了栗子蓝，地平线染上了污泥。缺水，大家都渴死了。科尔穆斯离不开他的魔药，鸦片让他萎靡不振，斗志全无。韦恩和他的白鼬分享沙丁鱼罐头。虱子贪婪地啃噬士兵的皮肤。

法军仅向前推进了几米。

贝当将军暂停进攻。

9月28日，霞飞将军和卡斯特诺将军进行电话会议。根据总司令部的消息，最高统帅承诺会运来增援部队。更多的人！永远更多！

下午四点，卡斯特诺将军再次下令进攻。

两个外籍军团这次的任务是攻占某个"星座"，名字叫作：纳瓦兰的农场。

农场已然成了一堆废墟，没人知道纳瓦兰是谁，也不知道他是否存在过。透过雨幕，人们看见它凸显在烟灰色的苍穹下。星辰不再闪耀。横亘在眼前的是宏伟的战壕和铁丝网。身后则是数量可观的自动化武器和士兵。

鉴于他们所处的位置，从两旁包抄无济于事：必须正面攻击。

士兵们冲锋了。

士气高昂。

最好的做法是把思绪抛到一边，听任躯体行事，只有躯体。肌肉和四肢。下肢支撑身体，上肢开枪、投弹，心脏跳动。本能。本性。偶尔会有个念头浮出意识，近乎骄傲自大。那个念头在说：我是不朽的。其他人会倒下，我不会。我的同胞，我的兄弟，但我不会。我更强大。我更狡猾，或者我更幸运。我是天选之子。我会活到最后。或许我是独一无二的，子弹、炮弹、致命的袭击都不会击中我。老鼠即将分食的尸体不会是我的。那七零八落、面目全非的木偶，不。那不可名状的一团内脏，那毫无生气的东西，不，不。不是这里。不是这样。不是我。当信仰突然破灭，就像被吹灭的烛光，当妄想分崩离析、灰飞烟灭，取而代之的则是反面：确信自己无法幸免于难，自己不会活着走出战场。我要死了。就这样。盲目的信仰撞上不幸的真相。好吧，真糟！恶心涌上来。人们接受了。顺从了。够了，够了，够了！厌烦了。缴械投降。然后是勃然大怒。去死吧，死尸！最后的愤怒。去死吧，既然理应如此！最终，人们不再思考。冲啊。躯体，只有躯体引领我们邂逅我们的命运。人们跑啊，跑啊。从未有人如此卖力地奔向死亡。去死吧，混蛋！去死吧，垃圾！去死吧！

霍斯伯格倒下了。

布卢门菲尔德倒下了。

白鼬跑出了韦恩用来装它的包。动物一蹦一跳地逃走了。韦恩止住了奔跑的步伐，滑倒在地上，又站起来。有那么几秒钟，人们看见他在战场上失神地走来走去，两眼盯着地面，喊声盖过了喧哗："比尔！比尔！快走，比尔！……"① 直到一颗子弹让他闭上了嘴。

牛仔倒下了。

敌人的防线就快撕开了。携带剪刀的工兵扑向铁丝网。一批一批被击中。潮水顶着炮火一浪涌过一浪，死亡惨重。外籍军团只推进了数十米。他们拼了命了。

阿迪达倒下了。

巴比克倒下了。

雨在下。

炮弹在落下。

科尔穆斯在走路，满脸是血，嘴角挂着笑容。军盔上面多了两个洞眼，让人想起空落落的眼眶。目光失焦。他在走路。穿过了纷飞的烟火，有那么一会儿，他的周围似乎萦绕着蓝莹莹的光晕。接着，一枚炮弹把他轰上了天空。他冲着天使微笑。

科尔穆斯又倒下了。

军号在某处吹奏起《法国外籍军团进行曲》。连绵的战火声作为回音。敌军似乎集中了所有火力来攻击这块战场。屠杀在继续。

步枪的枪栓灼烧了手指。手臂因为投弹而累坏了。先锋部队被歼灭殆尽。成百上千具尸体挂在铁丝网上。

他们拼了命了。

男孩的余光瞥到下士一屁股坐下了。他跑过去。下士的脸上血流成河。蒙住了灰绿色的眼睛。右臂不在了。在断肢的位置，

---

① 原文为英语。

布片和残肉交织在一起，鲜血往外冒。断肢躺在后方两米处，手指向天空，像是从污泥地里盛放开一朵奇异的兰花，一株曼德拉草，一朵胭脂红萼片的晚香玉。男孩钻到下士左侧腋窝下，想要把他扶起来。两人一同往前走，背朝农场。他们用了一刻钟走回起点处的战壕，男孩把伤兵交给担架员照看。当他正要再次出发时，下士拎住他的衣领，强迫他弯下腰。下士咬着牙齿低声说："我的手臂……"

男孩站起来。视线锁定。然后，他掉头，开始奔跑。

他在寻找。寻找那块地方。寻找下士的手。鲜红的花朵盛开在白垩土上。他四肢趴地，清扫过一寸寸土地，炽热的土地，他低垂着脑袋，像条狗似的这儿闻闻，那儿闻闻，寻找线索，他用指甲挖开松软的泥土，潮水仍在其周围汹涌，擦肩而过的躯体，推推搡搡，半筒靴涉水而行，溅起污泥，火舌在他面前飞溅起泥土。

他没找到。

他站起来，愣了会儿，一动不动。

身侧突然被撞了一下。一阵射击没打穿他的皮肉，却把挎包打成了稀巴烂。信件如同羽毛纷纷扬扬飞出挎包，天女散花。雨水又把它们贴到地上，那白纸皱成一团，墨水化开了，污泥浸染了信纸，并将其吞没。一个士兵的鞋底将它们揉碎。然后是第二个士兵。

男孩直勾勾地看着那沓信，脏了，被踩了，黏住了，烂了。

我的爱，她说。我的爱。

瞧啊，成了猪血香肠了，猪血香肠。

军号吹响。

男孩脖子一仰，对着天空发出无声的呐喊。然后，转身冲向德军堡垒——该死的恒星——短刀的寒刃闪闪发光。去死吧，混蛋！去死吧，垃圾！去死吧，死尸！去死吧！去死吧！去死吧！

手握利刃，他一往无前。

香槟地区！

爱玛写道：

　　我的爱，

　　到今天已经一年了。日复一日复一日复一日复一晚……

　　如果时间能够描画，它们会是什么样子呢？

　　时光流逝，是的。我们的时光被偷走了。他们用威胁和武力夺走了属于我俩的时光。哦，祖国。哦，王国。这份牺牲是为了您。我们要屈膝跪拜。

　　我以为会十年，我信了。我以为会百年。但美人不会沉睡。

　　我很不好，你知道的。我的骄傲徒劳无益。我的武器软弱无用。不能杀人。牲畜碰上了，感觉就像是扎了下。它喷出鼻息，嘲笑怯懦又残忍的我。

　　但我仍在坚持。

　　这是我今天决定要干的事：

　　我要弹奏以下曲目。为了你。为了我们。我要弹奏门德尔松。所有《无词歌》。你的。《离开》《忐忑》《悔恨》《失落的幸福》《灵魂的忧伤》《风之吟》《慰藉》《信心》《希望》《归来》……所有。我要弹奏舒伯特。我要弹奏舒曼。当然，我还要弹奏李斯特。《马捷帕》。我会尽量跟上他的骑行速度，带他去往更远的他方，缓解他的痛苦。但愿他不会死去。我要弹奏肖邦，希望母亲的灵魂能原谅我，支持我。我要弹奏《F小调叙事曲》《第二即兴曲》。为了她。为了我。为了我们。以及所有的《前奏曲》和所有的《夜曲》。我要弹上一个白天，或许还有之后的晚上，一年，十年，百年，最多了。这就是我要做的。

因为我爱你。

因为爱是我的祖国，艺术是我唯一的王国。

因为我愿意相信它们会凯旋。

E.

阿申·米歇尔·奥古斯坦，1885 年 6 月 12 日生于卢森堡特鲁瓦维耶日，1915 年 9 月 26 日死于苏安。阿舒·乔治·奥古斯特，1889 年 2 月 7 日生于黎巴嫩贝鲁特，1915 年 9 月 28 日于苏安死于敌手。阿尔瓦雷斯·于连，1891 年 8 月 19 日生于西班牙马德里，1915 年 9 月 28 日于苏安失踪。阿纳尼安茨·阿绍，1893 年 10 月 20 日生于伊朗大不里士，1915 年 9 月 28 日于苏安死于敌手。安德烈·克洛德·爱弥儿·约瑟夫，1886 年 1 月 3 日生于卢瓦尔省弗雷瑟内拉图，1915 年 9 月 28 日死于苏安。阿拉达斯·克莱门特·班德利奥·洛伦佐，绰号"阿拉杜"，1890 年 9 月 3 日生于西班牙巴尼奥莱斯，1915 年 9 月 28 日死于苏安。阿兰布罗·欧拉热，1892 年 10 月 13 日生于西班牙米奥尼奥，1915 年 9 月 28 日于苏安失踪。阿萨·拉斐尔，1891 年 5 月 27 日生于土耳其君士坦丁堡，1915 年 9 月 28 日死于苏安。阿兹·约瑟夫，1875 年 2 月 14 日生于意大利多索洛，1915 年 9 月 28 日于苏安失踪。巴比克，1915 年 9 月 28 日死于苏安。拜尼埃·马塞尔，1896 年 7 月 1 日生于瑞士库费夫尔，1915 年 9 月 28 日死于苏安。巴克·若

埃利，1889 年 8 月 21 日生于罗马尼亚布加勒斯特，1915 年 9 月
28 日死于苏安。包勒·亨利，1894 年 7 月 15 日生于卢森堡舍德根，
1915 年 9 月 28 日于苏安死于敌手。贝勒·让·埃梅，1878 年 7
月 17 日生于下比利牛斯省阿尔伯斯，1915 年 9 月 28 日于苏安失踪。
贝尔梅西埃利·约瑟夫·让·但丁，1874 年 2 月 20 日生于意大
利沛黎洛，1915 年 9 月 28 日死于苏安。贝尔拉·大卫，1886 年
10 月 8 日生于罗马尼亚帕南，1915 年 9 月 27 日于苏安死于敌手。
贝尔纳，1915 年 9 月 28 日死于苏安。贝尔坦·安德烈·格拉·约
瑟夫，1885 年 9 月 14 日生于意大利埃特鲁布莱斯，1915 年 9 月
27 日死于苏安。伯朗·亨利，1868 年 2 月 2 日生于比利时马西内
勒，1915 年 9 月 28 日死于苏安。比安基·利奥波德·路易·居
斯坦，1892 年 11 月 22 日生于瑞士维尔尼克斯，1915 年 9 月 28
日死于苏安。布拉内斯·约瑟·韦斯卡，1888 年 6 月 1 日生于西
班牙圣维森特，1915 年 9 月 28 日死于苏安。布莱泽·汉斯，
1891 年 9 月 12 日生于瑞士劳珀斯维尔，1915 年 9 月 29 日死于苏
安。布卢门菲尔德·伊萨多，1883 年 5 月 29 日生于罗马尼亚布枯，
1915 年 9 月 28 日死于苏安。博欣斯基·马丁，1877 年 12 月 15
日生于波兰科洛托扎纳，1915 年 9 月 28 日于苏安失踪。伯尔斯·赫
尔曼，1886 年 6 月 11 日生于荷兰阿姆斯特丹，1915 年 9 月 28 日
于苏安死于敌手。布福尼·阿尔芒，1893 年 10 月 31 日生于上科
西嘉省阿尔贝塔切，1915 年 9 月 28 日死于苏安。布托奈·路易·雅
克·马利，1886 年 12 月 28 日生于厄尔 – 卢瓦省德勒，1915 年 9
月 27 日于苏安死于敌手。布赖托弗·米歇尔，1895 年 9 月 24 日
生于巴黎，1915 年 9 月 28 日于苏安死于敌手。布罗德勒·阿道夫，
1878 年 3 月 5 日生于瑞士巴塞尔，1915 年 9 月 28 日于苏安失踪。

布朗·约瑟夫，1881 年 10 月 3 日生于瑞士沙夫豪森，1915 年 9 月 28 日死于苏安。比雷尔·欧仁·福蒂内，1859 年 3 月 29 日生于阿尔福维勒，1915 年 9 月 28 日死于苏安。卡博·弗朗索瓦或卡博，1885 年 2 月 19 日生于上比利牛斯省热诺斯，1915 年 9 月 28 日死于苏安。卡布拉兹·路易·约瑟夫，1888 年 8 月 17 日生于意大利瓦尔佩利内，1915 年 9 月 28 日于苏安失踪。卡那瓦罗斯·乔治，1893 年 5 月生于希腊拉科尼亚，1915 年 9 月 28 日死于苏安。卡拉卡西昂·莱昂，1888 年生于土耳其君士坦丁堡，1915 年 9 月 28 日于苏安死于敌手。塞尔达·奥诺雷·戈米拉，1883 年 2 月 8 日生于西班牙巴利阿里群岛，1915 年 9 月 28 日于苏安失踪。切鲁蒂·塞拉芬·让，1889 年 10 月 30 日生于瑞士伊沃南，1915 年 9 月 28 日死于苏安。夏尼·让·马利，1880 年 2 月 20 日生于康塔尔省勒法勒古，1915 年 9 月 29 日死于苏安。沙皮伊·克劳狄乌斯，1887 年 10 月 28 日生于萨瓦省波热山镇，1915 年 9 月 28 日死于苏安。肖当·萨米埃尔·阿德里安 1885 年 11 月 23 日生于瑞士日内瓦，1915 年 9 月 29 日于苏安死于敌手。奇普里亚尼·亚历山大，绰号"西蒙内蒂"，1888 年 7 月 9 日生于上科西嘉省卡斯特拉讷蒂梅尔科利亚诺，1915 年 9 月 28 日死于苏安。克莱里奇·夏尔，1876 年 9 月 30 日生于意大利卢拉泰卡奇维奥，1915 年 9 月 27 日于苏安死于敌手。科恩诺夫·西蒙，1878 年 4 月 24 日生于保加利亚维丁，1915 年 9 月 28 日于苏安失踪。柯莱·爱弥儿，1881 年 8 月 21 日生于瑞士日内瓦，1915 年 9 月 28 日于苏安失踪。科尔穆斯·热尔曼，1893 年 8 月 23 日生于瑞士里亚，1915 年 9 月 28 日于苏安失踪。库德拉乔·乔治，1884 年 7 月 6 日生于俄罗斯库尔马斯克，1915 年 9 月 25 日于大圣伊莱尔失踪。库利·乔治,1887年10月24日生于叙利亚巴伊姆,1915年9月27日于苏安失踪。库图皮斯·季米特里奥斯,1893年10月24日生于希腊萨索斯岛,1915年9月25日于萨博树林失踪。奎略·奥古斯特,1896年8月28日生于西班牙埃斯卡洛纳,1915年9月28日于苏安失踪。达·科斯塔·瓦伦丁,1883年9月1日生于葡萄牙里斯本,1915年9月26日于苏安死于敌手。达拉·科斯塔·米歇尔·安托万,1890年5月10日生于萨瓦省瑟万,1915年9月28日死于苏安。德·卡瓦略·拉斐尔·沙维尔,1896年4月22日生于葡萄牙波尔图,1915年9月28日死于苏安。德·塞勒里·达朗·让·马利·乔治·约瑟夫,1865年3月15日生于阿列日省阿尔纳夫,1915年9月28日死于苏安。德克莱弗·欧仁·儒勒,1865年2月5日生于纪龙德省波尔多,1915年9月28日死于苏安。德·苏萨·马诺埃尔,1878年12月8日生于葡萄牙阿米埃拉,1915年9月28日于苏安失踪。德尔佩什·雷蒙,1890年1月22日生于克勒兹省武埃兹河畔尚邦,1915年9月28日死于苏安。德尔吕·阿尔弗雷德,绰号"德尔吕克",1888年2月24日生于诺尔省拉努瓦,1915年9月29日死于苏安。迪梅什·保尔,绰号"迪梅克",1887年4月22日生于君士坦丁省安纳巴,1915年9月28日死于苏安。迪米特雷斯库·托马斯,1886年2月9日生于罗马尼亚布加勒斯特,1915年9月28日死于苏安。迪斯德罗·约瑟夫,1891年7月17日生于意大利桑佩伊雷,1915年9月29日死于苏安。多罗斯辛斯基·塔登·文森特,1878年4月5日生于波兰坡森,1915年9月28日死于苏安。梯里达底·科奇安,1884年10月11日生于土耳其特拉布宗,1915年9月29日死于苏安。迪布瓦·爱弥儿·保尔·奥古斯特,1876

年 12 月 12 日生于马耶讷省拉瓦勒，1915 年 9 月 28 日于苏安失踪。迪博尔热尔·路易·保尔，1889 年 8 月 1 日生于巴黎，1915 年 9 月 28 日死于苏安。迪内姆·莱昂，1884 年 4 月 15 日生于比利时斯哈尔贝克，1915 年 9 月 28 日于苏安失踪。埃利·海因里希，1888 年 5 月 24 日生于瑞士苏黎世，1915 年 9 月 26 日死于苏安。埃米尼安·汉帕特，1896 年 8 月生于土耳其君士坦丁堡，1915 年 9 月 28 日死于苏安。埃纳尔·阿尔弗雷德·居斯塔夫，1892 年 8 月 14 日生于德国慕尼黑，1915 年 9 月 28 日于苏安北部死于敌手。埃什凯纳齐·哈伊姆或埃什凯萨齐·海斯，1889 年生于土耳其君士坦丁堡，1915 年 9 月 28 日死于苏安。埃斯帕特罗·巴托洛梅，1890 年 7 月 24 日生于西班牙巴塞罗那，1915 年 9 月 28 日死于苏安。埃斯波斯托·达尼埃尔，1890 年 1 月 12 日生于西班牙，1915 年 9 月 28 日于苏安死于敌手。法尔·奥古斯坦，1887 年 8 月 20 日生于西班牙茹城，1915 年 9 月 28 日死于苏安。费尔德梅·雅各布，1891 年 12 月 22 日生于罗马尼亚雅西，1915 年 9 月 28 日于苏安失踪。菲利埃特洛兹·莱昂，1889 年 7 月 28 日生于意大利夸尔特，1915 年 9 月 28 日于苏安失踪。福尔切拉·路易·弗朗索瓦，1886 年 4 月 2 日生于埃罗省蒙彼利埃，1915 年 9 月 28 日死于苏安。弗赖布格斯·阿尔弗雷德，1881 年 7 月 25 日生于瑞士扬村下维拉尔，1915 年 9 月 28 日于苏安死于敌手。伽什·萨米埃尔，1888 年 12 月 12 日生于阿根廷布宜诺斯艾利斯，1915 年 9 月 28 日于苏安死于敌手。盖布洛瓦·路易·亨利，1894 年 1 月 8 日生于塞纳省科伦布，1915 年 9 月 28 日于苏安失踪。伽西·皮埃尔，1893 年 4 月 3 日生于瑞士日内瓦，1915 年 9 月 28 日于苏安以北死于敌手。戈蒂埃·路易·乔治·马利，1889 年 5 月 2 日生于奥恩省里勒河畔圣叙皮斯，1915年9月28日于苏安死于敌手。热尔贝·安托万·雷米·夏尔，1887年7月22日生于罗讷省里昂，1915年9月28日于苏安死于敌手。盖尔驰·赫尔曼·亨利，1895年6月2日生于瑞士纳沙泰尔，1915年9月28日于苏安死于敌手。金斯伯·雅各布，1893年4月7日生于罗马尼亚布加勒斯特，1915年9月28日死于苏安。日拉贝尔·约瑟夫，1895年7月6日生于奥兰省西迪贝勒阿巴斯，1915年9月28日于苏安失踪。吉塞罗，1915年9月28日死于苏安。戈尔达·马塞尔，1892年8月9日生于瑞士沃韦，1915年9月28日于苏安失踪。戈尔德隆·贝尔纳，1890年5月22日生于罗马尼亚瓦尔兰，1915年9月28日于苏安失踪。戈尔德施泰因·摩西，1888年5月8日生于罗马尼亚图勒里亚，1915年9月28日死于苏安。古奥·诺埃尔·亨利·约瑟夫，1832年12月25日生于上比利牛斯省博尔代雷，1915年9月28日死于苏安。格拉·贝尔纳，1884年11月1日生于叙利亚海法，1915年9月28日死于苏安。格拉齐亚尼·多米尼克，1883年12月18日生于波多黎各，1915年9月28日于苏安死于敌手。格鲁伯·阿尔弗雷德，绰号"迈亚尔"，1883年12月21日生于下莱茵省埃斯绍，1915年9月28日死于苏安。哈迪达·萨米埃尔，1889年2月7日生于土耳其苏塞，1915年9月28日于苏安死于敌手。哈米德·爱弥儿，1892年8月21日生于阿尔巴尼亚普雷森，1915年9月28日于苏安失踪。海德尔·夏尔·儒勒，1887年1月29日生于德国施默尔恩，1915年9月28日于苏安死于敌手。霍斯伯格·大卫，1894年11月4日生于罗马尼亚布加勒斯特，1915年9月28日于苏安死于敌手。伊齐格·亨利，1890年6月16日生于墨西哥墨西哥城，

1915年9月29日死于苏安。伊兹奎埃多·胡斯托，1889年3月27日生于西班牙乌奈尔－德尔－梅尔卡多，1915年9月28日死于苏安。延特根·马蒂亚斯，1884年3月25日生于卢森堡希夫朗日，1915年9月28日于苏安死于敌手。日默内·埃利·路易·德西雷，1894年3月31日生于维埃纳省沃讷河畔屈尔宰，1915年9月28日于苏安失踪。伊兰克·弗朗索瓦，1892年7月27日生于波希米亚和摩拉维亚保护国姆拉达－博莱斯拉夫，1915年9月26日于苏安死于敌手。朱诺·雅各布·爱德华，1875年2月3日生于瑞士普莱恩帕莱，1915年9月29日死于苏安。卡雷尔斯·多米尼克·皮埃尔，1882年12月9日生于卢森堡温斯科勒，1915年9月27日于苏安死于敌手。考夫·夏尔·阿尔弗雷德，1897年12月12日生于巴黎，1915年9月28日死于苏安。凯拉里斯·夏拉朗伯斯，1892年8月10日生于希腊利姆诺斯岛，1915年9月28日于苏安死于敌手。基纳·夏尔，1878年3月28日生于瑞士穆里，1915年9月28日死于苏安。库默尔·让，1875年3月9日生于瑞士伯尔尼，1915年9月28日死于苏安。拉库德雷·阿尔芒·儒勒·阿尔贝，1888年5月10日生于卡尔瓦多斯省孔布雷，1915年9月28日死于苏安。拉克洛瓦－安德雷韦·马塞尔·皮埃尔，1877年7月5日生于巴黎，1915年9月25日于苏安死于敌手。朗贝尔·路易，1895年1月1日生于瑞士纳沙泰尔，1915年9月28日于苏安失踪。拉芒·费尔南·路易·马克西米利安，1891年1月24日生于比利时安德莱赫特，1915年9月28日于苏安失踪。拉尔榭·夏尔·弗朗索瓦，1893年6月7日生于意大利，1915年9月27日于苏安死于敌手。洛弗雷·欧内斯特·阿德里安，1891年5月27日生于摩泽尔省莱斯，1915年9月27日于韦斯－

普吕奈，近穆尔默隆死于敌手。勒库尔特尔·阿尔诺，1894 年 12 月 29 日生于瑞士布夫雷，1915 年 9 月 28 日死于苏安。莱博维奇·伊斯拉埃尔，1893 年 8 月 10 日生于罗马尼亚布加勒斯特，1915 年 9 月 28 日于苏安失踪。莱昂内·贝内代托，1895 年 1 月 14 日生于意大利瓦莱博纳，1915 年 9 月 28 日死于苏安。莱斯特拉德·弗朗索瓦·欧仁，1886 年 3 月 6 日生于巴黎，1915 年 9 月 26 日死于苏安。隆尚·伊雷内，1883 年 12 月 21 日生于瑞士蓬托，1915 年 9 月 28 日死于苏安。卢·乔治·泰奥多尔·雅克·莱昂，1883 年 4 月 11 日生于维埃纳省普瓦蒂埃，1915 年 9 月 29 日死于苏安。吕卡·皮埃尔·马利，1877 年 9 月 21 日生于莫尔比昂省卢瓦阿，1915 年 9 月 28 日死于苏安。曼弗雷迪尼·翁贝托·埃德蒙多·桑托，1880 年 3 月 27 日生于意大利费拉拉，1915 年 9 月 28 日死于苏安。马尔尚·奥古斯特，1891 年 8 月 24 日生于巴黎，1915 年 9 月 29 日死于苏安。马可·让，1887 年 1 月 6 日生于阿尔及尔省阿尔及尔，1915 年 9 月 28 日死于苏安。马伦戈·朱塞佩·乔瓦尼，1894 年 11 月 20 日生于意大利都灵，1915 年 9 月 28 日于苏安以北失踪。马松·保尔·埃德蒙，1897 年 6 月 9 日生于瑞士圣莫里斯，1915 年 9 月 28 日于苏安以北失踪。马图林 – 勒科克·胡安，1885 年 2 月 20 日生于乌拉圭蒙得维的亚，1915 年 9 月 28 日于苏安死于敌手。梅舒朗·米西姆，1889 年 8 月 4 日生于土耳其君士坦丁堡，1915 年 9 月 28 日死于苏安。梅里克 – 扎尔基西安奇·阿尔塞纳，绰号"梅里克"，1889 年 5 月 20 日生于土耳其托鲁斯，1915 年 9 月 28 日于苏安以北死于敌手。莫拉夫斯基·维克多，1877 年 8 月 24 日生于波兰克拉科夫，1915 年 9 月 28 日死于苏安。莫雷蒂·让，1885 年 8 月 12 日生于意大利洛卡泰利，1915年9月28日死于苏安。宁切维奇·安托尼奥，1892年1月14日生于塞尔维亚塔洛斯，1915年9月28日于苏安失踪。奥利维耶·亨利·路易，1890年1月20日生于瑞士日内瓦，1915年9月29日死于叙普。奥梅茨·让，1897年6月14日生于罗马尼亚奥斯尼扎，1915年9月28日死于苏安。帕什·居斯塔夫·路易，1885年2月12日生于瑞士埃帕兰热，1915年9月28日死于苏安。帕热·路易·莱昂，1892年8月3日生于加尔省圣维克托拉科斯特，1915年9月28日死于苏安。帕里斯·弗朗西斯科，1885年生于西班牙图里斯，1915年9月28日死于苏安。佩德里尼·巴西里奥，1894年10月30日生于意大利米兰，1915年10月1日死于苏安以北。佩尔诺·伊桑·胡安，1886年3月14日生于西班牙阿鲁巴，1915年9月27日于苏安死于敌手。佩肖蒂·让，1895年5月4日生于意大利佩萨诺，1915年9月28日死于苏安。皮雄·欧仁·欧内斯特，1886年2月11日生于菲尼斯泰尔省布雷斯特，1915年9月28日死于苏安。皮耶拉奇·纳扎拉诺，1887年8月28日生于意大利卡斯泰洛城，1915年9月28日死于苏安。皮尔格·皮埃尔，1884年12月19日生于卢森堡维勒舍根，1915年9月28日死于苏安。皮尼·让·埃科托，1894年6月8日生于上科西嘉省巴雷塔利，1915年9月28日死于苏安。皮桑坦·加斯帕尔，1915年9月28日死于苏安。皮瓦罗·让·巴蒂斯特，1876年8月21日生于意大利蓬泰基奥，1915年9月28日死于苏安。波奇·海梅，绰号"岩石"，1893年6月30日生于西班牙巴塞罗那，1915年9月27日死于苏安。拉科维奇·米尔科，1890年11月26日生于塞尔维亚贝尔格莱德，1915年9月25日死于苏安。拉米斯·夏尔，1875年7月13日生于瑞士巴塞尔，1915年9月28日死于苏安。雷谢尔·卡米耶，1891年6月5日生于塞纳省圣但尼岛，1915年9月28日死于苏安。雷皮克·洛朗，1884年1月5日生于捷克斯洛伐克沃拉库尔，1915年9月28日于苏安死于敌手。里森·泰奥菲尔，1890年2月10日生于荷兰兰沃登，1915年9月28日死于苏安。里翁德尔·安托万，1882年5月21日生于瑞士维尔索瓦，1915年9月28日于苏安失踪。里奥斯·尼古拉·冈萨雷斯，1874年3月15日生于西班牙贝利亚，1915年9月28日于苏安死于敌手。里韦拉·帕布罗，1888年4月28日生于西班牙帕尔迪亚尔，1915年9月22日死于苏安。罗贝尔居斯塔夫·埃尔万，1896年1月29日生于瑞士海登，1915年9月28日死于苏安。罗森斯潘·堂，1888年8月18日生于罗马尼亚布勒伊拉，1915年9月28日于苏安失踪。罗森斯皮埃·伊萨克，1881年9月10日生于保加利亚鲁鲁楚赫，1915年9月28日于苏安失踪。鲁维奥·爱德华多，绰号"鲁维克"，1880年10月13日生于西班牙马德里，1915年9月27日死于苏安。萨尔法蒂·阿尔伯特·亚伯拉罕，1884年7月26日生于土耳其君士坦丁堡，1915年9月28日死于苏安。萨斯特雷·德·卡斯特罗韦德·曼努埃尔，1888年3月31日生于西班牙洛尔卡，1915年9月28日于苏安失踪。索吉·乔治·爱弥儿，1883年5月8日生于瑞士洛德，1915年9月26日死于苏安。舍尔·利奥波德·吕西安，1887年5月8日生于贝尔福地区梅齐勒，1915年9月25日死于苏安。施勒格·让，1882年9月25日生于瑞士圣加仑，1915年9月25日于苏安失踪。塞甘·德·拉萨尔·路易·乔治，1872年2月10日生于巴黎，1915年10月7日死于苏安。塞克勒尔·莱昂，1893年7月17日生于瑞士维森，1915年

9月27日死于苏安。森马蒂·让·托马斯·马里亚诺，1878年8月30日生于西班牙马伦，1915年9月29日死于苏安。塞拉诺·马里亚诺·维森特，1888年9月8日生于西班牙萨拉戈萨，1915年9月27日于苏安死于敌手。塞日热·让·罗热尔，1897年3月6日生于杜省埃里蒙库尔，1915年10月2日死于苏安。索雷夫·雅克，1894年8月15日生于土耳其阿德里安堡，1915年9月28日于苏安以北失踪。苏尔当·约瑟夫，1915年9月30日死于苏安。斯佩克·阿尔弗雷德，1880年9月30日生于瑞士弗里堡，1915年9月28日于苏安以北失踪。斯普洛克·让，1893年1月13日生于卢森堡阿尔赞让，1915年9月25日于苏安死于敌手。斯特雷蒂·朱塞佩·马里亚诺·加埃塔诺，1890年7月13日生于意大利里窝那，1915年9月28日死于苏安。苏什·阿洛伊斯，1886年6月3日生于捷克斯洛伐克帕里纳，1915年9月28日于苏安失踪。沙弗兰尼克或弗拉尼斯·约瑟夫，1879年3月6日生于波兰当布雷阿，该地区后被俄国吞并，1915年9月28日死于苏安。塔洛内·达·科斯塔·埃希尔瓦·瓦朗坦，1883年9月1日生于葡萄牙里斯本，1915年9月28日于苏安以北死于敌手。塔里奇·约瑟夫，绰号"塔里科"，1881年12月11日生于意大利都灵，1915年9月28日死于苏安。泰朗·马利安，1891年9月22日生于西班牙布尔戈斯，1915年9月28日于苏安以北死于敌手。托雷萨尼·夏尔·路易·弗雷德里克，1889年5月11日生于意大利米兰，1915年9月28日死于苏安。托雷斯·约瑟夫·马利，1882年1月22日生于西班牙圣佩德罗德尔瓦列，1915年9月29日于苏安死于敌手。托特尔·爱德华，1878年5月26日生于德龙省蒙特利马，1915年9月28日于苏安地区死于敌手。图龙·维克多，1887 年 12 月 18 日生于比利时布鲁塞尔，1915 年 9 月 28 日于苏安失踪。特雷布尔·让，1915 年 9 月 28 日于苏安失踪。特罗尼克·沃尔夫，1891 年生于俄国 Alavenic，1915 年 9 月 26 日死于苏安。乌尔坎·让·雅克，1875 年 2 月 28 日生于比利时沙勒罗瓦，1915 年 9 月 28 日于苏安失踪。瓦伦特·雷蒙德，1884 年 4 月 22 日生于意大利加埃塔，1915 年 9 月 28 日死于苏安。维克·阿洛伊斯，1883 年 7 月 25 日生于奥地利布兰迪塞－絮埃尔，1915 年 9 月 27 日于苏安死于敌手。韦尔内·居斯塔夫·莱昂，1879 年 5 月 31 日生于阿尔代什省梅斯，1915 年 9 月 29 日于苏安失踪。韦尔内·埃德蒙，1880 年 6 月 4 日生于杜省贝藏松，1915 年 6 月 26 日死于苏安。韦尔内·亨利，1868 年 2 月 27 日生于瑞士维拉尔泽尔，1915 年 9 月 28 日死于苏安。翁朗堂·弗朗索瓦，1893 年 2 月 2 日生于瑞士迪丁根，1915 年 9 月 29 日死于苏安。维耶·奥古斯特，1896 年 3 月 18 日生于瑞士圣伊米耶，1915 年 9 月 28 日死于苏安。维耶尔姆·弗朗索瓦·马利，绰号"佩利埃"，1876 年 12 月 23 日生于萨瓦省安锡勒维厄，1915 年 9 月 28 日死于苏安。万蒂·爱弥儿，1885 年 2 月 2 日生于比利时博蒙，1915 年 9 月 28 日死于苏安。韦恩·约翰·道格拉斯，1892 年 5 月 20 日生于美国图森，1915 年 9 月 28 日死于苏安。魏因加特·保尔·路易·吕西安，1894 年 1 月 8 日生于阿尔及尔省阿尔及尔，1915 年 9 月 28 日于苏安死于敌手。齐莫奇·阿尔丰斯·吕西安·艾蒂安，1883 年 7 月 8 日生于默尔特－摩泽尔省隆维，1915 年 9 月 30 日于苏安死于敌手。佐洛塔廖夫·尼古拉，1877 年 5 月 8 日生于俄国雷宾斯克，1915 年 9 月 25 日死于马恩省维埃纳堡。

这只是外籍军团 1 团步兵 2 团的名单。

香槟地区第二次战役中，将近有两万八千名士兵战死，九万八千名士兵受伤，五万四千名士兵失踪或被俘，这是法军的情况。德军的损失要小得多。

战线向前推进了四公里。

1916 年 1 月 30 日，古洛将军签署 478 号命令，要求第 4 军投入到纳瓦兰的农场的战斗中，男孩所在的团第二次出现在军令中："1915 年 9 月 20 日至 9 月 21 日的行动中，在科特中校指挥下，证明了他们的勇气、干劲和毅力。9 月 28 日，抱着牺牲自我的信念，不惜一切代价进攻一处据点，尽管敌人炮火密集，最终抵达德军战壕。"完。

1916—1938

紧闭的眼皮后面有一层微光弥漫开来。越来越亮，越来越亮，越来越刺眼。从晨曦的玫瑰色到白日的灼热。他感到温热拂过脸庞，将它浸润、包裹——仿佛柔软的纱布。

　　他像个孩童般赤条条地躺在地上，那是一天中最热的时刻，烈日炎炎。身体融化了。成了蒸汽。分子。漂浮。比空气还轻盈。他尽量拖长这个状态的时间。当他站起来时，身上有中枪的痕迹。脑袋晕乎乎的。走路有点踉跄。萤火虫出现，消失，在眼前打转。鬼火。明明灭灭。他喜欢。

　　然后，一个阴影掠过。一长条。像是有只大鸟飞过他和太阳之间——猎鹰，海鸥。

　　阴影再次掠过，引起了眼皮的抽搐和神经性跳动。

　　他突然睁开双眼。

　　他看见了，远处有张模模糊糊的脸。他看见了，距离自己几厘米处——看得真真切切，刀的利刃。剃须刀。折叠式剃须刀。刀刃逼近喉咙了。他没时间看得足够真切。整个身体一阵抽搐，随后爆发。左臂一下子扫掉了剃须刀，右臂同一时间弹出，拍打起来。被打到脸的对方跌倒了。男孩想趁机结果了他，但剧痛袭来，他爆发出了牲口般的呻吟。双臂重新落下。没法行动。肌肉拒不听从指挥。他意识到自己躺着。动弹不得。听凭敌人发落。

敌人正巧站了起来。手中仍攥着刀柄。鼻子在流血。他用手背轻轻擦拭，他进入了男孩的视野。接着，他把手挪开，鼻孔下面有一道紫红色的印记。双唇咧开灿烂的笑容，同一时间，泪水充盈了眼睛，为他的虹膜注入了桃花心木色的亮光。然后，那张嘴开启了，它说：

"你好，我的爱……"

泪珠在沉默中变大，抖落，顺着脸颊，顺着那道疤痕滑落下来。

眼前的画面令男孩顿感不适，他立马闭上了眼睛。

需要时间。更多的时间。需要耐心。

需要毅力、柔情和尊重。

需要如海的爱，还有对爱坚定不移的信仰。

还不够。

事物永远无法恢复原来的样子。

男孩连着好几天避开她的目光。他做不到。那些影像向他袭来，将他占据，恐怖的残影重叠在年轻女子的脸庞上。在她和他之间竖起一道屏障。他担心会玷污了她，毁坏了她。与其将她污染，他宁愿转开目光或闭上眼睛。有时，他会偷偷望她，在这短短几秒钟内，他警惕的思绪和受到污染的记忆能暂时松懈下来。那第一眼令他开怀，第二眼令他慌乱。世界有多么美丽，他就有多么渺小。爱玛。爱玛的眼睛。爱玛的笑容。还有人们所说的心灵和灵魂。如果曾经的他配得上，那今后的他不会了。羞愧，羞愧，自身的羞愧。爱玛的美貌映衬他的丑陋。爱玛的纯粹光彩照人，他的卑劣黝黑如墨。爱玛的爱悬浮在老鼠和死尸成堆的泥浆之上，她散发的爱，她给予的爱，凸显出他播撒的恐惧、惊慌、痛苦以及死亡。

她如同一面精巧的镜子，映照出他的卑微。

他做不到。

但要如何向她开口呢？如何向她解释呢？

那回避的眼神令她最为煎熬。她没想到会这样。她未曾料想是这样的情况。她努力不要表现出来。从一大清早到深更半夜，她都守在男孩床头边。医生、护士都不会来阻止她。甚至没有尝试过。他们很快习惯了她的存在。既然她承担了伤患每日大部分的护理工作。是她在负责。她已经行动起来。她把他从黑暗中拉出来，你还记得吧。她为他包扎，替他治疗，让他康复，她一遍遍地做这些事。信心偶尔会发生动摇，但从未熄灭。前行的道路尽管一片漆黑，始终有一盏夜灯散发出微弱的火光。

他们在卡尔瓦多斯省的番号44法莱斯战地医院待了将近五个月。男孩被运到了这里，当他的身体状况经得起运送时。爱玛也是在这里找到了他。

男孩中了四枪。一枪打中了腹股沟。一枪击中腹部，留在了腹膜。还有一枪打穿了左侧锁骨。最后一枪钻进胸膛，穿过肺部，留在了右肩内。他没死。他经历了七次外科手术。在高烧的锅炉里被蒸煮，在冰块的堡垒里冷得牙齿打架，在谵妄的秘境徘徊。留着金色胡须的战地神父为他举行了临终涂油仪式，将冰冷的金属十字架放上他的嘴唇。他躲过了破伤风、败血症、气性坏疽。他瘦了二十二斤。他没死。

医生说这是孤例。医生说起他强壮的身体，坚实的体格，还有运气——吉星高照，当然啦！身穿白色罩袍的修女宣称那是奇迹。爱玛由此想到了李斯特。《马捷帕》。超技练习曲。门德尔松的四十八首浪漫曲。区别在哪里呢？

她在城中名叫"昂特谷"的街区租了间房。一条小河蜿蜒地穿过古老的石头建筑。寡妇马永有幢房子，将其中一间租给了她。女士在1870年的普法战争中失去了丈夫。那年他才二十三岁，妻子和他同岁。参军前一个月，两人在神父面前许下了"我愿意"的承诺。她没有再婚。"人生无法重来，"她说，"除非重活一次。"爱玛尽量避开她，她不想要听这些话，特别是她的口音很难懂，每句话都要重复三次才行。

房间简陋。厚实的四壁，但屋里很冷。晚上睡觉时，她要全副武装，并且盖上三层鸭绒被。她想到了她的爱。她迫切地想要睡在他边上，肌肤相亲，互相取暖。

早上，她打开百叶窗，如果探出身子，就能看见征服者威廉①在山顶上建起的城堡群，它俯瞰这座城市已有九个世纪。另一个威廉。另一个征服者。脚踩死尸和寡妇。时间不会改变任何事。人们将城堡改成了临时医院，用来安置穆斯林战士。殖民地的士兵。勇敢的非洲孩子前来保卫他们的祖国母亲，他们或许从未如此亲近过他们的根，他们的祖先，他们的兄弟，他们那些金头发的高卢人同胞。

男孩接受治疗的医院占用了女子高等学校的大楼。爱玛一到八点就出现在医院。她钻进楼里，带来一阵风，纯洁的光晕短暂地压制住防腐剂的气味，净化了房内闭塞的空气。心跳随着步子不断加速，她看见了男孩躺在床上的身影。她忍住没有奔跑。她站在床脚边，双手撑在铁质的床架上，她看着他。百看不厌。仍

① 威廉是终身未婚的诺曼底公爵罗贝尔一世和情妇埃尔蕾瓦之子，出生于法莱斯。第一位诺曼英格兰国王，他从1066年开始统治英格兰，直到1087年去世为止。

然不敢相信他真的在那里。她笑了。她也想好好哭一场，任由充盈的情感宣泄而出。她忍住了。大衣微微冒出热气。她想要躺在他身上。想要抚摸他的脸，想要吻他，想要把头埋进他脖颈的凹处，想要嗅闻他的气息，想要紧紧贴住他，品味他的肌肤，她想要把他吃了。她全都忍住了。

新来的人把她当作真正的护士。误会很快解除了：男孩是她唯一的病人。除了尽心尽力的照顾，她还对他说话。坐在椅子上，俯身凑向男孩的枕头。她不知道他是否收到了信。她把信中的内容又活灵活现地复述了一遍，所有的内容，还更丰富。那是悠长、镇定、清晰的低语，双唇轻吐出她的生活，在爱人远去的情况下，她所过的生活，那可怕的日子。爱情的缺席占据了她生活的每个角落。每小时，每天，每夜，每周，每月，每年。空虚。等待。令人眩晕的焦虑。为了击退可怕的征兆，她不能有片刻的松懈。无休无止的压抑。窒息。无力的怒气。还有所有表达爱意的词汇，我爱你，我爱你，我爱你，他一定要知道，必须告诉他，必须不断向他重复。

她在第二个星期结束时才谈起居斯塔夫。

"我们没了父亲。"她说。

（她显然还没有明白他们真正失去的一切。）

她说，她在一封信中用一首藏头诗通知了死讯，因为她无法用其他方式来表述。她说，她无法将"父亲"和"死亡"这两个单词组合在一起。她的思绪无法领会。她的手无法写下这些词。有时太过艰难了。太过残酷。如果有人试图平铺直叙地说出来，就这么赤裸裸、硬生生、不加任何修饰地说出真相，那产生的冲击会太过强烈，为了自我保护，理智会把自己封闭起来，否认那些词汇，因为它无法理解。

"他是坐在扶手椅上枯竭的。"她说，"我用了'枯竭'，因为那是我确切的感受。我觉得他活不下去了：就像是一点点蜡烛燃着一点点灯芯。我们的父亲是油尽灯枯了。只要吹口气，一阵微风……那个下午和其他下午别无二致，他在看报纸，然后他叠起报纸，放在膝头，然后他闭上眼睛，再也没有睁开。就这样。只是这样。我在同一间房里或许待了两个小时，或许三个小时，并没有发觉。我以为他睡着了。我试着不要弄出动静。踮起脚尖走路，就是为了不吵醒他，因为睡眠是宝贵的。于他于我都是，那段日子，睡眠成了稀罕物。很难入眠。那是一次短暂的停歇，一小片的遗忘，哦，那是多么的有益啊，当睡眠翩然而至时，不应将其糟蹋。我想要……想要，他安静地休息，是的。我怎么会想到他就这样走了，都没和我告别？没有一句告别，没有一个告别的动作。我的父亲！我们的父亲！没有一丝一毫的征兆。没有。他读了报纸，闭上眼睛，结束了。呸！就这么一口气……不，事情不该这样的。"

她抬头看男孩。他躺在床上，双臂放在身旁，一动不动。直视天花板。眼睛都没眨动一下。目光深不可测。她叹了口气。弯腰凑到男孩耳边，似乎只是对这个器官说话，似乎只能通过这个缺口把话传给他。

"我想告诉你，他没受苦。"她说，"但这是个善意的谎言。他的痛苦是肉眼无法所见的那种。身体上没有伤口没有痕迹，没有瘢痕。内在的痛苦。啃噬，吞食，扩张，毁灭。就像水果里的蛀虫，仁果类树栽培家大概会这么说。我在信里也和你提过。你可以说那是意识受到了感染。你可以说那是灵魂在腐朽。隐蔽的、致命的痛苦。有一种白蚁能摧毁最为坚固的教堂，但从外观一点也察觉不出。木头蛀空了。外面看来完好无损，内在全然腐朽。有天，突然的，屋顶塌了。一口气足矣……"

"我们的父亲，"她说，"死于自欺欺人。这个错误于他而言太过沉重，无力改变，改变他的错误，那个巨大的、沉重的、逼人的、无力承受的错误。关乎他的荣誉。他认识到了过错。自我审判已经进行，无须他人来定罪。他的无上才华和正直不阿就是明证。站在他的立场上，要付出怎样的代价才能偿还罪愆？才能洗清双手？才能为自己感到自豪？"

"看啊，"她说，"看看你周围：受伤的，垂死的。房间内充斥着一小撮人犯下的罪行，还有成百上千这样的病房，还有成千上万的骸骨堆，而这么一小撮人既不会自我审判，也不会遭受第三方的审判。都是懦夫或犬儒派或贪婪者或道德败坏者或兼而有之，但他们从没有认罪。我不希望我们的父亲和他们是一丘之貉。他的过错比那些人小得多，而他加诸自身的刑罚等同于灵魂的高度。"

她说，她为他感到遗憾，但她无能为力，帮不上他。

一缕脆弱的阳光穿过正面墙壁的一扇窗户，落在床单上。爱玛探出手，轻轻地覆上男孩的手。男孩的眼睛闭着。或许是不想看那鲜血染红了手指、指节、指甲。手在颤抖，但他在努力克制。他费了很大的劲才没有把手抽走。

他站起来了。他能走路了。四月中旬，他在户外，在学校的花园里迈出了最初几步。爱玛陪着他。无论走到哪里，她都在身边。搀扶住他。男孩的胸腔和锁骨有伤口，无法使用拐杖。肌肉萎缩。走起路来跌跌撞撞。看着他，爱玛想到了破壳而出的小鸟。适逢天气暖和，他们就去户外，慢悠悠散步的间隙，再到树下的长椅上坐会儿。男孩休息的时候，爱玛跑去采摘野花，做成一把小小的花束。随后放到床头的玻璃杯中。蓝的，黄的，紫的。

男孩体力恢复了。主治医生称赞他进步惊人、出乎意料，说他进步神速都不止。修女们夸赞那是奇迹。爱玛露出骄傲的笑容。那个时候，火焰蹿得高高的，炙热、亮堂。在年轻女子的心中，未来的日子必定是过往的翻版。那该死的插曲结束了，生活和爱情回到了正轨。明日如同昨日。如同往昔。美好的日子。

她现在可以触碰男孩了。为他刮胡子，为他梳头（头发又长出来了，乱糟糟的），抚摸他的脸，握住他的手，他不再瑟缩，内心不再泛起痛苦的抽搐，额头不再突然覆上一层冷汗，最初的几周就是如此。还有更好的情况，她能直视男孩的眼睛，后者不再逃避或闭上。

她每天要对男孩说上百次，我的爱，我的爱……

六月，男孩被准许出院了。爱玛为他填写文件资料。她签下"马捷帕"这个名字，并且现场编了一个地址（列日市殉难者街），她敢确定，他们再也找不到他了。她把表格交还到行政人员手中，附送一个大大的笑容。

他们没有立刻离开这座城市。她不愿冒任何风险。也没什么好着急的。这里或他处。她延长了一个月的租金。寡妇看见男孩时微微露出讶异的神色。爱玛介绍说那是她的丈夫。寡妇嘟嘟哝哝地说了一长串，隐约能听到："回来了啊，你的……不是所有人都倒霉……该相信上帝会厚待某些人！"她把租金翻了个倍。爱玛不会讨价还价的。

那是他们第一个晚上，那是将近两年来的第一个属于两人的晚上。

爱玛点燃一对蜡烛。男孩躺在被子里，年轻女子站在他面前脱下衣服。慢条斯理。曼妙温柔。直勾勾地看着男孩。她希望男孩也看着她。她希望她看着男孩的同时，他也能看她。一件一件地，她解开衣服，任其滑落，很快她就一丝不挂地站在床脚。她不再感到寒冷。烛光舔舐她的胴体。阴影在肌肤上变化不定，如同云彩飘过一片山峦起伏的大地，云聚云散：高山、丘陵、隆起的土地、枝繁叶茂的地方、苍白平原凹陷处的隐秘灌木丛，白垩土的颜色……然而，是的，这里，不再是战场，而是一片祥和的土地，不再有践踏，而是肥沃的土壤，播种，生命，是的，那是港湾，而非坟墓、墓穴、棺材，那是摇篮，四处洒遍了有待攻克的灿烂星辰，最终值得有名有姓的恒星，白垩质平原，是的，就是这样，白垩质平原，我的爱，白垩质平原。男孩出神地看着她，他眼中所见会是他平生见到的最美景象，他一时忘了呼吸，再次感到难受，因为美景在某种程度上会引起痛苦。

爱玛来到身边。赤裸的两人紧挨着躺下。那是她梦寐以求的。她侧过身子，温柔地贴向男孩，避免压到他的伤口。肌肤相亲的灼热妙不可言，那股热流直抵腹部。男孩纹丝不动。她用手肘撑起身子，指尖拂过他的肉体，堪堪擦过，她慢慢地打着圈，似乎在用萨满女巫的动作蛊惑他，诱惑他，持续了很长一段时间，接着她跪起来，这次用嘴巴、用嘴唇按着同一路线重复了一遍抚摸。然后，她把脸颊温柔地贴上每处伤口。伤疤贴着伤疤。契约定下了。我的爱，我的爱……她不断地喃喃自语，沉迷于那些字眼，沉迷于男孩的气息、色素，沉迷于他肌肤释放的鸦片，他腹部散发出的情欲的热量麻痹了她的感官，爱玛飘飘然了。半梦半醒的状态。她摸到男孩的阳具，发现它软趴趴地蜷缩成一团，还是略感惊讶。她模模糊糊地又想到了破壳而出的小鸟，小小的，弱弱的，趴在柔软的鸟巢中。她是否要将蜂鸟也加进自己的"性词典"？她一个人笑了起来。她很好。这不算什么。无足轻重。或许为时过早了。她要等待。他就贴在她身上，这才是关键。

之后，她睡着了，手里握着那只鸟。

半夜她被某种呻吟声吵醒了。一支蜡烛熄灭了，另一支火光摇曳。阴影在房里舞动，墙壁和天花板似乎活了过来。爱玛坐起身子，转向男孩。声音是他发出的。他面色灰白，脸上泛光，几缕头发贴在太阳穴上。眼珠在眼皮后面转动。颌骨肌肉突出。喉咙底部还在制造这种呻吟，那嘶哑的喘气声经过痉挛，透过咬紧的颌骨流出来。爱玛摸了摸他的额头，想要判断是否在发烧。

"我的爱……"她低声说。

男孩突然有了反应。他蹭地直起上半身，两眼圆睁。扩大的瞳孔占据了虹膜所有的空间：黑色覆盖在黑色之上，没有繁星的夜空，没有一丝光亮。他看不见屋子。看不见爱玛。看不见美。恐惧遮蔽了视线。炫目的、惊愕的恐惧。无边无际的恐惧。

男孩气喘吁吁。他仍在晃动。她用尽了力气抚摸他，宽慰他，把他带回当时当地。他渐渐放松下来。男孩恢复了平静。爱玛将其拥入怀中。贴着胸口轻轻摇动。恶魔改头换面：此刻的她终于明白了。那是他自身的恶魔。而她的恶魔将臣服于它。最后一根蜡烛耗尽了，火光发出短促的噼啪声，冷不丁在房里落下黑色的幕布，年轻女子从中看到了一道亮光，那是他们的爱情幻化出的新姿态。她做好准备了，她要接纳它。

"多么不幸啊！……多么不幸啊！……"

他长吁短叹。总是用同一种语气。老人摇头晃脑。清澈的眼睛泛着泪光。

"多么不幸啊，我的孩子！……"

如何回答呢？

爱玛沉默以对。是的，不幸。不幸，是的。

起初，阿梅代言简意赅的抱怨只针对居斯塔夫的离世。可以肯定的是，医生的苦恼不单单因为失去了牌友——事实上，那是他最长久，最忠诚的对手，唯一的，最后的。从今往后他只能独自玩多米诺牌了，但他首先是为自己的好友哭泣。

之后，随着拜访次数越来越多，不幸蔓延到了大多数事情上。今天，涵盖了一切。

"贝尔纳，你还记得贝尔纳吗，佃农的儿子？好吧，他也安息了！在杜奥蒙，默兹省……才十七岁。小屁孩一个。他是提前应征入伍的。父亲不愿意，可小家伙不听他的。好啦……双亲不晚于上个月收到了通知。独子，你想想啊！'在战争中失踪了。'就是这么写的。失踪！那算什么意思？被杀，还能明白，但人怎么会失踪了呢？"

老人转向男孩。他不知所措，嘴巴半张。那真的是在提问。

男孩本可以告诉他的，向他解释一个人是可能失踪的。完完全全。灰飞烟灭。变魔术似的。整个人影都没了，是的。

"多么不幸啊！……"阿梅代低声说。

爱玛的确记得那个年轻人。贝尔纳。他的短裤，肥嘟嘟的脸蛋，粉色的颧骨。每年夏天，她会看见他在父亲阴影的庇护下渐渐长大。每次进屋时会露出腼腆、震惊的表情。她记得把两人，父亲和儿子，请来参加文学沙龙。可怜的人！两人目瞪口呆地听着她念诗！这还没完，作为奖赏，那天他们还参与了医生表妹的通灵会。

微笑在年轻女子的嘴角一闪而过。很好。很好。已然是久远的事了。

贝尔纳在失踪前会否想起这些呢？去往彼世的人能否传递一星半点的消息？

"一共十二人，"医生说，"就像十二门徒。战争伊始，村里的十二个人就被征召入伍了。我们已经知道有三个人永远不会回来了。还有两人，两人岌岌可危：战争如果持续下去，他们就会适龄了……天哪！真的是血流成河！有良方吗？……告诉我：良方在哪里？"

这次，他转向爱玛，满是皱纹的脸转向了她，清澈的双眼蒙上了雾气。又一次认真的提问。

爱玛也可以回答他。她回答过了。她重复了好多遍。但她知道人们是听不进去的。她不再开口。甚至不愿思考。

"现在，"阿梅代叹气，"我要感谢老天让我生的都是女儿……"白发苍苍的脑袋轻轻晃动。

医生第一次上门拜访，坚持为男孩检查一下身体。他或许已经准备好对战地医生的工作点评一番。或许打算来个锦上添花。用他自己的方式，带有鲜明的个人色彩——泰乌医生的老方子。他对现代医学的信任十分有限。然而，面对男孩的伤口，他沉默了。没有任何评论除了那句"多么不幸啊！"，都快成老生常谈了。他都没想起来要开一剂他的著名药方，马德拉葡萄酒或者其他什么，他是一贯鼓吹葡萄酒的妙用的。不。"多么不幸啊！"除此之外，别无他话。

老人不是每天都来，这不算糟糕。他们喜欢他，但更喜欢独处。最终，当老人敲响大门时，两人装聋作哑，躲在屋里，直到他那辆古旧的轻便马车在骨瘦如柴的老马牵引下，车轮声渐渐远去。

爱玛和男孩是在七月初突然到了这里。村庄。房屋。每个房间，每个角落，每个楼梯平台，他们都会邂逅居斯塔夫的幽灵。他们不敢手牵手。然而，一切都会过去的。他们驯服了幽灵。老野猪的暗影之影消散了。现在还有什么需要遮遮掩掩的呢？

田里的苹果没人去采摘。它们烂在了树上或掉在了地上，干瘪，腐烂，虫蛀，最终融入泥土。他们捡拾起品相好点的。做苹果塔所需的面粉更为紧缺。爱玛做成了苹果泥。是维生素。对你的身体有好处，她说。

日复一日，他们的散步渐渐拉长。能走很长一段路了。男孩的步态变了样——腹股沟受过伤的后遗症。走路有点跛。这轻微的跛行慢慢淡化，最终不见了踪影，但取而代之的是，他保留下一个奇怪姿态，左腿笔直，右腿向外呈二十五度角打开。有点像鸭子步。爱玛自问，他是否有一天能再次爬到树顶。

一个月之后，他们走到了柳树那儿。一个阶段算是告一段落。他们赤条条地泡在小溪中。一道又长又深的刀伤斜划过男孩的胸膛，还有两道较短的横向刀口。（征兆。印记。野蛮文明在肉体上的刻痕。象征——对于解读者而言。）他们一丝不挂地平躺在水田芹上。你挨着我，头上是绿色的华盖。不用走得更远了。已经很好了：爱玛如是说。她有时会抓住男孩的手，将它引向自己两腿之间。男孩没有把手缩回来。两人都闭上眼睛，任由热气蒸腾，时光流逝。

柳树。

（它在哭泣吗，他们亲爱的树？因为怀旧？因为温柔？）

爱玛没把书带来。得知消息后，她立马就动身了，行李一切从简。屋里有十几本书，大多数是关于苹果、梨子和植物学概论。居斯塔夫的遗产。有些段落读来津津有味，但只是有些。她可不愿意给男孩念这些。更不会念报纸（没门！但愿凡尔登陷落了，尼维勒①也跟着嗝屁！）。她从记忆中搜寻出曾背诵过的诗篇。最爱的诗歌。最好的诗歌。宇宙奇迹的奇迹。能让你下地狱的诗篇。能让你信上帝的诗篇。她向他背诵。她很高兴地发现，他喜欢。至少，一如既往。她为他提炼出精华。她从宝库中汲取资源。之后，她就自行发明。编造故事。想象出来的，慢慢说给他听。她不会写下来，她再也不写了（太多的文字令两人分离），只是讲述。

---

① 罗贝尔·尼维勒（1856—1924），一战期间曾担任西线法军总司令，信奉"大炮征服，步兵占据"，因此造成大量士兵死亡。

她打算九月初离开，可说到底了，原因呢？

他们在村庄的日子延长了。

秋天来临时，两人开始旅游。

第一次纯属偶然。一个下雨的午后。他们去了车库。借着灰色的光线，篷车出现在他们眼前。它没法移动。歪向一侧。轮子没修好。灰尘盖住了车身侧面上的金字。要知道，隐藏在下面的字就是：喀尔巴阡山食人魔布拉贝茨。遗迹。他们要扯开蜘蛛网才能走进去。男孩的心脏剧烈跳动，在隆起的伤疤后面急速跳动。里面的一切没有任何变化。只有闭塞的味道。爱玛打开窗户。目光落到床上，忽然记起了那个梦。画面出其不意地浮现出来：男孩躺在床上，他的阳具硬邦邦的，鼓鼓胀胀，那柄双刃剑指向了她——握住！——她被剑刺穿了，那利刃在抽打她，那神圣的、无与伦比的撕裂感杀死了她。一股浪潮瞬间流遍周身，双腿打战。然后，她恢复镇定。赶走恶魔。还能做其他的梦。两人在凹室中坐下。

　　"以后，"她说，"我们去旅游。当一切都结束了。（他们俩都知道这话是什么意思。）还有什么能阻止我们呢？我们会自由自在的。我们有这辆篷车，这就够了。完美。那会是我们的房屋。我们这就出发。我们走过大街小巷，你和我，一起，待在我们移动的房屋里。我们走遍全世界。你知道世界吗，我的爱？我还不知道你见过的风景呢。你去过哪些国家。哪些大陆。这不重要，假如你已经见过了世界，你可以再看一次。和我。你会指点给我看的。我，我想要见到一切。一切！……我们有时间。我们乘上篷车。在城市和村庄，在原地稍事休息。为了讨生活，我们可以江湖卖艺。'凑近了，女士们先生们，凑近了！快来看国际知名艺人爱玛和费利克斯，费利克斯和爱玛，快来看他们的惊人演出！'我能做到的，你知道。我可以背诗。唱歌。一边敲铃鼓一边赤脚跳舞。我能做到的。我行。但话说在前头：跳舞的时候，我要把裙子拉得高高的，这样先生们才能一饱眼福，他们会一而再再而三提出要求，不再吝惜荷包！是的，该做的就要做，我的爱！至于女士们，我可以弹琴……你觉得篷车里面放得下钢琴吗？为什么不呢？我们俩挤一挤。我们应该留点空间给沃尔夫冈·阿马德乌斯。给弗朗兹，给罗伯特，给弗雷德里克，给路德维希，给温琴佐，给约瑟夫①。你瞧，他们都是我们的孩子。哦！可爱的一大家子！我们带着他们浪迹天涯。所有的嘴巴都要填饱：所有人都要参与进来，他们也是。小鬼，去拿煤！音乐！女士们会喜欢的……接着，我要算命，算出美妙的历险。美妙，美妙，永远美妙。不可思议。和我在一起，未来一片光明。今后的日子会有歌声和欢乐。他们把手给我，我从掌纹间读出命运，没人会失望。很简单：只要说他们想听的就行。我知道怎么做。什么被女巫附身了？我就是新一代的勒诺尔芒小姐！（但她这么说的时候，他想到了另一个用纸牌算命的人，另一个眼珠像缟玛瑙的预言家。）我预示着幸福日子！'福音，先生们女士

---

① 爱玛给孩子取的名字都和音乐家有关，分别对应的是：沃尔夫冈·阿马德乌斯·莫扎特、弗朗兹·李斯特、罗伯特·舒曼、弗雷德里克·肖邦、路德维希·贝多芬、温琴佐·贝里尼、约瑟夫·海顿。

们！快来了解一下你的神奇命运！'"

爱玛笑了。她乐在其中。够了。

"那你呢？"她说，"你做什么，你，我的爱，来养家糊口？别忘了，孩子们都会长大的。我们的钢琴里面现在有一堆小天才了。他们会肚子饿。他们会嗷嗷叫。你可以做些什么？……我知道了！你只要站在众人面前，脱掉衬衫。嚯！先生们，看看我身上的伤疤！'刀疤费利克斯。'想象一下，他们会有怎样的表情？……咳，那位！别碰，小姐！想要摸一下，请付一个苏！给五个苏，就能和这位奇人拍照留念！抱歉啊，生活所迫，我的爱……我不是和你说过弗兰肯斯坦医生的故事？（但她说的时候，他想到的是另一个生物，另一个怪物。）觉得怎么样？是不是个好主意？……或者，你可以成为江湖艺人！喷火。还有更好的：你可以当驯熊师！你会训练这种大家伙吗，教会它一些把戏？跳一跳，转圈圈……可是，在钢琴和我们那堆小崽子之间还有没有地方安置得下一头熊？嗯……你还是训练跳蚤吧！"

昏暗的午后，她的双眼在凹室中亮闪闪。光线暗下来。能听见雨滴温柔地敲打在车库屋顶上。男孩的眼睛也亮闪闪的。他蜷缩起来贴住年轻女子，脸颊搁在她的肩上。

"我们从哪里出发呢？第一个目的地去哪里呢？我么，我什么都想看，我和你说过，我想先去意大利。你知道意大利吗？你去过那里吗？我没有。我想要看看罗马！七丘之城。千座教堂。我们各取所需。我把教皇留给你，我要米开朗琪罗。美妙的礼拜堂①。金色的数字。壁画。天顶上诸神的躯体。上帝的手指。光

---

① 米开朗琪罗在西斯廷礼拜堂大厅天顶上创作了著名的《创世纪》。

芒。胖嘟嘟的天使。似乎用手指戳一戳小天使那肉鼓鼓的屁股，他们就会动起来。真想咬上一口！……我还要卡拉瓦乔，还有伟大的达·芬奇——我来，我见，我征服①。维纳斯和罗马神庙是我的。贞女之家是你的：贞洁的女祭司，纯洁的圣女，我把她们留给你——宏伟，不是吗？斗兽场是我俩的！先人留下的角斗场。宏大的竞技场。看得我俩晕头转向。这里不止我们俩：斗兽场可以容纳七万五千名观众。四周的台阶上面……你听见了吗？仔细听，当角斗士鱼贯入场时，众人屏息凝神。那都是平民。就是我们。这就是罗马！……接着，威尼斯。哦！是的，我要去威尼斯。还有更浪漫的城市吗？比古老的罗马更浪漫！我要看一看那些宫殿。总督宫。我要在潟湖里面游泳。我要在叹息桥下叹息。我要迷失在水道的迷宫中。我要看那朝阳的血粉色倾泻至每条运河干道上。你见过堪比运河日出的美景吗？……既然我们已经到了威尼斯，那只要稍稍一迈腿就能到达维罗纳了。为什么要去维罗纳，你觉得呢？……那对恋人，当然啦！为了他，为了她。为了朱丽叶和罗密欧。怎么能忘了他们呢？怎么能不向他俩致敬呢？我们要去，我和你，我的爱，把我俩的名字镌刻在卡帕莱特家族的房屋墙上。别听那些人的话，他们会说这房子根本不存在。都是些蠢话。嫉妒的诽谤。它怎么可能不存在呢，难道是莎士比亚先生凭空想象出来的？威廉·莎士比亚先生，请啊！我们似乎可以参观那幢房子的。我们一定要去。'打开龙头，卡帕莱特家门打开'②：这就是进门的咒语。我知道咒语，相信我。看

---

① 恺撒在泽拉战役中打败本都国王法尔纳克二世之后写给罗马元老院的著名捷报。
② 爱玛是根据《小红帽》中的一句话胡诌的。大灰狼对小红帽说："拔开小木销，门闩就落下。"

呐，大门打开了。我们进来了。厨房、大厅、卧室、门厅、贵妇
们争风吃醋的小客厅、阴暗的长廊，最后到了宏伟的舞厅，两人
四目交汇。电光火石。上帝的手指——或者魔鬼的！可以把这叫
作'一见钟情'，如果你愿意。一切就此发生。我们还可以在阳台
上拥吻，他们也曾在那里擦出爱的火花。你知道吗，那个小可爱
才十四岁？维罗纳的姑娘都早熟啊！至于她的求爱者，和你一般
大。然而激情等不了年年岁岁，不是吗？……我们的朝圣之旅最
终来到了圣方济各修道院，那是他们自我了断的地方。在那里一
切走向终结。你知道吗，他们相爱的时光只有一个晚上？多么悲
惨啊！但是，你看，岁月流逝，我们还在谈论他俩的爱情。他们
一直活着。得到人们的缅怀。纪念。歆羡。不，事实上故事远未
结束。我们不是说爱情是永恒的吗，我的爱？别听那些说反话的
人。撒谎精！妒忌鬼！别管他们……我们继续，继续，美丽的意
大利在召唤我们！七百里地的靴子①。我们从这头走到那头，从北
走到南，我和你——还有我们天才的孩子——乘着我们的篷车。
我们沿着法布里斯的足迹走遍波河平原……法布里斯！是啊！想
起来了吗：法布里斯·德尔·戈东②。帕尔马，我的爱。帕尔马！
除了很棒的火腿和很棒的奶酪，还有修道院。那里有城堡，有堡
垒，有法尔内塞宫高耸的塔楼，我们年轻的英雄就是从那里逃走
的——和卡帕莱特家族的房屋一样，它也真真切切地存在。又是
一对受诅咒的恋人的故事。显而易见！那是所有恋人的最终归宿
吗？爱情就该死吗，我的爱？……我要告诉你我心底的想法：他

---

① 意大利整个国家形似一个靴子。
② 司汤达名作《帕尔马修道院》中的男主人公。

不该选择小克莱莉娅，应该选吉娜。桑塞维利纳公爵夫人。他的
阿姨，但也可以是他的姐姐，他的爱人，他的母亲。她可以是
他的全部。她才是真正的爱人！如果让我来写这个故事……算
了，不说了。该写下的是我们俩的故事。我们于是离开了帕尔
马，绕了个道——一定要绕——看一看科莫湖，然后前往佛罗伦
萨。再从佛罗伦萨到博洛尼亚。再从博洛尼亚到拉韦纳。你不明
白吗？……这么说吧，那是但丁的路线。他的路线。我希望重走
他的路。我希望能在他的陵寝上坐一坐——阿利吉耶里先生，请
啦！①你知道在距离拉韦纳几步之远的地方就是天堂的入口吗？认
了吧，这很难验证。天堂！我们在诗人古老的墓板上休息片刻，
暖和的阳光照在身上，我要为你朗诵那些诗句，你瞧，那就是天
堂！……啊，《神曲》！啊，那些骇人的、心碎的诗句！啊，那
些令人击节赞叹的十一音节诗句！……意思是，每一行诗有十一
个音节，我的爱。十一个音步，比亚历山大体少一个。想象一下，
当你念出这样的诗句，像是在一瘸一拐走路，摇摇晃晃，你以为
会在每个楼梯平台上错过一级台阶。不会的。它就是这个步调，
顺着这个完美的节奏就能攀上斜坡：从地狱到天堂。太棒了，大
师！……在我们的语言中，以我浅见，只有魏尔伦能和他相提并
论。只有他能从这奇异的步调中收获乐趣。必须的，你瞧啊，我
们应该原谅……听见了吗？美妙的不对称。马匹只有三条腿，但
有双翼作为弥补……哦交融吧，我们和我们的灵魂伴侣／我们混
乱的心愿和孩子气的乐趣／慢慢地远离女人和男人／跌落至将我
们流放的新鲜遗忘中！但丁的方式！就像是，我的爱，我们既可

---

① 原文为意大利语。

以跷脚又可以出众——假如你明白我的意思……看，我们又说回了我们的浪漫曲！无言的。沉默的。你的，我的，我们的。感谢诗人的恩泽，联系由此缔结——无论他是否跛脚！……这真的是我们的故事吗？受诅咒的恋人。灵魂伴侣。地狱和天堂之间的漫漫崎岖路……我们在那儿稍事休息，坐在古老的墓地石头上，温热、陈旧，舒适的暖意将我们笼罩，我要为你念那些诗句。我们的人生路，我的爱，是否已行进了一半？我们是否来到了十字路口？那条笔直通向幽暗森林边缘的道路迷失了吗？……不！不！还没有。没有这么快。我们还有很多很多要发现呢。意大利很大。站起来！给我站起来，我们重新上路。南方，永远向南。阿布鲁佐。普利亚。是的，我要去看一看普利亚！我喜欢这个名字。这让我想到了……不，什么也没有。是的！想到了葡萄酒！他们的酒似乎很不错。圣母玛利亚的血。红葡萄酒。紫红葡萄酒。纯葡萄酒。我想要看看普利亚人长什么样。还有他们的葡萄园。他们的橄榄树。他们的棕榈树。他们的橘子树。亚得里亚海边上雪白一片的城市。南方，永远向南。直到靴子尖。鞋跟！……我想要看看叙拉古。墨西拿、卡塔尼亚和巴勒莫，所有的西西里岛火山，所有的海岛，它们像是宝石、珍宝镶嵌在地中海的蔚蓝之上。大海，我的爱！你见过吗？大海！大海！我们一头扎进海中。在海中戏水。在兰佩杜萨岛海域，好像还能和海豚共游。白色的细沙吸引了美人鱼，令它们心醉神迷，搁浅在了那里。兰佩杜萨岛，我的爱！海滩！美人鱼！你见到了？"

他见到了。

他看见了，透过窗户，看见了艳阳和阴影，托斯卡纳、坎帕尼亚的金色阳光，蓝天。景致接连而过。雨滴温柔地敲打在顶篷上。

他们的首次旅行就这样完成了。

还有其他旅行。他们常常回到这儿。钻进篷车，踏上遥远的征程，有时要走上一个下午。

他们环游了整个世界。

谁能判断出他们是真的相信或者是在装模作样？只要条件成熟了，他们终有一天会成行的。只要大炮不再出声。只要这老旧的篷车整修一新。车轮和车轴都修好了。只要阉马还在，站在车辕之间，踏上大路和小巷，将他们带往更远的远方。

然后，他们回到了巴黎。圣殿大道。又过了几个星期，父亲的幽灵才不在公寓中出没。爱玛弹琴时，他的缺席却愈发突兀。没人提及，但两人都惦念着往昔的音乐会，室内乐。三人组少了一位成员。双簧管暗哑无声了。乐器躺在紧闭的盒子中。降半旗致哀。不再响起音乐，男孩爱极了双簧管的歌声。只有爱玛在弹奏。为他而弹。为了他们。

　　男孩的梦魇仍未结束。永远不会结束（就算到了距此万里之遥的热带丛林，梦魇仍紧追不放）。每隔一天的晚上，或者三个晚上里面有两个，他要和幽灵作战。那些幽灵面目可憎。一场一场的恶战。获胜的不是他——这次不是。死者要复仇。他们吃了他，将他生吞活剥。他们有的是时间。他们于自己而言是永恒的。他们没有怜悯之心，不再有了。他发出过多少次无声的吼叫？男孩醒来时大汗淋漓，他浮出水面，大口呼吸空气，双眼圆睁，但目不视物——想一想那种玻璃化的眼球，乌鸦用喙啄出浑浊的冻体，想一想死尸那黑洞洞的眼眶。汗水覆满了额头。爱玛用床单一角为其擦汗。动作慢条斯理。她抚摸男孩的头发、太阳穴。"好了，好了，好了……"她低声对他说。还有什么能做的呢？她抓不住男孩的痛苦，她不认得那张脸。她想要一把把它逮住，把男孩的痛苦变成自己的。至少能分担部分，分担他的苦痛，但这不可能。同情心无边无际。她要和自己的痛苦斗争，它紧紧缠住她，令她窒息，抵住发紧的喉咙，眼泪夺眶而出。"好了，好了……"她把他拥入怀中。抵着胸脯把他轻轻晃动。

费利克斯，我的孩子。我的小宝宝。

他害怕黑暗。床头柜上点亮的蜡烛也于事无补。黑暗潜伏在内心。幽深。男孩越来越惧怕睡眠。他选择了逃避。有些天的晚上，爱玛惊醒过来，发现男孩站在床脚，一动不动地看着她。身影飘荡在黑暗中，黄铜色的短小火光打在下半身上，看似若隐若现。年轻女人忍不住打了个哆嗦。他是在看她吗？她不知道。她害怕他会离开。这种感觉会在清醒时出现：男孩的目光突然变得直愣愣的，于是她明白了，他离开了，去了别的地方，远方，那个地方她无法追随也无法相会。

有些天的晚上，人不在了。床上的位置空空如也。他出去了。行走在城市中。步履坚定精准、有条不紊，尽管有轻微的跛行——就像十一音节的诗句。那不是散步者的步调，不是醉鬼犹疑的步调，不是梦游人的步调。毫不犹豫。坚定不移。他在行走。那坚定的步子像是明确知道要去往哪里。谁知道怎么回事。谁知道为什么。但凡见到他的人，没人会怀疑是偶然在指引他。男孩没有既定路线，没有目的地，没有目标。重要的是移动。移动。不要停下。精神放到一边，只有躯体、手臂、大腿，只有躯体——索姆省、阿登、阿尔贡、香槟地区！

漫游狂不可抑制的冲动促使他不断移动。他可以原地踏步，像是实验室里的老鼠，不停地踩动转轮，却没有向前推进半寸。后退，无能为力，但不会迷失。

　　他披着日光回到家中——像是嗜血成性的生物，深谙长生不老的秘密。爱玛一夜未眠。她在等候。她在守候。听到门口传来的声音，她爬下床去欢迎男孩，她赤脚穿过房间，敞开怀抱拥抱他。他为她带回了夜的新鲜呼吸，她为他覆上羽绒被的温热。两人在门口紧拥在一起。

　　那是个严冬。大家在谈论食物匮乏。需要定量配给。需要节衣缩食。糖少了，面包少了，油少了，肉少了，炭少了。少了谁的呢？商店里的人开始抱怨。家庭主妇发起了牢骚。生活昂贵，她们说。爱玛不爱听这些，她们念念叨叨的就是金钱和食品。肚子，钱包：她们就用这些事来评估人生价值？她也有缺少的，但不是那些。"我可以每顿饭吃我的鞋底，"她说，"只要你和我同桌吃饭！"她就是这么想的。她就是这么认为的。谁知道呢？她把男孩的手握在自己的手中，送到嘴边，把吻印在指上。或许她从未这样爱过他。生活昂贵，确实如此：她后知后觉地发现了。

他们过起了冬眠生活。除了男孩夜游，除了必要采购，他们蜗居在公寓内。他们。只有他俩。钢琴，阅读，只是长时间地无言地靠在一起，捕捉对方的气息，感知对方的温度，倾听对方的呼吸。他们也会一起洗澡。那是新年第一个晚上的发明，两人并没有预演——爱玛泡在浴缸中，男孩出现了，看了一会儿，然后脱光衣服，踏进浴缸——两人爱上了共浴，兴致一来就去洗一次。那段时日，浴室成了最暖和的地方。氤氲的蒸汽抽条成一缕缕的，慢慢四溢开来，像是火山断层涌出的热源，糊上四壁，为瓷砖覆了一层崭新的亮光，上了一层亮晶晶的清漆。爱玛穿过雾幕，率先踏入浴缸。她站上一会儿，试了试水温，两条长腿轮流抬起，探入水中，就像火烈鸟抬起脚掌小心翼翼地走进池塘。皮肤染上了火烈鸟一般的浅粉色。最后，她坐了下去，背靠釉壁，舒心地长叹一声。她不再动弹。水波晃动片刻后平静下来。浪花拍打在内凹的边沿上，声音渐渐消逝，清澈的水面下，年轻女子的胴体像是在一面巨型放大镜的照射下。看啊：海底孕育了人类冒险，难道不就是依照同样的模型？应有尽有：白色沙滩，低处杂乱的棕色海藻，里面掩藏着贝壳的红色珊瑚，宏伟的峭壁，深海中的拱门，坡度缓缓上升的海岸已经有一半露出了水面，丰饶的圆丘，一对浑圆、肥沃的岛屿，水袋上面布满了凸点，挺拔地指向天空。空气，大口吸入的空气，进入肺部的空气，换上一口气，第一口。应有尽有。爱玛静静地呼吸，胸脯周围微乎其微的潮汐伴随着她的呼吸，起起伏伏。残留的水沫在黑加仑色的嫩芽上闪闪发光。接着，她转向男孩，双眼穿过雾幕射出灼热的目光，她邀请他，用眼神，还有嘴唇画出的神秘笑容。男孩也踏入浴缸。

探进年轻女子的两腿之间，坐定之后，背靠着她，把头搁在她的胸脯上。她环抱住男孩，下巴搁在他头顶上。空间局促，但这样更好。她想要更多，更加紧密，更加靠近。她想要他进入身体。水渐渐冷却。两人听之任之。什么都没做。她有时会想，如果这样死掉，两人的躯体冰封在一起，青春永驻。数个世纪之后，人们或许还会谈论他俩。

晚上，她躺在床上为他朗读所谓的"受诅咒的恋人"最美的篇章。受阻的爱情，不公的分离，悲惨的命运，注定了火光四射、昙花一现、如繁星和流星般灰飞烟灭，邂逅的刹那，地动山摇，而他们爱情的碎屑化为金尘绵绵不绝地撒向人类大地。这样的故事对于狭隘的世人而言太过宏大了。主人公是俊男美女。他们的情感高尚纯洁。通常他们是贞洁的——灵魂交流才是首要的。

他们蜷缩在厚实的白色羽绒被下，像是埋葬在了白雪覆盖的墓石之下。

卧室衣柜的门仍未打开，某层搁板上面放了惊世骇俗的禁书。被严厉谴责的情欲。该死的书籍，他们不再阅读。地狱，于他俩而言，关闭了。

他们到了四月才走出房门。空气冷冽，像是衬了绒布的云朵之间露出了大块的蓝色碎片。沐浴在希望的光线中。

他们已经好久没有一起逛马路了。两人都没戴帽子。手牵手，步子羞涩犹疑，投向周围人事的眼神困惑、焦虑，几乎是惶恐。人们很容易会把这两人当作是来巴黎游玩的异乡客，或者在另一个星球上登陆的地球人。有点吧。可事实上，两人的精神状态更接近他们的祖先，正在追溯他们一无所知的过往足迹。然而，他们并不算太过苍老。然而，巴黎并没有改变太多，他们也没有离开太多时日。却油然升起一种感觉，他们不再属于这里的背景，这里的演出，这里的过去，从某种程度上来说，不再参与剧院里的大戏，既不是演员也不是观众——这场演出，意义何在呢？

他们是两个人，但他们是谁？

他们是什么东西？

他们去往哪里？

迷失，就这样。陈旧的齿轮不再转动。偶像滚落。雨果、李斯特，过时了。马捷帕，跌倒的时刻或许已然来临，你在疯狂的驰骋中被这奇异的马儿更加疯狂的驰骋给抛下了，而有人正要骑上马去。但你要知道，她会和你一同跌下。她不能永远把你举起。不能每次把你拯救。假如你沉沦，她也会。但这难道不正是你们在做的事？紧紧抓住对方不放，迷失在自以为熟悉的城市中。问题在哪里？真相在哪里？你们的真相还有用吗？有什么价值呢？你们向周围投出幼兽的眼神，偷偷观望，你们不太明白眼中所见，无法真心接纳。出现了脱节。断层。裂缝——你们险些落入其中。而你们正在边上。独自两人。是的，风向转了。而今，古老的真相变得模糊不清，连带着女巫那尖刻、老去的脸。它消失了，真相。它过期了。它必须死去，这个婊子，人们一定要摆脱它——握手言和？——才能让位给某些更加——更加伟大，更加鼓舞，更加欢欣的事情。而今，超现实主义诞生了。初出茅庐的新秀。全新的开端。那是春天。推倒重来。你们有没有终于感受到了风？没有的话，那正如人们所说：你们没有新思想。或许，你们只是有的太多了。

　　超现实主义：时值四月，很多女士去战神广场散步。战神在贵妇小径①上大发雷霆。加利福尼亚平台②位于埃纳省，美军在此登陆。威尔逊还了拉法耶特将军的债。③

　　超现实主义：时值四月，炮声隆隆，巴黎闪耀。酒杯倒满。生活如火如荼，欢快又纷乱，追随霍奇科斯牌汽车的节奏，死亡在受滋养，尸体拥堵在香榭丽舍大道上，露天咖啡座熙熙攘攘，

---

① 位于法国埃纳省，是建造在山脊上的一条休闲步行道，由法国国王路易十五设计给他的女儿们作娱乐之用。
② 贵妇小径的一部分，后来成为一战纪念地。
③ 威尔逊是一战时期的美国总统，拉法耶特将军曾参与美国独立战争，帮助美国摆脱英国统治，而在一战时，则是美军来到法国，帮助打赢了一战。

战壕空空如也。

超现实主义：时值四月，巴黎博览会下个月就要召开了。临时木板房从石板地上冒了出来，存在已久的农庄在田野上消失了，在于特比兹、鲁瓦耶尔、马尔瓦尔①，帐篷搭建起来了，整座整座的村庄夷为平地，在亚耶，在庞西库特孔，在博纳埃什维，在瓦莱富隆②。5月，美丽的五月，干你喜欢干的事儿。德国鬼子真可恶。德国鬼子在坚持。普恩加莱善用剪刀，他剪起彩带就像给人戴上勋章。掌声雷动。从四面八方传来。最前排的人挤挤挨挨。凑热闹的占据了空地，荣军院那边突然人头攒动，涌向四处。欢乐，欢乐。绅士的军队就在这里！

超现实主义：子母弹下面的女士小阳伞，迫击炮下面的划桨手。

超现实主义：普恩加莱并不胖。

超现实主义：时值四月，艺术家抓住空隙轮番登场。上演了一场场大战。谷克多、萨蒂、达基列夫、马辛、毕加索：法国人、俄国人和西班牙人——来自三个国家的艺术家要共同奉献一出表演。芭蕾舞。起舞。那是为了被听见，人们听见了！夏特莱剧院灯火通明，比龙穴③更甚。防御工事。防御据点。现场的评论家疯狂地攻击进攻的士兵。战斗热火朝天。年轻的士兵死守战线。社交礼仪，见鬼去吧！理智，见鬼去吧！当人们为了几块耕种地自相残杀时，人们纷纷出逃去看《蒂蕾西亚的乳房》④。

---

① 这三处都是贵妇小径上的农庄。
② 都是位于法国埃纳省的市镇。
③ 贵妇小径上。
④ 法国诗人、剧作家纪尧姆·阿波利奈尔创作于 1903 年的一部超现实主义戏剧。

超现实主义：时值四月，生活必须改变，世界必须转变。兰波和马克思团结在了同一面旗帜下。自由！忧伤。冲向压迫者吧，管他是军人还是官僚，沙皇还是德国皇帝、食利者、公务员、一家之主、有产者、会计、有钱人或者贵族。当秋季来临，我们将听见反抗的歌声。《克拉奥讷之歌》[①]应和着《马尔多罗之歌》[②]。暴动在蠢蠢欲动。叛乱者被打成了筛子——开火！——就像玛格丽莎·赫特雷达·泽莱夫人[③]那样，她也叫麦克劳德小姐，也叫H-21，也叫玛塔·哈里。去你妈的，婊子！去你妈的，法国佬！钟形女帽和阿德里安式头盔[④]下梦碎。俄国皮帽下梦起。鲜血！鲜血！血色黎明，在万塞讷，在圣彼得堡，在乌尔谢，在巴黎。人们在他们脚下投去白色铃兰和鲜红玫瑰组成的花束。战斗在继续。炮火肆虐庇卡底地区，大型乐队的铙钹声在首都回荡。露易斯·米歇尔[⑤]？不，更好：路易·米榭尔[⑥]的爵士国王乐队。音乐革命！在无人区[⑦]引起了轰动。在铁丝网之间按着爵士乐的节奏摇摆。人们谈起法国这边短短三个月死了二十万人。人们谈起巴黎赌场中三百七十万法郎的账单。人们谈起溃败，人们谈起凯旋。狂欢，失败。人们把这个叫作：盛大演出的回顾。超现实主义！

---

① 一战期间法国士兵会唱的一首歌。

② 法国作家洛特雷阿蒙创作的一部散文作品，对后来的超现实主义产生了重大影响。

③ 真名玛格丽莎·赫特雷达·泽莱，荷兰人，红极一时的舞女和交际花，一战期间因为间谍身份被法国政府枪决。麦克劳德小姐是她做马戏团骑师时用的名字，H-21是她的间谍代号，玛塔·哈里是她做交际花用的艺名。

④ 一战时法国军队使用的头盔，是第一款由军队使用的现代化钢盔。

⑤ 无政府主义者，同时也是巴黎公社的重要人物之一。

⑥ 二十世纪初的美国爵士鼓手和乐队指挥。

⑦ 指第一次世界大战交战国双方所构筑的本方战壕与对方战壕之间，呈现真空状态的对峙地带。

时值 4 月，他们手挽手走在路上。爱玛和男孩，看向周遭改变的生活，转变的世界。那或许是正在消逝的真相的最后显现，消散在迷雾后面的幽灵的诀别信号。转瞬即逝。现在：

他们刚路过花神咖啡馆，男孩感到有人拍了他的肩头。出于本能反应：他一下子从爱玛身边跳开，转身的同时手摸向身侧，寻找短刀的手柄——没找到。他放低身子，正面迎敌。

"好啦好啦，马捷帕！冷静冷静！……稍息，老朋友。"

那人露出灿烂的笑容。脑袋后仰，下巴抬起，给人以挑衅的错觉。嘴里还是叼着烟。那双灰绿色的眼睛透过烟雾闪闪发亮。

"你就是这么和你的下士打招呼的？"他说。

男孩缓缓直起身子。咧开嘴。眨巴眼。面对他那副呆若木鸡的表情，下士笑得直打战——还打了两个嗝儿。

"惊喜不？我没有，压根没想到会再见到你……那么，你也脱身了，小坏蛋！我真是高兴坏了。"

男孩细细打量他，审视他，从上到下，不太确定这是否是个重返人间的幽灵在拿他恶作剧。瘦削的身材，瘦削的脸，下士的头上戴了顶毡帽，背上披了件深蓝色的平纹结子呢旧大衣，领口镶了圈天鹅绒。和以前的军大衣没多大差别。破旧的外套。流浪汉的样子，但那眼神令他卓尔不群。

他朝男孩抬起右臂。袖管在晃荡，宛如折断的翅膀。

"这个，终究没找回来……"

笑容收敛了点，略微起了变化。空荡荡的袖管又垂下来。

爱玛凑近男孩。一只手钻到肘关节下面，身子贴上男孩。一个举动，一个态度，既昭示了主权也表明了保护者身份。她毫不客气地打量陌生人。她不喜欢那人。凭借本能。那人身上有某种东西令她厌恶。

她的伎俩逃不过下士的眼睛。在此之前，他只是瞟了眼年轻女子的脸，现在定定地看向她。犀利的目光探究了她几秒钟。然后：

"是您。"他说。

不是疑问句。

"我？"爱玛问。

下士点头。

"我一直在想在那个首字母 E 后面到底隐藏着什么秘密……埃内斯蒂娜的 E？厄拉利[1]的 E？埃莱奥诺雷？埃梅朗蒂埃娜？埃格朗蒂娜[2]？"

"爱玛。"爱玛说。

她违心地吐出自己的名字，有点像是她被逼供了。她已经后悔了，但为时已晚。恨不得咬下自己的舌头。

"爱玛，"下士重复了一遍，"当然……"

嘴角上扬，连同着烟蒂。他用下巴点了点男孩。

"我猜他没和你说过，"他说，"这家伙救了我一命。如果他不在那里……"

这次，爱玛抿紧了嘴唇。男人瞥了男孩一眼，又看向她。

"勇敢的小伙。"他说，"勇者中的勇者。还是个不折不扣的混球——请原谅我，小姐……不可救药的混球！我们所有人都是。"

他再次点了点头。

---

① 爱伦坡曾创作过一首同名诗，关于美女之死。
② 原文是 Eglantine，也可以解释为"野蔷薇"。

"憎恶这东西，"他说，"最是糟糕。但必须有。那是我们的地盘，马捷帕的，我的。诗人的地盘，在那该在的地方：在故事情节中。"

他喝了酒。爱玛突然醒悟过来。没喝醉，但足以让他两眼放光——除非这亮光还有其他源头。他一直在笑。香烟一直在烧。爱玛用力握了握男孩胳膊。三人杵在人行道上。路人只能绕道而行。人流。

"随便属于谁吧，"下士冲着男孩说，"我本想提议去喝一杯，庆祝我俩的重逢。但我们不是那样的人，不是吗？……再说了，我有更好的主意，老兄！"

他把手探入大衣口袋。爱玛以为他会拿出一小瓶酒或者偷来的王后项链或者一把手枪。她几乎什么都想过了，除了这个：一本书。一本薄薄的白色小书。

"你运气真好，"下士说，"这是我仅存的一本了。我本打算送给一位女友，但我相信，没人比你更会欣赏它了……拿着，拿着！"

他把书递给男孩。烟灰伴随着动作落到胸口。男孩抓住小书。下士转向爱玛。

"它或许比不上您的文笔，E 小姐，但我请求您些许的宽容：我是用左手写的！"

他眨巴了下眼睛。爱玛感到脸红了。火烧火燎的。她讨厌自己有把柄。

"我相信你会读给他听的，"下士说着指了指男孩，"大家轮着来！"

接着，他把健全的手伸向天空。

"再见了，马捷帕！……"

他一步步向后退去。

"拿好了！……别忘了：生活，马捷帕！生活！"

笑容闪过，接着他一转身，汇入人流，后者迅速将他带走了。

他已经离开了一会儿，两人还定定地站在那里，看向他留下的空当。谁知道每个人眼中所见呢。爱玛皮肤上仍有针扎的、微烫的感觉，胸口还堵着一团无名之火。她从男孩手中一把把书抢过来。书名映入眼帘，那是用黑色的大写字母写成的：

发生在卢森堡的战争

她不需要这个。她撅起嘴。厌恶。蔑视。

"战争！……"她恨恨地说。

真的啐了一口。她擦了擦嘴巴，把书扔到地上，就像那是垃圾，是油腻腻的纸。她又挽过男孩的手。

"走吧，"她说。

男孩看了会儿在坠落过程中打开的书。白色的纸页贴向了地面。爱玛紧了紧手。男孩听任着被拉走。他们再次上路。

最后一幕开始了。

1918 年 11 月 9 日，值得纪念的日子：威廉二世交出军权。

阿波利奈尔①去世。

同年 11 月 11 日，一节停在森林里的餐车中（超现实主义？），经过一场充满田园诗意的秘密会议，停战协议在拂晓时分签订。

停火了。钟声敲响。欢欣雀跃。

纸页下方只需签上几个花押。

和平。

身心的和平。

11 月 13 日，做过穿颅手术的诗人被运往最后的栖身之所。前往拉雪兹神父公墓的路上，送葬队伍穿过癫狂的人群，后者正在没完没了地庆祝敌对终于画上了句号。欢快！欢快！交通干道上人头攒动。柩车被四面八方涌来的人给团团围住。人们欢笑，跳舞，拥抱。幸福的人儿。泥土如雨点般落在棺木上，欢腾的众人拿战败的皇帝开起了玩笑，声嘶力竭地大喊："不，不能过激，威

① 法国诗人，剧作家，艺术评论家，曾参加一战，因头部受伤做过穿颅手术，1918 年 11 月 9 日因感染西班牙流感去世。

廉！不，不能过激！……"（超现实主义？）。然后，公墓的铁
门关上了，重归寂静。

永别。

> 我们不会在人间再见
> 时间的气息，欧石楠的嫩枝
> 请记住我在等你。①

结束了。

那里才真的是诗人的地盘？

以及任何人。

可是，不要看不惯我们的欢乐。威廉二世幸运地活了下来。
他的儿子皇储也是。鲁登道夫②精神矍铄。还有冯·比洛③。还有
冯·兴登堡④，冯·克鲁克⑤，冯·提尔皮茨⑥，冯·黑林根⑦。谢
天谢地，普恩加莱总统身体健康。福熙也是。贝当也是。尼维勒
也是。还要双倍赞美上帝，因为霞飞元帅不仅平安无事，而且进
入了不朽者⑧的行列，两个月后法兰西学术院接纳了他（受人景仰
的团体总会认可自己人）。上帝终当赞美！

---

① 选自阿波利奈尔的诗歌《永别》。
② 一战时期重要的德国将军。
③ 1900 年至 1909 年间任德意志帝国总理。
④ 一战期间被任命为东方战线第八军的司令官，在魏玛共和国时期担任第二任联
邦大总统。
⑤ 一战期间的德国将军。
⑥ 德意志德国海军元帅。
⑦ 一战期间的德国将军。
⑧ 法兰西学术院院士被称为"不朽者"。

和平和正义才是正道。

可惜啊，还有个灾祸不愿休战：

11月15日的早上，爱玛没有起床。她感到倦怠，有点热度。头开始痛，四肢沉重酸痛（有时在地毯上完成壮举后也会有类似的感受。但今天不是一回事）。时间流逝，体温节节攀升，可能到了四十度，甚至超过。她出了大量的汗，接着突然打起了冷战，冷得咯咯发抖。巨大的疲乏感拖垮了躯体。

这样的情况持续了三天。从高热到低温。她没离开过床。在此期间，男孩一直守在身边。他束手无策。眼前的局面从未碰到过：通常是他躺在床上，她来照顾。他在房间内来来回回踱步，不安，无力。他围着床团团转。把湿漉漉的手套搁在年轻女子的额头上。还喂她喝糖水。握住她的手。是他的错吗？是他犯了错吗？

第四天上午结束时，人放松了下来。高烧退了。呼吸顺畅了。爱玛能自己爬起来。稍微梳洗一番，换了一身睡衣，再披上一件睡袍。她在厨房里一股脑儿喝下一碗汤。然后在客厅的扶手椅中坐定。两人就在那里度过了一个下午。男孩时不时地为她端来一杯茶。然后沿着沙发边沿坐下，就挨着边，身子前倾，关注着她。黑漆漆的眼里满是忧虑和担心。爱玛报以浅笑。室外在下雨。

夜幕降临，昏暗温柔地擦去了他们的容颜，然后是他们的身形。爱玛站起来开灯。可没走几步，两腿一软，瘫倒在地。男孩急忙跑过去。扶起她，一手放在大腿下，一手托住肩膀，就这样把她抱回卧室。她听任男孩处置，无力的身躯将她抛弃了。他能感受到爱玛鼻孔呼出的灼人热气。他把她重新放回床上，为她盖上羽绒被。

自此之后，病情迅速恶化。体温再次上升。虚汗覆盖住全身，像是绵绵不绝的浪花在拍打沉船一角。似乎有个夹钳扣住了脑壳，越拧越紧。巨大的石头搁在胸口，沉甸甸的，越来越沉，压住了胸腔、肋骨、肺部，将它们捣得稀巴烂。爱玛一度似乎在抗争，和无形的可怕的怪兽在搏斗，一会儿又偃旗息鼓，双眼紧闭。随着时间流逝，爱玛愈发痛苦，男孩也愈发焦虑。恐慌占据了他。他又开始了有限的照顾。马不停蹄地跑去浴室，弄湿手套，用它擦洗病人的脸庞、太阳穴、脖颈。他尝试了几次想让她喝下热茶或冷水，她滴水未进，液体沿着下巴淌下来，他为她擦干净，把她温柔地放在枕头上，拿起她的手，握在手中，抚摸它，滚烫的皮肤把他吓坏了，他站起来又跑去了浴室。

　　临近午夜，响起了嘶哑的喘息声。爱玛的肺部仅仅残留了一点空气，呼吸越来越困难和痛苦。此时，她转向男孩，双眼因为高烧而熠熠生辉。嘴唇翕动：她想要对他说话。男孩凑上去想要听清。她嗫嚅地说："妈妈……"这个单词惊到了男孩。他向后退去，看向爱玛。他听懂了吗？她脑子糊涂了吗？他没法猜到爱玛曲折的思路：堵塞的支气管流出的残喘让爱玛想到了夺走母亲的最后病征。她搞错了：劳拉·凡·艾克患的是肺结核，和她得的流感不是一回事（绝不是西班牙流感）。但这又如何呢，在她浑浑噩噩的思绪中，两件事接上了。于她而言，千真万确：先前种下的因，到了收果的时候。嘴唇再次翕动，男孩又一次凑上去，她说："我要死了，我的爱……"这次，他跳了起来。他站到窗边，紧握拳头，使劲摇头。不。不。他们的旅行该怎么办？意大利怎么办？还有罗马、威尼斯、帕尔马、海岛、海豚、美人鱼？还有他们的江湖卖艺，还有他们那一大家子的神童？还有美妙的历险，怎么办？美妙，美妙，永远美妙！诺言就是诺言。她不能死。男孩摇头否认。不。爱玛的眼皮慢慢眨动。然后，她吐出一口橙黄色的带沫的液体，有点像李子汁。

漫长的临终时刻。喘气、咳痰和颤抖轮番上演。极度的骚动不安之后是彻彻底底的晕厥。男孩感同身受，他和她一起痛苦，和她一同不安，和她一同颤抖，当他看见爱玛呼吸不畅时，他本能地屏上一大口气，他用鼻子使劲呼吸，以为能为她的双肺灌满空气，他还要时不时地跑去盥洗盆，把手套重新蘸湿，再带回卧室，坐到床边，照顾爱玛。

天刚拂晓，度过了一段平缓期。爱玛侧躺在床上，呼吸时仍会发出嘶嘶声，但她不再痉挛了。她似乎睡着了。只有睫毛在颤动，仿佛蝴蝶的翅膀。男孩守护着她。不敢移动半分。太阳在地平线后面缓缓升起，他心底的希望也在冉冉上升。他不能阻止这希望。但那是诱惑——两者都一样。

平缓期很短暂。爱玛冷不丁地一阵猛咳，整个身体都跟着晃动起来：就像是一个布娃娃被顽童拼命地摇晃。十指攥住羽绒被。咖啡色的液体从嘴中喷出，弄脏了床单。这么一番折腾，她又喘不上气了。她费了好大劲儿才换成平躺的姿势。眼睛仍然闭着，嘴巴微张，试图重新接上气，可空气无法挽回地越来越稀薄。她突然睁开眼睛，在那张灰白的脸上，双眼显得出奇的大，出奇的明亮。那是最后燃烧的火光。她直勾勾地看向男孩。发绀的嘴唇再次蠕动。男孩凑上去。她在其耳边轻呼他的名字，她取的名字。她说："费利克斯我的兄弟……"她咽下唾沫。说："费利克斯我的孩子……"气若游丝。她说："费利克斯我的爱……我永远的爱……"之后，心脏停止了跳动，她的和他的。

天亮了。

男孩一动不动地在她身边躺了两天两夜。死神没有将他带走。还没有。

之后，他在屋里游荡，失了神，没了心，浑浑噩噩，在房间和走廊中走来走去。

之后，他走回卧室，站在房门口。他靠在门框上端详年轻女子。公主。波希米亚女人。林中睡美人。他的目光落到稍远处的写字台上。写字台靠着窗户，台面上摆放着锡制墨水瓶，三支羽毛笔，吸墨纸，一沓奶油色的纸。正是在这里，她写下了那些诗篇。正是在这里，她写下了那些信。我的爱，她说。

男孩走向写字台。掀开墨水瓶瓶盖，食指伸进去。在卧室墙上和他一般高的地方画出一条长长的弧线。再在镜子上画了一条对应的弧线。于是构成了一个椭圆形，仿若垂直摆放的杏眼，或者是外阴。或者上帝才知道那是什么。

男孩继续创作。他画了其他线条、其他图案、其他形状和物件，或许是某些象征，晦涩、高深，最终在隔板上完成了一幅恢宏的壁画，兼具情色意味，又囊括了宇宙万物，不禁让人想起男孩先前参观过的洞穴画——那个建在河边的墓室。

他的见证和他的贡献。

墨水用完了。他扔下墨水瓶。几滴墨汁溅上了皮鞋尖。

男孩又回到床边，再次端详年轻女子。过了好久。他靠近她，将她扶起来，把她抱进乐室，安顿在蓝色天鹅绒的矮椅上。他用花格子毛毯把她从下巴到双脚包裹起来，那毯子先前属于父亲居斯塔夫。他再次端详她。然后坐上琴凳，开始弹琴。他是为她弹的。为了他俩。琴声起初温柔、平缓，他用一根手指一次一次敲击琴键——象牙白的琴键上留下了他的墨水指印。然后，其他手指也上了。整个手。然后两只手。他越按越用力，制造出断断续续、难以入耳的和弦。脑海中记得的乐声和房间里回荡的声音没有一点关系。音符和琴键搞混了，泪水模糊了视线。然后，他开始用手掌拍击琴键，再是一个拳头，两个拳头，他狠狠地敲打键盘、锤打象牙，就像铁匠在锤炼熔铁，那是他唯一能够演绎的葬礼进行曲，那是他唯一能给予爱玛的。她死了。连同她的爱。她的艺术。她的音乐。她的浪漫曲。都死了。男孩猛然站起来，弄翻了琴凳，他大手一挥，把琴架上的乐谱扫到了地上。他一把抓住琴架，把它摇了下来。又拆下琴盖，把它当作工具猛砸钢琴。砸啊砸啊，他就像是疯狂的伐木工，琴键爆裂，飞脱而出，像是某人嘴中的牙齿被吐了出来。然后，他开始进攻琴身，用尽力气砸它。重击之下，木头开裂，在埃拉尔牌钢琴的深处，琴弦在颤抖，金属内脏发出低沉凄凉的声音，仿佛在应和远处的低音管风琴和丧钟。男孩穷追猛打，直到琴盖在手中断裂。然后，他又抓起盒子中的双簧管，把它毁了。他揭下画，他的画——房子、太阳、花园、女人——将它撕碎，砸烂木框，敲碎玻璃。手中鲜血直流。他感觉不到。他能感觉到什么呢？他双眼通红。惊恐不安。脸上的泪水和汗水以及鼻涕混在了一起。他左看看右瞧瞧，寻找还能销毁的东西。他蹲在地上，拾起乐谱，将它们撕烂，叙事曲、奏鸣曲、前奏曲、谐谑曲、练习曲，很快变成了丑陋的大块的纸屑铺满了地面。他或许从中获得了灵感，因为他走出乐室后，径直来到客厅，走向被书架占据的那堵墙，捧了满满一怀的书，回到乐室，把它们扔在撕坏的乐谱上面。他就这样走了无数个来回，直到清空了书架，徒留灰尘。他就这样一次次地搬运一摞摞的著作，小说、论文、散文、几十卷的沉甸甸的百科全书，将它们乱七八糟地在铺了瓷砖的地面上。最后，他返回卧室，打开衣柜，从架子上取出珍贵的藏书，她和他，他们曾秘密地、耐心地、满怀爱意地收集起这些色情书籍。既然一切都无法幸免。地狱也该毁灭。

在完成最后一次搬运后，他停下动作。书籍堆在钢琴的遗骸前。木头碎片、玻璃碴、象牙部件、皱巴巴的纸散落在各处。一切准备就绪，只待付之一炬。男孩站在那里，肩膀佝偻，审视这个小丘。此刻的他感觉被掏空了。失常了。他稍稍摆动起双腿。脚下摊开的孤零零的纸页许是来自某本著作：那是一幅苹果剖面插图。

男孩转向爱玛。屈膝跪在矮椅边上。握住年轻女子的手，印上一个吻，然后把它温柔地放回花格子毛毯上。

他看着她。

我的爱，她说过。

然后，男孩站起来，拖着步子走向厨房寻找火柴。

好了，故事的主要部分已经说完。

尽管他还有二十年的岁月要度过，但那终究只是秋日之歌的冗长的最后篇章。

男孩再次上路。最后的旅途由他独自完成，自由自在（还记得吧，篷车的车轴坏了），或者更准确地说：被逆风裹挟而去……

最初几年，有人在厄尔、帕西、韦尔农见过他。在埃勒伯夫见过他。在鲁昂见过他。他一定是沿着河流蜿蜒而行。在勒阿弗尔，在蒙蒂维利埃这样美丽的老城见过他。然后他南下。在利雪见过他。在阿尔让唐见过他。在更南边的沙特尔见过他。在勒芒见过他。还没算上那些不太重要的城市、村庄、聚居地，以及偏远地区、沙漠地带、荒无人烟的乡村。他在星空下入眠。之后，有人在奥尔良、布卢瓦、图尔见过他。沿着另一条河流曲折而行。他在桥下入眠。人们在教堂前的广场上见过他，躲在哥特式或者罗曼式的大门投下的阴影中，身处穹窿、拱门和恢宏的石头建筑物之下。

……此处，他处。如出一辙……

事实上，没人见过他——这次和伪装无关。悲惨的人不计其数。他们已然存在，而战争又扩大了人数。他混迹于他们之中，泯然于众人，无牵无挂。无从分辨。他活着，如人们所说，靠偷鸡摸狗的方法。他乞讨。他偷窃。小偷小摸，粗茶淡饭，只是为了不饿坏肚子。丰收的季节，他为那些不太讨厌他的穿着和样貌的农庄主人提供劳力。他采摘、捡拾，作为交换，农庄主为他提供食宿。他睡在谷仓的干草上。他有汤和面包果腹。无欲无求。假如碰到慷慨的农庄主给他几个法郎，男孩就把钱存起来，到艰难日子再拿出来用：在客栈里面点一份汤或者热红酒来抵御寒冷。

人们在沙泰勒罗见过他。在普瓦捷见过他。在尼奥尔。在里摩日。他穿过奥弗涅地区，在大洪水之前的时代，这里曾经硫黄和熔岩肆虐，火山喷发，一片混乱。现在的奥弗涅成了度假胜地，安静的火山进入了沉睡状态。在克莱蒙费朗，他因为流浪遭到逮捕。他没有通行证，无法证明自己的身份，也无法佐证自己的良好品行，甚至没有第三个人认得他，本来神父或公民可以为他做担保。他被关了一个月，四人间的牢房里遇见了两个穷苦人和一个流浪汉——没有前途的小偷。这些人在机缘巧合下成了同伴，同是天涯沦落人，不是兄弟的兄弟——说来疯狂，但他们有相似之处。他和他们没有关系。他被释放了。再次上路。

不久之后他在布里夫拉盖亚尔德碰上了麻烦。再次入狱。时间更长：十周。有瓦遮头，有饭可吃，日子还是漫长。他没有提出抗议。牢房里面有铺位可睡觉。噩梦袭来时，他在三米见方的牢房内，在铁门和铁窗之间来回走上上千次。

刑期结束，他重获自由。牢笼打开，他并没有振翅高飞：几乎没有冲动。精疲力竭了。出去，进来，进来，出去：有什么差别？有什么要紧？只有他人赋予他的重要性。他已经见过了很多事。他已经失去了很多。纯洁天真和无忧无虑，欲望和欢乐，以及……最好不要细数了。他又赢得了什么呢？

习惯是根深蒂固的，但人们不必生活，只要活着就行。

很久之前他身上的衣服就没法糊弄人了。褴褛的衣衫罩在骨架上飘飘荡荡。脸颊凹陷，头发和胡子像野草丛生——褐色的绊脚草，最初的银发夹杂其中。人们以为他有六十岁了，但他还不到三十。

他到了欧里亚克。去了洛泽尔省大风狂啸的喀斯高原。他去了芒德、拉康乌尔盖、弗洛拉克。他或许又会回到起点，向罗讷河河口迈进，要不是一个德国人挡住了他的人生路。这就是我们所说的"命运的嘲弄"。

事情发生在1921年，加尔省阿莱镇的一家小饭馆内，男孩坐在最深处的一张桌子边。他兜里还剩两个苏，能点上一份蔬菜牛肉浓汤。浅黄色的汤羹在鼻子底下冒着热气。隐约能闻到韭葱味儿。汤里漂着一根没有骨髓的骨头。小饭馆内暖洋洋的。另外还有四名客人。其中三人是当地人，常客。他们占据了吧台。手肘支在吧台上，脸朝向第四名客人，后者坐在一张桌子边，桌上有两瓶酒，一瓶空了，还有一瓶剩了一半。那人似乎也是常客，但不是原住民。这四人中或许他的法语最规范，但口音出卖了他：他来自莱茵河彼岸。德国鬼子。乱糟糟的眉毛，红彤彤的脸庞。他也是几个人中喝得最醉的。另外三人趁机招呼他，逗弄他，找他的茬儿，把他当村里的傻子一样对待，而后者的胡言乱语必然引起他们的哄笑。他们一个接一个地向他追问，从他嘴中套出早已熟知的答案，催促他讲述那个都讲了上百遍的故事，然后听得哈哈大笑。那家伙自愿入局，在两杯酒之间反唇相讥。他说他可不是随随便便什么人。他自称是音乐家。不来梅的音乐家！他进一步说，还晃动起食指。不来梅就是你！三人中的一人叫道，另外三人大笑起来。当有人问他玩什么乐器时，那家伙回答他拉小提琴，那水平，他说，就比神奇的帕格尼尼差一点。三人行中的一个跟着说：帕格尼尼！帕格尼尼！其中一人走了个舞步，模仿起欢快的小提琴手，另外三人大笑起来。那家伙赌咒说，有天皇后——一位贵妇——亲自召见他，让他在私人房间内拉琴，因为她听好多人夸赞过他的才华，所以她一定要亲耳听一听。嚯嚯！其中一人欢呼起来。你让她好好听听，男爵夫人，我希望啊！另外三人大笑起来。

他们不是在说话，而是在大叫大嚷。那家伙的嗓音和日耳曼口音尤其刺激到了男孩，触到了他的神经。他没抬头。两肘扒开，额头低垂，吹凉自己的热汤。他小口小口喝着。但没法完全回避那边的对话。

那么，你是否乐意为我们奏上一小段呢？其中一人说。另两人：来啊！来一段，来啊！他们坚持己见，不依不饶，要求那家伙露一手，展现下自己四溢的才华，但那人一口喝干杯中物，放回桌子，露出空空如也的手，回答道，遗憾得很，为了不饿死，他万不得已用乐器换了一盘豌豆和一片烟熏肥肉。我的小提琴啊！他说。我挚爱的小提琴！那是奥地利大师雅各布·斯泰纳的杰作！圣人雅各吗？三人中的一个问，另外三人大笑起来。那家伙说起他的乐器在那时比阿玛蒂和斯特拉迪瓦里工作室出品的

玩意儿要贵两倍。还有斜脖子！三人中的一个继续说。这还没完
呢！另一个抬杠，三人大笑起来。那家伙说这是件珍宝，稀有
的珍珠，他只能勉为其难换口吃的！那家伙一拳砸向桌子，说，
这都是凡尔赛的错，克列孟梭的错，法国人的错。你们的错！
他说。

说到这里，事情开始变糟了。红酒变得酸涩。欢笑变得刺耳。
小饭馆深处，男孩的双手开始微微抖动。

凡尔赛！那家伙又重复了一遍。他接着说，法国想用那该死
的协议干的事，就是压垮他的国家，羞辱它，扼杀它，榨干它！
这就是它想做的，法国。他们留给了德国人什么？什么都没有。
什么都没有！[①]法国猪猡！他说。嚯嚯，三人中的一人边挥手边嚷
嚷起来。还有个压低了的声音，德国佬！这不是柏林！只剩下一
个人在笑了。什么都没有！什么都没有！那家伙又重复了两遍。
他还说，他一万个愿意留在祖国，他之所以离开，就是因为法国
猪猡什么都没给他留下，没喝的，没吃的，他说在那时候，在他
美丽挚爱的祖国，一杯啤酒要付十亿马克。十亿啊！他说，食指
挥动。这不是你来喝光我们红酒的理由！三人中的一人说道，还
是同一人在笑。还有小提琴，那家伙说，大师雅各布·斯泰纳的
杰作，现在只值一根普通香肠！法国猪猡！他重复了一遍。香肠
还是肥肉？其中一人问。你知道你把它塞到哪里去了，你的香
肠？另一个人问。你想知道在克鲁伊要花多少钱才买得到这样的
香肠？第三个人问。连珠炮似的发问！德国鬼子的臭肉就该插在
刺刀上！哼！哼！美妙的铁钎！

———————

① 原文为德语。

到那时候事情急转直下。那家伙站起来，脸红得像个龙虾。三人行不再嘻嘻哈哈。饭馆深处的男孩直勾勾盯着碗里的骨头。汤喝不下去了。手在颤抖。

够了！那家伙唾沫四溅。杂种，够了！他对他们说，他们没啥好骄傲的，如果不是美国人飞奔来救他们。那护崽的老母鸡，他说，从美国跑来，张开羽翼保护可怜的法国小鸡。闭嘴！三人中的一人说。救命啊，鸡妈妈！那家伙扯着尖细嗓门，那一副怪腔许是在模仿受惊的小鸡。你们通通都该死！打得稀巴烂！他说，那时候如果没有美国佬，他就可以待在自己家了。他说，他就不用喝这种劣酒，只要一马克就能喝一杯上等的金啤。你给我闭嘴，对！三人中的一人说。老板问道，他的红酒算是劣酒吗。那家伙说起报仇的事儿。他说这一天就会来到的。老板表示，像他这样的德国鬼子根本分不清大麦和葡萄。那家伙说，老母鸡不会永远在这里的，等着瞧吧，要有多少小鸡串在烤钎上。闭嘴！三人中的一人说。败类！另一人说。不止鸡崽，那家伙说，还有鸡蛋。打碎的鸡蛋。做成炒蛋，把你们给吃了！他继续骂骂咧咧，那三人开始威胁他，侮辱他，最后离开吧台，怒吼着朝那人走去，推来搡去间，椅子倒了，那家伙要自卫，他比手画脚，扯高嗓门，猪猡！猪猡！他说。突然，在这场热闹非凡的争斗中，有只手握住酒瓶脖子，砸上了那家伙的太阳穴，那只手属于男孩。在那家伙瘫倒在地之前，男孩仍有时间在桌边上砸碎酒瓶，然后插入他眼中。

事情到此戛然而止。

宪兵到来时，三个怪人已经溜走。大堂内只留下老板站在吧台后面，手握猎枪，那家伙躺倒在地，血流满地，男孩坐在餐桌边，喝完了他的汤。

那家伙没死，瞎了一只眼。成了独眼龙。

加尔省重罪法庭判处男孩十二年苦役。不久之前人们或许会授予他一枚勋章，现在他得到了十二年苦役——为了一个没杀死的德国佬。时过境迁，移风易俗。

他在当地监狱待了六天，之后被转移到拉罗谢尔监狱，在那里过了一夜。第二天，他乘上小汽船，来到雷岛上的苦役监狱。待了四个月之后又被送往圭亚那。在此期间，他被剃光了头发。

出发那天，大约有四百名待运的囚犯和两百名流放犯排成纵队站在操场上。他也在其中。有人在点名。一个接一个。所有人都在。每个人分得了一包行李。还有一个编号。之后，在看守、宪兵、军队监管以及一队机枪手的护送下，犯人出发前往港口，并在那里登上南特海运公司的"马尔蒂尼埃尔"号——这艘德国舰艇现在被改装成了苦役船。

大海。

大海的另一头。

他将看见，他将知道，终于。

事实上，男孩没怎么看见大海，他和百来号人被关在臭气熏天的阴暗牢笼里，身处轮船最下面的船舱中。他们滚来滚去，摇摇晃晃。这里，那里……阳光无从照射到他们。透过铁栏杆望出去，只能看见信天翁白花花的肚皮。

他们航行了两周，进入马罗尼河河口，溯游而上。两小时后，他们在马罗尼河畔圣洛朗下船。

到了。

接待委员会主要由穷人构成，衣衫褴褛，瘦骨嶙峋，挤在码头栈桥两边，就像是鲁滨孙终于看见了第一艘船只，那是被隔绝了四分之一个世纪之后再次看见文明的象征。海难人员吗？并非如此。穷困潦倒者？或许吧。但可以说，他们是最大的幸运儿。释放的囚犯。他们还完了欠债，服完了刑期，但某个反人道的规定要求这些人留在原地，没有任何权利，没有工作，没有收入，没有回家的希望。初来乍到者的镜像——终成泡影。同志们，你们忽然就明白了：就算表现再好，就算死亡没有缩短（缓和）你的逗留，瞧啊，就在你们的眼皮子底下，这就是你们最好的未来。

这些不幸的人蓄势待发，要拼出一条血路，只为了能得到卸货的差事，挣得几个铜板。只有几个人能被选上。

苦役犯监狱。

到了。

不再有跌宕起伏的历险，不再有离奇悲惨的越狱，只有日复一日肮脏可悲的生活，七千名苦役犯，上头有愚蠢腐败的监狱体系在管理，身处充满敌意的自然环境，热带地区的气候炎热、沉闷、潮湿。

男孩先是被派往一片稀树草原，在林木厂工作。从早上五点至中午，他不停地砍树、锯树。接下来要做的事：把一立方米的木柴摞得整整齐齐，等待监管检查。一天又一天，整整三年，他终于摆脱了伐木的劳役。

他接着被送到卡宴，干起了倒夜香的苦役。这算是晋升了。城市没有下水道系统。他们一共十二个人，每天早晨绕居民区一圈，收集起便桶。他们把屎尿倒进油罐，再把油罐倒进远处的沼泽地。这工作被视作异常辛劳，所以他们被免去了其他工作。早上结束，这些苦役犯就无事可干了。是在苦役监狱中无事可干。他们可以支配自己的时间。大多数人选择做点蹩脚货。制作篮子、地毯、手杖、烟斗、首饰。他们做手工编织，刻刻画画，把椰子当艺术品来雕刻，他们还会雕琢玳瑁。艺术家和手工艺人。他们把这些小玩意儿卖给居民或看守的家人，换取小钱。这里、那里搞来几个法郎，用来支付饭钱、酒钱，或者为了得到更好的工作，或者为了享受这个或那个服务，得到某种产品，管它什么性质的呢。这里和他处一样，有买有卖。这里更甚于他处。所有人挥霍无度。按规定，苦役犯身上不得有钱，但他们有。不是在身上，而是在体内。苦役犯把装了硬币的锌制小管塞进直肠。那是"竹篮打水"。用肛门里的钱罐存钱，那是白日做梦，他们或许会这么说。除了换取不足挂齿的好处，金钱首先是为了维持梦想。他们说的是越狱。逃出生天。远走高飞。靠着这一个苏一个苏积攒下来的积蓄，有朝一日能贿赂某个人，来个里应外合，找到一个好向导，搞到一艘好船，还有逃跑所需的东西，这越狱计划或许会有一丝的成功机会。有朝一日，是的。有朝一日。远走高飞代价高昂。所有的希望都在那里，在直肠底端。

男孩什么都不做。不做小玩意儿，不做零活，不搞花招，不存钱。除了必须完成的倒夜香工作，他不干其他事。他不做倒卖生意。他不想攒钱，也不想挣钱。他不想逃跑。他不想未来。

男孩没有梦想。

五年后，他被派往圣洛朗，奉命清扫城市。他要清扫街道，拔除杂草，维护马厩，诸如此类的工作。正是在那段时期，他和另一名苦役犯缔结起了友谊。或者说，类似友谊的情感。那人名叫夏尔·洛特兰。大家都叫他"琵雅芙"。小个子男人，可以说是侏儒了。因为肌肉抽搐显得怪里怪气的。两颊、额头、双臂、双手布满了类似没有结好痂的烧伤伤疤，鼓起一个个脓包。利什曼病①留下的瘢痕。尽管如此，他这人乐乐呵呵的，嘴角总是挂着笑，当他哈哈大笑时，会不由自主地抬起手臂，忸怩地挡住牙齿掉光的嘴巴。琵雅芙是个老人了。六十四岁。他因为毒杀妻子被判了二十年。男孩遇见他时，后者已经服了十六年的刑。至少他是这么说的。

那人口才了得。喜欢聊天。或许正是出于这个原因他才对男孩青睐有加。男孩作为听众不仅专心致志，还温顺耐心。男孩不会打断他，也不会反驳他，他默不作声，静静听着：在老人眼里，他是个理想的对话者。人们常常看见两人待在一起。老人抓住任何机会夸夸其谈，管他是白天在城里扫地，还是夜晚躺在吊床上。四年间他讲述了自己的历险，自己的经历，还有人生道理，都是为了男孩。

夏尔·奥诺雷·洛特兰，绰号"琵雅芙"，编号38744，在度

---

① 由利什曼原虫造成的疾病，会造成皮肤溃疡。

过了二十年的牢狱生涯和两年强制居留之后，于七十岁离世。人们在杧果树下发现了他的无头尸体，头颅搁在膝盖上，眼睛被红蚂蚁啃食殆尽。

男孩没出现在那里为他哭泣。

他在 1933 年 6 月 6 日获得释放。

他忍受了营养不良，忍受了刁难捉弄。忍受了热带跳蚤和人类蝇蛆。逃过了斑疹伤寒、坏血病、脚气病、痢疾、钩虫病、麻风、霍乱、结核、黄热病、鲨鱼和刀子。

现在，他可以去死了。

人们给了他一套刑满释放的衣服：一套西服、一件衬衫、一顶帽子、一双木底皮面套鞋。人们把薪水结算给了他——一点点钱。就这些。

他自由了。

他无权离开这片土地。他无权干大多数的职业。他无权进入大部分建筑物。他无权坐在公共长椅上。他无权踏足公共草坪。他无权飞翔。

他自由了。

他在城市蹉跎了些许时光。白天，他沿着主干道闲逛，梅里依路、共和国路、椰子树大街，晚上穿行在肮脏狭窄的小巷，它们属于中国街区或者释放者聚居的街区，下过雨后就无法通行。那里是另一片地界。满地的垃圾、污水坑，散发出阵阵恶臭，传出癞蛤蟆的鸣叫。四周建起了窝棚、茅房，腐坏的木板和生锈的铁皮胡乱拼凑起摇摇晃晃的破房子。各色招牌。店铺。酒吧。你想来点诗情画意？那就过分了。在这里讲求真实，在垃圾场，在亚洲赌场的后厅，先前的苦役犯身上文着刺青，赌博，输钱，争吵，自相残杀，而在油腻腻的吧台前面，来自旁边荷兰殖民地的黑人浑身黑如煤炭，衣衫褴褛，用块破布缠在腰头，喝酒喝得把赢来的最后一个苏用掉。朗姆酒。潘趣酒。塔菲亚酒。毁了。到处都是醉鬼。到处都是沉沦的肉体和灵魂。城中心开了家大型杂货店，名叫"宾至如归"。各色人等在此邂逅，纤尘不染的欧洲人，身上白布白得刺眼的黑人，袍子花里胡哨的马提尼克人，没精打采、志得意满的黑白混血儿，穿得怪模怪样的圭亚那人像是集市上的布娃娃，衣衫褴褛的安南人，半裸的印度人身上挂满了水晶坠子和护身符。人头攒动。

他就在他们之中。

因为人们就这样生活。

两周，三周，时间流逝。男孩在闲逛。他在收容所的行军床上过夜，周围是白人老人和害虫。或者，他席地睡在市场中，屋顶是波浪形的铁皮。清晨醒过来，黑秃鹫围着他蹦蹦跳跳，施展缓慢的舞步。他吃最便宜的东西。炸鱼、干巴巴的菜豆、像鞋底一样有股哈喇味的牛肉、淋了葡萄酒奶油汤汁的鱼头。一天，他买了一份油炸木薯薄片，用报纸包裹起来。他吃光了油炸木薯薄片。正要扔掉油腻腻的报纸，目光落在了照片上。那是《巴黎晚报》的首页，已经过去六个月了，照片上的人有一头褐发，面色苍白，上唇留着一簇小胡子。他见过这张脸。在记忆中搜寻。他想起来了：小狗，小河，站在画架前的德国士兵，手握画笔。画家。战争。过去。

他揉皱了报纸，随手扔了。

积蓄用完了。

一天晚上，他坐在马罗尼河河边。金灿灿的满月。月色很美。对面河岸上闪烁着点点灯光。那是阿尔比纳城。苏里南共和国的城市。隶属荷兰的圭亚那。

男孩看到一对大鹦鹉飞过河面。然后，一群野猪越游越远。

远处，赤猴在荆棘丛林中哀号。

两个小时后，他乘上某个麻风病人的小船，越过了马罗尼河的支流。

他成了帕拉马里博①的脚夫。他成了乔治城的擦鞋匠。他成了德默拉拉种植园的甘蔗工。他成了巴蒂卡的蝴蝶捕手。他成了马尔堡的锯木工。他为委内瑞拉的石油公司干活，驻扎在马拉开波湖岸边。他为巴拉塔树放汁液。他在哥伦比亚的穆索、奇沃尔、蒙特克里斯托、加查拉挖祖母绿矿，周围的人全是小偷、杀人犯和逃犯。他在库拉索港装卸货物。他在叙利亚商人贩卖布料和鸦片的双桅纵帆帆船上打杂。他们沿河岸而行，直到马卡帕和亚马孙河河口，然后从马卡帕到贝伦，从贝伦到福塔莱萨，从福塔莱萨到累西腓，从累西腓到萨尔瓦多。他在那里辞了职。在巴伊亚州的庄园采摘可可豆。在米纳斯吉拉斯州采摘咖啡豆。

之后，他深入内地。

四分之三的身体没有衣服遮蔽，皮肤晒成了褐色。腰挎砍刀，肩背布包，里面装了所有家当，一把巴西坚果、两个椰子、半磅干牛肉、一磅的黑豆以及三盒火柴。这是他所有的家当。

---

① 苏里南共和国的首都。

他吃黑豆。

他吃巴西坚果。

他杀了一条七米长的蟒蛇，剖开肚子，在里面找到了四个米色的大蛋。

他吃蛋。

他吃蟒蛇肉。

在通巴多山的萨瓦纳草原上，他刺伤了一头野猪，还没来得及结果它，整群的野猪向他袭来，他只能躲到树上，并在那里待了一整天，直到野猪倦了，离他而去。

他在韦尔梅柳河岸边的原住民部落待了一个季节。那是个村庄。有十二座茅屋，六十来个居民。一百年前，他们的人数达到过几千人，但科技狂飙突进。除了阴茎上戴了个稻草编织的套子，男人浑身上下赤条，赤红，用红木种子把自己从头到脚染成了红色。他们在鼻孔处穿上一根小木棍，嘴唇也做了刺穿。他们快乐。开朗。女人腰间缠上了棉布，并用树皮做腰带。在一小块一小块的平地上种植番薯、木薯、烟草、玉米。在饲养棚中养了金刚鹦鹉和普通鹦鹉。男孩同他们一起种菜。同他们一起捕鱼。他学会了制作弓箭。他会狩猎巨嘴鸟。他会狩猎食蚁兽。他会狩猎豪猪。他会狩猎卷尾猴。他跟着他们学会了辨识可食用的根茎、浆果、菌菇。他学会了从腐烂的树干中掏出巨大的白色蠕虫，人们把它叫作"科罗"，把虫放入舌下，它会像黄油一样融化，尝起来还有可可牛奶的味道。他用大犰狳的爪子制作吊坠。用猴子牙齿制作首饰。用羽毛制作头饰。印第安人整晚唱歌。在篝火前跳舞，他们巨大的阴影投射到吉贝树树墙上。那些影子，那些神明似乎切切实实地存在，甚至可以向它们祷告。剧院和先贤祠。男孩参与到祈祷中。部落领袖用葫芦制成雕满花纹的沙槌，用来打节奏。头戴鲜红的羽毛王冠。他是红鹤一样的男人。另一个人，高大、健壮，摆出野兽的姿势，外翻的下唇，突出的獠牙。背上披了眼状斑纹的皮斗篷。他是美洲豹一样的男人。他们抽的香烟是自己用晒干的玉米叶卷起来的。一直到黎明。然后睡到中午。男孩在一座棕榈叶屋顶的小屋里有床位。他的室友包括巫师和一个老寡妇，后者经历了好多次的葬礼。她有过三个丈夫，三个儿子，全都过世了。一个接着一个，她把他们的遗体放在沟里，直到肉体腐烂，她再洗净白骨，在其上面作画，并饰以羽毛，把它们放入篮中，最后沉入河里。一切终于水，或者火。男孩听不懂她的话，但他理解她唱的内容。老太太双腿瘫痪，只能在平地上拖行。她是毛毛虫一样的女人。

有天早上他再次离开。背上箭筒，带上弓箭，在竹管里面装上一点有毒的面团。

他在库亚巴附近落脚，和淘金者为伍。他们等待着下雨。大雨过后，所有人跳入小溪河床，把蜡球浸入水中，等着宝贵的金屑附着上去。

他和两位科西嘉表兄弟一同狩猎白鹭。

他住进波绍雷鸟附近的营地，成了一名非法的钻石开采者，与之为伍的都是小偷、凶手和逃犯。钻石：在那伙人的口中成了圣母玛丽亚的眼泪。但他们互相做买卖可不会信奉这些。他们的个人信仰建立在三 C 原则上："坟场、监狱、白酒。"① 坟场、监狱、白酒。有个人把钻石撒在客栈餐桌上，并把其中一颗推给男孩，

---

① 原文为葡萄牙语。

说想要男孩的弓。男孩拒绝了。晚上，他们三人找到他，痛打一顿，把他洗劫一空，扔在烂泥地里任其自生自灭。

他站起来。

他穿过广袤的马托格罗索州，那里像是远在一方的法国。这片土地一年中有六个月的时间被洪水肆虐，另外六个月被干旱肆虐。他沿着七百公里长的电报线前行，那是龙敦元帅四十年前在这片沙漠中建造起来的，可刚完工便报废。在这块荒凉的地界上，一条草率开辟的小径穿过了灌木丛、仙人掌和带刺的植物。电报线的木杆如同光秃秃的树干，无法结出果实，没有树枝，没有枝干，没有树叶，没有嫩芽，还常常遭到白蚁啃噬，或者被雷劈倒，从未得到整修或替换。有什么用呢？莫尔斯电报死了。每天最多只有一条消息从这个失落的木杆传到另一根失落的木杆，只是为了互相确认在慢慢死去。两根木杆之间的电线在尘土中延伸。

身处于这片荒芜之地，男孩再次遇见了流动原始部落的几个成员，和他们同行了一段路。女人背了一个巨大的竹篓，里面放着全部的身家。驯养的小猴子紧紧抓住女人的头发。家犬在脚边一路小跑。他们全都弓背前行，或者蹲下在龟裂的土地上和干草之间寻找食物。他们吃蚱蜢。他们吃蜘蛛。他们吃蜥蜴，蛇，啮齿动物。他们吃块茎和果实。晚上，他们把长矛投向虚无，杀死恶灵。他们认为男性逝者的灵魂会附身到美洲豹上，死去的女性和孩子的灵魂则会在天地间烟消云散。他们席地而睡，为了驱赶寒意，紧紧挨在一起，男孩也和他们一起睡。有天，他们给了他一个妻子，那女孩还不到两岁。男孩拒绝了。他们坚持。他拒绝。从此分道扬镳。

他继续沿着电报线前行，并且投宿在电报站。每个电报站之间相隔一百公里或更多，孤零零地与世隔绝，维护工作由一个人、一对夫妻或一家人来完成，他们就算没有全疯，也处于半疯状态。

来到茹鲁埃纳河电报站，他借宿的小屋属于三位耶稣会教士：一个荷兰人、一个巴西人、一个匈牙利人。他们是来教化这里的蛮人的。他们试图让借住的男孩皈依基督教。他们操着一口乱七八糟的萨尔比语[①]，和他谈论宽恕、救世和下地狱。他们和他谈论救赎。他们向他描述有这样一个王国，由公正仁慈的国王统治。可男孩已经扮演过拉维，他不想再做这样的人。

他抛下在沙漠中布道的传教士，继续向北。脚下的草又冒了出来，转为绿色。

他在马德拉河边上的马瑙斯采摘橡胶。连续干了两个月之后又离开了，那时，晨曦把橡胶树和一小撮橡胶工染成了血红，对于后者而言，现时的财富只有空气，未来的憧憬只有债务。橡胶园的主人也没多走运。这位瘦高个和他的来复枪从不分离——一柄口径点 44 的温彻斯特牌老卡宾枪。据说他睡觉也带着枪。据说，那人曾是上校，还是 1930 年革命[②]的主要领袖，他躲到这里来就是害怕报复。他找了一个肥胖的黑白混血儿做同居女友，似乎是他从特立尼达妓院掳来的。两人有一对十几岁的双胞胎儿子，叫作"欧几里得"和"阿基米德"。

男孩赚足了钱，在贩卖罐头和军火的黎巴嫩商人的小艇上买了个位子。第二天，商人把他在父亲河岸边放下来，男孩很快走

---

① 阿拉伯语、法语、西班牙语及意大利语等的混合语，曾通行于北非及地中海东岸各港口。
② 巴西在 1929 年迎来经济危机，1930 年军政府推翻了儒利奥·普列斯特斯的政府。

进了母亲森林的腹中。

亚马孙！亚马孙！

他来了。

这是他从未踏足的处女地。从未开垦的地区。茂密的森林长满了榕树、橡胶树、南美柚木、李叶豆、苦配巴香胶树。成顷的土地上布满了荆棘和钩藤，而他深入其中。置身于树干和枝叶之间。置身于树根和叶丛之间。置身于寄生无花果树没有尽头的树藤和行走棕榈树高跷般的树根之间。亚马孙！亚马孙！大自然蓬勃而出。浆液源源不断。花冠、花柄、萼片，兰花娇艳夺目，芙蓉繁花似锦，树上、灌木丛上尽是熟透的果实和浆果。他吃刺果番荔枝。他吃番石榴。他吃野生蜂蜜。他吃鸟和狗和僧面猴。亚马孙！亚马孙！层层叠叠的未名花朵，黄的、红的、白的、紫的、橘色的、紫红的，铺满了隔物和穹隆。于他而言。这片地界只有他。他向着散光前进。发现了。他见到了没人见到过的景象。他在不知不觉中正沿着赤道行走。维度零。置身于世界之心。亚马孙！亚马孙！他吃狼蛛。他吃鬣蜥。他吃有覆盆子味道的菠萝。他吃棕榈树的内芯和西印度樱桃。他吃草莓番石榴和巴西莓。他吃乌龟和秃猴。亚马孙！亚马孙！他在前行。他远远地避开小道。避开人为的道路。他似乎成了这些地方的开拓者。或许有过先辈，但已经死去，他们背井离乡时日已久，关于他们存在过的记忆荡然无存。赤条条的征服者。他在探索。他在丈量。像貘或食蚁兽那样辟出羊肠小道。动物身处动物之中。踏上征途，所需的只有休憩、食物和水。

亚马孙！

在漫长的徒步终点，他来到了帕斯塔萨河岸边，接近秘鲁边境。天开始下雨。男孩看向流淌的灰色河水。雨滴抽打在皮肤上，在毛发间汇成小溪。东方飘荡着一层薄雾。他在那里站了不到五分钟，突然四个人从树上或者天上跳下来。土著。他们隔了段距离将他团团围住。慢慢地绕着他打转，嘴里含着巨大的吹管，全都指向他。他们行事谨慎，多疑。他们不知道他到底是什么。哪种生物。人类？动物？魔鬼？森林精灵？

他知道。

他松开了手中的砍刀。这是他仅有的。举起双手。

他在土著的村庄里度过了雨季。睡得很多。他的噩梦令土著印象深刻。每次惊醒过来，就像是鬼魂附身一般，土著就会开始没完没了的议论。村里只有三十几个人。部落首领尤其健谈。他似乎很喜欢有男孩做伴。他常常对着男孩发表长篇大论，并发出爽朗的笑声。脖子上挂着一个缩小的头颅，那曾是他的劲敌。还有个人也对男孩青睐有加。那是个年轻的印第安姑娘，刚到豆蔻年华。她看他的目光柔情似水。她为他准备混合了木薯粉和辣椒的面团，用自己的唾液来揉面。她的指尖划过男孩胸口的伤疤。女孩额头上的花冠和花纹令他想起了那幅画像，当他住在约瑟夫及其儿子路易-保罗家中时，它守护着男孩的睡眠，玉米女神。他遇见的第一位女神。那已是久远之前。

当他再次出发时，那天早晨，天刚放亮，印第安女孩也在那里。嘴角扯出含蓄的笑。她用自己的玉米节杖为他画了个符号，或许在降福，或许在判刑。而这位女神会是男孩见到的最后一个人类。

信仰会离我们远去，约瑟夫说，孤独挥之不去。

那一年，德国吞并了奥地利。

那一年，西班牙的共和派军队和佛朗哥的民族主义势力交战，夺取了特鲁埃尔城。

那一年，中国，蒋介石率领的军队和日本皇军对峙，炸毁了黄河堤坝，根据消息来源，造成了五十万人至九十万人死亡。

那一年，德国总理阿道夫·希特勒、意大利法西斯领袖贝尼托·墨索里尼、法国总理爱德华·达拉第、英国首相亚瑟·内维尔·张伯伦在慕尼黑签订了一份协定，确定了捷克斯洛伐克的地位。达拉第回到法国时受到热烈欢迎，人们以为他挽救了和平。张伯伦回到英国，得到了英雄般的礼遇，被称为"和平缔造者"。

那一年，电影《白雪公主和七个小矮人》首次在法国、比利时和加拿大上映。

那一年，佛朗哥的军队打败共和派军队，夺回特鲁埃尔城。

那一年，未来的西班牙国王胡安·卡洛斯一世出生。

罗马尼亚国王卡罗尔二世废除了议会制，确立了国王独裁统治。

英国女王在苏格兰的格拉斯哥为全世界最大最美，自然永不沉没的邮船命名为"伊丽莎白女王"号。

那一年，法国正式成立了法国国家铁路公司（SNCF）。

那一年，法国总理爱德华·达拉第和共产党决裂，意味着人民阵线瓦解。

那一年，达拉第颁布政府法令，规定身患传染病的外国人必须住到指定住处，并接受拘禁，还开设了专门的收容处便于长期监管。

那一年，比罗兄弟逃离了匈牙利的反犹太人法律，在法国申请了圆珠笔专利。

意大利在科学推论的基础上制定了种族法，旨在证明的确存在意大利人种，而且属于雅利安人种，领袖贝尼托·墨索里尼予以批准，国王维托里奥·埃马努埃莱三世予以颁布。

海因里希·希姆莱在德国签署《预防茨冈人侵扰法令》。

波兰犹太移民的儿子萨穆埃尔·根斯堡在美国发明了第一台电子弹珠台。

苏联进行了第三次莫斯科审判，有二十一名共产党党员被指控间谍罪，并参与了针对斯大林的暗杀阴谋。所有人供认不讳。只有三人未被判死刑，立即执行。

《真理报》指出，判决得到了广大民众的支持。

那一年，列夫·托洛茨基流亡，成立第四国际。

那一年，柔道创始人嘉纳治五郎去世。

那一年，在日本的小村庄加茂，名叫都井睦雄的二十一岁青年砍下祖母的首级，并用一把斧子、一把日本刀和一支雷明登11-48半自动霰弹枪杀死了其他二十八位村民，之后自杀。

瑞士巴塞尔的桑多兹化工厂合成了 D-麦角酸二乙酰胺[①]，更为人熟知的名字是 LSD。

美国导演奥森·威尔斯将科幻小说《世界大战》改编成广播剧，引发听众恐慌，他们真的以为外星人入侵地球了。

德国的纳粹武装力量对犹太社区展开大屠杀行动。在被称作"水晶之夜"的行动中，两百个犹太教堂遭到损毁，数千家商店和公司被洗劫一空，数百名犹太人被杀，近三万犹太人被送入集中营。

犹太移民的儿子杰瑞·西格尔和乔·舒斯特创造了超人这个漫画人物。

法国，漫画人物斯皮鲁在同名杂志上诞生。

最著名的土匪维尔古利诺·费雷拉·达·席尔瓦，诨名"油灯"，在巴西去世。

那一年，德国总理阿道夫·希特勒主持了大众汽车的剪彩仪式，该厂为民众生产的新款汽车随后风靡全世界，就是甲壳虫，由斐迪南德·保时捷设计，这位工程师作为纳粹党成员还设计了虎式坦克。

那一年，在纽约的洋基体育场，美国黑人拳击手乔·路易斯在第一回合击败了德国冠军马克斯·施梅林，仅用两分钟四秒。

那一年，梵蒂冈承认了佛朗哥的国民政府。

那一年，意大利国家队夺得了足球世界杯，想必是受到了领袖墨索里尼的话的激励："要么赢要么死。"

那一年，德国吞并苏台德地区。

---

① 一种强烈的半人工致幻剂。

那一年，作家乔治·贝尔纳诺斯发表了《月光下的大墓地》。

那一年，一个渔民在非洲公海钓上来一条鱼，随后被确定为是已经消失了大约七千万年的矛尾鱼。人们将之称为"拉撒路物种"，意为：被认定为绝灭之后又再次发现的物种。

然后呢？当所有的路都开过，走过？那之后呢，再之后呢，当太阳只是一颗白矮星①？

时间收紧。那是个老人，我们以为见到的那人。他的祖先。

该结束了。

大海，大海，她曾对他说。但他见到了海的一边，又见到了海的另一边，他一无所获。地平线的两边，他一无所获。她在憧憬怎样的神仙居所？平静和热情。金子和光明。

如果不是在人间，那或许就在天上。

男孩抬头。眼前拔地而起的是绵延的山脉。安第斯山脉。那是大地的任意妄为，凭一己之力缔造起宏伟的堡垒，其存在时间远超人类。城墙、城楼和绝壁。远处是某座火山洁白无瑕的表面。积雪从未消融。

男孩开始攀爬。

他爬啊。

---

① 太阳寿命穷尽后会变成白矮星。

有谁知道过了多少小时，多少天，多少夜。有谁知道呢？

他爬啊。

渐渐地，山坡变得陡峭了，险峻了。植物消失了。杂草，苔藓，地衣。光秃秃的石头。岩石剥落露出石骨。男孩也是这样。往事纷纷而来，又离他而去。一个接着一个。一层接一层，一片接一片，往事涌现又消散。图像、声音、情感。能挽留住什么？没有。位置！位置！留给空虚的位置。他越爬越高，一切都舍弃他了。或者说，他舍弃了一切？所有的事，所有的人。印第安女孩含蓄的笑。淡紫色河水中的粉色海豚。蝴蝶的金属蓝翅膀，有葡萄叶那么大。坐在独木舟上的麻风病人那烂掉的耳朵、鼻子和嘴唇。吼猴婴儿的啼哭。飞过货船甲板的海鸥在啼鸣。二等兵瓦亨费尔德在呼唤母亲。下士鲜红的手在污泥中绽放。下士手中洁白的信封。阉马睫毛上黑色的大苍蝇。老鼠。蠕虫。尸横遍野。腐烂的肉体散发的恶臭。弹性的肉体、柔软的肉体、温热的肉体、鲜活的肉体，属于爱玛的。爱玛的胸。爱玛的胯。爱玛的嘴。我的爱，她说。我的爱。爱玛的眼。爱玛的嗓音。爱玛的言语。我的爱。挂在柳条帘幕上的太阳珠。他们的树。他们亲爱的树。还有诗句。双簧管的曲声。居斯塔夫透过厚重的眼皮投来慈祥的眼神。满天繁星下，坐在浴桶内的布拉贝茨。食人魔的大笑。他的大脚。他的大手。他博大的心。青铜马。银白色的马。颤抖的大地。翩翩起舞的加佐，他的优雅，他的混沌，他那狗儿般的舔舐。还有摇篮里的耶稣。贤人约瑟夫。橡树一样的男人。他的根钻入泥土，他的灵魂飞入云端。

凡此种种来而复去。它们在男孩的脑海中鱼贯而过，远去了，消失了，熙熙攘攘，人间万象。人性。他渐渐摆脱了。

他爬啊。

爬了好久，爬了好高。

然后停下来。

现在的山变得粗犷。四周，周围。乱石嶙峋，寸草不生。骨架。现在一切都离开了。所有的人，所有无形和无质的物，它们都有过名，而他没有。

瞧啊：什么都没有了。

男孩坐在一块突出的平整岩石上。有那么一瞬间，他以为闻到了母亲的气味。硝石和灰烬的气味。然后，气味也和其他事物一样散掉了。他躺在岬角上，面朝天空。独自一人。

他看着大秃鹫盘旋在天上度过了生命中最后的三天时光。

鸣　谢

创作这本小说期间，作者得到了多方支持：法国国家图书中心、纯虚构作者之家、法莱斯地区文化驿站，以及 Écla 写作实验室和去往其他地平线协会，后者在圣西姆福里安的莫里亚克山区小屋提供了写作空间。

Original title: Le Garçon
Author: Marcus Malte
Copyright: © Éditions Zulma, 2016.
Simplified Chinese edition arranged through Dakai Agency Limited
All rights reserved.
本书中文简体字版版权，浙江文艺出版社独家所有。
版权合同登记号：图字：11-2017-321号

图书在版编目（CIP）数据

男孩/（法）马库斯·马尔特著;黄雅琴译. —杭州：浙江文艺出版社,2021.1
ISBN 978-7-5339-5937-1

Ⅰ.①男… Ⅱ.①马…②黄… Ⅲ.①长篇小说—法国—现代 Ⅳ.①I565.45

中国版本图书馆CIP数据核字（2019）第291438号

策划统筹：曹元勇
策划编辑：李　灿
责任编辑：李　灿
特约编辑：吴　玫
封面设计：人马艺术设计·储平
责任印制：吴春娟

男孩

［法］马库斯·马尔特　著
黄雅琴　译

出版：浙江文艺出版社
地址：杭州市体育场路347号　邮编：310006
网址：www.zjwycbs.cn
经销：浙江省新华书店集团有限公司
印刷：上海盛通时代印刷有限公司
开本：1230毫米×880毫米 1/32
字数：345千字
印张：15.5
插页：1
版次：2021年1月第1版
印次：2021年1月第1次印刷
书号：ISBN 978-7-5339-5937-1
定价：68.00元

版权所有　侵权必究
（如有印、装质量问题，请寄承印单位调换）